Die Leuchtturmwächterin

Im Econ Taschenbuch Verlag sind von Dianne Day außerdem lieferbar:

Spione und schwarze Kröten (TB 25154)
Schmuggler und schwarze Nächte (TB 25192)

Zum Buch:

Nach ihrem Umzug in die Künstlerkolonie von Carmel, läuft bei Fremont Jones nichts mehr wie geplant: Ihr geliebter Michael nennt sich jetzt Misha, hat eine Geliebte und führt ein richtiges Künstlerleben. Und auch die Schreibaufträge kommen nicht mehr so regelmäßig.

Fremont braucht dringend eine Veränderung und beschließt kurzerhand, ein halbes Jahr als Leuchtturmwächterin zu arbeiten. Doch der neue Job ist aufregender als ihr lieb ist: Schon bald entdeckt sie im Wasser die Leiche einer jungen Frau, die keiner im ganzen Dorf identifizieren kann. Als dann auch noch die Leiche eines Nachts verschwindet. ist Fremonts Spürsinn geweckt, und sie macht sich auf die abenteuerliche und gefährliche Suche nach dem Mörder.

Zur Autorin:

Dianne Day wohnte viele Jahre in San Francisco und lebt heute als freie Schriftstellerin in Pacific Grove, Kalifornien. Unter verschiedenen Pseudonymen hat sie schon zehn Romane veröffentlicht. Dies ist das dritte Abenteuer der ungewöhnlichen Heldin Frement Jones.

Dianne Day

Die Leuchtturmwächterin

Historischer Kriminalroman

Aus dem Amerikanischen
von Barbara Schäfer

Econ Taschenbuch Verlag

Veröffentlicht im Econ Taschenbuch Verlag

Der Econ Taschenbuch Verlag
ist ein Unternehmen der Econ & List Verlagsgesellschaft

Deutsche Erstausgabe

First published by Doubleday, New York
Titel des amerikanischen Originals: The Bohemian Murders
Aus dem Amerikanischen übersetzt von: Barbara Schäfer
Umschlagkonzept: Büro Meyer & Schmidt, München – Jorge Schmidt
Umschlagrealisation: Init GmbH, Bielefeld
Titelabbildung: Mauritius, Mittenwald
Lektorat: Eduardo Marx
Gesetzt aus der Bauer Bodoni, Linotype
Satz: Josefine Urban – KompetenzCenter, Düsseldorf
Druck und Bindearbeiten: Elsnerdruck, Berlin
Printed in Germany
ISBN 3-612-25219-4

Allen Frauen gewidmet, die das Licht hüten,
auch außerhalb des Leuchtturmes

PROLOG

Ich habe mich bemüht, den Geist und die Atmosphäre des historischen Carmel, Pacific Grove und des Gebiets, das heute Pebble Beach ist, einzufangen und wiederzugeben.
Namen und Charaktere in diesem Buch sind frei erfunden und haben nichts mit den Leuten zu tun, die dort Anfang dieses Jahrhunderts lebten. Es gibt jedoch eine Ausnahme: Die Figur der Hettie Houck ist Emily Fish nachempfunden worden, die von 1893 bis 1914 Wächterin des Leuchtturmes von Point Pinos war.

D. D.

DANKSAGUNG

Ich möchte mich bei den vielen Leuten bedanken, die mir beim Schreiben dieses Buches mit Rat und Tat beigestanden haben.
Bei Pat Hathaway, Randy Reistedt, John und Susan Klusmire möchte ich mich für die Hilfe bei meinen verschiedenen Nachforschungen bedanken.
Mein besonderer Dank gilt den Schriftstellern und Schriftstellerinnen in Carmel, vor allem Bob Irvine, Bob Campbell, Nancy Baker Jacobs, Adele Langendorf.
Vielen Dank an Bob Campbell, dem ich den Begriff der »Twangy Boys« zu verdanken habe.
Eine besondere Anerkennung verdient Dorothy Nye, die eine sehr aufmerksame und intelligente Leserin meines Textes war.

LOGBUCHEINTRAGUNGEN
9. Januar 1907
Wind: SW, leichte bis mäßige Brise
Wetter: kühl, nach Morgennebel vereinzelt bewölkt
Bemerkungen: langsames Steigen des Wasserpegels in der Bucht. Die Wanderung der Wale beginnt; einen Wal gesichtet, gefolgt von einem Boot der Monterey Walfangstation.
gez. Fremont Jones, Stellvertreterin von Henrietta Houck, Leuchtturmwächterin von Point Pinos

Mich hatte wahrscheinlich ganz einfach das Glück verlassen. Vielleicht hatte ich auch einen oder gleich mehrere Fehler begangen. Es war ja nicht wirklich etwas Schlimmes passiert. Seit dem großen Erdbeben im letzten Jahr und dem nachfolgenden Feuer wußte ich, wie eine Katastrophe wirklich aussehen konnte. Aber meine kürzlich begangenen Fehler hatten mir trotzdem Kummer beschert und mich in Verlegenheit gebracht. Außerdem waren mir dadurch eine Menge Unannehmlichkeiten entstanden, und ich fühlte mich verunsichert. Manchmal passierte es mir tatsächlich, daß ich mich an diesem schönen, aber immer noch fremden Ort umschaute und mich fragte, was in aller Welt ich dort eigentlich machte.

Ich schaute mich ziemlich häufig um, denn das war Teil meiner Arbeit: Die Beobachtungen, die ich machte, trug ich in ein Logbuch ein. Außerdem führte ich Buch über die Ausgaben, bestellte den Nachschub für die Vorräte, und ich beaufsichtigte den Mann, der sich um das Grundstück des Leuchtturms kümmerte. Alle diese Dinge erledigte ich in meiner Funktion als stellvertretende Leuchtturmwächterin von Point Pinos, eine Tätigkeit, die ich vorübergehend ausübte.

Ich sagte mir immer, daß ich mich glücklich schätzen konnte, diese Arbeit sechs Monate lang machen zu können. Das Glück konnte mich wohl doch noch nicht ganz verlassen haben. Das redete ich mir jedenfalls immer ein.

Der Leuchtturm von Point Pinos sah ganz anders aus als der, den ich vor einigen Jahren im Norden von San Francisco aufgesucht hatte. Dieser hier lag im Süden, also in der entgegengesetzten Richtung, und war mehr als hundert Meilen vom anderen entfernt. Außerdem sah der Leuchtturm von Point Pinos keinesfalls so bedrohlich aus wie der andere. Er sah aus wie ein Cottage auf der Halbinsel Cape Cod, auf dessen Dach man nachträglich einen Turm mit einer Laterne gebaut hatte.

Point Pinos war die südliche Landspitze in der Bucht von Monterey. Große Flächen von Dünen und Buschwerk zogen sich entlang der felsigen Granitsteinküste, die nach drei Seiten hin von Wasser und zur vierten Seite von einem dichten, etwa zwei Kilometer breiten Waldstreifen umgeben war. Jenseits des Waldes lag der kleine, aber wohlhabende Ort Pacific Grove. Wenn man dem Flug der Krähen in die andere Richtung, jenseits eines anderen Waldes, folgen würde, dann käme man schon nach drei Meilen in ein kleines Dorf mit dem Namen Carmel-by-the-Sea. Benutzte man den Landweg, war die Strecke allerdings länger. Ich glaubte nicht, daß es irgendwo auf der Welt eine schönere Umgebung gäbe

als diese hier. Ich hatte jedenfalls noch keine gesehen. Und trotzdem stimmte etwas nicht mit mir, denn ich war oft unzufrieden und hatte den Wunsch, woanders zu sein.
Das Schreibmaschineschreiben hatte ich jedoch nicht aufgegeben. Eine nagelneue Maschine von Royal war inzwischen, wie ihre Vorgängerin, mein wertvollster Besitz geworden. Aber es fiel mir schwer, dort eine neue Existenz aufzubauen, was auf die zuvor erwähnten Fehler zurückzuführen war. Ich sagte mir immer wieder, daß ich es trotz allem schaffen würde. »Nichts ist unmöglich!« Das waren jedenfalls die Worte, die ich mir immer wieder sagte.
Auch an jenem Nachmittag, gegen vier Uhr, am neunten Januar des Jahres 1907, sagte ich mir so etwas in der Art und schaute dabei träge aus dem Fenster des Wachraumes. Dieser befand sich auf der Basis des Laternenturms und war aus diesem Grunde rund. Der Wachraum war klein, aber schon allein der Aussicht wegen ließ es sich gut darin aushalten. Hettie, kurz für Henrietta Houck, die eigentliche Leuchtturmwächterin, nutzte den Wachraum als eine Art Büro, so wie ich nun auch.
Ich lernte Hettie im letzten Monat kennen. Sie kam gerade auf dem Bürgersteig entlang, als ich aus einer Pension in Pacific Grove hinausbefördert wurde. Ich wurde beschuldigt, mich ungebührlich betragen zu haben. Dieses sogenannte »ungebührliche« Betragen hatte darin bestanden, daß ich an jenem Abend einen männlichen Gast hinter verschlossener Tür empfangen und »unterhalten« haben sollte. Der Besucher war mein Freund Michael Archer gewesen, der jetzt in Carmel wohnte. Bei der »Unterhaltung« hatte es sich um einen Streit zwischen uns gehandelt, und da es sehr persönlich wurde, hatte ich die Tür geschlossen. Der Anlaß unserer Auseinandersetzung war der große Fehler, den ich begangen hatte. Es war dabei um Michael gegangen, oder Misha, wie er jetzt lieber genannt werden mochte. Es war

nicht allein mein Fehler gewesen, denn schließlich hatte er mich irregeführt. Jedenfalls hatten sich aus dem einen, entscheidenden Fehler alle weiteren ergeben ...

»Was ist das?« fragte ich mich selbst, da außer mir niemand anwesend war, und nahm das Fernglas in die Hand. Irgend etwas trieb da draußen auf den Wellen, kurz hinter einer Felsengruppe, die sich in einiger Entfernung von der Küste befand. Die Felsen wurden von mir die *Drei Schwestern* genannt. Ich wußte nicht, ob sie überhaupt einen offiziellen Namen trugen.

Der Gegenstand, den ich sah, hatte in etwa die Größe eines Seelöwen. Es konnte aber keiner sein, da diese Tiere immer braun, das Ding dort auf dem Wasser aber vorwiegend rot war. Auch eine Robbe konnte es nicht sein, obwohl diese im Gegensatz zum Seelöwen in vielen verschiedenen Farben vorkommt. Aber in der Natur kommt keines von Gottes Geschöpfen in diesem besonderen roten Farbton vor. Nur der Mensch allein ist in der Lage, so etwas zu schaffen.

So sehr ich mich auch bemühte, ich konnte selbst mit Hilfe des Fernrohres nicht erkennen, was es war. Deshalb legte ich es wieder auf den Tisch und verließ den Wachraum, um die Wendeltreppe hinaufzugehen, die sich im Innern des Turmes befand. Dann trat ich hinaus auf die Plattform unterhalb des Scheinwerferraumes, in dem sich die Fresnellinse befand. Nach einigem Hantieren gelang es mir schließlich, das starke Zielfernrohr, das auf der Plattform stand, auf die *Drei Schwestern* einzustellen.

»Verflixt und zugenäht!« schimpfte ich. Das seltsame Treibgut war verschwunden. Vielleicht war es davongeschwommen, aber eigentlich konnte ich das nicht glauben. Ich hob den Kopf und schaute mit bloßem Auge genauer hin. Dabei mußte ich von Zeit zu Zeit mit einigen Strähnen meines langen Haares kämpfen, die sich durch den einen oder anderen Windstoß gelöst hatten. Dann hatte ich es wiedergefunden.

Es war einige Meter nach Norden abgetrieben worden, oder vielleicht auch geschwommen, und befand sich nun näher an der felsigen Küste. Erneut richtete ich das Fernrohr auf den Gegenstand im Wasser und stellte es scharf ein.
Das Ding schwamm tatsächlich nicht und machte auch keine Bewegungen im Wasser, um voranzukommen. Es war wohl eher der Ozean, der sein Spiel mit ihm trieb, wenn man das so sagen konnte. Der Gegenstand war auch nicht überall rot. Immer wieder konnte ich ihn weiß und schwarz aufblitzen sehen. Was immer es sein mochte, die Flut trieb es jedenfalls unerbittlich näher an die Küste heran, bis es von einer hereinbrechenden Welle erfaßt wurde und sich immer wieder überschlug. Dabei blitzte es mal rot, mal schwarz und mal weiß auf. Einen Moment dachte ich sogar …
»O nein«, sagte ich und drückte mein Gesicht noch dichter gegen das Fernrohr, als ob ich dadurch besser sehen könnte. Dann rief ich noch lauter: »Nein!«
Aber es ließ sich nicht mehr verleugnen, daß der Gegenstand Arme und Beine hatte, deren Haut blaß und kränklich aussah. Und er hatte einen Kopf; das Gesicht war hinter einer Masse schwarzen Haares versteckt. Es war ein Mensch. Wahrscheinlich war es eine Frau, die ganz sicher ertrunken war.
Ich rannte los, um Alarm zu geben und Hilfe zu holen.

***

»Wo ist Mrs. Houck?« fragte mich der Polizist herausfordernd. »Wer sind Sie denn überhaupt? Warum fahren Sie mit ihrem Gespann?«
»Mein Name ist Fremont Jones. Ich bin die stellvertretende Leuchtturmwächterin. Ich vertrete Mrs. Houck in ihrer sechsmonatigen Abwesenheit, da sie Urlaub nimmt. Ihr Gespann habe ich deshalb genommen, weil ich der Meinung

war, es sei die beste Möglichkeit am schnellsten hier zu sein. Die Leiche habe ich übrigens gesichtet, als ich Wache hielt, und daraufhin habe ich die Alarmglocke geschlagen.«
»Oh.« Er tippte an seine Mütze, was ich für eine Geste der Entschuldigung hielt. »Tja, ich schätze, ich habe sogar davon gehört, daß Mrs. Houck Urlaub nimmt. Entschuldigen Sie, daß ich so kurz angebunden war, Miss Jones, aber man kann ja nie vorsichtig genug sein.«
»Das ist ganz richtig.« Ich stimmte ihm aus lauter Höflichkeit zu, aber eigentlich war ich ganz und gar nicht seiner Meinung. Es gab doch eine Menge Leute, die viel zu vorsichtig waren und deshalb ein ziemlich langweiliges Leben führten. Ich glaubte jedoch, daß es davon mehr in Boston gab, wo ich herstammte, als in Kalifornien. Dieser Bundesstaat schien aus risikofreudigen Menschen zu bestehen.
Ein Schrei, der von den Felsen herüberdrang, erregte meine Aufmerksamkeit und die des Polizisten. Wir drehten gleichzeitig die Köpfe in die Richtung, aus der er kam, und stellten fest, daß jemand von den Booten der Seerettungsmannschaft Pacific Groves uns rief.
Pacific Grove war ein Urlaubsort mit etwa dreitausend Einwohnern. Er zog sich an der südlichen Landzunge der Bucht entlang, deren äußerste Spitze Point Pinos war. Monterey lag im Nordosten, Carmel im Süden.
Die Küste von Pacific Grove war außergewöhnlich schön. Aber für Leute, die sich hier nicht auskannten, war sie gefährlich, denn sie bestand vorwiegend aus schroffen, aufgeworfenen Granitfelsbrocken.
Hettie Houck war in ihren Anweisungen sehr streng gewesen, und sie hatte mich gründlich vorbereitet: »Gehe nicht zu weit auf die Felsen! Auch wenn du dich sicher fühlen solltest, weil der Ozean noch weit entfernt ist, drehe ihm nie deinen Rükken zu. Eine einzige hohe Welle kann dich in einem Bruchteil einer Sekunde erfassen und von den Felsen wischen. Solltest

du in einem Boot sitzen, dann halte dich von der Küste fern, denn du könntest von der Strömung mitgerissen werden, und sie wird dein Boot gegen die Felsen schmettern.«
»Zu dumm«, dachte ich, »daß die ertrunkene Frau keine so gute Lehrerin hatte wie ich.« Ich war eigentlich ziemlich sicher, daß es sich um eine Frau handeln mußte, weil ihre Kleidung rot war. Männer trugen diesen Farbton nicht, besonders nicht in diesem Ausmaß. Es sei denn, sie nahmen an einer Feier an der Universität teil oder waren für so eine Art religiöser Prozession angezogen.
Nur an wenigen Stellen entlang der Küste konnte man ins Wasser gehen. Meine Lehrerin hatte mir auch diese gezeigt. Die Rettungsmannschaft lenkte ihre Boote in eine dieser kleinen Buchten nördlich von Point Pinos, die zur großen Buchtseite hin lagen. Aber von der ertrunkenen Frau war keine Spur zu sehen.
»Wo ist sie?« brachte ich atemlos hervor. Der Polizist hörte es jedoch nicht mehr. Er war schon unterwegs und kletterte die rutschigen Felsen hinunter bis zu dem kleinen Flecken Sandstrand, der sich unterhalb befand. Da gerade Ebbe war, roch es sehr stark nach Tang und ähnlichen Dingen aus dem Meer, und obwohl das Wetter außergewöhnlich mild für einen Wintertag gewesen war, wehte vom Meer ein beißender Wind herüber. Ich zog meinen Wollschal enger um den Hals und wünschte mir plötzlich, ich wäre erst gar nicht mitgekommen. Gleichzeitig verspürte ich ganz unverhohlen eine Neugier, die mich veranlaßte, dem Polizisten zum Strand hinunter zu folgen, wo vermutlich die arme ertrunkene Person an Land gebracht wurde. Die Rettungsboote ließen sich Zeit, um nacheinander in Richtung Land zu fahren. Sie mußten um die wasserbedeckten Felsen herumfahren, deren Spitzen bei jedem Wellental des ebbenden Wassers herausragten.
Ich hob meinen Rocksaum an und schaute bestürzt auf meine Schuhe. Sie waren aus schwarzem, weichem Leder, noch

ziemlich neu und nicht dafür gedacht, in den Felsen von Pacific Grove herumzuklettern.
Gerade wollte ich mich, trotz der guten Schuhe, auf den Weg machen, da hörte ich das Klappern von Pferdehufen auf der ungepflasterten Straße. Es wurde begleitet vom Rattern und Rumpeln eines Wagens, der sich als die Kutsche des Leichenbeschauers herausstellte. Der Wagen war natürlich schwarz und häßlich wie die Nacht. Aber das Gespann mit den schwarzen Pferden davor war wunderschön. Ich war froh über diese Ablenkung und ging hinüber, um die Tiere zu bewundern. Für mich sah Hetties braune Stute schon sehr gut aus, aber diese schwarzen Schönheiten stellten sie noch in den Schatten.
»Sie sind wunderschön!« sagte ich zum Kutscher. Die Pferde schnaubten, stampften mit den Hufen und wölbten ihre Hälse, die wie Onyx glänzten.
»Ja, nicht wahr?« Er sprang mit einer Behendigkeit vom Kutschbock herunter, die sein wahres Alter Lügen strafte. »Ihr Wohl liegt mir sehr am Herzen. Wo ist jetzt die Leiche?«
»Sind Sie der Leichenbeschauer?« fragte ich ihn, was sich als überflüssige Frage herausstellte, denn er griff hinter den Kutschersitz und holte eine schwarze Tasche hervor, in der sich das Werkzeug für seine Arbeit befand.
»Der bin ich, und mein Name ist Dr. Frederick Bright. Einen schönen guten Tag, Miss.« Dabei tippte er sich mit dem Finger an den nicht vorhandenen Hut. Ich nahm an, daß er selten einen Hut trug, um seinen vollen weißen Haarschopf besser zur Geltung zu bringen. Er hatte einen weißen Schnurrbart, dessen Ausmaß ebenso außergewöhnlich war. Wenn er einen Vollbart getragen hätte und nicht so dünn gewesen wäre, dann hätte er wahrscheinlich wie der Weihnachtsmann ausgesehen. Der Ausdruck in seinen Augen war aber nicht so fröhlich. Er hatte dunkle, runde Augen, die viel

zu klein für sein Gesicht waren und unaufhörlich und nervös umherblickten.
Ich sagte: »Guten Tag. Ich bin Fremont Jones und vorübergehend die Leuchtturmwächterin von Point Pinos. Die Rettungsmannschaft hat die Leiche noch nicht geborgen.« Ich machte eine Kopfbewegung in Richtung Wasser und streichelte währenddessen den Hals eines Pferdes. Dabei spürte ich, wie es unter der weichen, warmen Haut noch von der langsam nachlassenden Anstrengung zuckte. Das Pferd schaute mich mit seinen glänzenden pechschwarzen Augen an, so als ob es verstanden hätte, daß mein Streicheln dazu diente, uns beide zu beruhigen. Es hieß, daß Pferde nicht besonders intelligent seien, aber wenn man ihnen in die Augen schaute, dann konnte man das kaum glauben.
Dr. Bright antwortete mit einem Brummen und ging an die Stelle, wo ich vor seiner Ankunft gestanden hatte. Ich bemerkte, daß er O-Beine hatte und sein Gang etwas ruckartig war. Er hatte so dichtes und schweres Haar, daß es sich im Wind, der aus der Bucht herüberwehte, kaum bewegte. Mein eigenes rotbraunes Haar hingegen, das zu einem Knoten gefaßt war, löste sich Strähne um Strähne und fiel nach unten. Dr. Bright stellte seine schwarze Tasche auf einem Felsen ab, und während er wartete, ging er schaukelnd und voller Ungeduld auf und ab. Ich hörte, wie er etwas vor sich hinmurmelte, das so klang wie »Nun kommt schon!«.
Sie kamen dann auch, und ihren Anblick hätte ich liebend gern wieder vergessen, doch wußte ich, daß ich mich ein Leben lang daran erinnern würde. Ein muskulöser Mann in Wasserstiefeln ging mit großen Schritten durch die Brandung und trug die ertrunkene Frau auf seinem Arm. Ihre Haare hingen wie ein nasser, tropfender Vorhang herunter, ihr rotes Kleid war völlig durchnäßt, die weißen Seidenstrümpfe waren zerfetzt und klebten an ihren Beinen, und sie hatte nur noch einen Schuh an. Hinter dem Mann mit seiner

tragischen Last war der Himmel mit rosaroten Streifen durchzogen, und die untergehende Sonne färbte das Meer purpurrot.
Alarmiert durch das Signalhorn der Feuerwache, das die Seerettungsleute zusammenrief, hatte sich inzwischen eine kleine Menschenmenge eingefunden. Die Leute waren jedoch respektvoll in einiger Entfernung stehengeblieben und verharrten dort in ebenso respektvollem Schweigen. Ich stand abseits und streichelte das Pferd des Leichenbeschauers. Aber ich beugte mich vor, als ich Dr. Bright sagen hörte: »Legen Sie sie hier hin. Ich werde sie mir kurz anschauen, dann sollen die Leute herantreten und sie angucken. Vielleicht erkennt sie jemand wieder.«
»Viel Glück«, dachte ich und spürte, wie mir übel wurde, denn es fehlte nicht nur der eine Schuh, sondern die Hälfte ihres Gesichtes. Ich schaute fort und direkt in die betroffenen Augen des Mannes, der sie getragen hatte.
»Die Fische haben an ihr herumgefressen«, sagte er. Jemand in der ersten Reihe der Zuschauer hörte seine Worte und wiederholte sie. Daraufhin ging ein Raunen durch die Menge.
»Wie ...« Mir versagte die Stimme. Ich begann von neuem. »Wie lange, denken Sie, ist sie im Wasser umhergetrieben?« Die Leiche roch nicht und war auch noch nicht verwest. Sie war nur – angefressen. Irgendwie konnte ich diese Tatsache am wenigsten verkraften. Ich hatte das Gefühl, als sei mein Rückgrat eine Schultafel und jemand würde darauf mit den Fingernägeln nach unten fahren.
»Nicht sehr lange«, sagte Dr. Bright, »höchstens sechsunddreißig Stunden, vermute ich, aber ich werde mehr wissen, wenn ich sie ins Labor gebracht habe. Das mit ihrem Gesicht ist allerdings schade. So wird es schwerer sein, sie zu identifizieren.«
»Das, äh, das Kleid ist ziemlich auffällig«, sagte ich. Das war dann auch das letzte, was ich dazu anmerkte. Ich konnte den

Anblick dieser armen Frau nicht mehr ertragen. Was ich zunächst nicht gesehen hatte, war, daß der Mieder ihres roten Kleides aufgerissen worden war. Ob das durch einen großen Fisch oder eine wütende Person geschehen war, ließ sich nicht sagen. Jedenfalls war auch eine ihrer entblößten Brüste von den Fischen angefressen worden. Sie hatten auch an ihren Fingern und an den Zehen des unbeschuhten Fußes herumgebissen. Das Kleid war aber wirklich auffällig, und ich hatte die Vermutung, daß es teuer gewesen sein mußte, denn es sah aus, als wäre es aus Samt. Ich würde es jedoch ganz bestimmt nicht anfassen, um herauszufinden, ob das auch stimmte. Weiterhin nahm ich an, daß ihre Unterwäsche noch mehr Aufschluß geben könnte, denn das kleine Stückchen des Petticoats, das unter dem Saum ihres Kleides hervorschaute, sah sehr fein aus. Jedenfalls dort, wo die scharfen Zähne der Fische die Seide zerrissen hatten. Irgendwie kam es einem so vor, als hätten Fische überhaupt keine Zähne. Aber einige Fischarten besaßen wohl doch welche, denn der Beweis dafür lag hier vor mir auf dem sandigen Boden. Ich trat einige Schritte zurück, blieb aber nahe genug stehen, um alles sehen und hören zu können. Ich war sicher, daß einer der Leute, die jetzt von Dr. Bright nach vorne gebeten wurden, die Frau erkennen würde. Eine Frau, die so ausgesprochen feine Kleidung trug, konnte keine Obdachlose oder Streunerin sein. Aber einer nach dem anderen, ob Mann oder Frau, schüttelte den Kopf und ging weiter.

Die letzte, die an die Leiche trat, war eine Person von gewissem Ansehen im Ort. Sie hieß Euphemia Wells. Hettie hatte mich auf sie aufmerksam gemacht und mich vor ihr gewarnt. Ich solle mich vor Euphemia vorsehen, deren Vormachtstellung in Pacific Grove bis zu seiner Gründung vor etwa dreißig Jahren zurückginge. Hettie hatte mir auch erzählt, daß der Ort als ein religiöses Sommerferienlager für eine der größeren Gruppen von Protestanten gegründet worden war und

daß der religiöse Einfluß noch immer domonierte. Deshalb war mit meinem Vergehen in der Pension auch so streng umgegangen worden.
Euphemia war eine Frau mit einem Busen wie ein Regalbrett. Sie trug Kleider aus schwarzem Bombasin, die aus der Mode waren, und ich hatte sie noch nie ohne Hut gesehen. Sollte man früh am Morgen um sieben zufällig einmal außer Hauses frühstücken oder seinen Morgenspaziergang machen und Euphemia begegnen, dann würde sie wie immer einen dieser furchtbaren Hüte tragen, die vorne überhingen. Der Hut würde ebenfalls schwarz sein, und ihr Kleid rascheln (aber um Gottes willen nur nicht aufreizend), wenn sie vorüberginge. Auch jetzt raschelte ihr Kleid, und ihr Korsett knarrte, als sie sich hinunterbeugte, um die arme ertrunkene Frau näher betrachten zu können.
»Hm«, gab sie schnaufend von sich, als sie wieder zurücktrat. Dann bedachte sie mich mit einem bösen Blick, obwohl ich mir überhaupt nicht vorstellen konnte, warum, aber sie klärte mich sogleich darüber auf.
»Ein auffälliges Kleid, du meine Güte. Es ist skandalös, ein solches Kleid zu tragen, das ist es! Es gibt nur eine Sorte Frauen, die so ein Kleid tragen, und diese Frauen werden Sie nicht in Pacific Grove finden. Wenn Sie herausfinden wollen, wer sie ist, dann fragen Sie besser bei diesen Künstlern auf der anderen Seite des Hügels nach!« Mit diesen Worten raschelte und knarrte sie davon.
Mit »auf der anderen Seite des Hügels« meinte sie Carmel, wo Michael Archer mit diesen Künstlern wohnte.

***

Vor einem Jahr wäre ich auch bei Anbruch der Nacht noch nach Carmel gefahren. Vor einem Jahr hätte ich mich von so unbedeutenden Dingen wie der Dunkelheit, einsamen Landstraßen oder meiner Unerfahrenheit im Umgang mit einem Pferdegespann nicht davon abhalten lassen, meine Neugier zu befriedigen. Vor einem Jahr, und das bedeutete vor dem Erdbeben, hatte ich allerdings auch noch nicht gewisse Erfahrungen durchmachen müssen, die mich seitdem veranlaßt hatten, gelegentlich Vorsicht walten zu lassen.

Es führten nur zwei Wege nach Carmel, das heißt, den Wasserweg nicht eingeschlossen. Der eine führte über die alte Mission Road, der andere durch den Del-Monte-Wald und wurde Seventeen-Mile-Drive genannt. Letzterer war eine malerische, gewundene Straße, die hauptsächlich deshalb angelegt worden war, um die Gäste des Hotels Del Monte in Monterey zu beeindrucken. Sie hatte ihren Namen tatsächlich daher, daß es siebzehn Meilen vom Hotel durch den Wald bis zum Ortseingang von Carmel waren. Die alte Mission Road führte direkt nach Carmel, aber man mußte dabei über einen sehr steilen Hügel (genau den, den Euphemia Wells zuvor erwähnte), den man überall, außer in Kalifornien, als Berg bezeichnet hätte. Darüber hinaus wurde gesagt, daß dieser Hügel von Geistern heimgesucht würde. Ich glaubte zwar nicht an Gespenster, aber wenn es sie gäbe, dann wäre die Hügelspitze von Carmel wohl ein geeigneter Ort für sie. Die Spitze des Hügels hatte etwas an sich, das einen veranlaßte zurückzublicken, um zu schauen, was hinter einem war.

»Das hat auch noch Zeit bis morgen«, sagte ich und bewegte die Zügel. Hetties braune Stute Bessie drehte ein Ohr nach hinten, aber sie gehorchte und ging los. Wenn die Ertrunkene aus Carmel stammte oder irgendeine Verbindung dorthin hatte, dann wüßte Michael darüber Bescheid, und er würde es auch noch morgen wissen.

Unterdessen mußte ich noch in der Abenddämmerung durch den Wald von Point Pinos fahren, um zum Leuchtturm zurückzukehren. In der zunehmenden Dunkelheit sah es aus, als würden die Bäume sich hin und her bewegen. Die Tiere, die nun herauskamen, um in der Nacht zu jagen, hatten glühende Augen. Ich war ein Stadtmensch und hatte mein ganzes Leben entweder in Boston oder San Francisco verbracht. Es gab Momente, besonders in der Nacht, da fühlte ich mich inmitten dieser wundervollen Natur einsam und allein.

LOGBUCHEINTRAGUNGEN
10. Januar 1907
Wind: leicht aus SW
Wetter: kühl, Morgennebel
Bemerkungen:

Ich trug die Windrichtung und den Morgennebel in das Logbuch ein und wollte weitere Beobachtungen im Laufe des Tages hinzufügen. Es hätte Hettie vermutlich gefallen, daß ich so sparsam mit Worten war. Ich hatte mir ihren Stil der Logbuchführung zum Vorbild genommen, und er war wirklich äußerst prägnant und bündig. In ihrem Logbuch ließen sich keine überflüssigen Worte finden. Es durfte wohl behauptet werden, daß Henrietta Houck in ihrem ganzen Leben weder mit Worten noch mit sonst irgend etwas verschwenderisch umgegangen war. Bevor ich sie kennenlernte, hatte ich noch nicht davon gehört, daß es Leuchtturmwächterinnen gab. Inzwischen wußte ich, daß sie kein Einzelfall war. Aber es gab wohl nur wenige, weiblich oder männlich, die ähnlich genau arbeiteten wie sie.
Sie war kurz vor Weihnachten gefahren und hatte mich in den zwei Wochen vor ihrer Abfahrt eingearbeitet. Es war

ganz bestimmt ein glücklicher Zufall, daß wir uns an diesem Abend auf dem Gehsteig über den Weg gelaufen waren. Auch wenn wir uns äußerlich nicht zu ähneln schienen, so waren Hettie und ich doch im Innern wie zwei Schwestern. Wir brauchten beide nicht lange, um dies herauszufinden und festzustellen, daß unsere Wünsche und Bedürfnisse genau übereinstimmten. Sie wollte gern verreisen (aus welchem Grund, das sagte sie mir nicht), aber der Leuchtturmwächter, den die See- und Leuchtturmbehörde als Vertretung zur Verfügung gestellt hatte, erwies sich während der Einarbeitung als untauglich, und deshalb entließ Hettie ihn wieder. Ich wollte gern in der Nähe von Carmel bleiben, aber nicht im Ort selbst, bis ich zumindestens versucht hatte zu verstehen, was mit Michael los war. Die sechs Monate im Leuchtturm kamen mir gerade recht. Ich hatte nicht nur einen Platz zum Wohnen, sondern bekam auch ein kleines Gehalt, was bei meinen beschränkten finanziellen Verhältnissen sehr hilfreich war.

Hetties Gehilfe, der mich nun unterstützte, war ein Mann namens Quincy. Er war wortkarg, und seine Haut war gebräunt und wettergegerbt, wie es bei Menschen, die ihr Leben am oder nahe beim Meer verbrachten, so üblich war. Er könnte sowohl fünfzig als auch hundert Jahre alt sein. Das einzige, was sich mit Bestimmtheit über Quincys Alter sagen ließ, war, daß er wohl die Vierzig überschritten haben mußte. Er war dünn, aber dennoch muskulös, irgendwie drahtig, und seine Schultern waren leicht nach vorne gebeugt. Er trug für gewöhnlich einen alten, schäbigen Filzhut, unter dessen Krempe graue Locken seines ziemlich langen Haares herunterhingen. Seine Augen waren von so dunklem Grau, daß sie fast schwarz waren. Er konnte weder lesen noch schreiben, andernfalls wäre es Hettie möglich gewesen, den Leuchtturm während ihrer Abwesenheit in seine Obhut zu geben. Daß er nicht lesen und schreiben konnte, war nur eine kleine Unzu-

länglichkeit, wenn man bedachte, daß er alles andere, was hier zu erledigen war, machen konnte und auch machte.
Ich verließ mich nicht gern auf andere Leute, denn was machte man, wenn diese Leute nicht zur Verfügung standen? Ich ertappte mich jedoch dabei, daß ich mich auf Quincy verließ. Er freute sich geradezu, wenn er gebeten wurde, etwas zu tun. Seine Augen glänzten dann vor Freude. Sie taten es auch jetzt, als ich ihm erklärte, daß ich nach Carmel fahren müßte und daß er bitte Bessie anspannen und die Kutsche fertigmachen solle. Wenn es ihm nichts ausmache, ob er dann wohl auch die Wache für ein paar Stunden übernehmen könne?
»Jawoll, ja!« sagte Quincy. Das war sein Lieblingsausdruck.

***

Die Sonne schimmerte perlmuttfarben durch den Morgennebel, als Bessie und ich uns aufmachten, den Hügel vor Carmel zu erklimmen. Kurz vor der Hügelspitze sprang ich von der Kutsche und ging das letzte steile Stück zu Fuß, um das Pferd nicht weiter zu belasten. Der Nebel war wie ein Heer von Geistern, die um die dunklen Gestalten der hohen Bäume wirbelten, die Sicht trübten und auf dem Boden des Weges vor mir herkrochen.
Ich eilte vorwärts, zerrte an Bessies Halfter, und sobald wir die Spitze des Hügels erreicht hatten und der Weg gerade wurde, sprang ich wieder auf die Kutsche.
»Hüh, lauf Bessie!« rief ich und schlug mit den Zügeln. Die Stute rannte los, als wäre der Teufel leibhaftig hinter ihr her. Es wurde eine interessante Abfahrt mit dem zweirädrigen Wagen, der durch die hohe Geschwindigkeit einmal zur einen Seite, einmal zur anderen kippte. Je tiefer wir kamen, desto mehr ließ der Nebel nach, bis schließlich die Sonne

hinter den Wolken hervorbrach. Just in diesem Moment führte die Straße nach Süden, und in Kürze war Carmel-by-the-Sea erreicht.
Michael hatte sich dort eine Hütte selbst gebaut, die an einer Straße mit dem Namen »Casanova« stand. Er sagte, das sei Spanisch und würde »neues Haus« bedeuten, aber ich glaubte, er wollte mich mit dieser Erklärung nur von etwas anderem ablenken. Meine Vermutung war eher, daß der Straßenname ihm zu Kopf gestiegen war, denn sein Verhalten in den letzten Monaten ähnelte dem des Italieners gleichen Namens aus der Renaissance, Casanovas also, der sich durch seine Exzesse in das Gefängnis von Venedig brachte. Daher war ich auch nicht übermäßig überrascht, als ich an Michaels Tür klopfte und er mir nur halb bekleidet öffnete. Um genauer zu sein, er trug Hosen und eine schwarzgoldene Weste aus Brokat. Darunter trug er nichts, außer vielleicht dem dunklen Haar, wenn man das zählen konnte, das sich in höchst faszinierender Weise spiralförmig auf seiner Brust wand. Sieh da, der neue Michael!
»Hallo, Misha«, sagte ich.
»Hallo, Fremont«, antwortete er verschlafen und lehnte im Türrahmen, die schwarzen Augenlider nur halb geöffnet. Seine Hose hing auf den Hüften und entblößte seinen Bauchnabel.
»Entschuldige bitte, wenn ich dich geweckt haben sollte«, sagte ich. Nicht, daß es schon höchste Zeit gewesen wäre, um aufgestanden und unterwegs zu sein. Es war zwar noch früh, aber *so* früh nun auch wieder nicht. Ich versuchte, ihn nicht anzustarren, aber meine Augen hatten ihren eigenen Willen. Ich konnte nicht verhindern, daß ich über seine Schulter hinweg in die Richtung schauen mußte, in der ich das Schlafzimmer vermutete.
Er zog eine seiner Augenbrauen nach oben, und diese Bewegung war mir schmerzhaft vertraut. Er ignorierte meine Ent-

schuldigung und sagte: »Du bist wirklich die letzte Person, die ich erwartet hätte. Ist es nicht ein wenig früh, um einen Besuch abzustatten?«

Es war so still um uns herum, daß ich hören konnte, wie Bessie mit dem Schweif schlug und ein Eichhörnchen in der Eiche umhersprang, deren Äste sich über die Hütte hinabwölbten und sie bedeckten. Ich sagte: »Eigentlich handelt es sich auch nicht um einen Besuch.«

Für einen Augenblick meinte ich einen Anflug von Enttäuschung in Michaels Augen erkennen zu können. Seine Augen wechselten die Farbe so häufig wie das Meer. Mal waren sie blau, dann gingen sie über zu grün, und manchmal wurden sie grau, je nachdem (so glaubte ich inzwischen festgestellt zu haben), wie es im Innern dieses Mannes aussah. Momentan waren sie blaugrau und ziemlich kalt. Er sagte: »Dann muß es irgendein Problem geben.«

»Nicht wirklich.« Ich blickte ihm ins Gesicht und zwang mich, dort zu verharren. Kurz zuvor hatte ich nämlich entdeckt, daß Männer Brustwarzen hatten, nur konnte ich mir nicht vorstellen, wofür sie sie brauchten. Eigentlich hatte ich mir bislang darüber auch noch gar keine Gedanken gemacht, was wohl daher kam, daß ich keine Brüder hatte. Außerdem hatte ich auch erst eine sexuelle Erfahrung gemacht, an die ich aber nicht mehr denken mochte.

Ich sollte mich besser daran erinnern, weswegen ich eigentlich gekommen war, und sagte deshalb: »Ich weiß, daß es ziemlich unhöflich ist, unangemeldet zu kommen ...«

»Besonders«, unterbrach er mich und zog seine verdammte Augenbraue erneut nach oben, »wenn ich bedenke, daß du mich hast glauben lassen, daß Carmel der letzte Ort auf dieser Erde ist, an dem du dich aufhalten möchtest.«

»Schon gut, vergiß es einfach, ich war aufgebracht! Ich wollte nicht ...! Ach, vergiß es. Es gibt nun mal in Carmel und eigentlich auch in Pacific Grove keine Telephone, daher blieb mir nichts anderes übrig, als unangekündigt zu kommen. Gewissermaßen.«

Michael mußte bei meiner unbeholfenen Erklärung lächeln. Sein Mund verzog sich nur langsam. Aber dieses Lächeln wirkte dann so sinnlich und warm, daß die Kälte aus seinen Augen wich. Es sah wirklich sehr attraktiv aus, wenn er den Mund so verzog, und das Grübchen in der Mitte seines Kinns trug selbstverständlich zu seiner Attraktivität bei.

Schließlich sagte er: »Fremont, möchtest du nicht hereinkommen?«

»Gern. Das heißt, wenn es dir keine Unannehmlichkeiten bereitet.«

Er lachte leise vor sich hin und trat zurück. Dabei ließ er die Haustür offen. Der Nebel war von der Sonne vertrieben worden, und der Tag wurde warm. In der Nähe hatten einige Singvögel verzückt und laut trällernd begonnen, den Sonnenschein zu preisen. Ich trat zögernd ins Haus, und da es verhältnismäßig dunkel war und ich mich nicht auskannte, konnte ich kurze Zeit nichts sehen.

»Ich ziehe mir etwas über«, sagte Michael, »wenn du mich bitte einen Augenblick entschuldigen würdest. Kaffee steht auf dem Ofen. Wie du vielleicht schon vermutet hast, bin ich gerade erst aufgestanden. Du hast mich jedoch nicht geweckt.«

Ich murmelte einige Worte des Dankes und stand schließlich lauschend da, um zu hören, ob ich leises Gemurmel aus seinem Schlafzimmer vernehmen konnte. Ich war von der Natur mit einem außergewöhnlich guten Gehör ausgestattet worden, das mir manchmal recht gelegen kam. In letzter Zeit wäre ich allerdings lieber mit etwas ausgestattet, das sich *sehen* lassen könnte. Mit großen Brüsten beispielsweise. Ich hatte bis jetzt immer angenommen, daß meine vollkommen ausreichend wären. Dann lernte ich diese Frau kennen,

deretwegen ich meine Ohren nun so anstrengte. Denn ich vermutete sie im Schlafzimmer.
Auf jeden Fall konnte ich nichts weiter hören als das Geräusch einer Kleiderschranktür, die geöffnet und wieder geschlossen wurde. Etwas beruhigter ging ich durch das große Zimmer, das als Wohnzimmer, Eßzimmer und Küche zugleich diente, und ließ meinen Schal im Vorübergehen auf den Schaukelstuhl fallen. Michaels Zuhause war ein Cottage, so wie man es sich immer vorstellte: klein, gemütlich und irgendwie harmonisch in die Umgebung eingefügt. Auch all die anderen Häuser in Carmel wirkten so schlicht.
Wäre ich ein unfreundlicher Mensch, dann könnte ich auch sagen, daß einige von ihnen eigentlich kaum mehr als eine Waldhütte darstellten. Jede Hütte oder Cottage – oder was immer man dazu sagen mochte – war mit einem Namen beehrt worden. Aus irgendeinem mir unerfindlichen Grund gab es keine Hausnummern in Carmel. Michaels Cottage hieß Xanadu. Nach dem Gedicht von Mr. Coleridge, das folgendermaßen lautete: »In Xanadu schuf Kubla Khan sich einen Lustdom stolz und hehr ...«
»Ha!« rief ich aus, ohne es zu wollen.
»Hast du etwas gesagt, Fremont?« rief Michael aus dem Schlafzimmer.
»Es war nichts, der Kaffee ist nur so heiß. Ich habe mir fast die Zunge verbrannt.« Natürlich war das gelogen. Was mich so erschüttert hatte, das war die Vorstellung eines »Lustdomes«. Vor allen Dingen wenn ich darüber nachdachte, daß Michael den Namen Xanadu mit Absicht gewählt hatte und sich die gedankliche Verbindung zum »Lustdom« schnell herstellen ließ. Es war zwar sein Cottage, doch hatte er es nicht mit seinen eigenen Händen gebaut, gleichwohl viele – vielleicht die meisten – Einwohner der kleinen Gemeinde Carmels ihre Häuser selbst errichtet hatten. Dabei konnte man sich eine Gruppe von Menschen mit geringeren prakti-

schen Fähigkeiten kaum vorstellen. Sie waren Künstler der einen oder anderen Art, manche gehörten dem *Bohemian Club* San Franciscos an, manche nicht, und sie hatten, wie Michael, die Stadt nach dem Erdbeben verlassen. So wie ich schließlich auch... Aber ich hatte mich dazu mehr oder weniger bereitwillig überreden oder, besser, verleiten lassen.

»Einen Penny für deine Gedanken.« Michael nahm seine Kaffeetasse vom Tisch und ging mit ihr zum Ofen. Er hatte sich an mich herangeschlichen. Wenn er es wollte, dann konnte er sich bewegen wie eine Katze.

»Behalte dein Geld. Ich habe an nichts Bestimmtes gedacht.«

»Sollen wir uns dann nicht hinsetzen und unseren Kaffee am Tisch trinken wie zivilisierte Menschen?« Er zog einen Stuhl zurück. »Dann kannst du mir auch erzählen, was dich so früh an diesem Wintertag nach Carmel geführt hat.«

»Es kommt mir noch gar nicht so vor wie Winter.« Ich lächelte und strich meinen dunkelgrünen Kordsamtrock glatt. Es war unmöglich, es nicht zu genießen, hier mit ihm an einem Tisch zu sitzen. Dieses Zimmer war wunderschön mit den leuchtenden Holzdielen und dem großen Kamin, der aus dem goldfarbenen Stein dieser Gegend gebaut war, und dem Sonnenlicht, das zwischen den Bäumen hindurch in die Fenster fiel. Ich hatte das Gefühl, als befände ich mich in einem verwunschenen Häuschen in einem grün-goldenen Wald. Um uns herum lag Carmel wie verzaubert in märchenhafter Stille. Ich fragte ganz leise, so, als wolle ich den Zauber nicht brechen: »Ist es immer so?«

»Ich verstehe deine Frage nicht ganz.« Michael nahm einen Schluck Kaffee und guckte mich über den Tassenrand hinweg an. In seinen Augen spiegelte sich das grünliche Licht ein wenig wider und ließ sie türkis erscheinen. Mit seiner blassen Haut, den gewölbten schwarzen Augenbrauen, den

hohen Wangenknochen und dem schwarzen Haar, das so lang gewachsen war, daß es schon in Locken fiel, wirkte er hinreichend exotisch, um in Xanadu zu leben.
»Es ist nicht so wichtig.« Ich schüttelte den Kopf, setzte mich aufrecht hin und streckte dabei mein Rückgrat. »Der Grund, warum ich hier bin, ist der, daß ich dich bitten möchte, mit mir zu kommen, um die Leiche einer Frau anzuschauen, die gestern aus der Bucht von Monterey geborgen wurde.«
»Warum?«
»Zunächst einmal schien keiner der Anwesenden, und das war immerhin eine stattliche Anzahl an Bürgern von Pacific Grove, diese Frau zu kennen. Zweitens habe ich darüber nachgedacht, daß es einige Dinge gibt, die ich im Zusammenhang mit ihrem Tod und der Art, wie sie gestorben ist, merkwürdig finde.«
»Man sollte doch meinen, daß sie ertrunken ist. Das ist nichts besonders Merkwürdiges für eine Leiche, die in der Bucht gefunden wird.«
Er versuchte, mich herauszufordern, aber ich gab mich geduldig. »Es ist seltsam, daß sie ein so ausgezeichnet geschnittenes Kleid aus rotem Samt, einem sehr teuren Stoff, trug. Das war nicht so ein Kleid, wie du es von der Stange in einem der ortsansässigen Geschäfte kaufen kannst. Außerdem gehe ich jede Wette ein, daß ihre Unterwäsche, ihr Mieder, ihr Petticoat und all das, handgenäht ist. Weißt du, was das bedeutet?«
»Wie sollte ich mich mit der Unterwäsche von Frauen auskennen? Du schockierst mich, Fremont!«
Ich schaute ihn spöttisch an. »Du weißt doch sicher, daß nur noch exklusive Unterwäsche mit der Hand gefertigt wird, seitdem es Nähmaschinen und Herstellungsmethoden für die Massenanfertigung gibt.«
»Hm.« Michael rieb sich das Kinn, eine Angewohnheit von ihm, wenn er überlegte. Sie stammte noch aus der Zeit, als er

seinen schwarzen Bart mit den silbergrauen Strähnen an den Seiten trug. Das war noch gar nicht lange her.
»Verstehst du denn nicht?« Schon fast flehend beugte ich mich über den Tisch zu ihm hinüber. »Eine vermögende Frau wird wohl kaum ganz allein und in einem solch eleganten Kleid die Felsenküste von Point Pinos entlangspazieren!«
»Du hast nicht erwähnt, daß sie in der Nähe von Point Pinos gefunden wurde.«
»So war es aber. Ich habe sie doch gestern nachmittag gegen vier Uhr selbst vom Leuchtturm aus gesehen und dann Hilfe gerufen.«
»Du denkst also, daß ihr Ertrinken, wenn sie denn ertrunken sein sollte, kein Unfall war?«
»Ja.«
»Und du begründest deine Annahme damit, daß sie diese Kleidung trug?«
»Es kommt mir auch komisch vor, daß sie ausgerechnet an dieser Stelle gefunden wurde. Wenn sie am Del-Monte-Strand an Land gespült worden wäre, dann wäre mir das nicht so merkwürdig vorgekommen.«
»Weshalb?«
»Weil sie ein Gast des Hotels Del Monte hätte sein können. Sie hätte vielleicht einen Abendspaziergang gemacht, wäre unachtsam geworden und hätte dem Wasser den Rücken zugekehrt oder so etwas. Wirklich Michael, du bist ausgesprochen schwerfällig im Denken!«
Er rieb sein Ohr und zwinkerte wie eine Eule. »Vermutlich bin ich etwas aus der Übung, aber das ist jetzt kaum der Rede wert. Warum bist du zu mir gekommen, Fremont?«
Ich setzte mich wieder hin und sank in mich zusammen. Ja, warum war ich gekommen? Was war nur mit meinem Freund Michael Archer geschehen, der einst so gern den Dr. Watson gespielt hatte, mit mir als Sherlock Holmes? Wo war

der ziemlich belesene ältere Gentleman geblieben, der meistens einen schwarzen Anzug und ein weißes Hemd trug? Aus ihm war dieser neue Mann geworden, Misha, wie war noch sein Familienname? Ach ja, Kossoff. Ich konnte schon an seiner Kleidung erkennen, daß er nun dieser Misha war: Er trug hellbraune Hosen mit Bügelfalten, einen cremefarbenen Kaschmirpullover, in dessen Ausschnitt ein goldfarbener Seidenschal geschlungen war, und darüber eine braune Wildlederweste mit Fransen. Dieser Misha rief so viele verschiedene Gefühle in mir hervor, daß ich am liebsten geschrien hätte.

Aber ganz vernünftig sagte ich: »Es wurde die Vermutung geäußert, daß die ertrunkene Frau vielleicht in Carmel bekannt ist. Ich habe mir gedacht, daß du vielleicht gern versuchen würdest, sie zu identifizieren. Du hast hier doch einen sehr großen Bekanntenkreis.«

Er kippte mit dem Stuhl zurück und legte einen Fuß auf den Tisch. Sein Schuh war ebenfalls aus braunem Wildleder und paßte farblich zur Weste. »Laß die Polizei sich darum kümmern, Fremont.«

»Irgendwie habe ich den Eindruck, daß sie sich nicht wirklich darum kümmern werden.«

»Vielleicht wünscht du dir das nur.«

Das war so bewußt und gemein gestichelt, daß ich mich erst gar nicht herabließ, ihm eine Antwort zu geben.

Michael streckte seine Hand aus, reckte sich etwas dabei und nahm eine Apfelsine aus dem Obstkorb, der auf dem Tisch stand. Dann fing er an, sie langsam und sorgfältig zu schälen. Der süße Duft der Frucht ließ mir das Wasser im Mund zusammenlaufen. Er sagte: »Es hat keinen Sinn, daß ich dich begleite, denn ich werde die Frau nicht identifizieren können.«

»Woher willst du das wissen? Du hast sie doch noch gar nicht gesehen.«

»Von meinen Bekannten wird keiner vermißt. Sie ist nicht aus Carmel. Wir sind nur eine kleine Gemeinschaft hier, und in der letzten Nacht waren wir alle vollzählig beisammen.« Er bot mir eine Hälfte der Orange an, dabei tropfte ihm der Saft von den Fingern.

Ich schüttelte den Kopf und weigerte mich, die Frucht anzunehmen und sein gespieltes Desinteresse zu akzeptieren. Ich hatte das Gefühl, daß er mir etwas vormachte. Allerdings hatte ich keine Ahnung, warum er das tat. Ob er mir nun etwas vormachte oder nicht, er ließ mich auf jeden Fall im Stich. »Es war falsch von mir hierherzukommen«, sagte ich und stand vom Tisch auf.

Michael legte den Kopf zurück, als ich hinter ihm entlangging, und ich spürte seinen Blick, der mir zur Tür folgte. Aber ich schaute nicht zurück. Im Eingang sagte ich, ohne mich umzudrehen: »Es tut mir leid, daß ich dich heute morgen gestört habe. Mir war nicht bewußt, wie sehr dich das Leben in Carmel verändert hat.«

Ich hatte gerade einen Fuß über die Türschwelle gesetzt, als Michael ganz leise zu sprechen begann: »Ich hatte gehofft, du wärst vielleicht wegen einer etwas privateren Angelegenheit gekommen.«

Meine Wangen brannten. Ich schluckte kräftig, um gegen das Erröten anzukämpfen. Als das Brennen nachließ, blickte ich über die Schulter zurück. Jetzt hatte er beide Füße auf den Tisch gelegt, und der grüngoldene Lichtschimmer, der auf sein Gesicht mit den slawischen Zügen fiel, ließ ihn wie einen Satyr oder einen Pan aussehen. Mir fiel keine Antwort ein.

Michael half nach. »Es hätte beispielsweise eine Einladung sein können. Ich darf wohl sagen, daß ich mich in deinem neuen Zuhause willkommener fühlen könnte als in diesem Gästehaus. Wenn du natürlich das Cottage gemietet hättest, das ich hier in Carmel für dich gefunden hatte, dann hätte diese Episode in dem Gästehaus nie stattgefunden, und wir hätten auch diese -nun, sagen wir mal – Verständigungsprobleme nicht.«

Ich drehte mich vollständig zu ihm um. »Wir haben das alles schon geklärt, Michael.«

»Aber nicht zu meiner Zufriedenheit.«

Mit einem lauten Rums stellte er die Füße auf den Boden und stand auf, um mir gegenüberzustehen, mit der Hälfte des Zimmers zwischen uns.

»Möchtest du es noch einmal hören? Nun gut. Ich konnte das Cottage nicht nehmen, weil ich in erster Linie eine Geschäftsfrau bin, und in Carmel gibt es, im Gegensatz zu dem, was du mich hast glauben lassen, für mich und meinen Schreibdienst nicht genug Arbeit. Als du mich überredet hast, hierherzuziehen, ist dir offensichtlich überhaupt nicht der Gedanke gekommen, daß deine Schriftstellerfreunde aus Carmel es sich nicht leisten können, ihre Schriften tippen zu lassen.«

»Manche können es sich leisten. Du warst einfach zu voreilig«, sagte er murrend.

»Meine Ersparnisse sind begrenzt. Ich muß praktisch denken, und Pacific Grove eignet sich einfach besser, um meinen Schreibdienst zu betreiben. Es liegt auf halbem Weg zwischen Carmel und Monterey, so daß ich Kunden in beiden Orten haben kann. Ich habe dir das alles doch schon einmal erklärt.«

Michael ging einige Schritte vorwärts. »Das hast du. Aber ich habe damals nicht geglaubt, daß deine Arbeit der wahre Grund dafür ist, warum du dich geweigert hast, das Cottage zu mieten. Und ich glaube es dir immer noch nicht.«

Ich schob das Kinn in die Höhe, und mein Gesicht fing an zu glühen. Dieses Mal versuchte ich jedoch nicht mehr, etwas dagegen zu unternehmen. Er hatte recht, es war nicht der wahre Grund gewesen, aber ich wäre lieber gestorben, als daß ich es zugegeben hätte. Ich sagte mit drohender Stimme:

»Michael, wenn du so weitermachst, dann wirst du auch noch den Rest von dem zerstören, was von unserer Freundschaft übriggeblieben ist.«
Mit funkelnden Augen ging er noch einige Schritte vorwärts, so daß wir nur noch etwa zwei Meter voneinander entfernt standen. »Warum kannst du dich nicht überwinden und mich Misha nennen, so wie alle anderen es tun?«
Die Antwort darauf war zu schwierig, und die Worte blieben mir im Hals stecken.
Er kam bis auf wenige Zentimeter an mich heran. »Warum ist es so schwer für dich, die Veränderungen in mir und in meinem Leben zu akzeptieren? Ich hätte mir nie träumen lassen, daß ausgerechnet du so reagieren würdest. Hätte ich das gewußt, dann hätte ich dich niemals ermutigt, nach Carmel zu kommen. Sei nicht ungerecht zu mir, Fremont. Als du aus Boston fortgingst, hast du da nicht genauso gehandelt wie ich? Du bist in eine andere Stadt gezogen, hast ein neues Leben begonnen und ebenfalls einen neuen Namen angenommen. Ich habe nichts anderes getan.«
»Wenn du es natürlich so siehst, dann hast du vermutlich ..., aber du mußt zugeben, daß die Art, wie du dein neues Leben gestaltest, äußerst ungewöhnlich ist.«
Er beugte sich zu mir nach vorn. Ich blieb, wo ich war, schaute ihn an und dachte dabei, daß er mein übertriebenes Herzklopfen eigentlich hören müßte. »Für eine Frau führst du ein ebenso äußerst ungewöhnliches Leben.«
»Jetzt hast du mich aber erwischt«, sagte ich, kniff die Augen zusammen und schluckte kräftig. Ich konnte sehen, wie sich die Muskeln in seinem Halsausschnitt anspannten, und sein schneller Atem hörte sich rauh an. Eine ganze Weile standen wir unbeweglich da, streitlustig und dennoch voneinander angezogen, und keiner von uns wollte diese Spannung durchbrechen. Dann traten wir jedoch gleichzeitig zurück, als gäbe es eine stille Vereinbarung zwischen uns.

Ich stand genau auf der anderen Seite der Türschwelle und wischte mir die Handflächen am Rock ab, denn sie waren schweißnaß. »In Ordnung«, sagte ich, »hier ist der Kompromiß: Ich werde dich Misha nennen, wenn du akzeptierst, daß es noch lange dauern wird, bis ich mich in Carmel wohlfühle.«
Er antwortete nicht, sondern rieb nur sein Kinn und hatte dabei einen so seltsamen, geistesabwesenden Blick, daß mir der Gedanke kam: »Allmächtiger, jetzt wird er gleich ganz verrückt!«
Plötzlich lächelte er und griff nach meiner Hand, wobei sein Händedruck irgendwie kühl und nüchtern war. Krampfhaft bemüht, begeistert zu klingen, sagte er: »Ich bin mit diesem Kompromiß einverstanden, Fremont!«
»Darüber freue ich mich, Misha.« Ich lächelte ihn ebenfalls an, aber in Wirklichkeit hatten wir uns so sehr auseinanderentwickelt, daß mir mein guter alter Freund fremder war als je zuvor. Ich lächelte und wünschte mir dabei, ich würde es auch so meinen, wünschte mir, daß sich das Problem von selbst löste, und vor allem wünschte ich mir, daß *sie* verschwinden würde. Langsam zog ich meine Hand zurück.
»Du wirst schon sehen, Fremont«, sagte er eifrig und wirkte reichlich jungenhaft dafür, daß er zwanzig Jahre älter war als ich. »Alles wird besser werden. Das ist erst der Anfang. Ein neuer Beginn.«
Ich antwortete lakonisch: »Vermutlich hast du recht.«
Seit dem Erdbeben redeten die Leute immer von einem Neuanfang. Was mich betraf, so hatte ich diese Neuanfänge ziemlich satt. Ich hatte in der letzten Zeit einfach viel zu viele miterlebt.
Ich hörte Bessie hinter mir, die am Gebüsch schnupperte, dann leise an den Zweigen knabberte und mich daran erinnerte, daß ich ein anderes Leben fernab von Michael – Misha – führte. Meine Zeit wurde anderweitig beansprucht. Ich

mußte Geld verdienen, und es gab Pflichten, die ich zu erfüllen hatte.
»Ich muß jetzt gehen«, sagte ich. Als ich die Kutsche erreicht hatte, drehte ich mich noch einmal um und rief spontan: »Möchtest du zum Abendessen in den Leuchtturm kommen, Misha?«
»Ich dachte schon, du würdest nie fragen«, sagte er langsam und verzog die eine Hälfte des Mundes zu einem Grinsen.
»Sonntag abend um sieben Uhr«, informierte ich ihn und hob die Zügel auf. »Misha, in der Zwischenzeit könntest du dich doch mal in Carmel wegen der ertrunkenen Frau umhören. Vielleicht weiß ja jemand etwas, und du wirst es nicht erfahren, wenn du nicht fragst.«
Bevor ich abfuhr, sah ich, wie ein Schatten über sein Gesicht fiel und er so finster dreinblickte, daß ich fast hören konnte, wie die Gedanken in ihm wüteten.

Misha, Misha, Misha: Immer wieder sagte ich diesen neuen Namen im Takt zu Bessies klappernden Hufen. Vielleicht könnte ich mich an ihn gewöhnen, wenn ich ihn nur oft genug wiederholte ...

Aber eigentlich glaubte ich nicht daran. In Wahrheit haßte ich diesen Namen, denn für mich stand er bestenfalls für Rücksichtslosigkeit und schlimmstenfalls für den Verrat an meinen zarten Gefühlen. In jener Nacht in dem Gästehaus hatte ich ihn angefleht:

»Warum hast du mir nicht gesagt, daß du dich in diesen vollkommen anderen Menschen, diesen Misha Kossoff, verwandelt hast, bevor ich hierherkam?«

Und er hatte geantwortet: »Weil ich Angst hatte, daß du dann nicht mehr kommen würdest. Michael Archer war ein Versuch, der gescheitert ist, Fremont. Mikhail Arkady Kossoff ist der, der ich wirklich bin.«

Wie hätte ich ihm jetzt noch die Wahrheit sagen und erzählen können, daß ich mich in Michael Archer verliebt hatte, in jenen Versuch, der gescheitert war? Und wie hätte ich ihm sagen können, daß ich angenommen hatte, er sei in mich verliebt? Warum hätte ich sonst wohl San Francisco verlassen, eine Stadt, die mir so lieb geworden war, trotz des Schmutzes und des Lärms und der hohen Preise, die der Wiederaufbau nach dem Erdbeben verursacht hatte. Der einzige Grund dafür war doch nur, daß ich in der Nähe des Mannes sein wollte, den ich liebte. Aber all diese Dinge konnte ich ihm unmöglich erzählen.

Ich könnte ihm durchaus glauben, daß sein wahrer Name Mikhail Arkady Kossoff lautete. Als wir noch nicht lange miteinander befreundet waren, erzählte er mir, daß er Amerikaner russischer Herkunft sei und daß sein amerikanischer Name, Michael Archer, aus seinen beiden russischen Vornamen Mikhail Arkady entstanden sei. Ich könnte ihm sogar abnehmen, daß er irgend etwas unter dem Namen Michael Archer getan hatte, was schiefgegangen war, denn auch wenn er es nicht direkt zugeben würde, so glaubte ich doch, daß dieser Mann ein Spion war. Oder zumindest, daß er einer gewesen war, denn er behauptete, er hätte sich »zur Ruhe« gesetzt. Darum ging es aber gar nicht. Worum es mir ging, war, daß ich nicht glauben konnte und auch nie glauben würde, daß Michael wirklich Misha war. Wenn dies nämlich der Fall wäre, dann sollte ich lieber meine Sachen packen und nach Hause fahren.

Nur leider hatte ich im Moment kein Zuhause mehr.

»Oh, Scheiße!« schrie ich aus vollem Hals. Ich hatte dieses Schimpfwort von meinem Vater gelernt, der es immer in »Scheibenkleister« abwandelte, wenn er wußte, daß ich ihn hören konnte. Normalerweise war das kein Wort, das ich benutzen würde, es sei denn in den Augenblicken größter Enttäuschung.

In diesem Augenblick hupte ein Auto mehrmals und knatterte an uns vorbei. Ich hoffte aufrichtig, daß der Fahrer meine Worte nicht gehört hatte.

Ich schlug leicht mit den Zügeln, denn Bessie trottete vor sich hin, obwohl der Hügel von Carmel aus viel weniger steil war als umgekehrt. Doch die Stute ging nun auch nicht viel schneller, und so ließ ich sie in Ruhe, denn meine Gedanken wanderten ebenso schwerfällig durch die Gegend. Ich bemühte mich immer, gerecht zu sein, und ich mochte sie wirklich gern, diese Carmeliter. So nannten sich nämlich die Einwohner Carmels selbst, allerdings bestand die einzige Ähnlichkeit mit dem Glaubensorden gleichen Namens nur in der Schreibweise. Die Carmeliter waren ein bunter, überspannter Haufen und so unkonventionell, daß ich daneben richtiggehend verblaßte. In Gedanken ging ich noch einmal zurück zu diesem Dezembertag, meinem ersten Tag in Carmel...

Ich war mit einem eleganten, schnellen Zug namens Del Monte Express auf der Halbinsel Monterey angekommen und war in Feierstimmung. Der Grund dafür war der höchst zufriedenstellende Ausgang der Gerichtsverhandlung gegen einen Mann namens Mickey Morelock. Ich wußte, daß der Schuft schuldig war, und die Geschworenen waren derselben Meinung. Da ich als Hauptzeugin in der Anklage gegen Mikkey vorgeladen war und vor Gericht aussagen mußte, war ich noch drei Monate länger in San Francisco geblieben, als ich wollte. Denn ich hatte Michael schon zugesagt, nach Carmel zu ziehen.

Ich wußte, daß er ein Cottage für mich gefunden hatte, das ich mieten sollte. Aber ich war eigensinnig, und manche Leute, wie beispielsweise mein Vater, würden von mir sagen, ich sei übermäßig freiheitsliebend. Deshalb hatte ich für drei Tage – nur für alle Fälle – eins der nicht so teuren Zimmer im Hotel Del Monte reserviert.

Am ersten der drei Tage kam Michael am Nachmittag mit seinem Auto, dem Maxwell, bei mir vorbei. Wir wollten zu einem Picknick in Carmel. Es war alles wunderbar – das Wetter, die Landschaft, die nette Gesellschaft – und mir war richtig schwindelig vor Freude. Ich trug ein hübsches neues Kostüm mit einer dieser enganliegenden, langärmeligen Jacken, die bis zur Taille gingen und neueste Mode waren. Der Stoff aus dem das Kostüm, olivefarbiger Seidengabar-

dine, war vielleicht ein wenig zu fein für ein Picknick, aber das störte mich nicht weiter. Ganz besonders freute es mich dann, als Michael sagte: »Du siehst heute wirklich ganz außergewöhnlich gut aus, Fremont. Dafür haben sich die drei Monate Wartezeit wohl doch gelohnt.«
Ich bedankte mich bei ihm und hatte das Gefühl, ich würde von innen heraus glühen. Er selbst sah außergewöhnlich gut aus. Seine Kleidung war viel legerer, als ich sie von ihm gewohnt war. Er trug ein Hemd aus einem leichten Wollgewebe, dessen interessanter Farbton mich an das Gefieder einer Ente erinnerte. Darunter hatte er einen schwarzen Pullover und schwarze Hosen an. Ein schwarzer Filzhut hing verführerisch über dem einen Auge.
Michael sprach unaufhörlich auf der Fahrt und erzählte mir interessante kleine Anekdoten aus der Geschichte des Dorfes Carmel. Beispielsweise, wie es zu dessen Namen gekommen war. Es war nach dem Fluß, Rio Carmelo, benannt worden, der seinerseits seinen Namen von Karmelitermönchen erhalten hatte, die mit einem der ersten spanischen Entdecker gekommen waren. Ich hatte kaum gemerkt, daß Zeit vergangen war, da fuhren wir schon auf der Ocean Avenue nach Carmel hinein. Diese Straße war nicht gepflastert und hatte die Beschaffenheit eines Waschbretts. Michael zeigte mir das höchste Gebäude des Ortes, das Pine Inn, auf der rechten Seite und fuhr kurze Zeit später nach links. Dann sagte er: »Dies ist die Monte Verde Avenue. Hier wohnen Oscar Peterson und seine Frau Mimi. Mein Cottage befindet sich in der Casanova, die einen Block weiter unten liegt.«
Dann erklärte er mir, daß *casanova* Spanisch sei und »neues Haus« bedeuten würde, *monteverde* hingegen sei ein grüner, bewaldeter Hügel. Er zeigte auf das Cottage der Petersons und die angrenzenden Hütten zu unserer Linken, die fast völlig durch das Grün, das sie umgab, verborgen waren.

»Wo ist der Ozean?« fragte ich, als er zu meiner Überraschung den Maxwell vorsichtig in einen Busch mit Margeriten fuhr und den Motor ausstellte. »Ich dachte, wir würden an jenem Strand mit dem sauberen weißen Sand picknicken, von dem du mir so viel erzählt hast.«
»Das machen wir auch«, antwortete er mir, »aber wir treffen uns zuerst alle hier bei den Petersons. Wir werden dann gemeinsam zum Strand hinuntergehen. Das machen wir fast jeden Abend so, um den Sonnenuntergang zu beobachten. Er ist so wunderschön. Das Erlebnis, ihn zu sehen, ist ein wahrer Höhepunkt.«
Über seine Begeisterung mußte ich zwar lächeln, aber eigentlich war ich bitterlich enttäuscht. Ich hatte angenommen, daß Michael und ich allein picknicken würden. In meiner Phantasie hatte ich mir vorgestellt, daß er die Gelegenheit, zum ersten Mal mit mir allein am weißen Strand von Carmel zu sitzen, nutzen würde, um mir endlich zu sagen, daß er mich liebte. Er würde sich bei mir bedanken, daß ich San Francisco aufgegeben hatte, um in seiner Nähe zu sein. Und ich würde dann so etwas sagen wie: »Oh, das ist doch nicht der Rede wert, schließlich liebe ich dich auch.«
Oscar Petersons Anwesen erinnerte mich an ein Sommerlager, in dem ich als Kind immer gewesen war. Alles roch nach Wald, und es schien als menschliche Behausung kaum geeignet zu sein. In der Nähe der Wendestelle, die mit Kies bestreut war und als Auffahrt diente, war an einem Baumstamm ein Schild befestigt worden, auf dem gekritzelt stand: Haus Peterson. Wenn ich mich recht daran erinnerte, hatte Michael in einer seiner vielen Geschichten aus Carmel erwähnt, daß Oscar ein Dichter sei. Dafür war aber der Name des Hauses nicht gerade berauschend.
»Da ist Oscar schon«, sagte Michael und faßte mich am Ellbogen. Ich atmete tief ein, hob das Kinn und setzte ein Lächeln auf.

Der Mann, der auf uns zuging, war groß, dünn und blaß, hatte schüttere graue Haare, die ihm strähnig auf die Schultern fielen. Er trug eine runde Brille mit silbernem Gestell und dicken Gläsern, die die grauen Augen noch größer erscheinen ließen. Seine Kleidung sah aus, als wäre sie einst entweder von jemand anders getragen worden oder als wäre er selbst einst ein anderer gewesen. Hemd und Hose waren beide viel zu groß, so daß sie an ihm herunterhingen. Sie wurden an den Hüften durch einen geknoteten Schal zusammengehalten, der als Gürtel diente. Seine Hose war kurz unter den Knien abgeschnitten und entblößte zwei schneeweiße Schienbeine. An den knochigen Füßen mit den langen Zehen trug er Sandalen. Mit einem Wort, seine Erscheinung konnte einen ziemlich aus der Fassung bringen. So dachte ich jedenfalls, bis Michael seine Vorstellung beendet hatte.
»Fremont, ich bin entzückt«, Oscar lächelte dabei so strahlend, daß all seine Eigenartigkeit augenblicklich verpuffte.
»Dasselbe gilt für mich, Oscar«, sagte ich und meinte es auch so.
»Wir sind alle hier hinten, zwischen den Bäumen.« Er winkte vage und ging los. Michael und ich folgten ihm, und schon befand ich mich inmitten von Carmelitern.
Ein Mann, ein Künstler mit einem arabisch klingenden Namen, den ich nicht richtig verstand, war mit wehenden Gewändern in Schwarz und Weiß bekleidet. Der krönende Abschluß war ein arabischer Mantel mit Kapuze, ein Burnus. Seine Begleiterin sah älter aus als er, wenn man sein Alter am Gesicht ablesen wollte, denn alles andere war ja bedeckt. Sie sah auch weniger exotisch aus, trug ein modisches Reisekostüm mit Staubmantel und verschleiertem Hut in einem zarten, aber faden rosa Farbton. Ihr Name war Irma Fox, und ihr Gesicht ähnelte tatsächlich dem eines Fuchses. Sie hatte einen kleinen Mund, eine spitze Nase und Knopfaugen, und alles befand sich irgendwie in der Mitte des Gesichts.

Kurz hinter Irma saßen drei Männer nebeneinander auf einer Holzbank, in Hemdsärmeln ohne Kragen, die bunten Westen geöffnet. Sie stellten sich als Tom, Dick und Harry vor, und ich fragte mich, ob sie mich verulken wollten. Gerade wollte ich sie zu ihren Namen befragen, da erschien *sie*.
Sie war über und über mit Blumen geschmückt, tauchte aus dem Nichts auf, schwebte herbei, um sich dann an Michaels Arm festzuklammern.
»Liebling«, sagte sie mit zuckersüßer Stimme, »du *mußt* mich meiner Rivalin vorstellen.«
Bis dahin hatte ich noch nicht einmal gewußt, daß ich eine Rivalin hatte. Das war sicher noch so ein Unsinn wie der mit Tom, Dick und Harry, so dachte ich zumindestens erst.
Michael kicherte und sagte mit sanfter Stimme: »Artemisia Vaughn, darf ich dir Caroline Fremont Jones vorstellen, die es vorzieht, Fremont genannt zu werden?«
»Guten Tag«, sagte ich mechanisch.
Sie sagte: »Angenehm. Ich ziehe es vor, Artemisia genannt zu werden, obwohl es hier einige Kretins gibt, die darauf bestehen, mich Art zu nennen. Wer möchte schon Art *genannt* werden! Art, das ist die Kunst, und Kunst will geschaffen werden!«
»Artemisia ist Künstlerin«, sagte Michael und lächelte sie an, »und das nicht nur auf einem Gebiet. Sie malt, schreibt und macht Amateurtheater.«
Ich sagte: »Wie beeindruckend!« Es war schwer, dieses Bild einer Künstlerin nicht anzustarren. Sie sah aus, als liege ihr Alter irgendwo zwischen Michaels und meinem, also etwa zwischen dreißig und vierzig. Ihr Gesicht war interessant, aber nicht schön, und wurde von einer langen Nase beherrscht, die auf der Spitze einen kleinen hakenförmigen Fortsatz hatte. Die großen dunkelbraunen Augen waren das Beste in ihrem Gesicht und lenkten von dem breiten Mund ab. Sie hatte einige der hier üppig blühenden Margeriten in

ihr langes braunes Haar geflochten und trug ein Kleid in griechischem Stil, das die spitzen und offensichtlich nicht geschnürten Brüste betonte.
»Ich male Nachtstücke«, sagte Artemisia, »und ich schöpfe aus meinen Träumen Geschichten. Wissen Sie, mich interessieren nur die Dinge der Nacht.«
»Dann könnte man annehmen, daß sie deshalb auch nach Artemis, der Göttin des Mondes, benannt wurden«, sagte ich fröhlich.
»Natürlich!« Sie lachte, und es klang wie ein Regen aus lauter Goldmünzen. Dabei lehnte sie ihren Kopf ganz und gar unbefangen an Michaels Schulter.
»Und die Göttin der Jagd«, fügte ich hinzu.
»Wie klug deine Freundin doch ist, Misha«, sagte sie schnurrend. »Aber das hast du mir ja auch erzählt, nicht wahr?«
»Fremont ist tatsächlich klug. Manchmal allerdings zu klug.«
»Ihr seid beide zu nett zu mir«, sagte ich und dachte: »Wie hat sie ihn genannt? Ist das ein Kosename?« Das wurde hier langsam einigermaßen unerträglich.
»Sei kein Dummkopf!« Sie kniff in Michaels Nase. Ich war erstaunt, wie ungezwungen sie ihn berührte. Er lächelte sie an, und es machte ihm offensichtlich überhaupt nichts aus, wie vertraut sie mit ihm umging.
»Man kann nie klug genug sein«, beteuerte sie. »Stimmt's, Fremont?« Sie hob ihren Kopf von Michaels Schulter, zwinkerte mir zu, und ohne eine Antwort abzuwarten, wirbelte sie davon, wobei sich die Falten ihres griechischen Kleides um sie herum kräuselten.
Das war meine erste Begegnung mit Artemisia Vaughn, meiner Rivalin also. Ich war so verblüfft, daß ich die übrigen Carmeliter in einem Zustand der Benommenheit kennenlernte. Ich konnte mir ihre Namen nur noch merken, wenn ich sie mit der Kleidung in Verbindung brachte, die sie tru-

gen. Das ging besonders gut, denn seit Halloween hatte ich kaum etwas gesehen, was einem Kostümfest so nahe kam wie dieses Picknick.

Brunhilde, eine kräftige Blonde mit germanischem Aussehen, war Mimi Peterson. Sie trug zwar keinen Helm mit Hörnern, aber ihre Haare waren gelb wie Mais und locker auf dem Kopf zu einem Knoten geschlungen. Manche Strähnen fielen ihr über die Wangen und den Nacken, was äußerst anziehend aussah.

Dann war da noch La Señorita, eine übertrieben kokette Brünette, in Rüschen gekleidet, deren Namen ich prompt wieder vergaß. Die Gestalt, die Arthur soundso hieß, war ein stiller Mann in braunem Anzug, und alles an ihm war mittelmäßig: Größe, Gewicht, Alter, Nasenlänge, Größe der Ohren und so weiter. Und Diogenes, ein älterer Mann mit weißen Haaren und dickem, rundem Bauch, der mit einem formlosen Gewand aus grobem graubraunem Wollstoff gekleidet war und eine Laterne trug, war Professor und hieß Stork oder Storch.

Schließlich war da noch Phoebe, die wie einer dieser kleinen graubraunen Vögel, aber auch wie eine sanfte, rundliche Jane Eyre aussah. Sie trug ein schokoladenbraunes Kleid mit weißem Kragen, hatte braunes Haar mit einem Mittelscheitel und haselnußbraune Augen. Ihr Nachname war Broom – Besen –, und der paßte ebenfalls zu ihr.

Plötzlich und unsanft wurde ich durch ein Schnauben und Rütteln aus meinem Tagtraum gerissen. Hetties Stute hatte den Kamm des Carmel-Hügels erreicht und stürzte sich mit viel zuviel Begeisterung auf den Abhang.

»Ruhig, Bessie, ruhig!« schrie ich und riß die Zügel zurück, um sie zu bremsen. Als wir hinunterfuhren, konnte ich über die Baumwipfel hinweg das wundervolle blaue Wasser der Bucht von Monterey sehen, denn der Nebel hatte sich inzwischen verzogen. Aber in Gedanken verweilte ich an einem

ganz anderen Ort. Ich befand mich am Rande einer anderen Bucht, nämlich der von Carmel, an jenem ersten und schicksalhaften Tag im Dezember.
Die farbenfrohen Carmeliter und ich hatten alles, was es zu picknicken gab, am Strand gegessen, dessen Sand sich wirklich als so weiß herausgestellt hatte, wie Michael es berichtet hatte. Die Sonne war ein feuriger roter Ball, der gen Pazifik zu versinken begann, als Artemisia zu der Decke herübergelaufen kam, wo Michael und ich saßen. Dann nahm sie uns bei den Händen.
»Ihr müßt beide mitkommen!« rief sie aus. »Ich baue ein lebendes Tableau für den sterbenden Tag!«
Michael ließ sich von ihr hochziehen, aber ich weigerte mich und sagte: »Nein, danke. Ich möchte lieber zuschauen.«
Sie schmollte, und Michaels Mund verzog sich zu einem leichten, sinnlichen Lächeln.
»Bist du sicher, Fremont? Artemisias Gruppenbilder sind ein Erlebnis.«
»Aber nichts für mich« dachte ich, zwang mich dennoch zu einem Lächeln und winkte ihnen zu. Dann schaute ich mit einer seltsamen Mischung aus Neid und Kummer zu, wie Artemisia ihre kleine Gruppe von Männern und Frauen zusammenstellte, um dann Hand an sie zu legen. Sie bewegte ihre Arme und Beine, drehte und kippte die Köpfe in die verschiedensten Posen, so, als seien sie lebendige Statuen. Durch die untergehende Sonne färbten sich ihre Körper rotgolden.
»Darin ist sie gut«, sagte eine Stimme leise hinter mir. Ich schaute mich erschrocken um, denn ich hatte angenommen, daß ich so gut wie allein hier saß. Die Picknickdecke, die am nächsten war, befand sich immer noch in einigen Metern Entfernung von mir, und die beiden, die darauf gesessen hatten, waren Teil des Gruppenbildes. »Phoebe«, sagte ich, als ich sie erkannte. »Ich stimme Ihnen zu, Artemisia scheint unendlich talentiert zu sein.«

Phoebe setzte sich zu mir und zog die Füße unter ihren Rock. Sie trug braune, bis oben geknöpfte Schuhe, eine merkwürdige Wahl, wenn man den Sand bedachte. Sie sagte: »Sie haben mich nicht richtig verstanden. Ich meinte, daß sie gut darin ist, die Leute tun zu lassen, was sie will.«
»Ah«, sagte ich, so wie Michael es immer tat, wenn er entweder nicht wußte, was er sagen sollte, oder etwas nicht verraten wollte. Ich wartete, aber Phoebe führte nicht aus, was sie damit meinte.
Schweigend beobachteten wir eine Szene, die so schön war, daß es schon schmerzte. Die untergehende Sonne färbte die Wellenkämme golden, während die übrige See tiefdunkel war. Eine Gruppe von Seemöwen kreiste im Wind und tauchte dann in einen Sonnenstrahl, der sie rosa färbte und aussehen ließ wie Flamingos. Bis auf diesen einzigen Strahl war der Himmel dunkelrot.
Artemisia, die mit ihrer Gruppe nicht ganz zufrieden war, legte ihre Hand auf die Innenseite von Michaels Oberschenkel und drehte sein Bein nach außen. Bei diesem Anblick fuhr es mir eiskalt durchs Herz.
Sie streichelte seine Kehle und schob seinen Kopf zurück. Dann nahm sie ihren langen weißen Schal und drapierte ihn so um seinen Hals, daß die beiden Enden im Wind flatterten. Seine Arme waren nach hinten ausgestreckt, so wie sie es bestimmt hatte, und er sah aus wie die griechische Siegesgöttin Nike von Samothrake mit ihren Flügeln. Die anderen verharrten in weniger dramatischen Positionen. Artemisia hatte Michael zum Helden ihrer Aufführung gemacht.
Schließlich war sie zufrieden und trat zurück. Die lebenden Statuen blieben in ihren Stellungen, während die Sonne, die in ihrem Untergang gigantisch gewachsen war, einen letzten Strahl hinüberwarf, der alle in blutrote Götter verwandelte.
Und Phoebe sagte: »Ich habe gar nicht bemerkt, wie gutaussehend Misha ist.«

»Misha?« Ich flüsterte, um diesen dramatischen Augenblick nicht zu verderben.

»Misha. Dein Freund.«

In diesem Augenblick erhob sich Diogenes schwerfällig und fing an zu singen. Es war eher ein monotoner, wortloser Gesang, der selbst für mich, die hin- und hergerissen war, ziemlich ergreifend war. Artemisia klatschte einmal in die Hände, und das Gruppenbild bewegte sich und ging sanft in eine andere Pose über. Ein Seufzer ging durch die Gruppe der Zuschauenden, und auch ich mußte seufzen. Das lebende Tableau zum sterbenden Tag war sowohl schön als auch unheimlich, und ich bekam eine Gänsehaut.

Phoebes Stimme durchbrach den Zauber. »Ich frage mich, ob Misha wohl für mich nackt Modell stehen würde«, sagte sie nachdenklich.

Ich erinnerte mich daran, daß sie Bildhauerin war, wobei ich froh war, daß die letzten Strahlen der untergehenden Sonne meine Wangen tarnten. Sie brannten bei der Vorstellung, daß Michael nackt Modell stehen würde.

Ich erhob jedoch keine Einwände. In den wenigen Stunden, die ich inmitten dieser illustren Gesellschaft verbracht hatte, war mir bereits deutlich geworden, daß diese ungewöhnlichen Menschen wirklich wahre Bohemiens, Künstler und Intellektuelle, waren. Sie waren wohl die Avantgardisten der Avantgarde, obwohl mir einige von ihnen etwas verrückt vorkamen. Deshalb fragte ich nur: »Warum nennt ihr ihn Misha, Phoebe?«

»Weil es der russische Spitzname für Michael ist, und er ist doch Russe. Wußtest du das nicht?« antwortete sie.

»Ich dachte, er sei Amerikaner.«

»Nun, vielleicht ist er ja beides. Ich weiß nur, daß er als Michael Archer nach Carmel kam, um sich kurz nach dem Erdbeben hier umzuschauen. Als er dann Land kaufte, wurde die Urkunde auf den Namen Mikhail Arkady Kossoff ausgestellt. Er meinte, dies sei sein rechtmäßiger Name, sein Geburtsname. Er ist in Fort Ross geboren. Fort Ross gehörte den Russen, bevor Kalifornien ein Staat wurde.« Phoebe zuckte mit den Achseln. »Wir haben uns dabei nichts weiter gedacht. Die Künstler kennen alle irgendwelche Leute, die ihre Namen geändert haben. Es war jedenfalls Artemisia, die ihn zuerst Misha nannte. Ihm gefiel der Name, und es blieb dabei. Soweit ich weiß, gibt es Michael Archer jetzt nicht mehr.«

»Wie ausgesprochen interessant!« sagte ich. Ich starrte über den Strand hinweg zum Gruppenbild, das sich jetzt auflöste. Die lebenden Statuen umarmten sich gegenseitig und verabschiedeten sich voneinander, und immer wieder hörte man ein Lachen. Die zentrale Figur in diesem Austausch der Zuneigung war Artemisia. Das Weiß ihres griechischen Gewandes strahlte, als haftete ihm das letzte bißchen Licht an, das noch geblieben war. Gerade bemühte ich mich, gegen meine Eifersucht anzukämpfen, da beugte sich Michael, von ihr erstmals Misha genannt, über sie, nahm den Schal von seinem Hals und schlug ihn um den ihren.

Ich hatte dann fortgesehen, denn ich hatte Angst, er würde sie küssen, und das wollte ich nicht mit anschauen. Phoebe hatte weitergeredet, aber ich hatte nicht ein Wort von dem vernommen, was sie sagte. In meinen Ohren dröhnte es, und mein Mund war noch trockener als der Sand, auf dem ich saß. In diesem Augenblick wurde mir alles klar: Ich würde zukünftig ein schreckliches Leben in einem Cottage in Carmel führen, wo ich tagtäglich mit solchen Situationen konfrontiert werden würde. Zwischen Michael und mir würde es keine Eingeständnisse unserer Liebe am weißen Strand oder sonstwo geben. Ich war nahe dran gewesen, mich zur völligen Närrin zu machen. Mit anderen Worten, ich hatte einen großen Fehler begangen.

An jenem Abend hatte ich nicht geweint. Irgendwie hatte ich

ihn und die Tage, die folgten, überstanden. Ich weinte nicht so schnell. Aber als Hetties Stute den Hügel in Richtung Monterey hinabflog und der Wind in mein Gesicht blies, da spürte ich Tränen auf meinen Wangen.

***

Wenn man ein Erdbeben erlebte, dann war das eine Erfahrung, aus der man viel lernen konnte. Vermutlich traf das auf jede Katastrophe zu, die einen erschütterte und das Leben völlig durcheinanderbrachte. Wenn man dann anfing, alles wieder in Ordnung zu bringen, dann fand man heraus, daß nichts mehr so war wie zuvor. Hatte man dann auch noch viel verloren, so wie die meisten von uns während des Bebens und des anschließenden Feuers, dann erkannte man schnell, was einem am meisten bedeutete, und zwar dadurch, daß man sich heftig danach sehnte, es wiederzubekommen.

Einmal abgesehen von Liebe und Freundschaft (zu der Zeit war ich diesbezüglich ja eher verwirrt), vermißte ich nach dem Erdbeben am meisten die tägliche Gewohnheit, in mein Büro zu gehen und einer Arbeit nachzugehen, mit der ich meinen Lebensunterhalt bestreiten konnte. Diese Sehnsucht konnte ich fast körperlich spüren. Ich mußte erfahren, daß jegliche Arbeit, ob sie bezahlt war oder nicht, immer noch besser war als gar keine. Außerdem konnte es wie ein rettender Hafen im Sturm sein, wenn man zu einer täglichen Routine fand. Als ich einmal beschlossen hatte, in Pacific Grove zu bleiben, verlor ich keine Zeit und suchte mir ein Büro, um meine tägliche Routine wiederaufzunehmen. Sie mußte etwas abgeändert werden, da ich ja zugestimmt hatte, vorübergehend als Leuchtturmwächterin zu arbeiten.

Hettie würde sechs Monate fort sein, deshalb war mein Tagesablauf bis Juli folgendermaßen: Morgens war ich normalerweise im Leuchtturm und erledigte den Schreibdienst, der mit der Arbeit als Wächterin verbunden war. Dazu gehörte das Führen des Logbuches, die Bestellung und Überwachung der Vorräte, die Aufzeichnung der Anzahl der Stunden, die Quincy und seine gelegentlichen Helfer gearbeitet hatten, der Bericht über Einnahmen und Ausgaben und so weiter. Mittags ging ich in mein Büro in der Stadt. Dort blieb ich von zwölf bis ungefähr drei Uhr dreißig. Ich würde natürlich lieber länger im Büro bleiben, aber ich hatte nicht das Gefühl, von Quincy fordern zu können, noch länger als vier Uhr Wache zu halten. Da ich mit der Schreibarbeit im Leuchtturm flink wie ein Wiesel war, konnte ich auch von Zeit zu Zeit morgens fortgehen, ohne daß etwas Schlimmes passierte.

Es war kurz nach halb zwölf, als ich aus Carmel zurückkam und mich mit Quincy besprach. Er erzählte mir von einem Holzschoner, der während der letzten Stunde von Norden in die Bucht eingelaufen war. Ich bedankte mich bei ihm und ging nach oben in den Wachraum, wo ich das Eintreffen des Schoners unter die Rubrik »Bemerkungen« ins Logbuch eintrug. Hier mußte alles notiert werden, was in der Bucht beobachtet wurde: Der Schiffsverkehr, der hereinkam und hinausging, das Sichten von Meerestieren, irgendwelche ungewöhnlichen Vorkommnisse. Als ich wieder hinunterging, dachte ich an die ertrunkene Frau und daß ich ihr keine große Hilfe gewesen war.

Zum Mittag machte ich mir ein Brot mit Käse und fragte mich, ob irgend jemand sie als vermißt gemeldet hatte. Wenn nicht, wie ging die Polizei wohl in der Frage der Identifikation vor? Vielleicht hatten sie ein Photo von der Gesichtshälfte gemacht, die nicht so schlimm aussah, und hatten es zur Veröffentlichung an die Zeitung weitergegeben. Das hätte zumindestens ich gemacht . . .

Ich nahm mir etwas von Quincys Kaffee, da ich von der Milch, die direkt von den Kühen kam, nicht so angetan war wie Hettie. Quincy war ein Kaffeenarr. Es war die einzige Schwäche, die er hatte. Er ließ den ganzen Tag über eine Kanne mit Kaffee auf dem Ofen in der Küche des Leuchtturms stehen. Dieser Ofen war ein schwarzes Ding aus Eisen, das das Holz wirklich geradezu fraß und so aussah, als stünde er dort, seit der Leuchtturm vor einem halben Jahrhundert in Betrieb genommen wurde. Ich mochte darauf nicht kochen, denn es würde sicher etwas schiefgehen. Aber ich war sowieso keine gute Köchin. »Warum, warum nur habe ich Michael zum Essen eingeladen?«

»Ich werde einfach nicht weiter darüber nachdenken«, sagte ich energisch. »Was geschehen ist, ist geschehen.«

Und kurze Zeit später hatte ich mein Brot aufgegessen und machte mich auf den Weg in mein Büro, das etwa zwei Kilometer von dort entfernt im Zentrum Pacific Groves lag.

***

Fremont Jones Schreibdienste. Mein Schild, das tragbar war und seit dem Erdbeben schon mehrere unterschiedliche Arbeitsstätten geschmückt hatte, hing nun in einem Fenster auf der Grand Avenue. Diese Straße lag zwischen der Lighthouse Avenue und der Hauptstraße mit dem passenden Namen Central. Ich mußte lächeln, als ich das Schild sah, und mein Herz tat einen kleinen Freudensprung. Wie gut, endlich wieder zu arbeiten, wenn auch nur für einige wenige Stunden am Tag!

Dieses Büro unterschied sich sehr von meinem ersten Büro, das auf der Sacramento Street in San Francisco lag und nach dem Erdbeben niederbrannte. Das Büro, das ich nun hatte, war kleiner, aber es hatte irgendwie mehr Atmosphäre. Das Gebäude selbst war aus Ziegelstein, ziemlich schmal und zweieinhalb Stockwerke hoch. Mein Büro befand sich im Erdgeschoß. Was über mir war, wußte ich nicht so genau. Bis

damals hatte ich den Bewohner über mir weder gesehen noch gehört. Meine Tür führte zum Bürgersteig hinaus, daneben war direkt das Fenster, das so groß war, daß es fast die ganze Breite des Büros einnahm. Die Zimmerdecke war hoch und vermittelte somit einen geräumigen Eindruck, was die geringe Quadratmeterzahl des Raumes wieder aufwog.
Ich hatte das Büro ziemlich sparsam eingerichtet. Die Möbel waren gebrauchte Wohnzimmermöbel, die ich in einem Laden in Monterey erstanden hatte. Büromöbel stellten sich als viel zu teuer heraus. Deshalb war mein »Schreibtisch« ein alter Lesetisch, und meine Schreibmaschine stand auf einem kleinen Sofatisch, der auf die richtige Höhe gebracht worden war. Die Aktenordner befanden sich in einer hölzernen Milchkiste, die ich von einer Molkerei erbeten hatte, da sie die richtige Größe besaß. Die Vorräte lagen versteckt auf den Brettern eines alten Buchregals, das noch Glastüren hatte, um den Staub abzuhalten. Das Glas war schon an vielen Stellen gesprungen und mit Heftpflaster geklebt worden. Dann gab es noch zwei gleich aussehende Stühle mit gerader Rükkenlehne, auf deren harten Sitzen fröhliche gelbe Kissen gebunden waren. Die Krönung des Ganzen war meine neue Schreibmaschine von Royal, die einen beweglichen Wagen besaß. Eine kleine Klingel zeigte an, wann ich das Ende der Zeile erreicht hatte und den Wagen zurückschieben mußte.
Voller Stolz über meine Errungenschaften deckte ich meine Schreibmaschine ab, ging dann zum Fenster und drehte das kleine Schild um, das *Offen* auf der einen Seite und *Geschlossen* auf der anderen Seite anzeigte. Da der Tag so schön geworden war, ließ ich die Tür offen. Eine leichte Brise wehte herein und trug den Geruch von Salz und Tang mit sich.
In den Straßen war es ruhig, so ruhig wie fast immer in Pacific Grove. Verglichen mit dem Leuchtturm auf Point Pinos jedoch summte die kleine Stadt vor Aktivität. Die Verkehrs-

geräusche waren wie Musik für meine geräuschentwöhnten Ohren.
Ich winkte dem Mann zu, der das Photogeschäft auf der anderen Straßenseite gegenüber führte. Wie gewöhnlich beachtete er mich nicht. Ich vermutete, daß er zu den Leuten gehörte, die glaubten, daß eine Frau nicht arbeiten sollte. Die Welt ist ja voll von ihnen. Ich beachtete diese Leute nicht weiter. So drehte ich mich mit einem besonders freundlichen Lächeln um und ging zu meiner Schreibmaschine.
Das Geschäft lief alles andere als lebhaft, aber dennoch kamen fast jeden Tag ein paar Kunden vorbei. Ich mußte noch zwei Briefe tippen, die am Nachmittag zuvor vorbeigebracht worden waren, deshalb machte ich mich sofort daran. Als ich gerade in den zweiten Brief völlig versunken war und mich bemühte, die unendlich einfallsreichen und manchmal auch belustigenden Rechtschreibfehler zu entziffern, da spürte ich die Anwesenheit von jemanden. Ich schaute hoch.
Ein Mann stand im Türeingang. Er war ein vornehmer älterer Herr, der keinesfalls als alt bezeichnet werden konnte. Sein Haar war so silberfarben, daß es in der Sonne glitzerte. Im Gegensatz dazu war seine Haut gebräunt, ein Hinweis darauf, daß er wohl viel Zeit an der frischen Luft verbrachte. Er trug einen schwarzgrauen Nadelstreifenanzug mit Weste, ein weißes Hemd mit einem gestärkten Kragen und einer schwarzen Krawatte. In der einen Hand hielt er mit seinen sehr langen Fingern einen schwarzen Zylinder am Hutrand fest.
Ich lächelte und sagte: »Guten Tag.«
Sein Gesicht erschien durch die Linien und Falten, die von einer langen Lebenserfahrung zeugten, noch viel anziehender. Ohne zu lächeln sagte er: »Es ist also wahr, was ich gehört habe.«

LOGBUCHEINTRAGUNGEN
10. Januar 1907
Ergänzende Bemerkung: Schiff der Küstenwache aus Point Sur warnt vor orkanartigen Winden, die vom Süden her die Küste hochziehen

»Entschuldigung. Was haben Sie gesagt?« sagte ich.
»Braxton Furnival, zu Ihren Diensten«, sagte er und vollführte dabei so etwas wie ein Nicken mit dem silbergrauen Haarschopf und eine Verbeugung. »Darf ich eintreten?«
»Wenn Sie etwas schreiben lassen wollen, Mr. Furnival, dann auf alle Fälle.« Ich stand von der Schreibmaschine auf. Hätte ich doch nur den Leseschreibtisch weiter in die Raummitte gestellt und nicht an die Wand, dann hätte ich mich jetzt dahinter verbergen können. Andererseits haßte ich es auch, daß ich so mißtrauisch geworden war, auch wenn seine erste, komische Bemerkung es durchaus verdient hatte.
Er kam näher und drehte die Krempe des Zylinderhutes in seinen Händen. »Im Moment bin ich einfach nur neugierig, aber vielleicht könnten wir ins Geschäft kommen, nachdem wir uns ein wenig unterhalten haben. Sie sind doch, nehme ich an, Fremont Jones?«

Er musterte mich nicht von oben bis unten, sondern sah mir in die Augen, was ich als gutes Zeichen betrachtete und mich etwas entspannte. »Das bin ich in der Tat. Möchten Sie sich setzen, Mr. Furnival?«
Er war so groß und langgliedrig, daß der Stuhl mit den gelben Kissen regelrecht klein gegen ihn wirkte. Er schien sich ebenfalls wohl zu fühlen und legte ein Bein über das andere. Seine Socken waren schwarz mit silberfarbenem Muster. Jetzt lächelte auch er.
»Ich habe gehört, daß Hetties Vertretung eine Frau mit einem eigenartigen Namen ist und daß diese Frau nachmittags in der Stadt ein Geschäft führt. Deshalb wollte ich mal selber nachsehen.«
»Ich vertrete Mrs. Houck nur vorübergehend. Der Schreibdienst ist die Tätigkeit, der ich hauptsächlich nachgehe. Wenn sie im Juli zum Leuchtturm zurückkehrt, dann werde ich auch wieder den ganzen Tag hier im Büro sein. Vorausgesetzt natürlich, daß meine Dienste hier auch wirklich ausreichend in Anspruch genommen werden.«
»Ich verstehe. Sind Sie denn auch gut?«
Diese Frage klang ein wenig schelmenhaft, zudem wirkte Mr. Braxton Furnival auch etwas rauh, trotz seiner ausgezeichneten Kleidung. Ich mochte ihn irgendwie, aber ich habe ja schon immer eine Schwäche für ältere Männer gehabt. Deshalb war ich auch nicht beleidigt, sondern antwortete ebenso neckisch: »Ja, das bin ich. Sogar ziemlich gut.«
Er lachte und schlug sich auf die Knie. »Eine Frau mit Geist und noch dazu gutaussehend! Donnerwetter, Sie sind engagiert.«
»Wenn Sie damit meinen, daß Sie etwas für mich zum Tippen haben, dann würde ich es mir gern anschauen. Haben Sie das Dokument bei sich?«
»Nein. Ich habe einen Sekretär angestellt, aber er schreibt nicht mit der Schreibmaschine.«

»In welchem Geschäftsbereich sind Sie tätig, Mr. Furnival?«
»Land, meine Liebe, Grundbesitz. Ich arbeite bei der Cypress Coast Gesellschaft und bin der Mann vor Ort.« Diese Ansprache gefiel ihm. Er grinste, stellte die Füße auf den Boden, kippte seinen Stuhl zurück und verschränkte die Finger über einen kräftigen, aber straffen Bauch.
»Vor Ort?« wollte ich wissen.
»Im Wald von Del Monte. Ich lebe dort draußen, achte darauf, was passiert, beteilige mich an Entwicklungsplänen, so etwas in der Art.«
»Dann haben Sie wohl Berichte und Korrespondenz, die Sie tippen lassen wollen?«
»Ja. Woher kommen Sie, meine Liebe?«
Das war eine sehr persönliche Frage, und da ich entschlossen war, die Unterhaltung auf einer geschäftlichen Ebene fortzusetzen, antwortete ich: »Ich habe zuletzt in San Francisco gearbeitet. Ich kann Ihnen jedoch auch Referenzen aus der Stadt geben, da ich hier schon seit einigen Wochen tätig bin. Ich bin sicher, daß Sie mit der Qualität meiner Arbeit zufrieden sein werden.«
Er warf mir einen verständnisvollen Blick zu und nickte einige Male mit dem Kopf. Ich deutete diese Bewegung so, als habe er meinen zarten Hinweis verstanden. »Da bin ich mir auch ganz sicher«, sagte er und griff nach seinem Hut, den er auf die Tischecke gelegt hatte. Er setzte ihn auf, rückte die Krempe zurecht, stand auf und streckte seine rechte Hand aus.
Ich stand ebenfalls auf, und wir schüttelten uns lebhaft die Hände. Er war mehr als einen Kopf größer als ich, obwohl ich für eine Frau schon recht groß war.
»Fremont Jones. Fremont ist in dieser Gegend ein berühmter Name. Ich hoffe, es stört Sie nicht, wenn ich Sie frage...«
»Ganz und gar nicht«, unterbrach ich ihn, obwohl ich ehrlich

gesagt, keine Lust dazu hatte, es erklären zu müssen. »John Charles Fremont war ein entfernter Verwandter. Fremont war der Geburtsname meiner Mutter.«

»Oh, das erklärt natürlich alles.«

Er verweilte noch etwas, und ich wurde langsam unruhig, weil die Arbeit auf mich wartete.

»Es gibt eine Menge Leute, die nicht viel mit ihm anfangen konnten, wissen Sie? Mit Fremont meine ich. Ich hoffe, Sie haben deswegen noch keinen Ärger gehabt.«

»Nein, nicht im geringsten, Mr. Furnival. Ich verstehe das schon. John Charles Fremont muß wohl ein Mensch gewesen sein, den die Leute entweder sehr mochten oder mit der gleichen Intensität eben nicht mochten. Keiner war ihm gegenüber gleichgültig. Mit meiner Familie ging es ihm übrigens genauso. Er war so etwas wie das schwarze Schaf, und seine Frau, Jessie, wurde erst gar nicht erwähnt. Ich habe sie jedoch beide sehr bewundert und hätte mir sehr gewünscht, sie gekannt zu haben.« Ich machte eine Geste zu meiner Schreibmaschine hin. »Wenn Sie mich jetzt bitte entschuldigen würden ...«

»Ich verstehe, Sie haben noch zu arbeiten. Nun, ich werde wohl eines Tages, schon bald, wiederkommen und Ihnen Arbeit mitbringen, Miss Fremont Jones.« Er machte mit seinen langen Beinen nur wenige große Schritte und stand schon an der Tür, als er sich noch einmal umdrehte. »Mrs. Jones? Sie sind doch nicht zufällig Witwe, oder? Dann wären Sie aber sehr jung.«

Er nahm natürlich nicht an, daß mein Ehemann noch lebte, wenn ich arbeitete. Ich wußte, daß es unvernünftig war, jetzt zornig zu werden, denn jeder hätte dasselbe gedacht. Trotzdem hatte ich einen trockenen Hals, als ich sagte: »Ich bin nicht verheiratet und arbeite, um mich selbst zu versorgen, Mr. Furnival. Guten Tag.«

***

Auf meinem Weg zurück zum Leuchtturm ging ich in den Tabakwarenladen, wo man auch Zeitungen und Zeitschriften kaufen konnte, und erstand dort eine Ausgabe der Tageszeitung mit dem Namen *The Wave*. Dann ging ich lächelnd und kopfnickend den meistbevölkerten Teil der Stadt, die Pacific Street, entlang, bis ich schließlich im Gehen die Zeitung aufschlagen konnte, um die Schlagzeilen zu überfliegen. Ich blätterte eine Seite nach der anderen und schob gelegentlich den Riemen meiner Tasche auf meiner Schulter hoch. Ich war so eifrig dabei, in der Zeitung zu suchen, daß ich erst dann bemerkte, daß ich den Wald erreicht hatte, als es zwischen den Bäumen zu dunkel wurde, um das Gedruckte entziffern zu können.

»Verflixt und zugenäht!« fluchte ich, und die Seiten raschelten, als ich *The Wave* zusammenlegte, ohne darauf zu achten, ob ich es ordentlich tat. Die Tiere des Waldes waren durch meinen Lärm erschreckt und hörten auf zu zwitschern und umherzueilen. Meine Umgebung war auf einmal ganz unnatürlich ruhig. Mir lief ein Schauer den Rücken herunter. Es war wie eine Vorwarnung, auch wenn ich nicht im geringsten abergläubisch war.

»Warum?« Ich hatte nicht gemerkt, daß ich laut gesprochen hatte, bis das Wort in der Stille des Waldes widerhallte. Selbst meine Schritte auf dem sandigen, schmutzigen Weg erzeugten kaum ein Geräusch. »Warum«, wiederholte ich leise, »stand in der Zeitung überhaupt nichts von der armen ertrunkenen Frau?«

Ich begann an die Frau in Großbuchstaben zu denken, so, als sei das ihr Name: ARME ERTRUNKENE FRAU. Es hätte doch ganz sicher einen ganz kurzen Bericht darüber geben müssen, daß die Leiche einer Frau in der Bucht von der Seerettungsmannschaft geborgen worden war. Da die Rettungs-

leute die Helden des Ortes sind, war doch anzunehmen, daß ihre Taten berichtenswert waren.
Ich beschleunigte meine Schritte, was zur Folge hatte, daß ich den Sand des Weges in meine Schuhe und Strümpfe bekam. »Das ist wohl der Preis dafür, daß man in der Nähe des Strandes lebt.« Aber das war jetzt egal, denn je eher ich den Leuchtturm erreichte, desto eher konnte ich *The Wave* gründlich durchschauen. Irgendeinen Artikel mußte es doch geben. Daß ich kein Photo der Frau finden konnte, schien mir ein gutes Zeichen zu sein: Wahrscheinlich hatte sie schon jemand identifizieren können.
Als ich aus dem Wald trat, stellte ich fest, daß es für die Dunkelheit, deretwegen ich das Zeitungslesen aufgeben mußte, auch noch andere Ursachen gab. Es war ein bewölkter Tag, und das kam nicht allein durch den Nebel. Im Süden war eine gewaltige dunkelgraue Wolkenbank aufgezogen, die sich so schnell ausbreitete, daß ich mit bloßem Auge erkennen konnte, wie sie sich fortbewegte.
Quincy, einsilbig wie immer, trieb die Holsteiner in die Scheune. Als er mich sah, rief er: »Da ist ein Telegramm von der Küstenwache gekommen, hab's an die Tür geklemmt.«
»Danke, Quincy«, rief ich zurück. Dann hob ich meine Röcke an und rannte den Weg hoch. Mein Herz klopfte heftig, was wohl eher durch die Aufregung als durch den schnellen Lauf und den Anstieg kam. Seit Hetties Abreise hatte es keinen Sturm mehr gegeben, und ich wußte nicht, was eher noch auf einen Sturm hindeuten konnte als dieser unheilverkündende Himmel!
Das Telegramm war wohl von einem Mann der Küstenwache mit dem Fahrrad von der Station in Monterey gebracht worden. Es besagte, daß ihr Schiff, das von Point Sur (ungefähr zwanzig Seemeilen südlich von dort) wiedergekehrt war, auf orkanartigen Winde getroffen war, die auf die Küste zusteuerten.

Ich ließ Zeitung und Tasche am Fuß der Treppe fallen und stürmte in den Wachraum mit dem Panoramablick. Direkt vor mir, in nordwestlicher Richtung, lagen die zerklüfteten Felsvorsprünge von Point Pinos. Zu meiner Rechten, in Richtung Osten, lag die Küste der Monterey-Bucht. Sie erstreckte sich weiter, als ich mit meinen Augen sehen konnte. Zu meiner Linken, im Süden, sah ich die sanfte Küstenlinie der Spanischen Bucht und die Silhouette von Point Joe. Der Anblick war atemberaubend, aber auch bizarr. Links lag die Dunkelheit, und rechts war das Licht. Point Pinos war die Grenze. Aber nicht mehr lange. In diesem Kampf zwischen Dunkel und Helligkeit gewann die Dunkelheit. Man konnte am Himmel und auf dem Wasser erkennen, wie sie voranzog. Auf das heranschleichende Dunkel am Himmel reagierten die Wellen mit schwarzen Tälern und vorwärtsspritzenden weißen Schaumkronen. Eine Gruppe Seemöwen, die versuchte nach Süden zu fliegen, traf auf eine Windwand, die sie mitten im Fliegen zum Stillstand brachte. Sie flatterten verzweifelt mit den Flügeln, aber es war vergeblich.

Ich mußte gestehen, daß ich bei so ungestümem Wetter eine heimtückische Faszination empfand. Schon als Kind hatte ich einen Sturm auf der Cape Cod spannender als einen Ausflug zum Vergnügungspark gefunden, die Fahrt auf dem Riesenrad eingeschlossen, die in meiner Kindheit von allen für den perfekten Nervenkitzel gehalten wurde. Aber dieser aufkommende Sturm würde mich erst später fesseln dürfen, denn jetzt hatte ich noch einiges zu erledigen. Ich nahm ein Buch aus dem Regal, in dem verzeichnet war, wie man sich bei einem Sturm verhalten sollte, und las mir den Bericht durch. Dann machte ich mich auf, den Anweisungen Folge zu leisten.

Am wichtigsten war es, das Licht nicht ausgehen zu lassen. Das Erdbeben, das auch San Francisco im April letzten Jahres erschüttert hatte, hatte die Fresnellinsen zum Klirren und

die Flamme in der Lampe zum Hochfliegen gebracht, aber der einzige wirkliche Schaden war in der Konstruktion des Turmes entstanden. In der runden Mauer tat sich ein Riß auf, der seitdem mit Eisenbeton zugemauert war. Ich überprüfte den Öltank, der die Lampe ständig mittels einer Pumpe versorgte, und dann den Wassertank, falls es ein Feuer geben sollte. Beide waren gefüllt.
Quincy hatte schon die Außenläden des Leuchtturmwächterhauses geschlossen und das Pferd sowie Hetties Kühe im Stall festgebunden. Ich sah ihn draußen, am Rande unserer kleinen grünen Oase, als er um das Lagerhaus ging, um es abzuschließen. Ich machte ihn auf mich aufmerksam und winkte. Er winkte zurück und ging über den Rasen zu seiner Hütte, die neben dem Stall stand.
Der Wind zerrte wie wild an mir und versetzte mich in Hochstimmung! Ich ging zurück ins Haus, setzte den Wasserkessel auf, und während ich darauf wartete, daß das Wasser zu kochen anfing, brachte ich mein Haar wieder in Ordnung. Dann machte ich mir eine Tasse Tee und ging damit hinauf zum Wachraum. Hier las ich beim Schein der Kerosinlampe jeden Artikel in *The Wave* und schaute dann zu, wie der Sturm heranrückte. Nachdem es schon lange dunkel geworden war und das Schauspiel nicht mehr zu sehen war, lauschte ich nur noch. Der Wind heulte um den Turm herum und drückte wie wahnsinnig gegen die Mauern. Das Meer krachte so heftig gegen die Felsen, daß ich froh um die Dünen war, die sich meilenweit um den Leuchtturm herum befanden. Das Nebelhorn gab regelmäßig seinen klagenden Ton von sich, obwohl es eigentlich nicht neblig war und der Schiffsverkehr ruhte. In der Bucht war nicht das kleinste Licht zu sehen.
Um Mitternacht stieg ich zur Wache in die Laterne hinauf. Ich schirmte meine Augen ab und schaute hinaus in die stürmische Nacht. Es hatte eine hypnotische Wirkung, wenn

man dem breiten weißen Lichtstrahl folgte, der sich zu drehen schien. Dieser Eindruck wurde durch eine Metallwalze erzeugt, die das Licht rotieren ließ. Wie hypnotisiert verfolgte ich, wie die schäumenden Wellen immer wieder nur flüchtig auftauchten. Ich sah den Sand, der vom Wind davongetragen wurde und aussah wie geisterhafte Gazetücher. Teile entwurzelten Gestrüpps flogen dahin wie struppige Phantasiegestalten. Und während ich das alles beobachtete, dachte ich wieder an die arme ertrunkene Frau, denn ich hatte nichts, kein einziges Wort über sie in der Zeitung gefunden. Sie hätte genausogut gar nicht existieren können, so wenig wie es alle zu interessieren schien.

»Zumindestens haben wir deinen Körper vor dem Sturm gefunden«, sagte ich, und dann versprach ich ihr: »Selbst wenn wir niemals erfahren werden, wer du bist, werde ich mich darum kümmern, daß du ein anständiges Begräbnis erhälst.«

LOGBUCHEINTRAGUNGEN
16. Januar 1907
Wind: mäßig aus W
Wetter: milde feuchte Luft, stark bewölkt
Bemerkungen: morgens Vorräte vom Tender abgeladen

Der Sturm hatte keinen nennenswerten Schaden angerichtet. Zwei Tage später überlebte ich dann auch noch das Kochen für Misha, ganz zu schweigen vom Essen selbst. Irgendwie verlief der Abend sogar fast so wie früher, bis ich erwähnte, daß ich mir Gedanken über die ertrunkene Frau machte. Er wollte nicht mit mir darüber reden, statt dessen wiederholte er immer wieder, daß sie nicht aus Carmel sein konnte, da kein Bewohner Carmels vermißt wurde. Die Tatsache, daß ich der Angelegenheit nachgehen wollte, aber er nicht, zeigte mir nur, wie weit wir uns schon voneinander entfernt hatten. Kurze Zeit später ging er. Mein großer persönlicher Sieg, den ich davontrug war, daß ich weder das Rindfleisch anbrennen ließ noch mich in dieser Nacht in den Schlaf weinte.

Als eine ganze Woche vorüber war, ohne daß ich irgend etwas Neues über die Ertrunkene erfahren hatte, legte ich eines Morgens das Logbuch beiseite und bat Quincy, eine Tasse Kaffee mit mir zu trinken. Das war wohl etwas dreist, denn es war schließlich sein Kaffee, aber er kam trotzdem.

Zu meiner großen Überraschung nahm er am Tisch seinen Hut ab. Er zog den Kopf ein und strich die langen grauen Locken hinter seine Ohren. Geschäftig legte ich ein paar Kekse auf einen Teller, um ihm Zeit zu geben, sich zu fangen.

Als ich das Gefühl hatte, daß er fertig war, stellte ich den Teller auf den Tisch und setzte mich ebenfalls hin. »Quincy«, sagte ich, »ich brauche einen Rat.«

Er schaute mich etwas mißtrauisch an. »Ich weiß nicht, Miss Fremont ...«

»Also wirklich, Quincy, wenn ich Sie Quincy nennen darf, und das tue ich nun wirklich dauernd, dann müssen Sie mich auch einfach nur Fremont nennen. Wenn Sie, so wie eben, ›Miss‹ sagen, dann fühle ich mich wie eine alte unverheiratete Tante!«

Er grinste und nahm seinen Becher mit Kaffee in die Hand ohne zu antworten.

Ich hob meinen ebenfalls an und sagte: »Ich hoffe, Sie haben nichts gegen diese Becher. Ich weiß, daß Hettie immer Porzellantassen genommen hat, aber ich trinke lieber aus einem Becher.«

Quincy grinste noch breiter und sagte: »Sie sind vielleicht eine, Miss Fremont, das kann ich Ihnen aber sagen.«

Ich seufzte und verdrehte übertrieben die Augen.
Quincy sagte: »Entschuldigung, ich hab's vergessen. Nur Fremont. Der Kaffee ist gut, Fremont.«
»Das sollte er auch. Schließlich haben Sie ihn selbst gemacht.« Wir lachten beide, und ich kam auf mein Anliegen zurück. »Jetzt mal im Ernst, Quincy. Sie leben doch schon lange hier in der Gegend, oder?«
»Jawohl.« Er nickte und schlürfte ein wenig.
»Haben Sie vielleicht Freunde bei der Polizei?«
Er rutschte auf seinem Stuhl nach hinten und sah mich an, als hätte ich plötzlich zwei Köpfe bekommen. »Polizei?«
Es war ziemlich offensichtlich, daß er die Polizei nicht als möglichen Freund ansah, deshalb versuchte ich es auf eine andere Weise. »Wie sieht es mit dem Leichenbeschauer Dr. Bright aus, kennen Sie ihn?«
»Nein.« Quincy gehörte, wie gesagt, zu den wortkargen Zeitgenossen. Ich versuchte es erneut.
»Haben Sie irgendeine Idee, wohin Dr. Bright die Leiche der Frau mitgenommen haben könnte, die wir letzte Woche vor Point Pinos gefunden haben? Soweit ich in Erfahrung bringen konnte, gibt es weder hier noch in Monterey ein Leichenschauhaus. Hätte er sie denn ganz bis nach Salinas gebracht?« Salinas lag dreißig Meilen entfernt auf der anderen Seite des Santa-Lucia-Gebirges und war der Sitz der Bezirksverwaltung.
Quincy kratzte sich am Kopf, und seine freundlichen Augen wurden ganz sanft, als er nachdachte. Schließlich sagte er: »Glaube nicht. Denke, daß der Leichenbeschauer sie ins Gemeindekrankenhaus gebracht hat. Das machen sie normalerweise mit allen Leuten, die in der Bucht ertrunken sind. Er muß dort die, wie heißt das noch ...«
»Autopsie vornehmen?«
»Genau. Bevor die Angehörigen kommen können, um sie mitzunehmen und zu begraben.«

»Darum geht es ja gerade, Quincy. Ich glaube nicht, daß irgend jemand die arme Frau mitnehmen kann, weil niemand weiß, wer sie war. In der Zeitung wurde der Fund der Leiche nicht einmal erwähnt. Finden Sie das nicht auch komisch?«

Er sah mich ernst an und schüttelte dann langsam den Kopf, ohne ein Wort zu sagen. »Und?« Meine Stimme klang ungeduldig. Da ich selbst nicht so ein einsilbiger Mensch war, ging meine Geduld langsam zu Ende. »Na los, Quincy. Sie wissen noch mehr darüber, das merke ich doch. Erzählen Sie's mir!«

»Weiß nicht, ob ich das tun sollte«, murmelte er in seinen Kaffeebecher.

Ich stand auf und schenkte ihm noch Kaffee nach. Ohne Zucker und Milch. Er trank den Kaffee schwarz, so wie ich auch. Ich setzte mich wieder hin und beugte mich zu ihm hinüber. »Bitte.«

Er brauchte eine Weile, um sich zu entscheiden. Dabei schaute er überallhin, nur nicht zu mir. Die Uhr tickte.

Der Wind, der hier auf der Landspitze aus wechselnden Richtungen ununterbrochen wehte, raunte durch die kleinen Ritze in den Fensterrahmen. Schließlich war Quincy so anständig und schaute mich mit seinen dunklen Augen an.

»Ich hab' gehört, daß sie keine Heilige war. Eine Dame wie Sie sollte sich keine Gedanken über diese Frau machen. Mrs. Hettie würde sagen, daß man die Dinge auf sich beruhen lassen sollte.«

»Von wem haben Sie das gehört?« Ich hatte bereits versucht, die Leute in der Stadt dazu zu bringen, mir etwas über die Sache zu erzählen, aber ich hatte keinen Erfolg gehabt.

Er zuckte mit seinen dünnen Schultern. »Die Leute in der Kirche, Sie wissen ja, wie die reden.«

Ich wußte es nicht. Wahrscheinlich bin ich die einzige halbwegs ehrbare Frau in Pacific Grove, die sonntags nicht in die Kirche geht. Hettie hatte mir dazu geraten, eine Kirche auszuwählen und hinzugehen. Wenn ich schon nicht glaubte, dann sollte ich doch wenigstens hingehen, um gesellschaftliche Kontakte zu knüpfen und zu pflegen. Aber dieser Rat war der einzige, den ich nicht befolgte. Ich käme mir wie eine Heuchlerin vor. Dabei kann ich es schon bei anderen nicht leiden, wenn sie heucheln, noch viel weniger könnte ich es bei mir selbst ertragen. Hartnäckig fuhr ich fort: »Haben die Leute in der Kirche zufällig den Namen der Frau erwähnt?«

Quincy zog heftig an seinem Ohrläppchen, schaute auf meine linke Schulter und sagte: »Diese Art von Frauen benutzen nicht ihre wirklichen Namen. Aber es hat sowieso niemand etwas von einem Namen gesagt.«

Unter dem Tisch verborgen klopfte ich ungeduldig mit dem Fuß. »Besuchen Sie zufällig dieselbe Kirche wie Euphemia Wells?«

Er schien verblüfft zu sein und fuhr zurück. Wenn Quincy eine Schildkröte gewesen wäre, dann hätte er wahrscheinlich den Kopf in den Panzer zurückgezogen. »Nein, ganz sicher nicht!« erklärte er, und sein Adamsapfel zuckte.

Ich vermutete, daß Quincy von Euphemia ebenso eingeschüchtert worden war, wie man es auch all den anderen nachsagte. Da er nichts weiter von sich gab, zeigte ich Erbarmen, zudem er sich offensichtlich unbehaglich fühlte. »Ich habe nur deshalb gefragt, weil Euphemia an Ort und Stelle war, als die Rettungsleute die Frau an Land brachten. Damals hat sie etwas Ähnliches angedeutet wie Sie jetzt, dabei mußte sie aber zugeben, daß sie sie nicht kannte. Ich habe Angst, daß Euphemia Wells und andere wie sie den Ruf einer toten Frau in Zweifel ziehen könnten, ohne den geringsten Beweis dafür zu haben.«

»Das soll heißen?«

»Sie erzählt Märchen, Quincy, und verbreitet Gerüchte über eine arme tote Frau, die sich nicht mehr verteidigen kann.«

Er schüttelte den Kopf. Traurig, wie ich fand. »Sie sagen, daß Miss Euphemia ihre bestimmten Vorstellungen und Ansichten hat. Und was sie sagt, das gilt in Grove. So ist es nun mal.«
Entschlossen stand ich auf. »Sie haben mir sehr geholfen, und das weiß ich sehr zu schätzen. Ich muß heute eine Stunde früher als gewöhnlich in die Stadt. Können Sie die Wache um elf Uhr übernehmen?«
»Sicher kann ich das. Ich bin doch immer hier, Miss, äh, Fremont, ich helfe gern. Mrs. Houck hatte ihre gesellschaftlichen Verpflichtungen und ihre Kommittees und so etwas. Sie haben Ihre andere Arbeit. Ich schätze, das ist auch wichtig.«
Ich bedankte mich bei ihm und machte mich fertig, um zu gehen. Ich wollte nicht ins Büro, jedenfalls nicht gleich, aber Quincy brauchte das nicht zu wissen.

***

Dr. Frederick Bright war nicht nur Leichenbeschauer, er war auch Pathologe im Bezirkskrankenhaus. Ich hatte diese bemerkenswerte Information entdeckt, als ich mich eines sehr einfachen und nützlichen Mittels bediente und seinen Namen im Telephonbuch in der Stadbibliothek nachschaute. Ich entschied mich dagegen, vorher anzurufen, um einen Termin zu vereinbaren, sondern sprang in die nächste Straßenbahn, die bis nach Monterey fuhr.
Nach einmaligem Umsteigen und einem bißchen Durcheinander schritt ich in die pathologische Abteilung, als wüßte ich genau, wohin ich mußte, und als hätte ich jedes Recht der Welt, hier zu sein, was wohl kaum der Fall war. Ich hatte meinen guten olivgrünen Seidenanzug an und mir das Haar hochgesteckt. Normalerweise tat ich das nicht, aber ich wirkte dadurch älter und strahlte hoffentlich auch mehr

Autorität aus. Diese Abteilung war ein ziemlich deprimierender Ort. Es gab keine Fenster, er war ziemlich dunkel und im Augenblick war er so leer wie eine Gruft. Außerdem lag ein merkwürdig beißender Geruch in der Luft, den ich noch nicht richtig einordnen konnte.
Durch eine halbgeöffnete Tür zu meiner Linken sah ich lange Tische, auf denen die Laborgeräte standen, Bechergläser, Glasflaschen und so weiter. Davor befanden sich hohe Hokker, auf denen wohl die Laboranten, oder wie auch immer sie genannt werden, zu sitzen pflegten. Im Augenblick war jedoch niemand im Raum. Die zwei Türen zu meiner Rechten waren geschlossen. Ich näherte mich der ersten und lauschte angestrengt, ob ich dahinter Stimmen vernehmen konnte, jedoch vergebens. Dasselbe geschah bei der anderen Tür. Dann ging ich den Gang, der durch die Abteilung führte, bis zum Ende hinunter, wo auf einer Flügeltür zwei Wörter standen, auf jedem Türflügel eins: *Operating Theatre*. Wie makaber! Ich hoffte nicht, daß ich in diesem Theater eine Aufführung erleben müßte.
Der unangenehme Geruch (den ich in Gedanken mit dem Etikett »Eau de post mortem« versah, um mich bei Laune zu halten) war hier drinnen viel stärker als draußen. Ich ließ die Türen hinter mir zufallen und schaute mich um, obwohl der große Raum genauso leer war, wie die ganze Abteilung zu sein schien. Wer wußte schon, wann ich die Gelegenheit wiederbekam, einen solchen Ort zu untersuchen?
Nirgends gab es einen Sitzplatz, und wäre es wirklich ein Saal, dann konnte man darin wohl kaum feiern, wo sich doch die Leute nicht setzen konnten. Daher lag die Vermutung nahe, daß es nur eine Marotte der Mediziner war, den Ort, wo Autopsien vorgenommen wurden, Theater zu nennen. Es gab keine Stühle, dafür aber eine Menge Regale, in denen große Glasflaschen standen, mit Dingen darin, die ich mir nicht von nahem angucken wollte. In der Mitte des Raumes

stand ein Metalltisch mit Löchern, gleich einem Sieb, darunter befand sich ein Abfluß und in der Nähe des Tisches ein zweirädriger Handwagen, ebenfalls aus Metall, auf dem einige Gegenstände lagen, die an Folterinstrumente erinnerten. An der gegenüberliegenden Wand waren zwei große Waschbecken angebracht worden. Ansonsten: Schläuche, Eimer, Wischlappen, Schürzen, Waagen.

Ich zitterte, jedoch nicht, weil der Ort so abscheulich war, sondern weil mir regelrecht kalt war. »Die Toten bevorzugen es wohl lieber ganz eiskalt«, murmelte ich und rieb mir energisch die Arme. Wo waren sie denn nun, die Toten?

Mit einem Rums flog die Flügeltür nach innen auf, und ich sprang in die Höhe. Dabei entfuhr mir, ohne daß ich es wollte, ein Schrei, und ich verlor keine Zeit, aus dem Weg zu springen. Ich hatte mich gefragt, wo die Toten waren, und nun kam hier einer von ihnen durch die Tür gerollt! Unter dem Leichentuch zeichnete sich ganz deutlich der Umriß eines menschlichen Körpers ab.

»Wer sind Sie?« knurrte mich der Krankenpfleger, oder wer immer er war, an. Er sah aus wie ein Berufsboxer im Pyjama, wie einer, der ein paar Kämpfe zuviel verloren hatte. Und er sagte fordernd: »Was machen Sie hier?«

»Ich warte auf Dr. Bright«, sagte ich, selbstsicherer, als ich mich fühlte.

»Wollen Sie bei der Autopsie zuschauen?« fragte er mich über seine Schulter hinweg, als er die Bahre mit der Leiche an die Seite des Metalltisches rollte.

»Vielleicht«, sagte ich zurückhaltend.

»Sie sehen nicht aus wie ein Arzt«, bemerkte der riesige Kerl, verschränkte seine Arme vor dem Körper und nahm eine angriffslustige Haltung ein.

Ich hob das Kinn und sagte: »Auch Frauen ergreifen jetzt medizinische Berufe. Wissen Sie das nicht?« Ohne ihm die Möglichkeit einer Antwort zu geben, fuhr ich fort: »Ich wäre

Ihnen sehr dankbar, wenn Sie mir sagen würden, wie ich in Dr. Brights Büro komme.«
Er wollte mich wahrscheinlich auf die Probe stellen, denn er riß mit einem Mal das Tuch von der Leiche, bevor er sich dazu herabließ, eine Antwort zu formulieren. Es war eine männliche Leiche, entweder sehr dick oder aufgedunsen, mit gelblicher Hautfarbe. Ich zuckte nicht einmal mit den Augen, aber mein Magen kletterte einige Zentimeter die Wirbelsäule hinauf.
»Das Büro von Dr. Bright befindet sich die erste Tür rechts. Sein Name steht nicht drauf, er gibt gerne vor, nicht da zu sein. Aber er ist da. Klopfen Sie nur.«
»Danke«, sagte ich und ging hinaus, ohne mich noch einmal umzuschauen. Einen Augenblick später klopfte ich an die genannte Tür, hinter der ich zuvor kein Geräusch vernommen hatte. Erneut konnte ich nichts hören, also klopfte ich noch einmal. Diesmal etwas kräftiger.
Aha! Ich vernahm das Geräusch von Schritten, die ungleichmäßig klangen. Ich erinnerte mich dabei daran, daß Bright beim Gehen hinkte. Die Tür ging plötzlich auf, und wir standen uns Auge in Auge gegenüber.
»Aha, aha«, sagte er und rollte nervös mit den Augen. »Was haben wir denn hier? Kenne ich Sie nicht? Ich denke schon. Ja, natürlich! Sie sind die junge Dame, die Hettie Houck im Leuchtturm vertritt.«
»Ja«, sagte ich, lächelte und streckte die Hand aus. »Ich bin Fremont Jones. Ich wären Ihnen sehr dankbar, wenn Sie ein paar Minuten Zeit für mich hätten. Ich weiß, daß Sie eine Autopsie vornehmen müssen. Ich werde Sie auch nicht lange aufhalten.«
»Es hat schon eine Menge Gutes für sich, wenn man nur Tote als Patienten hat«, sagte er, drückte meine Hand mehrmals und versuchte sein Bestes, um mir zuzuzwinkern. »Erstens gibt es keine Widerrede, dann bringen sie ihre Medizin nicht

durcheinander, und vor allen Dingen werden sie nicht aufgebracht und wütend, wenn man sie warten läßt! Hä, hä, hä!«
»So habe ich das noch gar nicht gesehen«, mußte ich zugeben und folgte ihm in das seltsamste Büro, das ich in meinem Leben je gesehen habe. Wohin man schaute, sah man Knochen und Organe in den unterschiedlichsten Formen, manche in einer Flüssigkeit, andere waren ausgedörrt wie getrocknete Blumen, die man unter Glas preßt. Überall stapelten sich Bücher, und Papiere lagen verstreut herum. Aber es roch nach Pfeifentabak, und das war nach dem anderen Geruch eine richtige Wohltat.
»Sie kommen mich alten Mann in seinem Bau besuchen, Miss Jones? Was ist los?«
Ich setzte mich auf den einzigen Stuhl, auf dem keine Bücher lagen. »Ich bin sicher, daß Sie letzte Woche die Autopsie der Frau vorgenommen haben, die ich vom Leuchtturm aus gesichtet hatte.«
»Die Frau ohne Namen. Ja, hm, hm. Das war ein interessanter Fall.« Er nahm einen Brieföffner und kratzte sich damit hinten am Kopf. »Sie ist nicht ertrunken.«
»Nicht ertrunken?« Irgendwie überraschte mich das gar nicht.
»Sie hatte kein Wasser in der Lunge. Der Tod wurde wahrscheinlich durch einen Schlag gegen den Kopf verursacht. Sie hatte einen Schädelbruch. Und zwar auf der Seite, wo das Fleisch von den Fischen weggefressen worden war. Es gab auch noch andere Verletzungen.«
»Andere Verletzungen«, sagte ich matt. Ich hatte herausgefunden, daß manche Menschen sich ermutigt fühlten, weiterzusprechen, wenn man ihre Worte im selben Tonfall wiederholte.
»An Kopf und Nacken. Der linke Knöchel war verrenkt.«
»Der linke Knöchel.« Wenn ich mich recht erinnerte, dann müßte das der Fuß gewesen sein, an dem der Schuh fehlte.

»Sie sind eine Verwandte von Hettie?« fragte er plötzlich und überraschte mich damit.
»Nein, überhaupt nicht. Warum fragen Sie?«
»Weil Hettie auch so neugierig ist wie Sie. Oder umgekehrt.« Er grinste.
Ich spürte, wie auch meine Lippen sich verzogen, aber mein Verstand war zu aktiv, als daß ich hätte grinsen können. Ich hatte das Gefühl, daß Dr. Bright bald kein Wort mehr sagen würde. »Hettie und ich haben anscheinend einige gemeinsame Charakterzüge, aber wir sind erst seit kurzem miteinander befreundet. Ich möchte einfach gerne wissen, ob die Frau identifiziert wurde.«
Er zuckte mit den Achseln und spielte mit dem Brieföffner. »Ich habe keine Ahnung. Wissen Sie, um die vermißten Personen muß sich die Polizei kümmern. Ich haben ihr in meinem Bericht mitgeteilt, daß der Tod entweder durch einen Unfall oder durch Selbstmord verursacht worden sein könnte. Ich neige dazu, einen Unfall anzunehmen. Sie geht allein zwischen den Felsen spazieren, übrigens keine gute Idee ...«
»Ich weiß.«
»Jedenfalls verstaucht sie sich den Knöchel, fällt hin, damit haben sie die erste Verletzung am Bein. Dann versucht sie wieder aufzustehen, eine große Welle erfaßt sie und zerbricht ihren Schädel. Die anderen Verletzungen könnten dadurch entstanden sein, daß sie gegen die Felsen geschleudert wurde.«
»Ich verstehe«, sagte ich und stand auf. »Vielen Dank, daß Sie mir das erzählt haben.«
»Danken Sie Hettie. Ich mußte mich daran gewöhnen, daß sie ständig ihre Neugier befriedigen will. Aber Sie behalten bitte für sich, was ich Ihnen da erzählt habe. Dasselbe würde Hettie auch tun. Und kommen Sie mich doch noch einmal besuchen. Ich bin immer froh, eine schöne Frau hier zu haben.«

»Sie sind so nett, Dr. Bright.« Ich lächelte und hoffte, daß mein Lächeln gewinnend wirkte. »Es gibt da nur noch eine Sache. Wo ist das Leichenschauhaus? Es scheint nicht hier in der Abteilung zu sein.«
»Leichenschauhaus? Warum wollen Sie das wissen?« Er runzelte die Stirn, und ich befürchtete schon, daß ich zu weit gegangen wäre. Aber ich mußte es wissen.
Mir blieb nichts anderes übrig, als zu lügen. »Ich habe kürzlich jemanden kennengelernt, der die Frau vielleicht identifizieren könnte, aber er gehört zu den Leuten, die ungemein vorsichtig im Umgang mit der Polizei sind. Deshalb dachte ich mir, ich könnte als Vermittlerin auftreten. Ich fühle mich verantwortlich, verstehen Sie, weil ich doch die erste war, die die Leiche gesichtet hat.«
»Oh.« Er rieb sich die Nasenspitze, dann schien er sich entschieden zu haben. »Wir haben hier wenig Möglichkeiten, die Leichen aus dem Bezirk Monterey aufzubewahren, die niemand abgeholt hat. Ich habe die Leiche in Mapson's Leichenschauhaus verfrachtet. Sie werden Sie hereinlassen, wenn Sie ihnen sagen, daß ich Sie geschickt hätte. Sollte Ihr Freund diese Frau identifizieren, dann denken Sie bitte daran, daß er mit der Polizei sprechen muß.«
Ich bedankte mich noch einmal überschwenglich bei Frederick Bright und verließ das Krankenhaus – keineswegs zu früh, wie ich feststellte, als ich auf der Uhr in der Eingangshalle sah, daß es schon fast zwölf war. Ich würde also zu spät ins Büro kommen, aber ich dachte mir, daß es nichts ausmachte, da ich sowieso nur wenig Kundschaft hatte. In meinem Kopf wimmelte es geradezu von Fragen. War die unbekannte Frau (ich konnte sie jetzt wohl nicht mehr die Ertrunkene nennen) gestorben, weil sie nicht aufgepaßt hatte? Oder hatte ein Unbekannter sie so kräftig auf den Kopf geschlagen, daß sie starb, um sie dann ins Meer zu werfen? Wer war sie? Warum unternahm die Polizei nichts? Wenn sie

doch etwas unternahm, warum stand dann nichts darüber in der Zeitung? Und die wichtigste Frage: Wie konnte ich alle diese Fragen beantworten?
Ich war so in Gedanken, als ich an der Ecke Lighthouse Grand aus der Straßenbahn hüpfte, daß ich die Person, die auf dem Gehweg vor meinem Büro wartete, erst sah, als ich direkt vor ihr stand.
»Ich muß sagen, es wurde auch langsam Zeit!«
Beim Klang dieser Stimme rollten sich mir die Zehennägel hoch. Die Frau, die auf mich wartete, war Artemisia Vaughn.

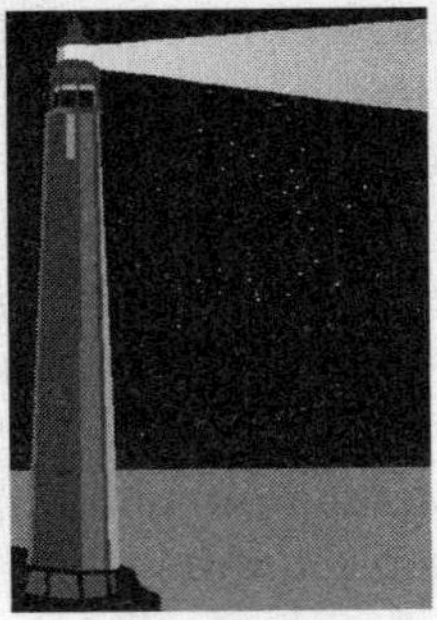

Sie war von Kopf bis Fuß in Violett gekleidet, und zwar in allen Nuancen dieser Farbe. Ich konnte mir nicht vorstellen, wo sie solche Kleider gekauft haben könnte, aber ich mußte eingestehen (aber nur mir selbst, niemals ihr und um Gotteswillen nicht Michael), daß sie ihr gut standen. Sie sah aus, als sei sie in mehrere Schleier gehüllt. Artemisia trug, wie ich, kein Korsett, jedoch war sie, im Gegensatz zu mir, von der Natur recht großzügig ausgestattet worden, so daß man nicht umhin kam, es zu bemerken.
»Entschuldigen Sie bitte meine Verspätung«, sagte ich so aufrichtig wie möglich, während ich die Tür aufschloß.
»Ich hatte noch in Monterey zu tun, und das nahm mehr Zeit in Anspruch, als ich dachte.« Ich biß die Zähne zusammen und sagte, was von mir erwartet wurde: »Ich freue mich, Sie wiederzusehen, Artemisia.«
Anmutig schwebte sie durch die Tür. »Ebenso, Fremont. Misha versichert mir, daß Sie genau die richtige Person sind, der ich mein Manuskript anvertrauen sollte. Ich habe es mitgebracht. Oh, was für ein entzückendes Büro! Ich liebe diese gelben Stühle.«
Es waren zwar die Kissen, die gelb waren, und nicht die Stühle, aber es wäre kleinlich von mir gewesen, dies zu erwähnen. Widerwillig bemerkte ich, daß ihr lavendelfarbenes und violettes Kleid mit dem gelben Kissen ein ganz schö-

nes Bild abgab. Beides wirkte wie ein mit Krokussen bepflanztes Land.
Kaum hatte sie sich hingesetzt, da sprang sie schon wieder auf. Das tat sie recht lebhaft für eine Frau um die dreißig. Sie trug ihr Haar offen, so wie ich selbst es gern trage, und hatte schmale violettfarbene Bänder hineingeflochten.
»Ist das die Schreibmaschine? Die ist aber schön. Wissen Sie, Fremont, was Sie jetzt noch brauchen, das sind Bilder an den Wänden. Ich bin immer der Meinung, daß eine kahle Wand so nackt aussieht, finden Sie nicht?«
»Meine finanziellen Mittel reichen nicht aus für Gemälde«, sagte ich trocken.
Artemisia wirbelte herum, und ich sah, daß ihr Ensemble nicht nur aus Schleiern bestand. Darunter trug sie tatsächlich ein Kleid aus festem Stoff in einem etwas dunkleren Violett. Über dem Kleid waren einige Stofflagen, die alle einen anderen Schnitt und Farbton hatten, und das Material, aus dem sie bestanden, war dünn wie Seidenkrepp. »Oh, ich werde einige für Sie zusammenstellen. Wir alle werden Ihnen ein oder zwei Bilder abgeben. Ich werde Ihnen eins geben, Tom, Dick und Harry, Khalid ...«
Ohne Nachzudenken sagte ich: »Khalid ist doch der Junge mit dem Burnus?«
Sie lachte, und es klang wieder wie ein Schauer aus Goldmünzen. »Genau!«
Ihr Lachen war so ansteckend, daß ich ebenfalls lachte. Dann fing ich mich wieder und sagte: »Ich könnte das gar nicht annehmen. Wissen Sie, ich kann mir noch nicht einmal eine Versicherung leisten und Kunstwerke, Originale ...«
Sie unterbrach mich und lachte wieder: »Sie leben in einer anderen Welt, Fremont. Versicherung? Glauben Sie etwa, irgendeiner von uns würde sich um diese irdischen Dinge scheren? Ich verkaufe meine Bilder natürlich, Khalid auch, aber nur an Irmas Freunde. Tom, Dick und Harry können

ihre Bilder nicht fortgeben, aber ich werde sie durchgehen und ein paar heraussuchen, die nicht allzu schlecht sind.«

»Artemisia, heißen Tom, Dick und Harry wirklich so?«

»Ich bezweifle es.« Sie ließ sich wieder in den Stuhl fallen und die vielen Lagen ihrer Kleidung pufften leise. »Unter uns gesagt, ich nenne sie immer ›Warme Brüder‹.«

»Warme Brüder? Ach, ich verstehe. Jedenfalls glaube ich das.« Obwohl ich es nicht wollte, mußte ich kichern. »Alle drei? Zusammen?«

Artemisia kicherte auch. Wenn schon ihr Lachen wie ein heller Goldregen klang, so war ihr Kichern fein wie Goldstaub. »Sie sind eine *ménage-à-trois* der anderen Art!«

Wir beide brüllten vor Lachen. Seit Monaten hatte ich nicht mehr so gelacht. In diesem Moment kümmerte es mich auch nicht, daß ich mit meiner Feindin lachte. »Sie, Sie müssen verstehen«, ich rang nach Luft, »daß ich nicht wegen ihrer Vorlieben lache, sondern weil Sie so herrlich beschreiben können.«

»Och, es geht«, antwortete sie, und eigentlich ohne einen weiteren Grund zu haben, fingen wir wieder an zu lachen.

»Nun lassen Sie uns zum Geschäftlichen übergehen«, sagte Artemisia und wischte sich die Augen vorsichtig, denn sie hatte etwas aufgetragen, was die Wimpern schwarz machte.

Unverzüglich war sie so ernst wie ein Richter, griff nach unten neben den Stuhl, wo sich eine große, schmale Ledertasche befand. »Dies ist mein letztes Werk. Sie müssen es wie Ihren Augapfel hüten, Fremont. Das ist das Beste, was ich je gemacht habe. Das heißt, mit Worten gemacht habe.«

Ihre Handschrift war ein nachlässiges Gekritzel, aber lesbar. Der Titel ihres Buches lautete: »Der Kaufmann der Träume«.

Ich blätterte schnell durch die Seiten, bis zur letzten, die die Seitenzahl einhundertundfünfzig trug.

»Es handelt sich um eine Novelle«, erklärte sie. »Sie wird ein gewaltiges Aufsehen erregen. Sie werden es merken, wenn Sie sie abtippen. Mein Verleger wird sich freuen, wenn er ein Manuskript bekommt, das mit der Schreibmaschine geschrieben ist. Wußten Sie, daß diese Leute so etwas sogar inzwischen vorziehen? Ich prophezeie Ihnen, daß der Tag kommen wird, an dem sie kein handgeschriebenes Manuskript mehr akzeptieren werden.«

»Das kann für mich nur gut sein. Ich nehme zehn Cents pro Seite, Artemisia. Da ich nur zeitweise tippen kann, ist es auch schwierig für mich, genau zu sagen, wie lange ich dafür brauchen werde.«

»Das macht doch nichts. Solange es nicht ewig dauert. Ich werde mich wieder bei Ihnen melden.«

Sie faltete die Hände auf ihrer Tasche zusammen und legte nachdenklich den Kopf schief. »Warum sind Sie nicht mehr nach Carmel gekommen? Haben wir Sie durch irgend etwas beleidigt? Ich habe jedenfalls gedacht, daß wir Sie nun regelmäßig zu Gesicht bekommen würden. Ich hatte eigentlich auch angenommen, daß Sie das Cottage mieten würden, das Misha für Sie besorgt hat. Aber er sagte mir, daß Sie Ihre Meinung geändert hätten.«

Ich merkte, wie mein Gesicht rot anlief, deshalb tat ich so, als hätte ich etwas fallen gelassen, und beugte mich unter den Schreibtisch, um es wieder aufzuheben, bevor ich antwortete. Als ich mich wieder aufrichtete, fühlte sich mein Gesicht wieder normal an, und ich sagte: »Entschuldigung, wo waren wir stehengeblieben? Ach ja, das Cottage. Nachdem ich die Lage hier auf der Monterey-Halbinsel gewissermaßen gesichtet hatte, beschloß ich, meinen Schreibdienst lieber hier in Pacific Grove zu eröffnen. Da lernte ich Mrs. Henrietta Houck, die Leuchtturmwächterin von Point Pinos kennen, und sie bat mich, sie für sechs Monate zu vertreten, um sich für persönliche Angelegenheiten die Zeit frei nehmen zu

können. Zwischen der einen und der anderen Aufgabe bleibt wenig Zeit, um Besuche abzustatten.«
Artemisia schaute mich eine – wie es mir schien – entsetzlich lange Zeit an. Ihre großen dunklen Augen funkelten und schauten nachdenklich. Für ihre Gedanken hätte ich so gut wie alles gegeben. Schließlich sagte sie: »Sie sind eine ernste, hart arbeitende Frau, wie ich sehe.«
Stolz sagte ich: »Es gibt Momente, da bin ich auch leichtsinnig, aber ich habe es vorgezogen, meinen eigenen Weg zu gehen. Falls es das ist, was Sie meinen.«
Sie kniff die Augen zusammen. »Sie denken, daß Misha ein Playboy geworden ist.«
Es war eine Feststellung und keine Frage, also antwortete ich nicht. Sie wartete. Ich ebenso, und zwar so lange, bis ich mir wie ein Kind in der Grundschule vorkam, das mit einem anderen um die Wette starrt. Dann meldete sich mein Humor zu Wort: »Solange er kein warmer Bruder geworden ist ...«

LOGBUCHEINTRAGUNGEN
18. Januar 1907
Wind: NW, mäßig bis böig
Wetter: kalt, stark bewölkt, Regen und Sprühregen
Bemerkungen: zwei Passagierdampfer von Norden ein-, aber nicht wieder ausgelaufen (bleiben sie vor Anker, bis das Wetter besser wird?)

So sehr ich mich auch bemühte, konnte ich das Büro am nächsten Tag nicht verlassen, um zu Mapsons Leichenschauhaus zu gehen. Nicht, daß ich mich über die Arbeit nicht gefreut hätte, aber es war schon irgendwie komisch, daß man sich tagelang langweilen mußte, weil nichts zu tun war, und man dann auf einmal mit Arbeit überhäuft wurde.

So kam es also, daß ein weiterer Carmeliter Artemisia und ihrer Novelle praktisch auf den Fersen folgte und mit einem noch längeren Manuskript auftauchte, das abgetippt werden sollte. Es war niemand anderes als der »Durchschnittsmann«, dessen richtiger Name sich als Arthur Heyer herausstellte. Sein Buch war eine Sammlung von Sagen dieser Gegend mit dem Titel »Geistergeschichten von der Zentralküste«. Während Arthur noch davon plapperte, wie er diese Geistergeschichten zusammengetragen hatte, kam Braxton Furnival leibhaftig und in voller Lebensgröße durch die Tür. Er überragte den Durchschnittsmann (der heute nicht braun, sondern buntkariert gekleidet war) wirklich um Längen.

Dann eilte Arthur davon, der tatsächlich unterhaltender war, als ich ihn eingeschätzt hatte. Braxton redete ununterbrochen und war längst nicht mehr so charmant. Er ließ mir einen Brief und eine lange Liste mit Namen und Adressen da. Den Brief sollte ich insgesamt dreiundsiebzig Mal abtippen, wobei er die Adressaten als potentielle Investoren bezeichnete. Dieselbe Sache immer und immer wieder abzutippen war bestimmt ziemlich langweilig, aber es machte mir nicht soviel aus, da es auch Geld brachte. Ich hatte nämlich beschlossen, ihm für das Tippen der Adressen auf die Briefumschläge drei Cents pro Stück zu berechnen. Ich schätzte Braxton so ein, daß er es sich leisten konnte, und ich behielt recht, denn er zuckte nicht einmal mit den Wimpern, als ich ihm den Preis nannte.

Dann kamen auch noch einige Leute herein, die das Schild im Vorübergehen gelesen hatten, und plötzlich hatte ich soviel zu tun wie schon lange nicht mehr.

So kam es, daß ich am achtzehnten Januar, einem Donnerstag, mittags um zwölf mit der Kutsche in die Stadt fuhr anstatt zu laufen. Ich hatte vor, die Schreibmaschine (die ich kaum heben konnte) in den Leuchtturm mitzunehmen, um

am Abend dort zu tippen. Jetzt wollte ich ein Schild mit dem Hinweis aufhängen, daß das Büro am Nachmittag geschlossen bliebe, denn ich wollte zu Mapsons Leichenhalle, komme, was da wolle.
Es regnete, und Bessie, die braune Stute, war nicht allzu angetan davon, draußen auf der Straße warten zu müssen. Sie drehte ihre Ohren zurück und schnaubte, während ich mit der Schreibmaschine rang, um sie, natürlich zugedeckt, auf den Boden der Kutsche zu stellen. Ich hatte zwar auch das Verdeck der Kutsche aufgespannt, aber es schützte wenig gegen den starken Wind, der von der Bucht herüberwehte. Da ich einen nicht sehr modischen, aber dafür sehr nützlichen Regenumhang anhatte, wurde ich trotzdem kaum naß. Ich hatte ihn vor einigen Monaten in einer Kiste mit Kleidungssachen gefunden, die dem Zeltlager im Golden Gate Park geschenkt worden waren. Ich glaubte, daß dieser schwarze, zeltartige Umhang ein Kleidungsstück für Männer sei. Deshalb war er auch so bequem und weit. Wäre er für Frauen gemacht, dann wäre er wahrscheinlich an den Schultern schmal und einschränkend, am Hals eng und bis zu den Ohren mit kleinen Knöpfen versehen. Die Kleidung, die wir Frauen erdulden mußten, war eines meiner Lieblingsthemen, über die ich mich immer wieder gern aufregte. Eines Tages würde ich auch etwas dagegen tun, wenn ich nur wüßte, was.
Ich stieg gerade in die Kutsche, als ich jemanden auf dem Bürgersteig durch den anhaltenden Regen gehen sah. Die Person kam von der Lighthouse Avenue herunter, eine kleine Frau in einem gelben Leinenmantel. Es war Phoebe Broom, die jetzt weniger Jane Eyre, sondern eher einem Kanarienvogel ähnelte.
»Oje«, murmelte ich und hoffte, daß sie mich nicht gehört hatte. Ich klopfte Bessies Hals und flüsterte ihr ins zuckende Ohr, sie möge geduldig sein. Dann setzte ich ein Lächeln auf

und ging auf Phoebe zu, als sie gerade an der Bürotür vorbeikam. »Sie sind doch Phoebe, nicht wahr? Was machen Sie hier draußen im Regen?«
»Ich mag den Regen.« Sie lächelte mich in ihrer bescheidenen Art an. »Obwohl er mich bei der Bildhauerei stört. Das Dach meines Ateliers hat ein Loch. Deshalb hat mich Oscar mit hierhergenommen, er ist nach Monterey weitergefahren. Ich haben Ihnen etwas mitgebracht, das Sie vielleicht mögen werden. Könnten wir ins Büro gehen? Oder wollten Sie gerade gehen?«
»Ich wollte gerade gehen...«, sagte ich und zeigte auf das Schild in meinem Fenster, auf dem zu lesen war: »Heute nachmittag geschlossen – morgen zur gewohnten Zeit geöffnet.«
»Aber ich kann auch noch einen Augenblick warten. Kommen Sie herein.«
Ich schloß die Tür auf, und von unseren Kleidern tropfte der Regen auf den Boden. Phoebe ging direkt zum Schreibtisch, wischte ihre Mappe mit einem Taschentuch trocken und öffnete sie. »Kommen Sie her, und schauen Sie sie an«, bat sie mich, »Sie können sich eins aussuchen. Nehmen Sie das, was Ihnen am besten gefällt.«
»Oho«, dachte ich und erinnerte mich an unser letztes Gespräch. Dann ging ich jedoch zu ihr und schaute mir die Bilder an. Dabei wurde ich ganz traurig, denn sie zeigten Misha, meinen Michael, und sie waren so gut geworden. »Haben Sie die gezeichnet, Phoebe?« fragte ich. »Ich dachte, Sie seien Bildhauerin.«
»Die Zeichnungen sind der erste Schritt. Sie müssen zuerst zeichnen, bevor Sie bildhauern können. So wurde es mir zumindestens beigebracht.« Sie grinste, versetzte mir einen leichten Stoß mit dem Ellbogen in die Rippen, und ihre Augen funkelten verschmitzt. »Ich wette, Sie haben gedacht, ich würde Ihnen jetzt einige Aktzeichnungen von Misha zeigen, stimmt's?«

Ich nickte und lächelte. »So in etwa.«
»Nun, Sie sollten wissen, daß ich es versucht habe, aber er wurde plötzlich in meiner Gegenwart ganz prüde und wollte seine Sachen nicht ausziehen. Deshalb mußte ich Mishas Kopf zeichnen und ihn auf Khalids Körper setzen.«
»Woher wußten Sie, daß Khalids Körper es wert sein würde, angesichts der weiten Kleider, die er trägt?«
»Ich kenne Irma Fox. Sie kann sich alles leisten, warum sollte sie sich dann nicht auch einen Mann leisten können, der gut gebaut ist?«
»Gütiger Himmel!«
»Was haben Sie gedacht? Daß Khalid Irmas Adoptivsohn ist? So naiv können Sie doch nicht sein, Fremont.«
»Nein«, pflichtete ich ihr bei, »warum sollte sie das nicht auch tun, wenn ich bedenke, daß es umgekehrt dauernd gemacht wird. Es ist nur, ich weiß nicht, ich bin es wohl nicht gewohnt, so offen über diese Dinge zu sprechen.«
Phoebe zuckte mit den Achseln und schaute auf ihre Zeichnungen, als wollte sie das Thema fallenlassen. »Das liegt daran, daß alle Welt heuchelt, bis auf die Leute, die beschlossen haben, in Carmel zu leben. Welches Bild möchten Sie nun haben, Fremont? Möchten Sie überhaupt eins haben?«
»Natürlich möchte ich eins! Sie sind wunderschön.« Sie hatte ihn so gut getroffen, daß ich die vertrauten Züge meines Michael auch inmitten der lockigen Haare und des verrückten Halsschals von Misha wiedererkannte.
Die Zeichnungen waren mit Tinte auf dickem Papier gemalt worden. Sie zeugten von einer sicheren Hand und großem Talent, nicht eine Linie war undefiniert. Als ich mir eins nach dem anderen anschaute, fiel mir etwas ein, das nichts mit Michael oder Misha zu tun hatte. Ich hatte eine großartige Idee!
»Dieses hier«, sagte ich und nahm ein Bild, das ihn im Halbprofil zeigte. Er war so vollkommen getroffen, daß es mir fast

das Herz brach. Ich mochte ihn verloren haben, aber jetzt hätte ich immer dieses Bild, um mich an ihn zu erinnern. »Vielen Dank, Phoebe.«

»Gern geschehen. Es gibt jemanden, der das Bild rahmen kann. Er befindet sich auf der Calle Principal in Monterey, und er macht es wirklich gut. Ich habe das Bilderrahmen nämlich nicht gelernt.«

»Ich werde die Zeichnung hier im Büro lassen, solange es noch regnet. Sagen Sie, Phoebe, haben Sie in den nächsten Stunden schon etwas vor? Und können Sie ein Geheimnis für sich behalten?«

***

Daß eine Verschwörung oftmals zu einer gewissen Kameradschaft führte, hatte ich schon einmal feststellen können. Ich glaubte jedoch, daß Phoebe und ich auch ohne diese Verschwörung Freundinnen geworden wären. Sie war offen und direkt, zwei Eigenschaften, die ich bei Menschen, ob männlich oder weiblich, sehr schätzte. Obwohl ich schon einige verheerende Fehler bei der Wahl meiner Freunde begangen hatte, konnte ich mir nicht vorstellen, daß sich Phoebes Freundschaft ebenfalls als ein solcher herausstellen würde.

»Mach dir keine Gedanken«, sagte sie, als ich sie nach Zeichenmaterial fragte. »Ich habe meinen Skizzenblock und Bleistifte bei mir. Ich bin nie ohne sie unterwegs. Und ich werde meine Rolle perfekt spielen, das kann ich dir versichern.«

Mapsons Leichenhalle befand sich in einem sumpfigen Gebiet von Monterey, in der Nähe von Lake El Estero, wo sich auch ein Friedhof befand. Bessie konnte unsere Abenteuerlust nicht so ganz nachempfinden und war störrischer als ein Maulesel. Ich konnte ihr aber auch nicht verübeln, daß sie nicht bis zu den Fesseln im Morast versinken wollte. Zwei Reihen von Eukalyptusbäumen, deren Rinde ganz schuppig war, beugten sich traurig über einem Gebäude aus Adobeziegeln, deren Putz schon abblätterte. Der runde Torbogen zeugte von der Mischung der Kulturen, die in Kalifornien oft zu sehen ist.

»Bäh!« bemerkte Phoebe.

»So geht es mir auch. Aber schau mal, dort neben dem Haus ist ein Unterstand. So können wir wenigstens das Pferd und die Kutsche unterstellen.«

Wir banden Bessie fest und betraten die Leichenhalle durch einen Seiteneingang, dessen Tür geöffnet war. Drinnen war es dunkel und feucht, aber es roch hier zumindestens nicht so schlimm.

»Ich vermute, hier wird uns keiner im Hinterhalt auflauern, oder?« flüsterte Phoebe. »Der Ort hier scheint verlassen zu sein.«

Meine Augen hatten sich an die Dunkelheit gewöhnt. Ich suchte mir eine Tür aus und sagte: »Hier entlang.« Ich hatte natürlich keine Ahnung, wohin ich ging. In so einer Situation war es jedoch keine schlechte Idee, so zu tun, als wüßte man genau, wo es langgeht. Wir hatten eine Vorhalle mit gefliestem Boden betreten. Die Tür, durch die ich gehen wollte, befand sich am Ende dieses Vorbaus und führte meiner Einschätzung nach zum hinteren Teil des Gebäudes. Sie war verschlossen, also klopfte ich an. Während ich darauf wartete, daß geöffnet wurde, schaute ich zu Phoebe, die vor Aufregung fast Funken sprühte. »Beruhige dich«, flüsterte ich, »und versuche traurig oder mitgenommen auszusehen.«

Die Tür ging nach außen auf, so daß ich zurücktreten mußte. Ich trat Phoebe auf die Füße, und sie schrie auf. »Meine Freundin ist ziemlich nervös«, erklärte ich einem Mann, der bestimmt der größte und dünnste Mensch war, den ich je gesehen hatte. Ganz zu schweigen davon, daß er wohl auch noch der schweigsamste war. Er trug eine Schürze, und sein Gesichtsausdruck war so ernst, daß ich annahm, wir hätten ihn bei etwas Entsetzlichem gestört.

Da er offensichtlich nicht vorhatte, etwas zu sagen, fuhr ich fort: »Ich hoffe, daß Sie uns helfen können, wir haben einen schweren Gang vor uns. Meine Freundin sucht ihre Cousine, die vor etwa einer Woche bei einem Ausflug in diese Gegend verschwunden zu sein scheint.«

»Es ist schon über eine Woche her«, mischte sich Phoebe ein und bewies damit, daß sie sich die Fakten, die ich ihr auf dem Weg hierher erzählt hatte, ausgezeichnet gemerkt hatte.

»Mein Name ist Fremont Jones. Dr. Frederick Bright sagte mir, daß Sie die Leiche einer unbekannten, nicht identifizierten Frau haben, und ... oje, das ist wirklich sehr schwierig ...«

Meine Mitverschwörerin hielt den Kopf gesenkt und hatte angefangen zu weinen, durchaus nicht lautlos (und wahrscheinlich tränenlos, aber ich hatte auch nicht vor, jemanden so nahe an sie herankommen zu lassen, daß er es hätte prüfen können). Ich legte meinen Arm um Phoebe, deren kleine Gestalt ihr verhalf, verloren und hilflos auszusehen. Ihr Zittern wirkte dadurch besonders überzeugend.

»Wir wären Ihnen sehr dankbar, wenn Sie uns jetzt einen Blick auf diese unbekannte Frau gewähren würden«, bat ich ihn.

Phoebe schluchzte.

»Ich bin allein hier, und ich bin nicht berechtigt dazu. Sie können hereinkommen, aber Sie müssen auf Mr. Mapson warten.«

Wenigstens konnte er sprechen! Ich hatte schon geglaubt, daß dieser Mann einst von normaler Statur gewesen war, jemand ihn dann aber wie ein Gummiband gedehnt hatte und seine Stimmbänder in Mitleidenschaft gezogen worden waren.

Mr. Groß & Lang führte uns durch einen dunklen Korridor, zündete auf dem Weg die Gaswandleuchter an, die allerdings eher seltsame Schatten warfen, als Licht zu spenden. Der Regen war stärker geworden. Er prasselte auf das ziegelbedeckte Dach, und unsere Schritte hallten auf dem Fliesenboden wider. Muffig roch es hier, und ich dachte darüber nach, was wohl hinter den geschlossenen Türen sein könnte.

»Sie können hier warten«, sagte er. Wir befanden uns in einem Empfangssalon, in dem ein Kronleuchter von der ohnehin schon niedrigen Decke hing. Er machte zwei der sechs Glaskugeln an, die sofort die phantastischsten Schatten warfen, als sie brannten. Und dann verschwand er.

»Ich frage mich, wie lange wir wohl warten müssen«, sagte Phoebe ärgerlich.

»Nicht lange. In etwa fünf Minuten gehe ich los und besteche ihn.«

»Fremont!«

»So wird es viel besser sein, denn wenn er das Geld annimmt und gegen die Anordnungen verstößt, dann wird er auch kaum jemandem erzählen, daß wir hier waren. Mach dir keine Sorgen. Ich werde ihm sagen, daß du viel zu beunruhigt bist, um zu warten. Er hat uns doch nur hereingelassen, weil du so angefangen hast zu weinen, da bin ich mir ganz sicher. Mach weiter so!«

Sein Name war Tom, und er nahm das Geld ohne zu zögern an. Wir gingen gemeinsam zum Salon zurück, um Phoebe zu holen. Sie fing an zu heulen, als sie unsere Schritte vernahm. Tom ging mit uns durch eine der Türen, die verschlossen gewesen waren, und wir kamen in einen anderen Korridor.

»Das ist der Kühlraum«, sagte er, als er die Tür am Ende des Flures aufstieß.

»Hier werden sie aufbewahrt. Die Leiche, die Sie sehen wollen, können wir nicht mehr lange hierbehalten. Nach einer Weile reicht das Eis nicht mehr aus, falls Sie wissen, was ich meine. Sie ist schon dabei zu verwesen. Es ist die da drüben. Ich werde draußen warten.«

Er ging hinaus, und ich legte meine rechte Hand auf Nase und Mund, während ich mit der linken das Tuch fortzog, das den Körper bedeckte. Dieses Gesicht! Und der Gestank! O mein Gott!

Phoebe war unerschrockener, als ich zu hoffen gewagt hatte.

»Los, Fremont, du kümmerst dich um ihn, lenk ihn ab. Ich mache das hier. Ich werde die eine Gesichtshälfte aufgrund der Knochenstruktur nachzeichnen. Sie wird nicht genauso aussehen wie die andere, da die zwei Gesichtshälften eines Menschen nie ganz identisch sind, wußtest du das?«

Es war eine rhetorische Frage; sie war schon eifrig dabei zu zeichnen. Ich sagte: »Wenn du sicher bist, daß du allein zurechtkommst ...«

»Natürlich komme ich allein zurecht!«

Ich drückte Phoebes Schulter als stilles Dankeschön und ging schnell hinaus.

»Ich wollte sie einen Moment mit der Leiche allein lassen«, flüsterte ich Tom heiser zu. »Sie ist sich nicht sicher, weil die eine Seite des Gesichtes fehlt, verstehen Sie?«

»Sicher«, sagte er. Er rauchte eine Zigarette, und der Geruch nach brennendem Tabak legte sich über den schwachen Gestank, der durch die Tür zu kommen schien. Vielleicht war es aber auch nur die Erinnerung an diesen unangenehmen Geruch, der mir noch in der Nase hing.

Ich dachte darüber nach, daß er gesagt hatte, sie könnten die unbekannte Frauenleiche nicht mehr länger hierbehalten. Nachdem ich sie gesehen hatte, konnte ich das auch verstehen. Aber ich erinnerte mich auch an mein Versprechen, ihr eine anständige Beerdigung zu verschaffen.

Ich räusperte mich. »Ach, Tom? Meine Freundin ist nicht sehr vermögend. Mal angenommen, die Frau sei ihre verlo-

rengegangene Cousine, wieviel würde wohl die billigste Beerdigung kosten, haben Sie eine Ahnung?«
»Um diese Sachen kümmere ich mich nicht«, sagte er und blies den Rauch über meinen Kopf hinweg.
»Dann werden wir doch mit Mr. Mapson reden müssen«, sagte ich resigniert. Wieviel es auch sein mochte, ich würde es wohl nicht bezahlen können.
»Ich mache keine Beerdigungen«, sein Mund verzog sich langsam zu einem ziemlich unangenehmen Lächeln, »aber ich weiß, wieviel sie kosten. Wissen Sie, ich bin Lehrling. Eines Tages werde ich dieses Geschäft ganz übernehmen. Das billigste Begräbnis mit Holzsarg und allem würde Sie etwa hundertundfünzig kosten.«
»Ich verstehe, danke.« Das waren drei Monatsgehälter von Hettie, die Hälfte von dem, was ich für ihre Vertretung bekommen würde. Betrübt kam ich zu dem Schluß, daß es keine so gute Idee war, der Toten etwas zu versprechen.
Eine Bewegung an der Tür veranlaßte Tom, sich umzuschauen und dann nach unten zu blicken, während ich loseilte, um sie zu öffnen. Phoebe fiel mir hustend in die Arme, wobei sie noch die Geistesgegenwart besessen hatte, ihren Skizzenblock und die Bleistifte in ihrem Mantel zu verstekken. Die Tränen strömten aus ihren Augen, aber diesmal wirklich. Sie schüttelte den Kopf. »Meine Cousine ist sie nicht. Diese arme, bemitleidenswerte Kreatur ist keine Verwandte von mir!«
Tom sah skeptisch aus. Deshalb sagte ich schnell: »Du hast dir viel Zeit genommen, um sicherzugehen. Mehr kann man von dir nicht verlangen.« Ich hatte meinen Arm um sie gelegt und führte sie den Flur entlang. Über die Schulter hinweg sagte ich zum langen Tom: »Haben Sie vielen Dank. Sie sehen, daß sie nicht mehr die Kraft gehabt hätte, noch länger zu warten.«
Er folgte uns bis zu der Tür, die nach draußen führte, und bei

jedem unserer eiligen Schritte spürte ich seinen bohrenden Blick in meinem Nacken. Er war habgierig, aber auch schlauer, als ich anfangs gedacht hatte. Ich konnte nur hoffen, daß das Geld, mit dem ich ihn bestochen hatte, ihn schweigen lassen würde.
Was Phoebe anging, so hatte dieses Erlebnis sie ziemlich munter gemacht. Sobald wir die Kutsche erreicht hatten, brach es aus ihr heraus: »Fremont, nachdem ich das ganze Gesicht fertiggezeichnet hatte, war ich mir sicher! Ich kenne diese Frau!«

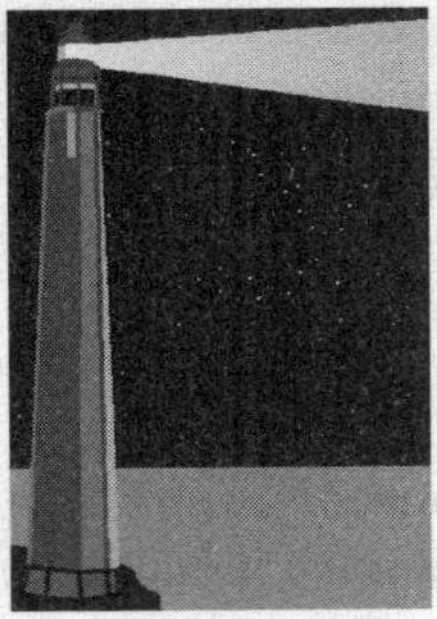

»Das ist sehr interessant«, sagte ich, »ganz besonders deswegen, weil mir Misha mehr als einmal gesagt hat, daß sie nicht aus Carmel sein kann. Ich habe ihn von Beginn an gebeten, doch einmal zu versuchen, die Leiche zu identifizieren. Er hat sich geweigert und gesagt, daß es nur Zeitverschwendung wäre.«

»Ich meinte damit nicht, daß ich sie aus Carmel her kenne«, sagte Phoebe. »Nur, daß ich sie schon irgendwo einmal gesehen habe. Ich bin ganz sicher, denn ich habe ein gutes Gedächtnis für Gesichter, wie die meisten Künstler.«

»Und wie sieht es mit deinem Namensgedächtnis aus?« fragte ich und schnalzte dem Pferd zu, das die Hufe nur widerwillig bewegen wollte. Auch wenn der Regen nachgelassen hatte und es nur noch nieselte, wollte Bessie nicht mehr hinausgehen.

Phoebes unauffälliges, aber lebhaftes Gesicht verzog sich, und sie runzelte die Stirn. »Ich glaube nicht, daß ich sie wirklich kennengelernt habe. Ich meine, sie ist mir nicht vorgestellt worden. Da bin ich mir ziemlich sicher. Wenn ich mich nur daran erinnern könnte, wo ich sie schon einmal gesehen habe...«

Ich sagte: »Oje.« Aber eigentlich hatte ich auch gar nicht damit gerechnet, daß es leicht werden würde. Außerdem war ich froh, daß Misha mich nicht angelogen hatte.

Als Bessie begriffen hatte, daß wir uns auf dem Weg nach Hause befanden, konnte ich eine Hand von den Zügeln nehmen und streckte sie Phoebe entgegen, die immer noch grübelte. »Darf ich die Zeichnung einmal sehen?«
»Hm? Ja, gewiß. Sieh nur zu, daß sie nicht feucht wird.« Phoebe schlug ihr Skizzenbuch auf und reichte mir die Zeichnung.
Ich warf nur einen kurzen Blick darauf, denn der anhaltende Wind wehte den Nieselregen direkt unter das Kutschenverdeck, und von Zeit zu Zeit fegte uns eine vorwitzige Bö die feinen, aber schmerzhaften Tröpfchen direkt ins Gesicht. Die Zeichnung war trotz der Eile, die geboten war, mit sicherer Hand angefertigt worden.
»Sie war eine hübsche Frau«, stellte ich fest und schaute mir die Zeichnung so intensiv an, als müßte ich mir das Gesicht einprägen, dann gab ich Phoebe den Block zurück.
»Ein leuchtendes Blau, ein Farbton, der sich Königsblau nennt«, sagte Phoebe nachdenklich. »Irgendwie bringe ich sie mit dieser Farbe in Verbindung. Sie muß sie wohl getragen haben, als ich sie gesehen habe.«
»Als sie aus dem Wasser gezogen wurde, hatte sie ein rotes Kleid an. Vielleicht können wir daraus schließen, daß sie, wer immer sie auch war, gern auffällige Farben trug.« Plötzlich fiel mir etwas ein, und ich schnippste mit den Fingern. »Ach, verdammt!«
»Was ist, Fremont?«
»Ich wollte ihn fragen, ob wir einen Blick auf ihre Kleidung werfen können, aber ich habe es vergessen!« Wir rumpelten über eine Brücke, die über eine Meerenge führte, und die Straße verlief weiter in Richtung der großen, elenden Walfangstation, von der man Montereys Binnenhafen überschauen konnte. Hier lag Mishas Segelboot, eine Schaluppe mit dem Namen *Katya*, vor Anker. Zur Rechten war die geschäftige Anlegestelle, und direkt links lag, undeutlich zu

sehen, Presidio Hill. Auf dem Hügel lag ein altes Gebäude, das allgemein unter dem Namen Fremont's Fort bekannt war, benannt nach meinem berühmten Verwandten. An meinem ersten Tag hier in dieser Gegend fuhr ich dorthin, um einmal an dem Ort zu stehen, wo er einst gestanden haben mochte.

»Warum sollten wir uns ihre Kleidung ansehen?« fragte Phoebe.

»Vergiß es! Das ist jetzt nicht mehr von Bedeutung. Wir haben drei wichtige Dinge in Erfahrung gebracht, Phoebe: Sie kam nicht aus Carmel, sonst hättest du sie ja gekannt. Sie war nicht aus Pacific Grove, aus verschiedenen Gründen, auf die ich jetzt nicht näher eingehen möchte. Also bleibt nur noch Monterey. Meine Lieblingstheorie, daß sie Gast im Hotel Del Monte war, ist aber nicht länger haltbar, da du sie schon einmal irgendwo gesehen hast. Es sei denn, du hättest sie dort gesehen.«

Sie rümpfte ihre kleine Himmelfahrtsnase. »Im Del Monte verkehre ich eher weniger. Aber du hast jetzt den ganzen Del-Monte-Wald außer acht gelassen, der sich den Seventeen-Mile-Drive entlangzieht. Dort befinden sich einige Häuser, oder sollte ich sagen, Landsitze. Wir Carmeliter gehen gern dorthin, um den Wald zu erkunden oder zu picknicken. Ganz besonders gern sind wir am Point Cypress.«

»Aha? Kennst du zufällig Braxton Furnival? Er wohnt dort und ist mein neuer Kunde.«

»Ha!« sagte Phoebe. »Ja, ich kenne ihn. Aber ich bin wohl kaum sein Typ Frau ... Oh, du meine Güte! Du bist ja ein Genie, Fremont!« sagte sie und sprang mir dabei fast aus der Kutsche. Überrascht zog ich die Zügel an. Bessie mochte diesen Weg nicht besonders, der an den Überresten des niedergebrannten ehemaligen chinesischen Viertels vorbeiführte. Sie tat dann so, als wolle sie jeden Moment durchgehen. Ich sagte: »Wie bitte?«

»Braxton Furnival veranstaltete vor etwa sechs Monaten eine große Party bei sich, und er lud uns alle ein. Hast du sein Haus schon einmal gesehen? Es ist einfach wundervoll.«

»Nein, ich habe es noch nicht gesehen. Waren alle aus Carmel bei ihm eingeladen?«

»Ja. Er ist mit Oscar Petersons Familie befreundet. Sie sind in Oakland, auf der Ostseite der Bucht von San Francisco, sehr bekannt. Aber die Familie hat sich praktisch von Oscar abgewandt. Ich würde mal vermuten, daß Braxton das gar nicht weiß. Ich weiß nicht, ob er wirklich vorhatte, uns alle einzuladen oder nur Oscar und Mimi, aber du hast ja gesehen, wie die Petersons sind. An dem Abend, als Braxtons Party stattfand, sagten sie zu jedem, den sie trafen: »Kommt, laßt uns gehen!«, und dann sind wir alle mitgegangen. Einfach so. Fast alle kamen mit, bis auf Misha. Ich glaube, er war nicht dabei, weil er in San Francisco war.«

»Und ...?« ermunterte ich sie weiterzureden, als sie trotz all ihrer vorherigen Lebhaftigkeit in Schweigen verfiel.

»Ich denke nach. Ich will ganz sicher sein.« Wieder war sie still. Ich schaute sie an und blickte dann an ihr vorbei auf das Wasser der ausgedehnten Bucht. Die Hügel, die weit entfernt auf der anderen Seite der Bucht lagen, waren durch den bläulichgrauen Dunst kaum zu erkennen. Die Seehunde, die sich gern in dieser Gegend entlang der Felsen tummelten, hatten sich wie alle anderen Tiere auch versteckt. Nicht einmal eine Möwe flog über uns hinweg. Zumindestens für diesen Augenblick waren wir allein.

Ich war schon ganz gereizt vor Ungeduld, als Phoebe endlich weitersprach. »Ich bin mir nicht völlig sicher, aber ich glaube, daß ich die unbekannte Frau dort gesehen habe, auf Braxton Furnivals Party. Es waren mindestens hundert Leute da, die alle umherliefen, Krach machten und, besonders die Männer, zuviel tranken. Ich bin sicher, daß sie mir nicht vorgestellt wurde, aber ich erinnere mich an ihr Gesicht, an

das lange schwarze Haar und das blaue Kleid... Ja! Los, Fremont, wir fahren direkt zu Braxtons Haus!«
So fuhren Phoebe und ich, von fieberhafter Erregung ergriffen los, entschlossen, der Sache nachzugehen. Bald hatte ich sie allerdings im Verdacht, eine von denen gewesen zu sein, die auf der Party zuviel getrunken hatten, denn sie konnte sich nicht mehr daran erinnern, welcher Weg zu Braxtons Haus führte. Sie lotste mich ein halbes Dutzend Mal auf dichtbewaldete Wege, und mehr als einmal war es das Donnern des Ozeans, das mich warnte, weiterzufahren; schließlich stellte sich der Weg als Sackgasse heraus. Wir gelangten irgendwo an den Rand der Klippen. Überall waren Felsen und vom Wind mitgenommene Zypressen, deren Spitzen abgerissen waren. Unter uns krachten die Wellen gegen die Felsen, und obwohl diese Wildheit der Natur mir gefiel, brachte der Weg uns nicht weiter.
Schließlich blieb mir keine andere Wahl, als Phoebe nach Carmel zu bringen. Sie hatte Oscar verpaßt, der sie mit nach Carmel zurücknehmen wollte. Dann mußte ich zum Leuchtturm zurück, denn Quincy wartete darauf, von mir in der Wache abgelöst zu werden. Zugegebenermaßen hätte ich die Suche nach Braxtons Haus wohl fortgesetzt, wenn ich statt des müden Pferdes den Maxwell gehabt hätte, auch wenn ich dafür Quincy hätte versetzen müssen. Natürlich wäre es ganz anders gekommen, wenn die Leute in dieser Gegend ein Telephon besessen hätten. Insbesondere Braxton Furnival und ich. Aber so, wie es aussah, mußte ich ihm wohl schreiben oder darauf warten, bis er das nächste Mal im Büro erschien.
Aber da es nicht zu meinen starken Seiten gehörte, zu warten, schlug ich Phoebe vor, das Bild der Frau bis zum nächsten Tag noch mehrmals abzuzeichnen, so daß ich dann am Morgen eins abholen könnte. Sie war einverstanden, und es war schon nach vier Uhr, als ich endlich nach Point Pinos zurückkehrte und gewissermaßen zu Hause war.

***

Das Cottage des Leuchtturms wies die gewohnte Aufteilung des Wohnbereichs auf: zwei Räume befanden sich unten und zwei oben. Dazu kam noch der Wachraum, der sich im unteren Teil des Turmes, knapp oberhalb des Daches befand. Ich beschloß, im Wachraum zu tippen, damit ich nicht jede Stunde die Wendeltreppe herauf- und wieder heruntergehen mußte. Quincy stellte sich zur Verfügung, um die schwere Schreibmaschine für mich nach oben zu bringen. Glücklicherweise hatte die Maschine keinen Schaden dadurch erlitten, daß sie an diesem Nachmittag unter dem Sitz der Kutsche so durchgerüttelt worden war.

In der Dunkelheit der Nacht zu tippen war nicht einfach für mich, und ich brauchte eine Weile, um mich daran zu gewöhnen. Nachdem ich mit Artemisias Novelle begonnen hatte, war ich jedoch einfach hingerissen. Diese Geschichte zog mich in ihren Bann, und das war sicherlich genau das, was Artemisia bei ihren Lesern erreichen wollte.

»Der Kaufmann der Träume« handelte von einer jungen Frau, die plötzlich ihren Mann verlor und ohne einen Penny zurückblieb. Da sie keine richtige Ausbildung genossen hatte, wenig Erfahrung besaß und Geld verdienen wollte, ohne sich zu prostituieren, antwortete sie auf eine Zeitungsanzeige, die folgendermaßen lautete: ICH KAUFE IHRE TRÄUME.

Artemisias Heldin hieß Heloise. Es lag an Artemisias schriftstellerischer Fähigkeit und wahrscheinlich auch an dem Ort der Handlung, nämlich Boston, daß die Stimme von Heloise in kürzester Zeit in meinem Kopf widerhallte, als sei es meine eigene.

Im dem ersten Kapitel von »Der Kaufmann der Träume« las ich:

Ich dachte mir, daß es sicherlich nicht schaden könne, wenn ich mal zu dem Mann der Träume ginge. Er wohnte in der Commonwealth Avenue, eine recht respektable Adresse, und er hatte ebenfalls einen Geschäftsnamen: die Morpheus Stiftung. Ich hatte gehört, daß der berühmte Wiener Psychoanalytiker Dr. Freud sich mit der Erforschung von Träumen befaßt hatte. Vermutlich war diese Einrichtung auch mit so etwas beschäftigt. Ich hätte mich nicht ärger täuschen können, aber damals hatte ich davon natürlich noch nicht die geringste Ahnung. Nichtsahnend zog ich also an jenem schicksalhaften Freitag mein einziges gutes Kleid an (die anderen hatte ich verkaufen müssen, um davon Holz zum Feuern erstehen zu können) und fuhr mit der Straßenbahn zur Commonwealth Avenue.

Der Diener, der mir die Tür öffnete, hatte das Gesicht eines Engels, so daß ich nicht sogleich wußte, ob ein Mann oder eine Frau vor mir stand. Er hatte Unmengen von goldenem Haar, seltsame, längliche blaue Augen, mit dunkleren Wimpern und Augenbrauen, als die Haarfarbe vermuten ließ, und eine gerade Nase mit schmalen Nasenflügeln. Alles in allem sah er aus wie ein Botticelli-Engel. Als ich schließlich meinen Blick nach unten wandern ließ, sah ich, daß dieses unglaubliche Lebewesen Hosen trug. Daraus schloß ich, daß es sich um einen Mann handeln mußte.

»Ich komme wegen Ihrer Anzeige«, sagte ich. »Ich würde gern mit demjenigen sprechen, der die Träume kaufen möchte.«

»Treten Sie ein«, sagte das engelsgleiche Wesen, das dann in die Dunkelheit zurücktrat und mich über die Türschwelle treten ließ. Einige Augenblicke war ich geblendet durch den abrupten Wechsel der Lichtverhältnisse. Ich fühlte mich von einer Art tiefen Ruhe umgeben. Es war die Stille eines Hauses, das ausreichend imposant war, um diejenigen zu überleben, die es erbaut hatten. Es lag ein süßlicher Duft in der Luft, der weniger an Parfüm als an Weihrauch erinnerte. Als ich wieder etwas mehr sehen konnte, schaute ich den

langen Flur hinunter und sah, wie sich die Gestalt des schönen Türwächters aufzulösen schien und am Ende des Korridors mit den Schatten eins wurde. Er hatte mir nicht gesagt, daß ich warten solle, und so dachte ich daran, ihm zu folgen, aber meine Beine waren widerwillig und gehorchten nicht. Ich blieb wie angewurzelt auf einem orientalischen Läufer an der Eingangstür stehen. Die Wände waren mit einem dunklen, glänzenden Holz getäfelt. Die Kassettendecke war aus demselben Holz und die Treppe ebenso. Es war vielleicht Mahagoni oder ganz dunkles Walnußholz und sah sehr edel aus. Direkt über mir hing ein kleiner, unbeleuchteter Kronleuchter mit durchsichtigen Kristalltropfen, die aussahen wie erfrorene, schimmernde Tränen, die im Moment ihres Quellens aufgehängt worden waren. Ich fühlte mich in diesem düsteren Prachthaus und seiner Stille plötzlich fehl am Platz und fremd, als wäre ich in eine andere Dimension getreten, in der die Zeit, wie wir sie kannten, aufgehoben war. Obwohl ich das sogleich als törichte Phantasie abtat, strengte ich meine Ohren an, um das Ticken einer Uhr hören zu können. Aber ich vernahm nur die Stille.

Plötzlich riß ich, Fremont Jones, meinen Kopf hoch und spitzte die Ohren. Was war das? Hatte ich da ein Geräusch gehört? Oder hatte Artemisias Geschichte meine allzu rege Phantasie entflammt?

Ich erhob mich von der Schreibmaschine und ging zum Fenster, das durch das Licht der Lampe zum dunklen Spiegel geworden war. Ich hielt die Hände um meine Augen, drückte mein Gesicht gegen die kühle Glasscheibe und schaute hinaus. Draußen war es pechschwarz, der Mond schien nicht, die Sterne waren nicht zu sehen, nichts. Bis auf den immer wiederkehrenden breiten Lichtschein der großen Fresnellinse. Nur der Wind war zu hören, unser steter und hartnäk-

kiger Besucher, der gegen die Türen und Fenster preßte und heulend um Einlaß bat.
Mir entfuhr ein kurzer und gereizter Seufzer. Sicherlich passierte hier nichts Außergewöhnliches oder Schlimmes, aber ich mußte mich dennoch vergewissern. Ich zog mein Tuch bis zu den Ohren hoch und nahm das Fernglas in die Hand. Dann stieg ich die Wendeltreppe hinauf und trat auf die Plattform, die rings um den Turm führte. Der Wind fiel über mich her, versuchte mich zu packen und in brutaler Weise (hinzu kam, daß er auch noch eisigkalt war) unter meinen Rock zu kommen. Langsam ging ich einmal um den Turm herum. Der Lichtstrahl des Leuchtturms war dafür gedacht, gesehen zu werden, nicht, um damit zu sehen. Der Wechsel zwischen hell und dunkel war eher schwindelerregend als lichtspendend. Mir kam der Gedanke, daß ein schlauer Mensch sich sogar verbergen könnte, wenn er sich mit dem Schein der Linse bewegen würde. Aber das war wohl doch eher unwahrscheinlich.
Nachdem ich einmal ganz herumgegangen war, blieb ich stehen und setzte das Fernglas an meine Augen. Ich wußte aus Erfahrung, daß man in einer klaren Nacht auch mit dem bloßen Licht der Sterne gut sehen konnte. Selbst wenn der Mond nur zu einem Viertel vorhanden war, konnte man um Mitternacht in Point Pinos so weit sehen, wie zur Mittagszeit an einem düsteren, stürmischen Tag. Aber in einer Nacht wie dieser ...
Ich suchte den Boden nach dem flackernden Licht einer Laterne oder einer Kerze ab, die getragen wurde. Ich versuchte, über den Wind und die nahen Wellen hinwegzulauschen. Ich strengte meine Ohren so sehr an, daß ich die raschelnden Geräusche des Viehs im Stall, das Bellen der Seelöwen in der Ferne und das Fauchen einiger wildlebender Katzen vernehmen konnte. Aber von einem Eindringling konnte ich nichts sehen und hören.

»Also habe ich mir das alles nur eingebildet«, sagte ich murrend, als ich wieder hineinging und hinab in den Wachraum stieg. Jedenfalls hatte ich alles gründlich untersucht, und das zwanzig Minuten vor meiner Wache.
Nachdem ich mich also beruhigt und vergewissert hatte, daß alles in Ordnung war, konnte ich mich wieder der Novelle »Der Kaufmann der Träume« zuwenden und machte genau dort weiter, wo Heloise in der Stille des Hauses wartete.
Ich verlagerte mein Gewicht von einem Fuß auf den anderen, dann schloß ich meine Augen und stellte mir in Gedanken das Zifferblatt einer Uhr vor, mit dem Sekundenzeiger, der ordnungsgemäß die verfließende Zeit tickend einteilt. Nachdem ich einige Sekunden damit verbracht hatte, rief die Stimme des engelhaften Wesens: »Dr. Morpheus möchte Sie jetzt empfangen, wenn Sie mir bitte den Flur entlang folgen wollen.«
Ich öffnete die Augen und mußte mich kurz orientieren, dann sah ich, daß die Tür am Ende des Flurs offenstand. Durch die Tür fiel goldenes Licht, in das der Kopf des Botticelli-Engels eingetaucht war. Sein blondes Haar verwandelte sich in einen Heiligenschein. Ich fühlte mich geblendet und höchst seltsam: mein sehnlichster Wunsch war es, zu sehen, was sich hinter der goldenen Tür befand. Aber tief in meinem Innern warnte mich eine Stimme: »Dreh dich um und lauf fort!«
Aber leider lief ich nicht davon. Meine Angst vor der Armut und vor dem, wozu sie mich treiben könnte, war größer als die Furcht, die ich in dieser merkwürdigen Situation empfand. Ich würde mich eher umbringen, als daß ich das Leben einer gefallenen Frau führen müßte. Also bewegte ich widerwillig meine Füße und ging Schritt für Schritt den langen, langen Flur hinunter. Erneut änderte sich das Licht, und es war im ersten Moment schwierig, etwas zu sehen. Die hohe aufrechte Gestalt von Dr. Morpheus war nur undeutlich zu erkennen. Als meine Augen sich schließlich an das Licht

gewöhnt hatten, konnte ich ihn besser sehen. Er war ein äußerst stattlicher Mann mit exotischem Aussehen, so, als käme er aus einem fremden Land mit einem anderen Klima. Das lange schwarze Haar fiel ihm auf die Schultern, was völlig aus der Mode war. Er hatte ausgeprägte Wangenknochen und eine hohe Stirn, helle Augen, die aber schwarze Ringe um die Iris hatten, so, wie es bei Perserkatzen der Fall war.

»Mein Name ist Jonah Morpheus«, sagte er. Er hatte einen britischen Akzent, was aber keinen Aufschluß darüber gab, woher er kam, denn das Britische Empire erstreckte sich über alle Teile der Welt. »Heloise Goodenough«, sagte ich. Der Klang meiner Stimme war glockenklar. »Ich bin wegen Ihrer Anzeige bezüglich der Träume gekommen.«

Jonah Morpheus bat mich, Platz zu nehmen. Dann entließ er den Mann, der so sehr einem Engel glich und der offenbar Tad (oder vielleicht Thad) hieß. Er setzte sich hinter einen beeindruckenden Schreibtisch, auf dem eine phantastische Lampe stand, deren Schirm aus buntem Glas gefertigt war. Sie warf funkelndes Licht auf sein Gesicht, als er seine Hände zusammenlegte, mit den Fingern einen spitzen Turm nachbildete und sein Kinn darauf legte. »Erzählen Sie mir von Ihren Träumen«, sagte er. Ich lächelte, wenn auch ziemlich verkrampft. »Ich bin hier, um mit Ihnen einen Handel abzuschließen. Ihre Anzeige erwähnte keine Einzelheiten. Die hätte ich gern gewußt, bevor ich über meine Träume spreche.«

»Eine gescheite Frau«, sagte Dr. Morpheus und lächelte. In diesem Augenblick sprang eine Katze auf den Tisch. Sie war groß und schwarz. Ihr Fellhaar war lang. Die Katze ging zuerst zu Morpheus, rieb ihr Kinn an seinen Händen, und tief aus ihrer Kehle kam ein murmelndes Geräusch zur Begrüßung. Dann streckte sie den buschigen Schwanz in die Höhe, ging in vornehmer Haltung über den Schreibtisch und setzte

sich an den Rand. Dabei schaute sie mich gelassen an. Sie hatte genau die gleichen Augen wie ihr Herr.
»Das ist bestimmt so eine Art merkwürdiger Test«, dachte ich, konnte mir aber nicht vorstellen, wie er die Katze dazu gebracht hatte. Also beschloß ich, sie einfach nicht zu beachten. Ich sagte: »Nun, Sir?«
Wieder lächelte er. Ein schwaches, sinnliches Lächeln spielte um seinen Mund, wurde durch die Luft getrieben und berührte mich wie eine Liebkosung. Seine Stimme war voll und rauh zugleich. »Ich sammle die Träume für ein Forschungsunternehmen, dessen Zweck aber geheim bleiben muß, bis die Sammlung vervollständigt ist. Wie ich schon in der Anzeige erwähnte, bezahle ich dafür.«
Er schien der Auffassung zu sein, das sei für eine Erklärung ausreichend, für mich jedoch war es das keinesfalls. »Wahrscheinlich wird dieses Forschungsunternehmen zu einem bestimmten Zeitpunkt veröffentlicht werden, oder?«
»Wahrscheinlich.«
»Mit anderen Worten, wenn ich Ihnen meine Träume erzähle oder verkaufe, dann kann sie eines Tages alle Welt lesen?«
Sein Lächeln wurde stärker. Ich bildete mir ein, daß die Katze ebenfalls lächelte. Jonah Morpheus sagte: »Zu Ihrem Schutz werden Sie völlig anonym bleiben. Kein Mensch wird erfahren, daß es Ihre Träume sind.«
»Ich verstehe.« Ich befeuchtete meine Lippen mit der Zunge, denn ich hatte einen ganz trockenen Mund bekommen. »Wieviel?«
»Sie bekommen zehn Dollar für jede Nacht, in der sie träumen.«
Zehn Dollar! Dann hätte ich in einem Monat dreihundert Dollar! Das war ein Vermögen! Bei soviel Geld wurde ich sofort mißtrauisch. »Warum diese großzügige Summe?« fragte ich.
Er beugte sich nach vorn über den Schreibtisch, wobei die

Katze ihren vornehmen, aber platten Kopf drehte, um ihn zu beobachten. »Weil es nicht einfach ist, Träume zu kaufen oder vielmehr sie zu verkaufen, denn es gibt da Bedingungen und einen Vertrag, an den Sie sich halten müssen«, sagte er.

»Aha. Erzählen Sie mir davon.«

»Zunächst gilt der Vertrag drei Monate. In dieser Zeit müssen Sie entweder hier in der Einrichtung wohnen – bei freier Kost und Unterkunft natürlich –, oder Sie müssen sich einverstanden erklären, jeden Morgen zuallererst hierherzukommen. So oder so dürfen Sie mit niemandem sprechen, bis Sie mir ihre Träume von der Nacht zuvor erzählt haben.«

Ich nickte als Zeichen, daß ich ihn verstanden hatte.

»Zweitens müssen Sie mir alles erzählen, was Sie geträumt haben, den ganzen Traum, egal ob er für Sie irgendeinen Sinn ergibt, ob er widerwärtig ist oder peinlich. Wenn Sie versuchen sollten, mir etwas nicht zu erzählen, dann werde ich das merken, das kann ich Ihnen versichern. Darin bin ich äußerst geschickt.« Der Blick aus seinen seltsamen Augen war bohrend und geradezu hypnotisierend. Ich glaubte ihm das Gesagte aufs Wort. Die Katze drehte wieder den Kopf und starrte mich ebenfalls an, was die schaurige Wirkung verdoppelte.

»Und was ist, wenn ich nachts einmal nicht träume?« fragte ich. Das kam nämlich häufig vor.

Er lachte dröhnend. »Das ist äußerst unwahrscheinlich. Ich habe etwas Interessantes feststellen können: Je öfter ein Mensch seine Träume erzählt, desto lebhafter werden sie, und desto häufiger träumt dieser Mensch auch.« Er lehnte sich wieder zurück und faltete erneut die Hände zu einem spitzen Dach. Es war eine steife Pose. »Wußten Sie, Miss Goodenough, daß es einige Kulturen gibt, deren Grundlage die gemeinsamen Träume sind?«

Ich schüttelte den Kopf.

Die Katze sprang vom Schreibtisch und erzeugte dabei einen dumpfen Ton. Dann sprang sie zu meiner großen Überraschung auf meinen Schoß. »Gütiger Himmel!« sagte ich. Jonah Morpheus lächelte seiner Katze beifällig zu, als sie sich dreimal auf meinem Schoß drehte, meinen Rock ein wenig mit ihren Pfoten knetete und sich dann zu einem warmen, schnurrenden Bündel zusammenrollte. »Die Katze heißt Shadow«, sagte er.

»Ist Shadow ein Junge oder ein Mädchen?« Ich streichelte den seidigweichen Kopf des schönen Tieres.

»Weder noch«, sagte er geheimnisvoll. Und ich fragte nicht weiter nach.

»Also, wie sieht es aus? Haben Sie wegen der Bedingungen, die ich stelle, Bedenken?«

Die Katze schnurrte. Morpheus lächelte, und ich versuchte nachzudenken. Aber ich konnte nur noch daran denken, daß ich in den drei Monaten, in denen ich meine Träume verkaufen würde, fast tausend Dollar verdienen konnte. Vielleicht war »verdienen« nicht der richtige Ausdruck. Es schien alles so einfach zu sein...

»Ich werde es machen. Setzen Sie den Vertrag auf«, sagte ich.

***

»Fragen Sie ihn«, sagte Quincy am nächsten Morgen in aller Frühe. Er zeigte auf einen Mann hinter den Dünen, der mit seinem stark gekrümmten Rücken die felsige Küste entlangging. »Das ist Junior. Er wird so genannt, aber sein richtiger Name ist Joe. Er behauptet, daß er der Sohn des Mannes ist, nach dem Point Joe benannt wurde. Auf alle Fälle ist Junior so eine Art Einsiedler, und er lebt schon seit seiner Geburt im Del-Monte-Wald. Er riecht ein bißchen streng, aber er würde keiner Fliege etwas zuleide tun, Miss Fremont.«

»In Ordnung. Ich sehe zu, daß ich ihn einhole und frage. Aber ich schwöre Ihnen Quincy, wenn Sie nicht aufhören, mich weiterhin Miss zu nennen, dann schmeiße ich Sie hinaus!«

Quincy sah schockiert aus, aber im nächsten Moment zwinkerte er schon wieder mit den Augen. Er schien sich langsam an meine Art zu gewöhnen. Gut so!

»Spannen Sie die Kutsche an, während ich unterwegs bin, ja?« sagte ich grinsend und machte mich auf den Weg durch die Dünen.

Als ich ihn eingeholt hatte, sah ich auch, warum Joe Junior so gekrümmt ging. Der arme Mann war uralt und fast blind. In seinen Augen lag der milchige Schleier des grauen Stars.

»Äh?« sagte er und wich zurück, wobei er fast das Gleichgewicht verlor. Ich griff nach seinem zerlumpten Ärmel, weil ich fürchtete, er könnte die Felsen hinunter ins Meer stürzen.

Da ich nicht wußte, ob er auch etwas taub war, sagte ich laut: »Ich bin Fremont Jones. Ich wohne im Leuchtturm, und Quincy, der dort arbeitet, sagte mir, Sie könnten mir vielleicht sagen, wo eine gewisse Person im Del-Monte-Wald wohnt.«

»Möglich«, räumte er ein und trat von den Felsen hinunter in den Sand. Dort legte er seine Last, einen großen Sack aus groben Leinen, nieder, in dem sich wer weiß was befand. Junior sammelte offensichtlich Müll. Er legte seinen Kopf zur Seite und fragte vorsichtig: »Es kommt darauf an, wer diese gewisse Person ist.«

»Und welche Belohnung es für die Auskunft geben wird«, dachte ich, griff in meine Tasche und holte einen Vierteldollar hervor. Das war nicht viel, aber mehr hatte ich nicht bei mir. »Braxton Furnival«, sagte ich und hielt das Geldstück hoch. Das Wetter hatte sich über Nacht aufgeklart, und die Morgensonne ließ die Münze silbern aufblitzen.

»Ist das ein Silberdollar?« fragte Junior.
Ich stellte mich mit dem Rücken gegen den Wind, bevor ich ihm antwortete.
»Nein, es ist nur ein Vierteldollar, aber wenn Sie mir sagen, wo er wohnt und mich dann zum Leuchtturm begleiten, kann ich Ihnen noch fünfundsiebzig Cents geben.«
Junior zuckte mit den Schultern. »Das ist sowieso keinen Dollar wert.« Er hielt mir seine geöffnete Hand hin, und ich legte ihm den Vierteldollar hinein. Ich war ganz erleichtert, daß er nicht mehr verlangte. Manchmal war es mir peinlich, und es machte mir auch Angst, daß ich verhältnismäßig arm war. Um ehrlich zu sein, hatte ich keinen ganzen Dollar mehr übrig.
Junior sagte: »Gehen Sie durch das Pacific-Grove-Tor in den Wald. Zweimal gabelt sich der Weg, und Sie folgen immer dem, der nach links führt. Dann kommen Sie schon bald an eine Anhöhe, und da is' es schon. Können Sie gar nicht verfehlen. Das is' das verdammt größte Haus, was Sie hier in der Gegend finden werden, und es ist häßlich wie die Nacht. Ha!« Er lachte heiser, und seine Augen begannen zu tränen. Er rieb sie sich und fuhr fort: »Lebt dort ganz für sich allein in dem großen Haus. Das sagt er wenigstens. Ha!« Er wischte sich wieder die Augen und blinzelte. »Gehen Sie da allein hin?«
Ich nickte. »Ja.«
Junior nahm den Sack und warf ihn sich über die Schulter. »Dann seien Sie besser vorsichtig.«

LOGBUCHEINTRAGUNGEN
19. Januar 1907
Wind: leicht aus W
Wetter: kühl, klar und sonnig
Bemerkungen: Dampfschiffe frühmorgens nach S ausgelaufen, Wale ziehen auch nach S, verfolgt von Booten aus der Gegend

Braxton Furnival oder sein Architekt hatten wohl viel zu viele Romane über die europäischen Königshäuser gelesen oder zu viele Reisen in den Schwarzwald gemacht. Sein Haus war im Stil eines imposanten germanischen Jagdschlosses gebaut. Der Weg, den wir nun entlangkamen, war von den herabhängenden Ästen alter Zypressen überdacht. Für meinen Geschmack war es mir hier etwas zu dunkel. Dennoch war der Gedanke umwerfend, sich vorzustellen, man würde so ein Haus besitzen.

Obwohl der Wald zwischen Pacific Grove und Carmel sicherlich groß genug für diese monströse Behausung war, so schien sie trotzdem völlig fehl am Platz. Eigentlich war es sogar geradezu schockierend, wenn man plötzlich vor einem so großen und dunklen Haus stand, selbst wenn man es erwartet hatte.

»Also wirklich!« bemerkte ich zu Bessie, als ich sie mit den Zügeln berührte, um sie durch ein Steintor zu lenken. Es war auf der einen Seite mit einem hölzernen Wappenschild versehen, das so aussah, als hätte Braxton es erfunden. Auf der einen Seite des Wappens war ein boxender Bär zu sehen, auf der anderen Seite befanden sich drei Kiefernzapfen, und darüber stand der Name Furnival in einem Bogen geschrieben. Darunter befand sich eine Art wehender Banner, auf dem die Worte »Vita et Plenitudinum« standen. Leben und Reichtum, soweit ich mich noch an das Latein meiner Schultage erinnern konnte. Was besaß der Mann nur für ein Ego! Und, so wie es schien, auch die nötigen Mittel, um es zu befriedigen. Sicherlich hatte keiner am Hof des deutschen Kaisers ein größeres Jagdschloß besessen. Aber wer wollte schon dauerhaft an so einem Ort wohnen?
Ich jedenfalls nicht! Das Haus hatte große Giebel und grobe Dachschindeln, und das Gebälk war ebenso riesig und mit Absicht unbearbeitet geblieben, so daß die Balken aussahen wie ganze Baumstämme. Und alles war bis zum letzten Holzsplitter in einem bedrückenden Dunkelbraun gehalten. Man konnte auf die Idee kommen, daß Fafner, der Drache, nicht weit sein und daß Siegfried (von dem ich persönlich dachte, daß er etwas dumm gewesen war) jeden Moment vorbeigesprungen kommen könnte. Es war augenscheinlich eine männliche Domäne, und ich mußte überwältigt einen Augenblick im Eingangsportikus stehenbleiben. Der Klopfer an der wuchtigen Haustür war natürlich aus Eisen, und um ihn anzuheben, mußte ich beide Hände nehmen. Ich straffte die Schultern, holte tief Luft und hob ihn an. Als er gegen die Tür krachte, stellte ich zufrieden fest, daß es reichlich laut war. Einmal, zweimal, dreimal wiederholte ich das Ganze, bis ich zu dem Schluß kam, daß Braxton Furnival nicht zu Hause war.
»Oh, verdammt noch einmal!« sagte ich und biß mir auf die Lippe, weil ich gern etwas Schlimmeres gesagt hätte.

Was nun? Ich konnte mir kaum vorstellen, daß jemand in diesem riesigen Haus leben konnte, ohne zumindestens einen Hausdiener zu haben, der ihm half, es in Ordnung zu halten. Also ging ich, trotz der Warnung des alten Joe Junior, einmal um das Haus herum und rief immer wieder: »Hallo? Ist jemand zu Hause?«

Auf der Rückseite des Hauses erwartete mich eine Überraschung. Ein ausgedehntes und gerodetes Stück Land war mit Gras bepflanzt und somit zu einer abschüssigen Wiese geworden, die sich beträchtlich weit in Richtung Meer zog. Ozean und Himmel lagen hier draußen offenbar im Wettstreit, wer von ihnen das reinste und tiefste Blau hätte. Das Ergebnis jedoch war ein glattes Unentschieden. Auf der Wiese grasten Rehe, als sie aber meinen Geruch aufgenommen hatten, sprangen sie anmutig davon, und ihre Schwänze blitzten auf.

»Wahrscheinlich jagt er sie«, murmelte ich vor mich hin, und wünschte, ich könnte diesen scheuen und schönen Tieren sagen, daß sie zurückkommen könnten, da ich ihnen keinen Schaden zufügen würde. Auch rund um den Leuchtturm fanden sich die Rehe ein. Meistens kam eine ganze Herde, angeführt von dem geweihtragenden Rehbock, um das Gras zwischen den Dünen zu fressen. Eigentlich fraßen sie so gut wie alles. Ich hatte schon gemerkt, daß sie auch Dinge zu sich nahmen, von denen man froh wäre, wenn sie es nicht täten. Dazu gehörten unter anderem auch Hetties Margeriten.

Ich drehte mich um und schaute mir das Haus von der Seite an. Da ich nicht nur ungeduldig, sondern auch neugierig war, ging ich über die Terrasse aus Steinplatten und schaute durch ein riesiges Erkerfester. Wie zu erwarten, war es drinnen düster. Ich blickte in einen großen Raum, der mit einem entsprechend langen Tisch und Stühlen einen beeindruckenden Bankettsaal hätte abgeben können. Der eigentliche Blickfang war jedoch ein Kamin aus Stein, der so groß zu sein

schien, daß sich eine Person dort aufrecht hätte hineinstellen können. Ich rümpfte vor Abscheu die Nase.
Als ich vom Fenster zurücktrat, schalt ich mich selbst der Intoleranz. Menschen aus Boston, die einen gewissen Wohlstand vorweisen konnten, besaßen einen Snobismus, der wohl auch mir in die Wiege gelegt worden war. Ich wußte, daß es äußerst voreingenommen war, Leute zu verachten, die ihren Reichtum zur Schau stellten. Es war genauso, als würde man Menschen meiden, nur weil sie arm waren. Aber während ich das eine machte, würde ich das andere nie tun. Ich fühlte mich nun einmal nicht sehr wohl unter Leuten, die mit ihrem Reichtum prahlten.
»Wie lächerlich«, sagte ich zu mir selbst, »es geht mich doch gar nichts an, was Braxton mit seinem Geld macht.« Dennoch hatte sich meine Meinung von ihm etwas geändert, nachdem ich sein architektonisches Ideal mit eigenen Augen gesehen hatte. Das tat mir leid, denn er war ganz unbestritten ein attraktiver Mann.
Genausowenig ließ sich leugnen, daß er nicht da war. Da ich nicht wußte, wie sein Tagesablauf so aussah, würde ich ihn auch nicht direkt aufspüren können. Würde es jetzt immer so weitergehen mit diesen Verzögerungen? Ich stampfte mit dem Fuß auf und dachte dann: »Nur Geduld!« Geduld schien eine der Tugenden zu sein, die ich mir von allen, die ich nicht hatte, am wenigsten aneignen konnte. Ich versuchte es jedoch immer wieder. Also beschloß ich, nicht sofort davonzustürzen, sondern meinen Abgang lieber überlegt zu gestalten. Ich ging bewußt langsam über die Terrasse und schaute über die weite Fläche der abschüssigen Wiese. Dabei versuchte ich mir die Partygesellschaft vorzustellen, bei der Phoebe die unbekannte Frau gesehen hatte.
Das Wild hatte sich wieder hervorgetraut, um weiterzugrasen. Ich stellte mir jedes einzelne Tier als Partygast vor, bis eins von ihnen, ein kleines Tier, kein Bock, den Kopf hob und

mich direkt anschaute. Es war eine Damhirschkuh. Mit ihren dunklen, feuchten Augen und dem gebogenen Hals verwandelte sie sich in meiner Vorstellung in unsere unbekannte Frau. Sie war schön. Und verletzlich.

Ihr purpurrotes Kleid hatte nicht den passenden Farbton. Es war nicht wie der rote Wams des Jägers. Es schützte sie nicht vor der menschlichen Bestie. Hatte der Jäger sich unter der Menge befunden, die ich mir vorstellte? Gehörte er zu den Carmelitern mit ihren komischen Gewändern, oder war er einer von Braxton Furnivals Freunden im dunklen Anzug, ordentlich und dennoch modisch gekleidet?

»Wart ihr beide auf der Party?« fragte ich. Meine Stimme war, ohne daß ich es bewußt gewollt hätte, so leise geworden, daß ich fast flüsterte. Einen fürchterlichen Moment lang meinte ich eine geflüsterte Antwort zu hören: »Ja!«

Dann schüttelte ich mich schnell wie ein Hund und wandte mich anderen Dingen zu.

Phoebe mit ihrer beherzten Art war gestern nacht lange aufgeblieben, um mit ihren talentierten Händen zehn Kopien von der Zeichnung der Unbekannten anzufertigen. Fünf davon behielt sie, um sie den Leuten in Carmel zu zeigen, und fünf hatte ich mitgenommen. Ich nahm ein Blatt und schrieb unter die Zeichnung eine Nachricht: »Lieber Mr. Furnival, kennen Sie diese Frau? Ich versuche herauszufinden, wer sie ist. Warum ich das tue, würde ich Ihnen gern erklären, wenn Sie mich entweder während meiner Bürozeiten in der Grand Street oder sonst im Leuchtturm von Point Pinos aufsuchen würden. Wenn es geht, dann bitte sobald als möglich. Mit freundlichen Grüßen, Ihre Fremont Jones.« Ich faltete das Papier zusammen und steckte es unter den Klopfer an der Haustür.

»Komm, Bessie«, sagte ich, als ich wieder auf die Kutsche stieg und die Zügel aufnahm. »Wir müssen uns überlegen, wo und wie wir diese Zeichnungen noch verwenden können.«

***

Ich hätte mir keine Sorgen zu machen brauchen, denn innerhalb der nächsten halben Stunde waren die Zeichnungen nicht mehr in meinen Händen. Und ich war nicht in der Lage, etwas dagegen zu unternehmen.

Zuerst dachte ich, ich bildete mir das nur ein oder ich würde ein ungewöhnlich anschauliches Beispiel für eine Geistergeschichte von Arthur Heyer erleben. Ein Titel dafür fiel mir prompt ein: »Der verwundete Bandit.« Aber dieser Bandit war nicht verwundet, das konnte ich sehen. Er kam wie ein Wilder aus dem dichten Kiefernwald geritten. Dieser Abschnitt des Waldes von Point Pinos machte mich sowieso schon immer nervös. Ich zog die Zügel an und brachte Bessie zum Stehen. Sie tänzelte und schlug mit dem Kopf, und das Geschirr rasselte. Mit donnernden Hufen kam das andere Pferd näher. Der Mann trug eine Maske, und ich blieb wie erstarrt stehen, in der Hoffnung, daß er vielleicht vorbeigaloppieren würde.

Es ist wohl unnötig zu erwähnen, daß er es nicht tat. Wer es auch sein mochte, er war ein ausgezeichneter Reiter. Ich konnte beobachten, wie er aus vollem Galopp heraus sein Pferd herumwirbelte und es zum Stehen brachte. Kurz bevor er mich schlug, schien er neben der Kutsche zu schweben. Ich spürte einen Schmerz, dann ein lautes Dröhnen und sah einen roten Blitz in meinem Kopf, dann herrschte Dunkelheit.

***

»Oh, oh, oh, ts, ts, ts!« Ich öffnete die Augen und schaute in Quincys schmerzerfülltes Gesicht, das bedenklich nah an meinem war. Ich blinzelte, und mein Kopf dröhnte wie nie zuvor. Ich glaube, ich mußte sogar stöhnen. Dann schloß ich die Augen wieder.

»Miss Fremont . . .«
»Fremont!« blaffte ich ihn automatisch an. In meinem Kopf hallte das Wort wider wie ein Gong. Quincy räusperte sich und versuchte es noch einmal. (Übrigens sagte er hiernach nie wieder Miss zu mir!)
»Fremont, Sie bleiben jetzt hier ganz ruhig liegen. Versuchen Sie nicht aufzustehen oder so was. Ich hole den Doktor.«
»Nein«, sagte ich und zuckte zusammen. Ich blinzelte ihn an, dann nahm ich die Hand hoch, um nach meinem armen Kopf zu tasten. Er blutete nicht, aber ich konnte merken, daß da eine Beule war, die sich wahrscheinlich viel dicker anfühlte, als sie war.
»Machen Sie das nicht.« Ich stellte die Füße auf den Boden und setzte mich vorsichtig auf. Quincy hatte mich auf das Sofa gelegt.
»Wie bin ich hierhergekommen?« fragte ich. »Ich war im Wald, und dann tauchte da plötzlich so ein Mann aus dem Nichts – oder besser aus dem Dickicht – auf und griff mich an.«
»Bessie ist mit hängenden Zügeln nach Hause gekommen, und Sie lagen in sich zusammengesunken auf der einen Seite der Kutsche. Sie haben mich aber erschreckt, Fremont! Haben einen ordentlichen Schlag auf den Kopf abbekommen. Sollten besser den Arzt danach schauen lassen, denke ich.« Er nickte nachdrücklich.
»Ich nehme Ihre Meinung gern zur Kenntnis, aber ich habe im letzten Jahr nach dem Erdbeben für das Rote Kreuz gearbeitet, und ich kenne mich mit Gehirnerschütterungen aus. Halten Sie Ihren Finger hoch, Quincy, und beobachten Sie meine Augen. Schauen Sie, ob ich Ihrem Finger folgen kann, wenn Sie ihn hin und her bewegen.«
Er tat wie geheißen, aber es brachte nichts. Ich merkte selbst, daß meine Augen nicht richtig folgen konnten. Seufzend gab ich nach und legte mich wieder hin. »Da sind lauter kleine

Teufel, die in meinem Kopf herumhämmern. Vermutlich wäre es besser, wenn Sie Hetties Arzt holten, obwohl ich jetzt schon weiß, was der sagen wird.«
»Aber sicher!«
»Quincy?« Er war schon mit großen Schritten zur Tür gegangen, als ich ihn zurückrief. »Die Ledertasche, die ich immer und überall mitnehme, war die in der Kutsche? Und so eine Mappe mit Papieren?«
»Nein. Ich werde noch einmal nachschauen, aber soweit ich mich erinnern kann, war da außer Ihnen nichts in der Kutsche. Denke, daß Sie ausgeraubt wurden. Soll ich auch die Polizei holen?«
»Die Polizei!« Ich zog eine Grimasse, die allerdings nur Schmerzen verursachte. »Nein. So, wie ich mich fühle, kann ich mich mit der Polizei im Moment nicht befassen. Der Arzt reicht mir schon. Vielen Dank.«
»Alles klar.«
Dann schlief ich, bis mich der Arzt wieder weckte, an meinem Kopf herumtastete und in meine Augen starrte. Er verkündete mir, daß ich eine leichte Gehirnerschütterung hätte, und sagte Quincy, daß ich in den nächsten vierundzwanzig Stunden alle paar Stunden geweckt werden müsse, was ich auch erwartet hatte. Ich schlief ein, wachte auf und schlief wieder ein. Als ich das nächste Mal aufwachte, stand Michael vor mir.
»Michael?« fragte ich, weil die entfernte Möglichkeit bestand, daß ich träumte.
»Ja, Fremont. Wie fühlst du dich?«
»Wo ist Quincy?« Ich stützte mich auf die Ellbogen und hob den Kopf.
»Ich habe ihn fortgeschickt, damit er etwas zu Abend ißt. Was ich dir auch empfehlen würde, falls du das Gefühl hast, daß du es vertragen kannst. Halte deinen Kopf ruhig, und laß mich deine Augen sehen.«

Ich fühlte mich schon viel besser. Die Kopfschmerzen waren so weit zurückgegangen, daß ich nur noch einen dumpfen Druck verspürte. Aber ich beschloß, Michael das noch nicht mitzuteilen, weil es mir viel zu sehr gefiel, wie er meinen Kopf in seinen Händen hielt. Auch war mir die Nähe seines Gesichts sehr angenehm.

»Hm«, sagte Michael. »Ich glaube, du wirst weiterleben, dein Gehirn scheint noch intakt zu sein.«

»Kann es sein, daß du dich ein klein wenig enttäuscht anhörst, oder bilde ich mir das nur ein?«

»Ich merke, dein Humor ist ebenfalls noch intakt«, sagte Michael lächelnd. Seine Augen wanderten über mein Gesicht, und einen Moment lang hielt ich die Luft an, weil ich glaubte, er würde mich küssen. Aber er strich mir statt dessen über das Haar und berührte dabei die Stelle, an der ich getroffen worden war. Ich fuhr hoch und schrie: »Autsch!«

»Hier bist du getroffen worden? Halt still, Fremont. Laß mich mal sehen, wie schlimm es ist.«

»Vielen Dank, aber der Arzt hat schon genug daran herumgedrückt!«

»Die Kopfhaut ist nicht verletzt, aber du hast eine ziemlich große Beule.«

»Das habe ich selbst schon vermutet.« Ich schob seine Hände fort und setzte mich aufrecht hin. Dann schwang ich die Beine zur Seite und setzte die Füße auf den Boden. Quincy oder Michael, ich weiß nicht wer, hatte mir die Schuhe ausgezogen und mich mit einer Wolldecke zugedeckt.

»Wie lange bist du schon hier?« fragte ich ihn. »Und warum bist du überhaupt gekommen? Die Nachricht von meinem Unglück kann sich doch noch nicht bis nach Carmel verbreitet haben.«

»Ich kam an deinem Büro vorbei, und du warst nicht da, obwohl auf deiner Nachricht, die von gestern war, deutlich darauf hingewiesen wurde, daß du heute wieder im Büro

sein wolltest. Also bin ich weiter zum Leuchtturm gefahren.«
Ich stöhnte und sagte: »Ich hätte Quincy mit einer neuen Nachricht zum Büro schicken sollen, aber an so etwas habe ich gar nicht gedacht. Hoffentlich habe ich dadurch nicht allzuviel Kundschaft verloren.«
»Ich würde mal sagen, das sollte im Augenblick die geringste deiner Sorgen sein.«
Ich wollte erst gar nicht wissen, was er damit meinte, also fragte ich ihn so fröhlich, wie ich konnte: »Hattest du mir etwas zum Tippen bringen wollen?«
Er lächelte. »Nein, ich bin durch Pacific Grove gekommen und habe gedacht, ich könnte mich mit dir für einen Moment unterhalten. Statt dessen betrachte ich dich nun schon seit Stunden, wie du schläfst.«
»Nun, das ist sehr nett von dir, wenn es mich auch ein wenig verlegen macht. Mir geht es schon wieder ganz gut. Du brauchst also nicht länger hierzubleiben.«
»Damit bin ich aber nicht einverstanden. Jetzt habe ich schon so lange bei dir gesessen, da könntest du mir doch wenigstens anbieten, mit dir zu essen. Zumal ich das Essen schon zubereitet habe.«
Ich zog die Augenbrauen hoch, eine kleine Bewegung, die auch nicht allzusehr schmerzte.
»Du kannst kochen?«
»Leidlich, denke ich. Ich habe eine Gemüsesuppe aus der Brühe gemacht, die auf dem Ofen vor sich hin kochte.«
Ich legte die Wolldecke auf meinem Schoß zusammen und stand auf. Mir wurde schwindelig; ich blinzelte und versuchte, das Gleichgewicht zu halten. »Wie amüsant. Solange du keine hochgeistige Unterhaltung von mir erwartest, darfst du bleiben.«
Ich entschuldigte mich und ging ins Badezimmer, wo ich in den Spiegel schaute und im selben Moment wünschte, ich

hätte es nicht getan. Die ganze obere rechte Gesichtshälfte schien leicht geschwollen zu sein, und entlang des Wangenknochens war die Haut bis zum Haaransatz verfärbt. Ich lehnte mich weiter vor und drehte den Kopf. Die ovale Beule war über dem rechten Ohr und ein wenig dahinter zu sehen. Mein langes rotbraunes Haar, das ich normalerweise ordentlich zurückgebunden trug, war lose und wirr und sah aus wie ein Vogelnest. Ich konnte es nicht bürsten, weil mir schon beim kleinsten Ruck an der Kopfhaut Tränen in die Augen schossen. Also beschloß ich, mein Haar einfach weiterhin so unordentlich herunterhängen zu lassen. Was machte es schon? Warum sollte ich mich darum kümmern, was Michael dachte? Meine Bluse, die einen hohen Kragen mit Knöpfen an der Seite hatte, war am Hals geöffnet, so wie der Arzt sie hinterlassen hatte. Auch die Bluse ließ ich so. Es war ja nur Michael, warum sollte ich mich bemühen?

Als ich in die Küche kam, sagte ich: »Es ist schon bemerkenswert, daß man einen Schlag auf den Kopf bekommt und später Schmerzen am ganzen Körper verspürt.«

»Das ist das Trauma«, sagte Michael, der mit dem Rücken zu mir am Herd stand.

»Das ist gewiß ein schöner Ausdruck dafür.« Damit ließ ich mich auf einen Stuhl am Küchentisch nieder und war froh, daß Michael hier für uns gedeckt hatte. Ich war glücklich, daß ich in diesem warmen und freundlichen Zimmer essen konnte und nicht in Hetties Eßzimmer, das elegant, förmlich und kalt war.

»Eine Verletzung an einem Teil des Körpers greift den ganzen Körper an«, sagte er und stellte ein Glas mit klarer Flüssigkeit vor mich hin. »Das ist Mineralwasser aus den Bergen nördlich von hier. Ich habe einen Kasten davon im Maxwell. Es ist sehr gut, und wer weiß, vielleicht helfen die Mineralien deinem angegriffenen Körper, sich wieder zu erholen.«

Ich bedankte mich bei ihm und beobachtete ihn matt und

mit Schmerzen, als er die einfache Mahlzeit aus Suppe und Brot mit Butter und Käse auf den Tisch stellte. Wir unterhielten uns nicht, und das war auch gut so. Momentan konnte ich mich nicht zivilisiert verhalten, ohne mir unendlich Mühe dabei geben zu müssen, und zu einer solchen Anstrengung war ich jetzt überhaupt nicht in der Lage.

Er war zuerst mit dem Essen fertig und holte seine Pfeife hervor. »Hast du etwas dagegen, wenn ich rauche?« fragte er und wedelte mit der Pfeife vor meiner Nase hin und her. Der Pfeifenkopf roch auch ohne Tabak gut.

»Nicht im geringsten. Mein Vater raucht auch Pfeife. Ich bin also gut erzogen.«

»Haha!« Michael warf den Kopf zurück und lachte. »Das war die größte Lüge, die ich je gehört habe!«

Ich bemühte mich, ihn zornig anzufunkeln, aber selbst das erforderte zuviel Mühe. Also zuckte ich mit den Schultern und sagte: »Ach, mach doch, was du willst!«

Er nahm die Pfeife, stopfte sie und zündete sie an. Ich mußte feststellen, daß er es besser konnte als mein Vater, der immer Unmengen an Streichhölzern verbrauchte, bis er die Pfeifen zum Brennen bekam. Michael brauchte dafür nur zwei. »Ah«, sagte er und seufzte. Dann lockerte er den Schal, den er um den Hals trug. Er war aus Seide, schwarz mit blauviolettem Paisleymuster. Sein Hemd war cremefarben und wahrscheinlich auch aus Seide. Darüber hatte er einen schwarzen Pullover aus reiner Wolle mit einem V-Ausschnitt an. Er war der Dandy Beau Brummel aus Carmel-by-the-Sea.

Ich löffelte noch langsam meine Suppe. Sie war schmackhaft und wirkte belebend. Ich spürte, daß sein Blick auf mir ruhte, aber ich wich ihm widerspenstig aus.

»Dein Mann ...«

»Quincy«, unterbrach ich ihn, ohne aufzuschauen. »Er ist der Angestellte von Hettie und nicht mein Mann. Aber sprich bitte weiter.«

»Quincy«, betonte Michael nun, »sagt, daß du ausgeraubt wurdest.«
Wieder zuckte ich mit den Schultern und schaute ihn nicht an. »Der Räuber hat den Lederbeutel mitgenommen, den ich als Handtasche benutze, aber es war nichts Wertvolles darin. Was mich mehr ärgert, ist, daß er offensichtlich auch eine Mappe mit Zeichnungen mitgenommen hat.«
»Sind die Zeichnungen denn wertvoll?«
»Eigentlich nicht. Es handelte sich nur um Kopien, ich kann neue davon bekommen.« Jetzt erwiderte ich seinen Blick. Der Duft des Pfeifentabaks tat mir gut, auch wenn mein Kopf und mein Körper schmerzten. Es war eigentlich nicht der Geruch allein, sondern das Gefühl, das er hervorrief. Ich fühlte mich heimisch und geborgen, ich spürte die Nähe, und ich empfand Liebe.
Michael runzelte besorgt die Stirn. Seine Augen waren heute abend besonders blau. »Du hast der Polizei nicht gemeldet, daß du überfallen und ausgeraubt worden bist.«
Ich legte den Löffel beiseite, griff nach dem Mineralwasser und nahm einen Schluck, bevor ich mich traute, wieder zu sprechen. »Ich sehe wenig Sinn darin, mir wurde ja nichts Wertvolles gestohlen. Außerdem möchte ich nicht schon wieder die Aufmerksamkeit auf mich lenken.«
Sein Stirnrunzeln verstärkte sich. Er beugte sich nach vorn, und sein dunkles, lockiges Haar fiel ihm in die Stirn. Zwischen den schwarzen Haaren schimmerten einige silberne Strähnen. Er sagte: »Ich weiß, daß du mit der Polizei schlechte Erfahrungen gemacht hast...«
»Und das ist noch milde ausgedrückt!« fuhr ich dazwischen, aber er sprach direkt weiter.
»... nachdem deine Mitbewohnerin in San Francisco ermordet worden war, aber wir sind hier in Pacific Grove. Du bist verletzt worden, und das macht mir mehr Sorgen als der Verlust deiner Handtasche und einiger Zeichnungen.

Komm, ich bringe dich zur Polizei, Fremont. Der Maxwell steht vor der Tür.«

»Nein, danke. Wie heißt noch das Sprichwort: Ein gebranntes Kind scheut das Feuer.«

»Das trifft auf viele Dinge zu«, dachte ich.

»Aha, hm«, sagte Michael. Er lehnte sich wieder zurück in seinen Stuhl und stieß nachdenklich kleine Rauchwölkchen aus. Ich brach mir ein Stück des Sauerteigbrotes ab und bestrich es mit Butter. Im Wohnzimmer tickte Hetties Uhr auf dem Kaminsims. Sie war ebenso zu hören wie das gleichmäßige Rauschen des Meeres, das durch die Sanddünen und die Fensterscheiben gedämpft war. Plötzlich wurde mir ganz heiß. Es war kein Fieber, da ich ja nicht krank war, aber es fühlte sich genauso an. Ich schaute flüchtig zu Michael hinüber, aber vor mir sah ich einen Fremden. Sein Gesicht hatte sich verändert. Es war Misha.

»Fremont«, sagte er mit einer merkwürdig tiefen Stimme, »du bist wunderschön.«

Lieber Gott, und ich glühte! Ich lachte in hohen, falschen Tönen und sagte: »Misha, du bist ziemlich verrückt.« Ich konnte diese Anspannung nicht länger aushalten, also stand ich auf und ging zum Herd, wo ich in die Kaffeekanne schaute. Sie war leer.

»Nenne mich nicht Misha.« Er kam mir nach und rückte viel zu nah an mich heran.

»Warum nicht? Ich dachte, daß du von allen, mich eingeschlossen, so genannt werden wolltest.« Ich stieß meinen Ellbogen nach hinten, als ich die Kaffeefiltriermaschine nahm, und zwang ihn damit zu weichen. Ich trug die Maschine zum Spülbecken, und er ging hinter mir her.

»Ja, von allen, aber von dir nicht. Dich kostet es zuviel Mühe, und aus deinem süßen Mund klingt es irgendwie nicht richtig.« Seine Lippen waren ganz nah an meinem Ohr, und ich spürte seinen heißen Atem.

Plötzlich wurde ich wütend, und diese Wut verlieh mir so viel Energie, daß ich weder Leid, Schmerzen noch Vorsicht verspürte. Ich vergaß völlig, den Kaffee zu machen, wirbelte herum und sagte mit leiser, aber eisiger Stimme: »Wie kannst du es wagen, von meinem süßen Mund zu sprechen! Du hast doch nicht die geringste Ahnung, ob mein Mund süß ist oder nicht. Aber von *ihrem* läßt sich das schon sagen, oder? Sie, die dir den Namen gegeben hat, die dich zuerst Misha genannt hat. Wie süß ist denn *ihr* Mund?«
Er wurde ganz blaß, und in seinem immer noch ruhigen und offenen Blick blitzte Schmerz auf. Dann fiel ein Schleier über seine Augen, und er wurde wieder zum alten Michael, trotz der neuen Kleidung und der Locken. Er blieb ein Rätsel für mich, von einer Tiefe, die ich nicht ergründen konnte. Steif trat er zurück und sagte mit gepreßter Stimme: »Es war meine Mutter, die mich zuerst Misha genannt hat.«
Ich war immer noch wütend und schimpfte weiter, als hätte ich Blut geleckt und wäre wahnsinnig geworden. Meine Stimme wurde dabei immer lauter: »Aber *sie* erinnert dich doch nicht an deine Mutter, oder? Vielleicht hast du ja in deiner Jugend Inzest begangen und warst ein kleiner Ödipus, was, Misha?«
»Gib acht, was du da sagst, Fremont! Meine Mutter ist tot und liegt neben meinem Vater unter der Erde. Was du mir da unterstellst, ist ekelerregend.«
Ich hob mein Kinn. »Und die Sachen, die du da drüben in Carmel treibst, sind die vielleicht nicht ekelerregend?«
Zu meiner tiefen Genugtuung nahm ich wahr, daß Michael seine starre, geheimnisvolle Fassade nicht mehr länger aufrechthalten konnte. Sie bekam Risse, der Schleier löste sich auf, und seine Augen funkelten. Was dann jedoch geschah, hatte ich nicht erwartet. Blitzschnell stellte er sich vor mich hin, so daß ich zwischen ihm und dem Waschbecken gefangen war. Ich konnte nicht mehr fort, weil sein Körpergewicht

mich ans Becken preßte, und dann kam es mir vor, als wolle er mich mit Haut und Haaren verschlingen. Er küßte mich so intensiv, daß meine Glieder nachgaben, und ich bekam das Gefühl, als würde ich mich jeden Moment auflösen. Ich konnte ihn nicht mehr fortstoßen, konnte an nichts mehr denken.
Er löste seine Lippen von meinem Mund, hielt mein Gesicht in beiden Händen, und ich spürte, wie kräftig er war.
»Sag ihn«, sagte er, »Sag meinen Namen.«
Ich begann zu zittern. Er konnte mir den Kopf zerquetschen wie ein Ei. »W-w-welchen denn?«
»Wer bin ich für dich, Fremont?« Gequält schaute er mich an.
»Michael!«
Er küßte mich noch einmal zärtlich. Ich schmiegte mich an ihn, und ohne zu wissen warum, fing ich an zu weinen. Er legte die Arme um mich und murmelte mir beruhigend unsinnige Laute zu, dann schließlich sagte er zu mir, was ich auch hören wollte: »Fremont, hör mir zu. Ich liebe Artemisia nicht. Es ist überhaupt nicht so, wie du denkst.«
»Ist es nicht?«
»Nein, ist es nicht.« Er ließ mich los, stellte sich neben mich ans Spülbecken und nahm die Kaffeemaschine selbst hoch. Das war auch gut so, denn ich konnte mit diesen butterweichen Knien keinen Kaffee zubereiten.
»Was ist es dann?« fragte ich.
»Ich, äh...« Er schaute über die Schulter zur offenen Küchentür und dann über die Spüle hinweg aus dem Fenster. Der weiße Lichtstrahl der Linse glitt vorbei. »Ich kann nicht darüber reden. Noch nicht und ganz bestimmt nicht hier. Wo bewahrst du das Kaffeemehl auf?«
Ich holte es aus dem Küchenschrank und gab es ihm. Mein Denkvermögen kehrte langsam zurück, mit ihm aber auch der dumpfe Schmerz im Kopf und an diversen anderen Stellen des Körpers.

»Noch mehr von diesem Spionagezeug, Michael?« fragte ich verbittert.
Er sah richtig unglücklich aus, als er den Kaffeekocher hinüber zum Herd trug und ihn darauf stellte. »Darüber kann ich nicht reden.« Er beugte sich vornüber, öffnete den Feuerkasten und warf einige Holzstücke hinein. »Aber dieses ›Spionagezeug‹ ist auch nicht das, was du denkst.«
»Ach, du lieber Gott im Himmel«, rief ich aus, obwohl ich kaum glaubte, daß es dort einen gab. »Jetzt treibst du mich aber in den Wahnsinn!«
Michael hatte sich vornübergebeugt und stocherte im Feuer des Ofeninnern herum. Dabei murmelte er etwas vor sich hin. Sein Gesicht glühte, als würden die Flammen der Hölle daran hochzüngeln.
»Wie bitte?« fragte ich.
Er stieß die Ofentür mit einem lauten Knall zu, richtete sich wieder auf und schaute mich mit eisernem Blick an. »Ich sagte: Lieber wahnsinnig als tot!«

»Du solltest mir lieber erklären, was du damit meinst.« Ich konnte mich nicht länger auf den Beinen halten, suchte mir den nächsten Stuhl und ließ mich ziemlich unsanft darauf fallen. »Ich muß zugeben, daß das alles ein bißchen zuviel für mich ist!« sagte ich und machte dabei eine Bewegung, die zeigen sollte, daß ich alles um mich herum meinte.
»Ich kann es nicht«, sagte Michael.
Damit zog er sich zurück und verhielt sich wie ein äußerst wachsamer Automat. Er beobachtete erst mich, dann den Kaffee, der zu kochen begann, dann wieder mich, den Kaffee und so weiter. Sein Gesicht war völlig ausdruckslos geworden.
Ich wartete.
Schließlich sagte er wieder etwas. »Entschuldige mich bitte dafür, daß ich die Kontrolle über mich verloren habe, Fremont. Was ich getan habe, war unter diesen Umständen unverzeihlich. Ich hoffe, du vergibst mir.«
»Ach, da war doch gar nichts«, sagte ich, was natürlich eine vollkommene Lüge war.
Michael zuckte zusammen.
»Ich denke, ich hätte es sicherlich noch mehr genießen können«, fuhr ich fort und beobachtete ihn aus den Augenwinkeln, »wenn ich heute abend mehr ich selbst gewesen wäre. Vorausgesetzt natürlich, du hast mir die Wahrheit über deine Gefühle gegenüber Artemisia erzählt.«

Er strich sich über den Kopf, von hinten nach vorne und umgekehrt, eine alte Angewohnheit von ihm. Aber früher, als er die Haare noch kurz trug, hatte sie nicht so fürchterliche Auswirkungen. Diese Bewegung drückte seine Angst aus.
»Das bedeutet, daß du mir vergibst?« fragte er.
Obwohl er inzwischen schon herzerweichend verwirrt aussah, versuchte ich hart zu bleiben. »Das habe ich nicht gesagt. Bei mir geht es um mehr als um diese unbesonnenen Augenblicke.«
Der Kaffee fing an zu kochen und erfüllte den Raum mit seinem verlockenden Duft.
»Ich habe dir schon gesagt, daß ich nicht in Artemisia verliebt bin«, sagte Michael.
Ich wartete, der Kaffee kochte, es war still. Auch er wartete. Michael Archer oder Misha Kossoff, wie immer man ihn auch nennen wollte, gehörte zu den wenigen Leuten, die länger warten konnten als ich. Nach einer Weile war es offensichtlich, daß er heute abend nichts mehr sagen würde. Er würde auch die Kontrolle über sich nicht mehr verlieren. Er würde nicht erklären, warum die Dinge nicht so waren, wie ich dachte. Und so war die Energie, die mich die ganze Zeit munter gehalten hatte, schon nach einigen Minuten verpufft.
Seufzend stützte ich die Ellbogen auf und legte den Kopf in die Hände. Michael als selbsternannter Kaffeeüberwacher stand auf und wühlte in der Küche herum. Ich hatte die Augen geschlossen und lauschte den Geräuschen von Schubladen und Schränken, die auf- und wieder zugemacht wurden, bot aber nicht an, ihm bei der Suche zu helfen. Er hatte die Suppe wunderbar ohne mich kochen können, warum sollte ich ihm diesen Triumph verderben?
Ich war dennoch angenehm überrascht, als er »Hier, Fremont« sagte. Ich öffnete die Augen und sah vor mir meinen geliebten Kaffeebecher. Im Gegensatz zu den meisten anderen Frauen ziehe ich ihn einer Tasse mit Unterteller vor.

Besorgt sagte er: »Hast du keine Angst, daß die Tasse Kaffee dich wachhalten wird?«
»Du machst wohl einen Scherz?« sagte ich müde und hob den Becher an.
Als der größte Teil des bitteren, aber warmen Gebräus meine Kehle hinuntergeflossen war, konnte ich mir eine Frage nicht mehr länger verkneifen: »Kennt Artemisia deine wahren Gefühle für sie?«
Er schaute mir tief in die Augen und antwortete ernst: »Ja, sie kennt sie. Aber sie denkt, daß sie meine Meinung ändern kann.«
»Aha«, sagte ich. Dann ging ich ins Bett und ließ ihn allein zurück.

LOGBUCHEINTRAGUNGEN
20. Januar 1907
Wind: N, starke Böen
Wetter: stark bewölkt, morgens kein Regen
Bemerkungen: Wellen mit weißer Schaumkrone in der gesamten Bucht, ansteigend bis zu acht Fuß, keine Ein- oder Ausfahrt von Booten

Es war weder Michaels Gesicht noch das von Quincy, das mich in der Nacht immer wieder anschaute. Es war Mimi Petersons. »Misha war besorgt, daß die Anweisungen des Arztes und zugleich die Regeln des Anstands beachtet werden«, sagte sie zu mir, als sie mich das erste Mal weckte. »Wir wissen schon, was sich schickt und was nicht, auch wenn wir diese Regeln im allgemeinen nicht weiter beachten. Deshalb bin ich gekommen, um bei Ihnen Wache zu halten. Halten Sie jetzt still, Fremont. Soweit ich verstanden habe, soll ich überprüfen, ob sich Ihre Augen noch verdrehen.«

Meine Augen verdrehten sich weder in der Nacht noch am nächsten Morgen um sechs Uhr, als ich aufstand. Petersons Auto hingegen hatte größere Schwierigkeiten als ich. Es wackelte und schwankte ganz ordentlich, als Mimi um halb sieben abfuhr, nachdem ich mich herzlich bei ihr bedankt hatte. Ihr Auto erinnerte mich an Oscar, schmal und mit dünnen Verstrebungen, aber nicht ohne Charme, während Mimi eher einer Dampflokomotive glich.
Vielleicht stimmt es ja doch, daß sich Gegensätze anziehen. Aber wie war das bei Michael und mir? Wir waren uns doch eher sehr ähnlich.
Seufzend ging ich wieder in den Leuchtturm zurück und fragte mich, wie das alles wohl noch einmal enden würde. Wenigstens hatte er mich davon erlöst, ihn Misha nennen zu müssen, und das war schon mal etwas.
Nach dem Frühstück fühlte ich mich noch etwas wackelig auf den Beinen, und mir brummte der Kopf. Ansonsten ging es mir aber schon wieder ganz gut. Ich brauchte jedoch eine Weile, um Quincy davon zu überzeugen, daß das auch stimmte, und ich war froh, als er schließlich sagte: »Dann mach' ich vielleicht mal 'nen Spaziergang in die Stadt und bleib' da ein paar Stunden, wenn Ihnen das recht is'...«
»Natürlich ist mir das recht«, sagte ich zustimmend und war ein wenig neugierig, weil Quincy normalerweise niemand ist, der gern spazieren geht.
Ich stieg zur Plattform des Turms hinauf und beobachtete, wie er im Wald verschwand. Es tat gut, mal wieder allein zu sein. Die Gesellschaft, die mir tagsüber und während der Nacht geleistet wurde, war auf die Dauer einfach etwas viel geworden.
Aber warum wurde ich dann plötzlich so ängstlich, als ich ihn nicht mehr sehen konnte?
Der kalte Wind zerrte an meinem Kleid. Ich schlang den Schal um den Kopf, ging halb um den Turm herum und

schaute auf das graue und aufgewühlte Meer. Neptun hatte heute morgen ganz bestimmt schlechte Laune.
Ich hielt das Fernglas an die Augen, schaute prüfend auf die kabbelige See und betete, daß ich nichts Ungewöhnliches entdecken möge.
Mit derselben Hoffnung wandte ich meine Aufmerksamkeit der Küste zu. Einmal abgesehen von dem etwas schlechten Wetter, war alles in Ordnung. Ich ging hinunter in den Wachraum und schrieb meine Beobachtungen im Logbuch nieder.
Auf dem Tisch stand meine schöne, schwarz-silberne Schreibmaschine, die mich daran erinnerte, daß ich noch viel zu tun hatte. Heute war Samstag, und für gewöhnlich würde ich von zwölf bis halb vier im Büro sein. Aber allein bei dem Gedanken, die schwere Schreibmaschine die Treppe hinunterzuschleppen, sie dann in die Kutsche heben zu müssen und so weiter, fühlte ich mich völlig erschöpft.
Mir war zudem überhaupt nicht danach, wieder in die Kutsche zu steigen. Andererseits wäre ich gern nach Carmel geeilt, um Phoebe aufzusuchen und dann bei Braxton Furnival vorbeizuschauen. Doch schon meldete sich die Stimme meiner Mutter zu Wort: »Du mußt die Dinge nicht immer gleich überstürzen. Wenn du abwartest, dann kommen sie höchstwahrscheinlich von ganz allein zu dir«.
»Vielleicht fühle ich mich bis heute mittag wieder etwas stärker«, sagte ich laut, als ich mit einem Finger über die Schreibmaschinentasten fuhr. Damit fegte ich die mahnende Stimme aus meinen Gedanken. Ich hätte gern gearbeitet, um mich von den anderen Dingen abzulenken. Ich wollte nur die Schreibmaschine nicht tragen müssen. »Oder nicht mit der Kutsche durch den Wald fahren müssen, wo es passiert ist!« sagte meine innere Stimme. Sie hatte eine unangenehme Art, mir die Wahrheit zu sagen, wenn ich sie am wenigsten hören mochte.

Ich stellte fest, daß die Buchführung auf dem neuesten Stand war, alle Eintragungen ins Logbuch gemacht waren und die Tiere versorgt waren. Wenn ich neue Vorräte hätte bestellen müssen, hätte es mich Quincy wissen lassen. Es gab also keinen Grund mehr, jedenfalls keinen für mich denkbaren, mich nicht hinzusetzen und zu tippen.

Innerhalb der nächsten Stunde tippte ich zehn von Braxtons Briefen ab, und für die fünfundzwanzig Umschläge brauchte ich noch einmal eine halbe Stunde. Inzwischen war mir so langweilig, daß ich an etwas denken mußte, woran ich eigentlich nicht hatte denken wollen. An den maskierten Mann beispielsweise, der mich niedergeschlagen hatte. Wer war er? War er wirklich ein Räuber? Hatte er nur meine Handtasche stehlen wollen, oder war er nicht eher hinter den Zeichnungen hergewesen und hatte die Ledertasche nur mitgenommen, weil es ihm noch nachträglich eingefallen war? Kannte er mich? Und ich ihn?

»Macht nichts, Phoebe hat noch mehr von diesen Zeichnungen«, murmelte ich vor mich hin, als ich Braxtons Briefe ordentlich stapelte, die Briefumschläge darauf legte und schließlich noch einen Briefbeschwerer ganz oben auf den Stapel stellte.

Sobald ich mich körperlich stärker fühlte oder wieder mutig genug wäre, dann würde ich zu Phoebe fahren und die Zeichnungen holen, wenn sie mich bis dahin nicht schon besucht hätte. Mir selbst konnte ich ruhig eingestehen, daß ich nicht wirklich daran glaubte, ausgeraubt worden zu sein.

Zur Wache um zehn Uhr machte ich mich schon zehn Minuten früher auf. Es hatte sich kaum etwas seit der letzten verändert, bis auf die ungeordnete Schar schwarzer Kormorane, die sich fröhlich flatternd vom starken Rückenwind vorwärtstreiben ließ. Die Vögel nahm ich gar nicht richtig wahr, und beim Wetter waren meine Gedanken auch nicht.

Vor mir sah ich die Augen, die durch die Löcher der Maske blitzten. Es war eine einfache schwarze Halloweenmaske gewesen, wie sie Erwachsene und Kinder als Verkleidung trugen. Er hatte ein großes Tuch zu einem Dreieck gefaltet und es über Nase, Mund und Kinn gebunden. Und er hatte einen großen Hut mit breiter Krempe getragen.
Vor einem Monat hätte ich noch behauptet, daß ich mir nur in einem Punkt ganz sicher sein könnte, nämlich daß die maskierte Person ein Mann war. Nachdem ich nun aber den Carmelitern und ihrer Vorliebe für bunte, ungewöhnliche Kleidung begegnet war, konnte ich mir nicht mehr so sicher sein. Andererseits deutete der kräftige Schlag, den ich erhalten hatte, auf einen Mann hin ...
Dann mußte ich an Mimi Petersons kräftige Arme und Beine denken und an Phoebe, die mit Steinen arbeitete (nein, Phoebe wurde wieder gestrichen; sie mochte kräftige Arme haben, aber dieser Mensch war viel größer gewesen als sie); Artemisia? »Es war sicherlich ein Mann«, sagte ich und sprach den Gedanken laut aus, als könnte ich die Sache damit beenden. Aber das geschah natürlich nicht.
»Der Schlag hätte dir das Genick brechen können!« sagte die Stimme. Und ich sagte: »Sei ruhig!« Aber dann rieb ich mir doch unbewußt den Nacken, als ich wieder hineinging.
Ich ging in den Wachraum und setzte mich wieder an die Schreibmaschine. Sollte ich an Artemisias Novelle oder an Arthur Heyers Geistergeschichten weiterarbeiten? Ich entschied mich für das letztere, da sie nichts mit Artemisia zu tun hatten. Arthurs Manuskript war mit »GEISTERGESCHICHTEN VON DER ZENTRALKÜSTE« betitelt. Ich verfaßte zwei Titelseiten und fügte dem zweiten Titel das Wort »KALIFORNIENS« hinzu, da es in vielen Gegenden Küsten gibt. Vielleicht würde Arthur meinen Vorschlag dankbar annehmen. Aber vielleicht auch nicht, wenn ich daran dachte, wie wenig Glück ich in der letzten Zeit gehabt hatte.

Dann tippte ich Arthurs langes Vorwort, in dem er der halben Einwohnerschaft Carmels und Montereys und jedem Einsiedler in Big Sur dankte (so kam es mir jedenfalls vor). Desweiteren beschrieb er auf langweilige und pedantisch genaue Weise, wie er seine mündlich überlieferten Geschichten zusammengetragen hatte. Ich hatte immer gedacht, daß zu einer Gespenstergeschichte die gewisse erregende und unheimliche Spannung gehört, aber für Arthur waren diese Geschichten bloße Kulturprodukte. Es war nur zu hoffen, daß sie weniger trocken geschrieben waren als das Vorwort.

Die erste Geschichte, »Das kleine, verirrte Kind«, fing mit einer nicht gerade vielversprechenden Aufzählung aller Gemeinden und Regionen an, in denen es Varianten dieser Geschichte gab. Dann wurden sie alle aufgeführt, wobei ein Teil der Handlung schon vorweggenommen und damit die Spannung verdorben wurde. Ich legte einen Hinweis bei, er solle diese Erklärungen ans Ende der Geschichte setzen statt an den Anfang. Dann begann ich mit dem Tippen der Geschichte *Das kleine, verirrte Kind*.

In einer nebelverhangenen Sommernacht ritt ein schneidiger Kalifornier auf seinem prächtigen Pferd über den Hügel von Carmel. Er hatte seiner Señorita seine Aufwartung gemacht, die mit ihren Eltern auf einer Farm im Tal von Carmel lebte. Es war schon spät, und er war müde und wollte schnell wieder zurück in sein Haus nach Monterey.

Als er die Hügelkuppe erreicht hatte, meinte er ein Geräusch zu hören. Was war das? Er ließ sein Pferd langsamer gehen und lauschte. Es hörte sich nach einem Wimmern an!

Der Kalifornier ließ das Pferd jetzt im Schneckentempo gehen und schaute sehr aufmerksam von der einen Seite des Weges auf die andere, um zu sehen, wer da weinte. Die Nacht war ruhig und windstill. Seine Sporen klirrten hell und glokkenklar. Das Wimmern hatte aufgehört. Vielleicht hatte er es sich nur eingebildet.

Aber nein, da war es doch schon wieder! Der dichte graue Nebel verhüllte alles, und der Kalifornier – sollen wir ihn der Einfachheit halber Juan nennen? – konnte kaum etwas über die gespitzten Ohren seines Pferdes hinweg erkennen. Plötzlich lief es ihm kalt den Rücken hinunter, und er hatte den unerklärlichen Wunsch, dem Pferd die Sporen zu geben, und im Galopp so schnell wie irgend möglich den Hügel hinabzufliegen.

»Schäm dich!« schalt er sich und rief dann mit etwas lauterer Stimme: »Hallo! Wo sind Sie?«

Vor ihm auf der Mitte des Weges wirbelte der Nebel und verschwand plötzlich. Das Wimmern hörte auf, und vor ihm lag ein Kind in einem weißen Nachthemd.

»Pobrecito, du armes kleines Ding!« sagte Juan, glitt aus dem Sattel und ging auf das Kind zu. Es war ein hübsches, etwa einjähriges Kleinkind mit goldblondem Haar, großen dunklen Augen, einer kleinen Nase, einem Mund wie eine Rosenknospe, und es hatte ein kleines Kinn, das zitterte.

»Du mußt nicht mehr weinen«, sagte Juan. »Wir werden deine Mama und deinen Papa schon wiederfinden.«

Das Kind lächelte und streckte ihm die molligen Arme entgegen, um hochgehoben zu werden. Juan kam dieser Bitte verwundert, aber lächelnd nach. Eines Tages, wenn seine Señorita und er erst einmal verheiratet waren, dann hätten sie auch so ein schönes Kind. Er drückte den Kleinen gegen seine Brust und schwang sich elegant und mit klirrenden Sporen in den Sattel. Das Pferd, ein starkes und mutiges Tier, fing an zu wiehern und bäumte sich auf.

»Was ist los mit dir?« schimpfte Juan, der Mühe hatte, das Tier mit der einen Hand zu bändigen, während er mit der anderen das kleine Kind festhielt, das zu wimmern begann.

»Siehst du, was du angerichtet hast?« schimpfte Juan weiter mit dem Pferd, »du hast den pobrecito, das arme kleine Kind, das seine Eltern verloren hat, erschreckt.«

Als das Pferd sich wieder beruhigt hatte, drängte Juan es, in langsamem Schritt voranzugehen. Er rechnete damit, daß sich der Nebel jeden Moment lichtete und er einen Wagen entdecken könnte, der sich überschlagen hatte. Oder vielleicht fand er eine Frau, die unter ihrem gestürzten Pferd festgeklemmt lag. Wie hätte das Kind sonst hier auf die Straße kommen können?
»Kannst du mir deinen Namen sagen, pobrecito?« fragte Juan das Kind freundlich.
Der Kleine fing auch ganz artig an zu plappern, aber was er sagte, ergab keinen Sinn. Die Geräusche, die er von sich gab, klangen wie ein fremde Sprache mit knirschenden und zischenden Lauten. Und doch war das Kind glücklich, denn es lachte und wedelte mit seinen Händen, die wie Seesterne geformt waren, in der Luft herum.
Entlang des Weges fand sich aber kein überschlagener Wagen, kein gestürztes Pferd, und auch das Gebüsch am Wegesrand sah nicht so aus, als wäre dort ein Wagen hineingefahren.
Den Kalifornier überkam ein seltsames Gefühl. Obwohl er ebenso mutig war wie sein Pferd und ihm Angst vor irgend etwas unbekannt war, wollte das Frösteln, das er verspürte, nicht weichen. Es kam ihm so vor, als würde ihm etwas die Wirbelsäule hochkriechen. Ein merkwürdiges Gefühl der Leere überkam ihn.
Woher war dieses Kind gekommen? Das war doch wirklich sehr sonderbar.
Das kleine Kind plapperte indes weiter in seiner fremden Sprache, wedelte mit den Händen und fühlte sich in Juans Armen ziemlich wohl. Aber Juan fühlte sich überhaupt nicht wohl. Er war entsetzt. Doch als er das Baby wieder anschaute, beruhigte ihn für einen Augenblick das Lächeln des Kindes mit den güldenen Engelshaaren. »Du bist wirklich ein schönes Kind«, sagte Juan. »Ich muß dich wohl mit nach Hause nehmen, bis wir Mama und Papa wiedergefunden haben.«

Das Kind öffnete den lächelnden Rosenknospenmund, und sein Grinsen wurde immer breiter und breiter. Und die Augen des schneidigen Kaliforniers wurden immer größer, denn der Mund des Kindes war voller kleiner, sehr spitzer Zähne. Es waren die scharfen Zahnreihen eines Tieres.
»Madre de Dios, Mutter Gottes!« rief Juan und bekreuzigte sich. »Du bist kein Mensch! Was bist du dann?«
An der Tür zum Leuchtturm klingelte es schrill.
»Ach du gütiger Himmel!« rief ich voller Schrecken, noch ganz gefangen von der Geschichte. »Einen kleinen Moment!« rief ich dann etwas lauter, obwohl mich wahrscheinlich niemand hören konnte. Zwischen uns lagen dicke Steinmauern und zwei Treppenläufe. Ich tippte nicht weiter, aber ich überflog schnell noch die letzten Sätze der Geschichte:
Aus der Kehle des Kindes kam ein dunkles, bedrohliches Knurren.
Dann sagte das Kind: »Mein Name ist Legion.« Und ein sehr erschrockener, aber immer noch schneidiger Kalifornier lehnte sich aus dem Sattel, beugte sich hinunter und setzte das Kind auf den Boden. Dann galoppierte er davon und ließ das Kind am Wegrand zurück. Seien Sie gewarnt: Wenn sie jemals über den Hügel von Carmel kommen und dort das Weinen eines Kindes hören sollten, dann verschließen Sie besser Ihre Ohren und setzen die Reise fort. Halten Sie nicht an!
»Na, das war ja vielleicht eine Geschichte«, sagte ich, als ich die Treppen hinuntereilte und dabei meinen Rock glattstrich.
Da mein Kopf sich immer noch etwas eigenartig anfühlte, ging ich langsamer und rief erneut: »Ich komme schon.«
Als ich am Spiegel im Eßzimmer vorbeikam, sah ich, daß der Bluterguß auf meiner Wange schrecklich aussah. Aber da ließ sich jetzt nichts mehr machen, denn Puder legte ich grundsätzlich nicht auf. Außerdem glaubte ich kaum, daß

sich diese wirklich furchtbare rotviolette Verfärbung dadurch verbergen ließe. Derjenige, der an der Tür wartete, mußte mich eben so nehmen, wie ich war.

Ich hatte schon die Tür aufgerissen, da fiel mir ein, ich hätte vorsichtig sein und sie lieber nur einen Spalt öffnen sollen, um hindurchzuspähen. Das nächste Mal würde ich daran denken, jetzt hatte ich Glück. Der Besucher war kein geringerer als Braxton Furnival.

»Guten Morgen«, sagte er. Sein höfliches Lächeln verschwand, als er den Bluterguß in meinem Gesicht sah. Aber Braxton hatte gute Manieren. Er hatte sich schnell wieder gefangen und verbarg seine Gefühle, indem er den Kopf senkte, um damit eine kleine Verbeugung anzudeuten, die allerdings gar nicht zu seiner großen Statur paßte. Er war erneut gut gekleidet, allerdings heute nicht so konventionell wie beim letzten Mal. Er trug eine Lederjacke, die die Farbe von Buttertoffee hatte, dazu ein breites gelbes Tuch um den Hals, Hosen aus weicher Wolle und Stiefel. Aber keinen Hut.

»Ich habe Ihre Nachricht gefunden, Sie beim Wort genommen und bin zum Leuchtturm gekommen«, sagte er.

»Ich freue mich darüber«, sagte ich und trat zurück. »Möchten Sie nicht hereinkommen, Mr. Furnival?«

»Braxton«, sagte er augenzwinkernd. »Ja, gern.«

Wir setzten uns in den Salon, und ich wünschte mir zum ersten Mal seit langem, daß ich jemand hätte, der uns Kaffee oder Tee brächte.

Hetties Salon war ziemlich konventionell eingerichtet. Das lag daran, daß sie in einem vornehmen Haus gelebt hatte, bevor sie Witwe und daraufhin Leuchtturmwächterin geworden war. Sie hatte ihren eleganten Stil beibehalten und einige jener feinen Möbel mitgenommen. So gab es hier Hängeleuchter aus buntem Kristallglas, Polstermöbel mit Brokat, Sofaschoner mit Spitzen, orientalische Teppiche, ein

Teeservice aus Silber und vieles mehr. Braxton schien diese Umgebung so sehr vertraut zu sein, daß ich mich fragte, ob er wohl schon einmal hier gewesen war.
»Kennen Sie zufällig Mrs. Henrietta Houck, die Leuchtturmwächterin?« fragte ich ihn.
Er lächelte, und sein glattrasiertes Gesicht glänzte, als sei es poliert worden.
»Nein, ich kenne sie nicht. Ich dachte, Sie seien die Leuchturmwächterin. Eine Arbeit, die Sie natürlich neben Ihrer Schreibtätigkeit ausüben.«
»Das bin ich auch, aber nur vorübergehend. Mrs. Houck kommt in sechs Monaten wieder.«
»Ach, ja. Sie erwähnten das bereits. Jetzt kann ich mich wieder daran erinnern. Bleiben Sie nach Ihrer Rückkehr in Pacific Grove?«
»Das hängt von verschiedenen Dingen ab«, gab ich vage zur Antwort und wechselte das Thema: »Ich habe schon einige Ihrer Briefe und Umschläge fertig, und da ich sie hier habe, könnten Sie sie gleich mitnehmen ...« Bewußt umging ich zunächst die Angelegenheit, die mir eigentlich am Herzen lag, und erwähnte die Zeichnung nicht, die ich unter seinen Türklopfer geklemmt hatte. Er sprach sie jedoch von selbst an. Aus seiner Jackeninnentasche holte er ein gefaltetes Blatt Papier hervor und faltete es mit einer schnippsenden Bewegung auseinander. Dann sagte er: »Nein, danke. Ich bin wegen der Zeichnung gekommen, die sie mir an die Haustür geklemmt haben. Ich weiß nicht, seit wann sie sich da schon befindet, weil ich immer verschiedene Türen benutze, wenn ich komme oder gehe. Jedenfalls habe ich das Blatt Papier heute morgen gefunden und gedacht, daß ich am besten gleich zu Ihnen komme.«
»Ich war erst gestern bei Ihnen. Kennen Sie denn die Frau?« fragte ich und bemühte mich, die Frage recht beiläufig klingen zu lassen, aber mein Herz raste schon.

Braxton drehte das Blatt um und schaute die Zeichnung prüfend an. Da er weitsichtig war, hielt er sie eine Armlänge von sich entfernt. Dabei runzelte er leicht die Stirn.
»Das könnte sein, aber vielleicht auch nicht. Ist sie denn auf dem Bild gut getroffen?«
»Das weiß ich nicht genau. Die Frau lebt nicht mehr.«
Als ich das sagte, beobachtete ich seine Reaktion. Er verzog kaum die Miene, nur ein kleines Zucken der Augenwinkel war zu sehen. »Sie ist vor etwa zehn Tagen hier in der Bucht aus dem Meer gezogen worden. Vom Gesicht war nur noch die eine Hälfte vorhanden, die Fische hatten die andere Gesichtshälfte gefressen. Die Zeichnung wurde von der Leiche gemacht und anhand der noch vorhandenen Gesichtshälfte erstellt.«
Er verzog das Gesicht zu einer Grimasse, und einen Moment lang sah er mich strafend an. Das überraschte mich jedoch nicht, ich war absichtlich so grausam direkt gewesen.
»Waren Sie die Künstlerin? Haben Sie das gezeichnet?« fragte er.
»Nein, ich habe einen Freund gebeten, es für mich zu tun.«
»In wessen Auftrag? Wer ist dafür verantwortlich?« Sein Tonfall wurde plötzlich ziemlich scharf.
»In meinem Auftrag.«
Seltsamerweise schien ihn meine kühne Antwort zufriedenzustellen. Die angespannte Haltung seiner Schultern ließ nach, und als er lächelte, zeigte er ebenmäßige Zähne, die, mit seiner gebräunten Haut kontrastierend, sehr weiß wirkten.
»Darf ich die Vermutung äußern, daß Sie nicht für die Polizei arbeiten?«
Ich nickte bestätigend mit dem Kopf, aber die Bewegung löste sofort Schmerzen aus.
»Wer hat Ihnen dann gesagt«, fuhr er hartnäckig fort, »daß Sie versuchen sollen, diese Frau zu identifizieren? Sie kann

Ihnen doch nichts bedeutet haben, sonst wüßten Sie, wer sie war. Sind Sie eine Agentin, Miss Jones?«

»Nein«, sagte ich. Aber das war doch eine interessante Idee!

»Was meinen Sie mit Agentin?«

Braxton kniff die Augen zusammen. »Sie sind eine ungewöhnliche Frau, Fremont. Ich denke, Sie gehören zu den Frauen, die sie aussuchen würden.«

In meinem Kopf pochte es gefährlich. Das mußte der Streß sein.

»Wen meinen Sie mit ›sie‹? Entschuldigen Sie bitte, Braxton, aber ich habe wirklich nicht die geringste Ahnung, wovon Sie sprechen.«

»Von Pinkerton's.«

»Meinen Sie das Detektivbüro? Natürlich habe ich schon von Pinkerton's gehört, aber beschäftigen die denn auch Frauen?«

Ich war richtig interessiert, und einen Moment lang vergaß ich die unbekannte Frau.

»Ja, das tun sie.« Braxton streckte seine langen Beine aus und legte einen gestiefelten Fuß über den anderen.

Nachdenklich sagte ich: »Sie müßten eigentlich ein Büro in San Francisco oder Oakland haben, denn ich habe gehört, daß sie viel für die Eisenbahngesellschaft gearbeitet haben. Ich muß gestehen, ich hätte nie gedacht, daß sie auch Detektivinnen beschäftigen würden, aber ich halte es für eine großartige Idee.« Ich lächelte Braxton strahlend an.

Er winkte mir mit der Zeichnung zu und sagte: »Um noch einmal auf diese Frau hier zurückzukommen ... Glauben Sie, daß ich mir die Leiche, oder was noch davon übrig ist, mal anschauen könnte, ohne daß die Polizei davon erfährt?«

Auch wenn ich selbst wenig mit der Polizei anfangen konnte, so machte es mich doch immer mißtrauisch, wenn jemand anders versuchte, ihr auszuweichen. Das war zwar ein Widerspruch, aber ich konnte es nicht ändern. Ich beschloß, mich wie eine Komplizin zu geben, um ihm vielleicht dadurch Informationen entlocken zu können: »Ich kann Sie gut verstehen, denn ich mag die Polizei auch nicht besonders.«

»Ach ja?« Er schaute mich interessiert an. Seine Augen waren grau, aber sie schimmerten silbern wie sein wunderschönes Haar.

»Die Leute bei der Polizei in San Francisco sind manchmal nicht besonders ehrlich. Letztes Jahr versuchte ein korrupter Polizist, mich eines Verbrechens zu überführen. Glücklicherweise hatte er damit keinen Erfolg.«

»Waren Sie denn schuldig?«

»Ich war natürlich unschuldig!«

»Natürlich.« Sein Blick streifte mein Gesicht und verharrte auf meiner Wange mit dem Bluterguß. Aber er sprach mich nicht darauf an, denn das wäre äußerst unhöflich gewesen. Er senkte die Stimme, und sein Tonfall wurde einschmeichelnd, als er sagte: »Also, wie sieht es aus? Sollen wir uns diese tote Frau einmal ansehen? Wenn ich das vor mir sehe, was noch von ihr übrig ist, kann ich sie vielleicht identifizieren. Das wollen Sie doch, oder?«

»Ja, allerdings«, sagte ich und stand langsam auf, denn mein Kopf schmerzte so sehr, daß ich mich vorsichtig bewegen mußte. »Ich hole nur noch schnell mein Tuch.«

Braxtons Auto war einer dieser neuen Tourenwagen, ein schmucker dunkelgrüner Oldsmobile mit Messingverzierungen. Er stellte den schwarzen Maxwell, der schlicht und alt war, ziemlich in den Schatten.

Meinem Kopf tat es indes gar nicht gut, so durchgeschüttelt zu werden. Daher war ich mehr als erleichtert, als Braxton, meinen Anweisungen folgend, endlich vor Mapsons Leichenhalle anhielt.

»Ich kenne den Mann«, sagte Braxton, als er mir aus dem Wagen half. Dieses eine Mal war es keine von diesen weiblichen Eitelkeiten, ich brauchte seine Unterstützung tatsächlich.
»Wir haben geschäftlich miteinander zu tun«, fügte er hinzu. »Ich kümmere mich schon um ihn.«
Ich fügte mich bereitwillig, hielt mich sogar einige Schritte hinter ihm und blieb zurück, als die Tür geöffnet wurde.
Dieses Mal war es nicht der lange Tom, der uns entgegentrat, sondern ein älterer, rundlicher Mann. Da er meinen grauhaarigen Begleiter gleich erkannte, lag die Vermutung nahe, daß es sich um Mapson persönlich handelte. Sie begrüßten sich gegenseitig sehr herzlich, und nach dem üblichen Händeschütteln und dem Austausch von Belanglosigkeiten sagte Braxton: »Ich wollte mir gern einmal die Leiche der unbekannten Frau anschauen, die hier bei euch liegt. Diese Dame hier, Miss Fremont Jones, hat mir von ihr erzählt. Sie ist die Leuchtturmwächterin von Point Pinos und ist diejenige, die die Leiche zuerst entdeckt hat.«
Ich spähte an Braxtons Schulter vorbei, aber Mapson beachtete mich kaum. Statt dessen verzog er das Gesicht, machte eine wohleinstudierte traurige Miene und streckte die Hände mit den Handflächen nach oben aus. »Ich wünschte, ich könnte Ihnen behilflich sein, aber die Leiche der Frau ist fort, und mein idiotischer Assistent hat die Unterlagen verschlampt. Ich weiß nicht einmal, wohin sie gebracht worden ist.«

LOGBUCHEINTRAGUNGEN
22. Januar 1907
Wind: mäßig aus NW, etwas böig
Wetter: kalt, stark bewölkt, kabbelige See, weiße Schaumkronen auf den Wellen
Bemerkungen: Fischerboote aus- und eingefahren, Frachtdampfer aus San Francisco südlich von Santa Cruz in Capitola auf Grund gelaufen, keine Verletzten

Trotz des schlechten Wetters machte ich mich am Montag morgen so früh wie möglich nach Carmel auf. Ich hatte das Gefühl, daß es Frühling werden müßte, damit sich das Wetter besserte. Gestern war das Wetter so schlecht wie nie zuvor. Der Wind peitschte den Regen und die feine Gischt mit solcher Kraft gegen den Leuchtturm, daß es weder im Wachraum noch vom Scheinwerferraum aus möglich war, etwas durch das Fernglas zu sehen. Und der Wind heulte um den Leuchtturm wie ein wahnsinniger Geist aus Arthur Heyers Geschichten.

Als es aufhörte zu regnen und der Wind sich in den frühen Morgenstunden legte – es war etwa drei Uhr morgens –, war es so plötzlich still, daß ich davon aufwachte.

Natürlich ging ich davon aus, daß der Himmel bei Tagesanbruch so wunderbar blau sein würde, wie es oft nach einem Sturm der Fall war. Er sah dann immer so hell und klar aus, als sei er gründlich gereinigt worden. Aber nein!

Ich war richtig enttäuscht, als ich um sechs Uhr in den Wachraum kam und hinausschaute.

Gewiß kann ich die unterschiedlichsten Naturereignisse genießen, besonders hier auf Point Pinos, wo sie so ausgesprochen schön zu beobachten sind. Aber es wäre eben doch angenehmer, wenn ich mein Vorhaben bei schönem Wetter durchführen könnte.

»Wenigstens regnet es nicht«, sagte ich zu mir und zu Bessie, die ein Ohr zurücklegte. Offensichtlich war der Kommentar es nicht wert, dafür beide Ohren zu bemühen.

Das Pferd war gut in Form, nachdem es zwei Tage durchgehend im Stall hatte stehen können. Ich war in ähnlich guter Form, da ich ebenso pausiert hatte, obgleich es ein halber Tag weniger Ruhe gewesen war als für das Pferd.

Am Samstag, vor zwei Tagen also, hatte mich Braxton von Mapson zum Leuchtturm zurückgebracht, und mir ging es nach diesem Erlebnis noch beträchtlich schlechter als zuvor. Ich bemühte mich angestrengt, die körperlichen Schmerzen und meinen miserablen seelischen Zustand vor ihm zu verbergen. Ich hatte wieder so heftige Kopfschmerzen bekommen, daß mir ständig übel war. Dazu kam, daß mich das Verschwinden der Leiche, ihr Abtransport oder ihre Entführung, gefühlsmäßig durcheinanderbrachte. Ich hatte so viele verschiedene Gefühle, daß ich sie im einzelnen gar nicht alle hätte benennen können, selbst wenn ich gesund gewesen wäre. Keine Minute lang hatte ich die Geschichte geglaubt, die Mapson uns da unterschieben wollte. Er hatte gesagt, daß die Verwandten der Frau erschienen wären und die Leiche mitgenommen hätten, um sie zu begraben. Braxton hatte daraufhin gestrahlt und gesagt: »Dann wäre das ja hiermit erledigt!« Und ich dachte nur: »Ha!«

Daraufhin hatte Braxton mich nach Hause gebracht. Quincy, der selten etwas unaufgefordert sagte, schaute mich kurz an und schimpfte dann mit mir, weil ich nicht zu Hause geblieben war. Er bestand darauf, daß ich eine Weile dableiben sollte, wo ich war, und das tat ich dann auch. Er verbrachte den restlichen Samstagnachmittag und einen großen Teil des Abends im Wachraum, um nicht immer ständig hin- und herlaufen zu müssen. Wahrscheinlich wollte er sichergehen, daß ich ihn nicht beschummelte.

Der Tag danach war Sonntag, und ich war ein braves Mädchen, auch wenn ich nicht zur Kirche ging. Ich verbrachte den Tag zu Hause, um mir und meiner Kopfverletzung Ruhe zu gönnen. Ich beobachtete den Sturm, las alle Geistergeschichten von Arthur, und beides paßte wunderbar zusammen. Das Lesen der Geschichten war für mich keine Arbeit; es hatte schon seinen Grund, daß ich schneller und fehlerloser tippen konnte, wenn ich nicht las, was ich abschrieb.

Das einzige, was mich an Hetties wohlgeordnetem Haushalt störte, war der Mangel an guten Büchern. Aber auch da ließ sich schnell Abhilfe schaffen. Dieser Ruhetag erinnerte mich daran, daß ich mir einen Ausweis für die Stadtbibliothek holen sollte.

Am Abend, kurz vor dem Essen, kam Quincy in die Küche. Er hielt die eine Hand hinter seinem Rücken versteckt und sagte: »Sie sehen heute schon viel besser aus, Fremont.«

Ich stand am Ofen, wo ich in einer Sahnesauce rührte, in die ich Huhn und Erbsen vom Vortag geben wollte. Ich drehte mich zu ihm um und sagte: »Danke. Ich fühle mich heute abend zum ersten Mal seit dem Unglück wirklich etwas besser.«

Quincy zog den Kopf ein, räusperte sich, scharrte mit den Füßen und schaute mich dann direkt an. »Ich habe das hier gefunden«, sagte er, holte die Hand hinter dem Rücken hervor und streckte sie mir entgegen.

Ich ließ den Löffel fallen. »Mein Lederbeutel!« rief ich und nahm ihn schnell entgegen. Quincy und ich schauten hinein, aber das war eine vergebliche Angelegenheit, denn die Tasche war so geräumig, daß man wie in eine Höhle blickte. Deshalb schüttete ich den Inhalt der Tasche auf den Küchentisch.

»Hab' sie im Wald gefunden«, sagte Quincy, kratzte sich am Ohr und beobachtete mich dabei, wie ich den Tascheninhalt durchstöberte. »Das war nich' weit von da, wo Sie überfallen wurden.«

»Danke«, sagte ich inbrünstig. Der Geruch der Sahnesauce stieg mir in die Nase und warnte mich, sie nicht sehr viel länger auf dem Herd stehenzulassen. Ich ging zum Ofen und nahm sie vom Herd. Dann kehrte ich zum Tisch zurück und nahm einen kleinen violettfarbenen Geldbeutel aus Stoff in die Hand, in dem ich Münzen und einige zusammengerollte Scheine aufbewahrte. Ich öffnete ihn und schaute hinein. »Das ist aber komisch!« dachte ich.

Ich fing an zu lachen, aber es war kein echtes Lachen. Vermutlich konnte es nicht einmal Quincy täuschen.

»Ich glaube, der Räuber hat sich die falsche Person ausgesucht«, sagte ich mit einem Achselzucken. »Als er dann sah, was für Armseligkeiten er erbeutet hatte, warf er sie einfach fort.«

Ich schüttelte den Geldbeutel, und die Münzen klingelten erwartungsgemäß. »Der Räuber hat die Scheine genommen, mit den Münzen wollte er sich nicht aufhalten. Natürlich war auch das gesamte andere Zeug nur für mich wertvoll.«

»Das glaube ich auch«, sagte Quincy.

Es waren in dem Beutel tatsächlich aber auch noch einige zusammengerollte Dollarscheine. Er hatte aus der Tasche überhaupt nichts genommen, sondern sie nur achtlos mitsamt dem Inhalt weggeworfen.

Ich dankte Quincy noch einmal herzlich und schob die

Sachen wieder in die Tasche. Da war ein kleiner Kamm, eine Bürste, einige Haarklemmen, ein schwarzes, loses Seidenband (schwarze Bänder benutzte ich häufig, um mir das Haar zurückzubinden), eine Schachtel mit Honigpastillen, auf der das Bild einer ziemlich selbstgefälligen Katze zu sehen war, eine kleine Schere in einem grünen Samtetui. Diese Schere war zwar zum Sticken gedacht, aber ich benutzte sie zum Schneiden meiner Fingernägel. Dann fanden sich auch noch einige Haarnadeln, Stifte, einige unansehnliche Taschentücher, ein kleines Notizbuch, der Kontrollabschnitt einer Karte für ein Filmtheater in San Francisco und vieles mehr. Diese Gegenstände verschwanden alle wieder in der Tasche, und Quincy schaute fasziniert zu. Dann verabschiedete er sich wieder.

Die Sahnesauce hatte ich zwar mit einigem Erfolg retten können, meine Gedanken und Ängste jedoch gerieten inzwischen außer Kontrolle.

Es fehlten also nur die Zeichnungen. Dafür war ich nun so heftig attackiert worden. Aber diesem Räuber würde ich es noch zeigen. Schließlich wußte er nichts von Phoebe, und die besaß noch immer die anderen Zeichnungen.

So fuhr ich also am Montagmorgen von der Old Mission Road auf die Ocean Avenue in Carmel. Bessie galoppierte voran, und die Kutsche folgte auf nur einem Rad durch die Kurve. Kein Mensch war bei diesem unfreundlichen Wetter unterwegs, deshalb mußten wir auch nicht langsamer fahren, als wir die San Carlos kreuzten. Ich bog kurz vor dem Pine Inn in die Lincoln ab. Das Cottage »Hibiscus House«, in dem Phoebe wohnte, lag unterhalb der Ecke Fifth Street / Lincoln Street. Ich fand das Cottage schnell, weil ich schon einmal dagewesen war. Damals hatte ich Phoebe nach Hause gebracht.

Aber jetzt war sie offenbar nicht daheim. Ich klopfte und rief sie mehrmals. Bessie schnaubte leise. Sie war sicherlich

unruhig, weil ich so nervös war und es eilig hatte. Ich hatte davon gehört, daß Tiere die menschlichen Launen spüren.
Mit einer Hand auf meinem schmerzenden Kopf (als ob das etwas nützen würde) rannte ich um das Cottage herum und spähte in alle Fenster. Die zwei Zimmer, die es gab, waren vollgestopft mit tausenderlei Dingen, aber menschenleer. Hinter dem Haus befand sich eine Art Schuppen, der zwar überdacht, aber ansonsten offen und von allen Seiten zugänglich war. Das war ihr Bildhaueratelier. Ihre Skulpturen erregten meine Aufmerksamkeit, und ich ging langsamer, um sie besser betrachten zu können. Unter ihnen befanden sich verschiedene Köpfe aus Ton. Einer von ihnen sah aus wie Michael (oder Misha, wie Phoebe sagen würde). Ich konnte es bereits gut erkennen, obwohl er noch in den Anfängen war.
Eine Büste stellte Oscar Peterson mit melancholischem Gesichtsausdruck dar. Ebenfalls aus Ton, aber diesmal als vollständige Gestalt, war die Skulptur eines Mannes, den ich glücklicherweise nicht kannte. Er war vollkommen nackt und beschämenderweise in allen Einzelheiten naturgetreu dargestellt!
Das größte und beeindruckendste Werk war eine Holzfigur, eine Frau, die in einen Vogel überging und umgekehrt. Sie hatte einen grimmigen Gesichtsausdruck, und ich fand sie einfach wunderbar! Das Aussehen der Federn lud mich ein, sie zu berühren, und als ich über das Holz strich, konnte ich mir gut vorstellen, sie wären echt.
Ich ging langsam zum Cottage zurück und dachte darüber nach, wie wunderbar begabt diese kleine Frau war. Äußerlich wirkte Phoebe so schlicht wie ihr Familienname, aber im Innern war sie so schön und stark wie diese Vogelfrau. Und mutig war sie auch! Ich konnte mich noch gut daran erinnern, wie sie, ohne mit der Wimper zu zucken, bei der verwesenden Leiche geblieben war und mit ihren geschickten Händen in Rekordzeit diese Zeichnung angefertigt hatte.

»Ich muß diese Zeichnung haben!« sagte ich laut und ging auf die Hintertür zu. Als ich den Türknauf drehte, merkte ich, daß die Tür nicht verschlossen war. Ich stieß sie auf und blieb im Türrahmen stehen. Dann rief ich: »Phoebe? Ich bin es, Fremont. Bist du zu Hause?«
Wie erwartet kam keine Antwort. Ich sagte mir, daß dies hier Carmel sei und nicht Boston oder San Francisco, es also auch niemand stören würde, wenn ich in ein unverschlossenes Cottage ginge, obwohl die Bewohnerin nicht zu Hause war. Sicher hätte Phoebe auch nichts dagegen, wenn ich mich nach den Zeichnungen umschauen würde. Fände ich sie, bevor sie zurückkehrte, dann würde ich ihr eine Nachricht hinterlassen. Also trat ich ein und begann mit der Suche. Der größte Raum war unordentlich und dunkel. Offensichtlich war Phoebe eine leidenschaftliche Malerin. Auf jeder erdenklichen Unterlage lag Papier in den unterschiedlichsten Ausführungen. Auf gutem und teurem Papier, aber auch auf dem kleinsten Papierschnipsel waren Zeichnungen jeglicher Größe und Ausführung zu erkennen. In der Dunkelheit mußte ich meine Augen jedoch zu sehr anstrengen, um etwas genauer sehen zu können, und in meinem Kopf verspürte ich diesen leichten Druck, der dem Schmerz oft vorangeht. Also beschloß ich, für Licht zu sorgen.
Auf einem großen, runden Tisch, der nach den Dingen, die sich auf ihm befanden, wohl als Eß- und Arbeitstisch diente, stand eine einfache Kerosinlampe mit einem transparenten Glaszylinder als Schirm. Ich ging hinüber, um die Lampe anzuzünden, und entdeckte an ihrem Fuß ein Blatt Papier. Ich hielt es zunächst für eine der Zeichnungen. Auf der einen Seite war auch etwas gezeichnet, auf der anderen aber stand eine Nachricht: »Ihr Lieben! Ich bin unterwegs, weiß aber noch nicht, wann ich wieder zurück sein werde. Liebe Grüße, Phoebe.«
Meine Hand, in der ich das Blatt hielt, zitterte. Ich las die Zei-

len erneut und dann noch ein drittes Mal. Ich spürte ein Prikkeln auf der Kopfhaut, das anschließend die Wirbelsäule hinunterlief. Ich kannte dieses Gefühl. Es warnte mich vor Gefahr. Vielleicht war es so etwas wie Intuition, eine Vorahnung, daß etwas Unangenehmes auf mich zukam.
Ich biß mir auf die Lippen, atmete tief ein, riß mich zusammen und legte die Nachricht wieder dorthin zurück, wo ich sie gefunden hatte. Dann setzte ich meine Suche nach den Zeichnungen fort, und dieses Mal suchte ich überlegt und gründlich. Ich brauchte eine ganze Weile, weil ich sogar im Schlafzimmer nachschaute. Als ich alles durchsucht hatte, war ich ganz sicher, daß die Zeichnungen nicht da waren. Sie waren verschwunden, wie die Leiche der Frau und Phoebe auch!

***

Quincy hatte etwas gesagt, als er mit mir geschimpft hatte, was mir seitdem nicht mehr aus dem Kopf ging, obwohl ich mich redlich bemühte: »So ein Schlag auf den Kopf, wie Sie ihn bekommen haben, hätte Sie töten können. Der hat Sie ja in vollem Galopp mit Wucht erwischt. Er hätte Ihnen den Kopf so leicht abhauen können wie 'ne Blüte von ihrem Stengel!«
Immer wieder kamen mir seine Worte in den Sinn, als ich Phoebes Cottage verließ.
Ich schnalzte mit der Zunge, schlug leicht mit den Zügeln, und schon hatten wir Carmel verlassen und waren im Del-Monte-Wald. Bessie schlug mit dem Kopf, tänzelte und versuchte, ihren Willen durchzusetzen. Sie kannte den Weg nicht, es hatte begonnen zu regnen, und sie wollte nach Hause. »Wir fahren zurück zum Leuchtturm, aber wir nehmen einen anderen Weg«, rief ich ihr über das Klappern der Hufe und das Rattern des Wagens hinweg zu. Das Pferd war nicht

besonders beeindruckt, aber es gelang mir, meinen Willen durchzusetzen, und sie gehorchte. Sie beruhigte sich und fiel wieder in ihren weichen Trab.
Der aufkommende Wind erfaßte den feinen Nieselregen und sprühte die winzig kleinen Tröpfchen auf meine Haut, so daß sie sich anfühlten wie spitze Nadeln. Dabei roch der Pinienwald sehr urwüchsig; ein voller, erdiger und fruchtbarer Geruch.
Die Straße führte entlang der Küste und wurde sehr kurvenreich. Sie führte an Pescadero Point, Point George und Point Cypress vorbei. Dann ging sie landeinwärts weiter über bewaldete, sandige Hügel, aber sie entfernte sich nie von der tosenden Brandung.
In meinen Gedanken kreisten die Worte Quincys: »Er hätte Ihnen den Kopf so leicht abhauen können wie 'ne Blüte von ihrem Stengel.« Plötzlich war mir ganz schwindelig, und mein Magen fing an sich zu drehen.
Ich blinzelte heftig mit den Augen und schluckte die kalte und feuchte Luft. Das war allerdings ein Fehler, denn jetzt konnte ich noch schlechter atmen als zuvor. Als die Kutsche über eine Brücke rumpelte, die über eine tiefe Schlucht führte, klapperten Bessies eisenbeschlagene Hufe auf dem Holz. Ich verspürte Panik. Die hohen, dunklen Bäume wirkten bedrohlich und kamen langsam auf mich zu. Ich sah mich bald in einem Wald gefangen, der voller Schatten war, und in dem überall Gefahr lauerte. Die gleichen Schatten waren es vor kurzer Zeit gewesen, die mir den maskierten Banditen und den Schlag ins Gesicht beschert hatten. »Er hätte Ihnen den Kopf so leicht abhauen können wie 'ne Blüte von ihrem Stengel!«
Hatte er mich denn wirklich töten wollen? War ich nur deshalb noch am Leben, weil er nicht richtig zugeschlagen hatte? Oder hatte er sich in letzter Sekunde dazu entschlossen, Gnade walten zu lassen? War es denn ein Mann oder eine

Frau gewesen? War diese Person, dieser Räuber, der keiner war, auch dafür verantwortlich, daß Phoebe verschwunden war?
Ich holte tief Luft, um sie dann langsam wieder auszuatmen. Das war eine Methode, um mit Ängsten und Anspannungen fertigzuwerden. Michael hatte sie mir beigebracht, als wir noch miteinander befreundet waren. Jedenfalls wollte ich mich von meinen Ängsten nicht beherrschen lassen.
»Hü!« schrie ich, um mir Mut zu machen und gleichzeitig das Pferd anzutreiben. Ich hatte einen guten Grund für meinen Umweg. Ich wollte Braxton Furnival aufsuchen, weil er die letzte der noch auffindbaren Zeichnungen besaß. Ich wollte unbedingt wissen, wer diese Frau war. Sie war eine bedeutende Person gewesen, das stand fest. Jedenfalls hatte man sie für wichtig genug gehalten, um die Zeitungen ruhig zu halten und vielleicht sogar eine Polizeiuntersuchung zu verhindern. Der Gerechtigkeit halber muß jedoch erwähnt werden, daß die Polizei in der Sache schon längst ermittelte. Aber wenn die Zeitung nicht berichtete, dann wußte die Öffentlichkeit natürlich auch nichts darüber. Vielleicht hatte die Polizei die Verwandten schon ausfindig gemacht, so wie Mr. Mapson es gesagt hatte. Diese waren dann gekommen und hatten die Leiche abgeholt. Vielleicht waren dem guten alten Tom die Unterlagen wirklich verlorengegangen, nachdem er ihnen die Leiche ausgehändigt hatte.
Ich schnaubte verächtlich und sagte: »Kaum wahrscheinlich!«
Ich hatte schon festgestellt, daß ich besonders gut denken konnte, wenn ich erzürnt war. In diesem Zustand gelangen mir häufig Dinge, die ich sonst nicht bewerkstelligen konnte. So fand ich Braxtons furchtbares Haus prompt ohne Schwierigkeiten wieder, obwohl ich jetzt aus einer ganz anderen Richtung gekommen war. Darüber hinaus hatte ich das Glück, daß er zu Hause war. Er kam schneller an die Tür, als

mir eigentlich lieb war, denn ich betätigte mit großem Vergnügen den Türklopfer.
»Fremont! Zum Donnerwetter, Sie sind ja ganz durchnäßt! Kommen Sie herein, kommen Sie!« sagte er so herzlich wie immer.
»Danke«, sagte ich und zog das Tuch enger um mich herum, »aber eigentlich ist nur meine Kleidung etwas klamm, und ich bin auch etwas in Eile. Es wäre nett von Ihnen, wenn Sie mir die Zeichnung wiedergeben würden, die ich Ihnen neulich an die Tür geklemmt habe.«
»Warum? Wofür brauchen Sie sie?« Braxton steckte die Hände in die Hosentaschen, wippte auf den Fußballen und schaute mich dabei an.
Diese Fragen hatte ich nicht erwartet und so kam ich ins Stottern: »Warum? Weil, weil ich ... Oh!« Ich hob meinen Handrücken an die Stirn, schloß die Augen und schwankte bewußt dabei. Das war im Moment die einzige Möglichkeit, die mir einfiel, um die Antwort etwas hinauszuzögern. »Wissen Sie, Braxton, ich glaube, ich komme doch für eine Minute herein. Mir ist plötzlich ganz komisch.«
Er war äußerst bemüht und besorgt, und ich mußte feststellen, daß ich den Wirbel, den ein so stattlicher und gutaussehender älterer Herr um mich machte, ziemlich genießen konnte. Was störte da sein gräßlicher Geschmack in der Wahl seiner Häuser! Er wich nicht mehr von meiner Seite und führte mich durch einen riesigen Saal, der aussah, als säßen hier immer Leute mit Wikingerhelmen, die mit bloßen Fingern ganze gebratene Wildschweine hinunterschlangen.
Dann führte er mich weiter in einen kleineren Raum, in dem das Feuer einladend in einem Kamin loderte, der fast normale Größe hatte.
»Setzen Sie sich ans Feuer«, sagte Braxton. »Sie müssen mich jetzt einen Moment lang entschuldigen, ich möchte uns

etwas zu trinken holen. Ich bin allein, die Angestellten haben heute frei.«
Ich erhob Einspruch, allerdings nur halbherzig, und so machte er sich auf den Weg. Ein Mann wie Braxton ließ sich nicht aufhalten, wenn er sich erst einmal etwas in den Kopf gesetzt hatte. Ich kannte das, denn ich hatte nach dem Tod meiner Mutter die Stelle der Hausherrin einnehmen müssen. Das Feuer tat gut. Ich streckte meine kalten Hände aus, um sie zu wärmen, und nutzte die Zeit, in der er mich allein ließ, um mir einen triftigen Grund auszudenken, warum ich die Zeichnung haben wollte. Es sollte eine andere Begründung sein als die wirkliche, die ich ja niemandem erzählen wollte. Aha! Das war es!
Ich konnte die Schritte Braxtons schon lange hören, bevor er zur Tür hereinkam, denn im großen Saal, durch den er kam, lag kein Teppich. Das Zimmer, in dem ich saß, war ebenfalls ohne Teppich. Vielleicht lag dahinter eine bestimmte Absicht. Die blanken Fußböden sollten sicher dem königlich-rustikalen Stil entsprechen. Er stellte ein Tablett auf seinen Schreibtisch. Dieser Raum war wohl sein Arbeitszimmer oder sollte es vermutlich werden, wenn es fertig eingerichtet war. Im Moment waren die meisten Bücherregale an den Wänden leer.
»Brandy?« fragte er und hielt die Karaffe hoch ans Licht. Er schaute mich an, dann blickte er auf das Kristallgefäß mit dem Brandy und drehte es, um das Licht darin zu reflektieren.
»Haben Sie gewußt, daß Ihr Haar fast dieselbe Farbe hat wie der Brandy, Fremont?«
»Die Leute nennen es normalerweise kastanienbraun. Ich bezeichne es als rötlichbraun. Ich möchte keinen Brandy, danke. Bitte geben Sie mir etwas von dem Sodawasser.«
»Eine Frau, die nicht eitel ist. Wie erstaunlich!« sagte er so nachdenklich, als rede er mit sich selbst.

Ich ging auf die Bemerkung nicht ein, da sie auch nicht ganz zutreffend war. Aber es wäre natürlich peinlich gewesen, dies zugeben zu müssen. »Sie haben mich vorhin gefragt, warum ich das Bild dieser Frau haben wollte. Also, ein Freundin von mir hat es gezeichnet. Sie ist sehr begabt. Da ich mir ihre Werke aber nicht leisten kann, dachte ich mir, ich könnte doch die Zeichnung behalten. Sie wird eines Tages berühmt sein, und das Bild wird dann wohl im Wert sehr steigen.« Diese letzte Bemerkung würde er sicher verstehen.
»Verdammt!« fluchte Braxton. Er kam zu mir herüber, reichte mir ein Glas mit Sodawasser ohne Eis und setzte sich dann in einen Sessel, der genauso aussah wie meiner.
»Entschuldigen Sie, Fremont. Manchmal weiß ich nicht, was ich sage. Wahrscheinlich habe ich einfach zu wenig Gelegenheit, mit dem schönen Geschlecht zusammenzusein. Ich bin eben zeit meines Lebens ein Junggeselle gewesen.«
»Ich verstehe«, sagte ich und mußte lächeln. Wie alt er wohl war? Sicherlich über fünfzig, oder? Wie viele Herzen er wohl schon gebrochen hatte?
Er beugte sich lächelnd vor und drehte sein Glas mit dem leuchtenden Brandy in seinen Händen. »Wo war ich stehengeblieben? Ihre Anwesenheit ist geradezu verwirrend.«
»Meine Zeichnung«, entgegnete ich rasch.
»Ach, ja.« Braxton ließ den Kopf mit den silbergrauen Haaren hängen und richtete das Wort an den Boden: »Ich kann sie Ihnen leider nicht wiedergeben. Es tut mir leid. Ich hatte keine Ahnung, daß sie wertvoll war.« Er schaute mich zerknirscht an. »Da die Leiche abgeholt worden ist, habe ich gedacht, die Angelegenheit sei damit erledigt. Ich habe das Blatt Papier zusammengeknüllt und es gestern abend in diesem Kamin hier verbrannt.«
Mir war bestimmt im Gesicht abzulesen, wie sehr ich enttäuscht war, denn mein Gefühl hatte mich überwältigt. Ich schluckte heftig und sagte dann: »Wie schade.«

»Fremont, wie kann ich das wiedergutmachen?«
Ich nahm einen kräftigen Schluck Sodawasser. Braxton beugte sich vor und legte seine große, warme Hand auf meine, die in meinem Schoß ruhte. Ich senkte mein Glas, neigte den Kopf etwas tiefer, schaute ihm in die Augen und log ihn an: »Sie sollten sich darüber keine weiteren Gedanken machen, dafür ist es nicht wichtig genug. Es war eigentlich auch nichts als eine Laune von mir.«
Er drückte meine Hand und sagte mit tiefer Stimme, die wie ein Brummen klang: »Dann sagen Sie mir doch bitte, wer für diesen Bluterguß auf Ihrer Wange verantwortlich ist. Ich schwöre zum Allmächtigen, daß ich ihm das letzte bißchen Leben aus dem Leib prügeln werde!«
»Oh, du meine Güte, jetzt bin ich aber in Not! Das war ich doch selbst, wissen Sie.« Ich lächelte, entzog ihm meine Hand und berührte damit leicht meine Wange, um es ihm zu erklären. »Leider neige ich dazu, mich ungeschickt anzustellen, und im Leuchtturm sind an allen Ecken und Enden Dinge aus Metall. Ich bin ausgerutscht und mit dem Kopf gegen so ein Metallteil geschlagen, das ist alles. Also müssen Sie niemanden schlagen. Aber ich danke Ihnen für Ihr Angebot.«
Er setzte sich wieder in seinen Sessel, nahm einen Schluck Brandy und bewegte ihn im Mund. Ich beobachtete ihn dabei und konnte den scharfen Geschmack des Alkohols beinah selbst schmecken. Als er schluckte, spürte ich ein Brennen in meiner Kehle. So intensiv schaute er mich an, daß ich mir wünschte, ich könnte Gedanken lesen.
Braxton bewegte seinen Kopf langsam vor und zurück und schaute mir dabei ununterbrochen in die Augen. »Entschuldigen Sie bitte, Fremont, aber das nehme ich Ihnen nicht ganz ab. Ich kann mich einfach nicht von der Vorstellung lösen, daß Sie nicht die sind, die Sie zu sein vorgeben. Aber ich mag Sie, deshalb sage ich Ihnen, was ich jetzt tun werde...«

Ich zog fragend die Augenbrauen hoch und hatte das Gefühl, als würde ich mich am Rand eines Abgrunds bewegen. Ein falscher Schritt, ein kleiner Schubs, und ich würde hinunterfallen.

»Ich werde Ihnen jetzt sagen, wer diese Frau sein könnte.«

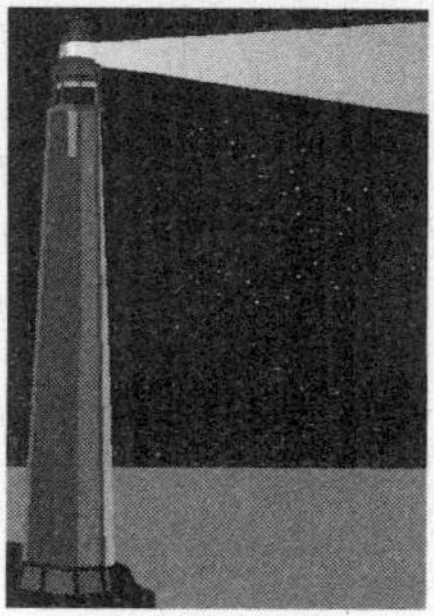

»Aber bedenken Sie bitte, daß ich mir nicht ganz sicher bin«, fuhr Braxton fort. »Deshalb wollte ich auch die Leiche sehen. Ich würde zu gern wissen, warum es für Sie so wichtig ist. Im Grunde ist es mir egal, aber ich bin einfach neugierig.«

»Wer, meinen Sie, könnte es sein, Braxton?«

Der Schein des Feuers schimmerte rötlich auf seinem silbergrauen Haar. Sein Gesichtsausdruck wurde begierig. »Wenn ich es Ihnen erzähle, würden Sie dann meine Neugier befriedigen?«

»Ich werde es wenigstens versuchen.«

»Na schön. In Ordnung. Ich denke, daß es Sabrina Howard gewesen sein könnte. Sie war Schauspielerin. Eine aufstrebende Schauspielerin, sollte ich wohl sagen. Sie wollte zum Film gehen.«

»Warum bloß? Diese Filme werden doch das gleiche Schicksal erleiden wie alle anderen Dinge auch, die zunächst neu und interessant sind.« Das war eigentlich gar nicht meine Meinung, ich war eher vom Gegenteil überzeugt. Ich wollte nur, daß er weiterredete und vielleicht unachtsam würde, so daß ich ihn dabei ertappen könnte. »Ich könnte mir vorstellen, daß eine Schauspielerin doch lieber auf der Bühne steht.«

Braxton lachte leise. »Einige hübsche Frauen haben mitbekommen, daß sie für den Film nicht so gut ausgebildet sein

müssen wie für die Bühne. Sabrina ist jedoch begabt. Vielleicht sollte ich ›war begabt‹ sagen, falls sie die Frau auf der Zeichnung gewesen sein sollte. Sie hat beim Varietétheater in San Francisco gesungen und getanzt und so weiter. Sie wollte sich genug Geld zurücklegen, um dann nach New York gehen zu können, wo die meisten Filmproduktionen laufen.«
Er hatte sich warmgeredet, saß vornübergebeugt mit den Ellbogen auf die Knie gestützt und hatte seinen Brandy, den er in der Hand hielt, ganz vergessen. »Ich habe für sie und ein paar andere Leute etwas ganz Gutes arrangieren können. Ich habe sie diesem Kerl namens Boggs vorgestellt. Er will in Hollywood, einem kleinen Ort südlich von hier, in der Nähe von Los Angeles, Filme machen. Er sucht noch nach finanzieller Unterstützung, die er aber bis jetzt noch nicht gefunden hat. Ich habe versucht, ihn mit einigen Leuten zusammenzubringen, aber es hat nicht recht funktioniert. Das ist nämlich einer meiner Aufgaben hier, daß ich Leute, die Geld haben, mit Leuten zusammenbringe, die Geld investieren wollen.«
»Und Sabrina Howard war ein Teil dieser, äh, Gleichung?«
»Wie bitte?« Braxton war mit seinen Gedanken offensichtlich ganz woanders gewesen und versuchte, sich jetzt wieder auf mich zu konzentrieren. »Ach nein, das kann man so nicht sagen. Sie war mehr das schmückende Beiwerk. Sehen Sie, wenn ich ein großes Fest gebe, dann engagiere ich zur Unterhaltung meiner angehenden Kunden gern Schauspielerinnen wie Sabrina für einen Abend oder ein Wochenende. Natürlich müssen sie nichts Außergewöhnliches tun«, der gierige Blick auf seinem Gesicht kehrte zurück, »Sie wissen schon, sie sollen sich nur unter die Gäste mischen, hübsch aussehen und freundlich sein. Es ist leichte Arbeit, und das verdiente Geld kommt ihnen ganz gelegen. Manchmal treten sie auch in Kontakt zu Leuten, die ihnen bei ihrer weiteren Karriere

behilflich sein können, und manchmal eben nicht. Ich finde es jedenfalls schön, sie dabeizuhaben.«

»Ich verstehe. Und wann hatten Sie Sabrina Howard das letzte Mal dabei?«

»Das ist schon eine Weile her. Ich schätze mal ungefähr sechs Monate.« Braxton kippte den Rest seines Brandys hinunter.

Sechs Monate. Das stimmte mit dem überein, was Phoebe gesagt hatte. Vor etwa einem halben Jahr war sie auf einer von Braxtons Partys gewesen.

»Sie haben sie seitdem nicht mehr wiedergesehen?« fragte ich.

»Nein.« Er stand auf und füllte das Glas noch einen Fingerbreit mit Brandy nach. Mich wunderte das etwas, denn es war noch nicht einmal Nachmittag, und schließlich war ich diejenige, die fror, und nicht er. Braxton, der jetzt hinter mir stand, fügte noch hinzu: »Zu meiner letzten Party konnte sie nicht kommen. Soweit ich mich erinnern kann, sagte sie mir, sie hätte zu tun. Das war auch das letzte Mal, daß ich sie gesprochen habe.«

»Sie müßten also ihre Adresse oder Telephonnummer haben!«

Plötzlich sprühte das Feuer Funken, und erschreckt riß ich meine Hand an den Hals. Als die Flammen eine feuchte Stelle im Holz berührten, gab es ein zischendes Geräusch. Vielleicht waren es auch die Regentropfen, die durch den Kamin fielen. Wohlriechender Rauch entwich daraufhin dem Kamin und kringelte sich in der Luft.

»Was macht es denn aus, ob ich die Adresse habe oder nicht, wenn sie doch tot ist?« bemerkte Braxton, als er sich wieder in den Sessel setzte und ein Bein über die Armlehne legte. Mich erinnerte diese Bewegung an Michael, oder Misha, wie er ja jetzt hieß.

»Wenn Sabrina Howard noch leben würde und unter dieser

Adresse zu erreichen wäre, dann könnte sie nicht tot und somit auch nicht die unbekannte Leiche sein!«

»Ja, und? Was geht Sie das alles überhaupt an, Fremont? Sie haben versprochen, es mir zu erklären.«

Es hielt mich nicht mehr auf meinem Stuhl. Am liebsten hätte ich ihn gewürgt, wenn das geholfen hätte, Sabrina Howards Adresse zu erfahren. Ich sprang auf, und um irgendetwas zu tun, ging ich zum Schreibtisch, auf den er die Brandykaraffe gestellt hatte, und setzte mein Glas ab. Ich mußte mir wohl wieder etwas einfallen lassen.

Ich bemühte mich, möglichst wehleidig zu klingen, und sagte: »Sie werden mich für töricht halten ...«

Natürlich versicherte er mir, daß das nicht der Fall war.

»Nun gut«, sagte ich widerstrebend. Allerdings war mein Widerwille nicht vorgetäuscht. Ich war kurz davor, die Wahrheit zu sagen, aber ich wollte sie noch etwas ausschmücken: »Ich war so dumm und habe etwas versprochen, das ich auch einlösen möchte. Ich kann es einfach nicht mehr vergessen. Als die Frau aus dem Wasser gezogen wurde, habe ich ihr versprochen, daß ich mich um ein ordentliches Begräbnis kümmern würde. In den Nächten wache ich auf und muß an sie denken und an das Versprechen, das ich ihr gegeben habe.« Ich fing an zu zittern. Es sollte eigentlich nur vorgetäuscht sein, aber meine Schultern bebten wirklich. »Sie verfolgt mich regelrecht!«

»Arme Fremont.« Braxton stand auf und stellte den Brandy ab, um mich in die Arme zu nehmen.

Ich zitterte noch ein wenig und murmelte in sein gelbes Tuch: »Könnte ich bitte die Adresse haben?«

»Ich habe sie immer im Theater Rialto erreichen können, meistens hat sie dort gearbeitet. Ich wußte nicht, wo sie wohnte. Eigentlich weiß ich nicht einmal, ob Sabrina Howard ihr richtiger Name oder ihr Künstlername war. Vergessen Sie es, Fremont. Sie haben gegenüber einer Toten, die Sie nicht einmal kannten, keinerlei Verpflichtungen.«

»Sie haben sicher recht.« Ich wollte mich seinen Armen entziehen, aber er hielt mich so fest, daß ich nur noch meinen Kopf bewegen konnte. Ich war gefangen, und die interessanten Linien seines gebräunten Gesichts waren zudem sehr nah. »Vielleicht könnte ich es vergessen, wenn sie mich nicht weiter in meinen Träumen verfolgen würde.«
»Ich werde Ihnen dabei helfen, sie zu vergessen.« Sein Gesicht kam immer näher, sein Mund öffnete sich. Sein Atem roch nach dem süßlich-scharfen Brandy. Frech wie ich bin, drehte ich meinen Kopf zur Seite und befreite mich aus seiner Umarmung.

LOGBUCHEINTRAGUNGEN
31. Januar 1907
Wind: leichter Wind aus SW
Wetter: klar, mild, sonnig, ruhiges Wasser in der Bucht
Bemerkungen: zwei Passagierdampfer eingefahren, einer aus San Francisco und einer aus Vancouver; fünf Wale in beträchtlicher Entfernung von Point Pinos gesichtet, auf dem Weg nach Süden

Mein Schreibdienst lief nicht besonders gut, und so saß ich Ende Januar an einem Mittwochnachmittag um zwei Uhr in meinem Büro und fragte mich, was eigentlich in meinem Leben geschehen war.
»Mein Leben ist zerstört«, murmelte ich vor mich hin und legte einen Stapel Papier so schwungvoll auf den Tisch, daß das untere Ende eines Blattes umknickte und ich die ganze Prozedur wiederholen mußte. »Ich muß jetzt nur noch herausfinden, wie ich wieder auf die Beine komme!«
Michael war nicht mehr gekommen. Vielleicht aus Verlegenheit, vielleicht aus Reue, vielleicht auch nur aus Eigensinn,

und Phoebe war noch nicht wieder nach Carmel zurückgekehrt. Vor einer Woche hatte ich einem Freund wegen Sabrina Howard nach San Francisco geschrieben, aber noch keine Antwort erhalten. Braxton Furnival wurde inzwischen zu einem richtigen Quälgeist. Aber ich konnte ihn auch nicht einfach fortschicken, denn sein Auftrag war neben Arthur Heyers und Artemisia Vaughns Manuskripten alles, was ich zu tippen hatte.
Es wurde Zeit, einen Scheck für die Februarmiete des Büros auszuschreiben. Wenn ich nicht bald Kunden bekäme, dann würde sich das Büro nicht mehr selbst tragen, geschweige denn einen Gewinn erzielen. Statt den Scheck auszufüllen, starrte ich aus dem Fenster und dachte über meine unerfreuliche Lage nach. Ehrlich gesagt, war ich ziemlich unglücklich, und das paßte so gar nicht zu mir. Meine Unentschlossenheit ließ mich zudem noch furchtbar unruhig werden, denn ich gehörte zu den Menschen, die lieber irgend etwas taten als untätig zu bleiben. Selbst wenn es sich dann als das Falsche herausstellte, so wie es bei mir häufig der Fall war.
Ich dachte daran, ein neues Flugblatt zu erstellen, um für mein Geschäft zu werben. Dann überlegte ich mir, daß ich den Preis pro Seite auf sieben Cent senken könnte. Oder sollte ich eine Annonce in die Zeitungen von Monterey und Pacific Grove aufgeben? Aber keine dieser Ideen konnte mich überzeugen. Ich hatte eher das Gefühl, ich würde das Geld zum Fenster hinauswerfen. Dabei hatte ich ja so viel davon.
»Denke nach, Fremont, und überlege dir eine Lösung!« ermahnte ich mich.
Mir kam es so vor, als wären die Leute hier zu gesetzt und zu wenig beweglich. Vielleicht waren sie aber auch einfach nur mit dem zufrieden, was sie hatten. Auf alle Fälle hatten viele von ihnen meinen Schreibdienst zunächst in Anspruch genommen, waren dann aber nicht wiedergekehrt. Doch das

konnte keinesfalls an der Qualität meiner Arbeit liegen, denn ich tippte immer sehr ordentlich und akkurat, selbst wenn das nur meine Meinung war. Aber ich garantierte für meine Arbeit, und sollte sie nicht völlig in Ordnung sein, so überarbeitete ich sie unentgeltlich. Also schien das Problem eher darin zu bestehen, daß sie entweder mich nicht leiden konnten, was bei näherer Betrachtung natürlich eine etwas unangenehme Vorstellung war, oder daß sie nicht einsahen, warum sie für meine Arbeit zahlen sollten, wenn sie sie doch handschriftlich selbst erledigen konnten.

»Ach du meine Güte«, dachte ich und sah ein, daß ich mich dem stellen mußte, was unvermeidlich schien. Ich hing ein Schild mit der Aufschrift *In einer halben Stunde zurück* an die Tür und ging den kurzen Weg bis Lovers Point zu Fuß. Ich ging am städtischen Badehaus und dem japanischen Teehaus vorbei bis zu den Felsen, und auf dem gesamten Weg schleppte ich unglücklich meine Röcke durch den Sand. Auf die Felsen konnte ich verhältnismäßig leicht klettern. Es waren aufgeworfene Brocken aus Granit, die durch Wind und Meer ausgewaschen waren und eine ganz glatte Oberfläche hatten. Lovers Point war der höchste von Felsen eingeschlossene Vorsprung auf der Südseite der Bucht von Monterey. Aber er war vergleichsweise harmlos, wenn ich da an einige Klippen dachte, die ich in der Bucht von San Francisco entlanggewandert war. Land's End zum Beispiel.

Ich hatte festgestellt, daß es mich immer wieder beruhigte, wenn ich am Meer war, ob es nun ruhig war oder nicht, neblig oder klar. Die Weite des Meeres half mir beim Denken. Ich wußte nicht genau, woher das kam. Aber vielleicht lag es daran, daß meine Probleme angesichts dieser Naturgewalten plötzlich so unbedeutend wurden. Mir fielen die Wale ein, die ich morgens vom Leuchtturm aus gesehen hatte. Sie waren so große, wunderbare und geheimnisvolle Lebewesen, und doch wurden sie von den Menschen gejagt. Inzwischen gab es

nur noch wenige von ihnen, dabei waren es einst so viele gewesen ... Auch die Erinnerung an die Wale half mir, die Dinge neu zu betrachten.
Als ich eine halbe Stunde später wieder in meinem Büro war, setzte ich mich an die Schreibmaschine und wußte, was ich zu tun hatte. Ich schrieb zwei Briefe, die ich einstecken wollte, wenn ich um vier Uhr zum Leuchtturm ging. Der erste war an den Hauseigentümer, dem ich fristgerecht einen Monat vorher kündigte. Der zweite Brief war an meine Freundin Meiling Li, die an der Universität in Stanford studierte.

Liebe Meiling, es ist wirklich unverzeihlich, daß ich seit Weihnachten nicht mehr geschrieben habe. Irgendwie ist vieles ganz anders gelaufen, als ich mir vorgestellt hatte, und nun habe ich Mühe, mich hier einzuleben. Deshalb habe ich Dich auch noch nicht eingeladen, mich zu besuchen. Es gibt aber noch einen anderen Grund: Im letzten Jahr hat es in Pacific Grove ein großes Feuer gegeben, bei dem das chinesische Viertel, das schon vor der Entstehung des jetzigen Ortes existierte, völlig niederbrannte. Keiner spricht offen über diesen Brand, er wird nur hinter vorgehaltener Hand erwähnt. Ich folgere daraus, daß sie meinen, es habe sich um Brandstiftung gehandelt. Aber wer das Feuer gelegt haben soll, hat noch niemand in Erfahrung bringen können. Man braucht wohl nicht zu erwähnen, daß die Chinesen ihr eigenes Viertel kaum in Brand setzen würden! Niemand tritt hier offen feindselig Deinem Volk gegenüber auf, aber ich halte es doch für besser, wenn Du nicht nach Pacific Grove kommst.
So wie die Dinge liegen, werde ich selbst wohl nicht mehr viel länger hierbleiben. In dieser Gegend wird ein Schreibdienst offensichtlich nicht gebraucht (Du darfst dich ruhig auf mein Urteil verlassen – ich werde Dich nicht mit Einzelheiten langweilen). Wenn ich also die sechs Monate als Leuchtturmwächterin von Point Pinos hinter mich gebracht habe, dann

werde ich packen und nach San Francisco zurückkehren. Wenn Du magst, dann komme ich auf meinem Weg bei Dir in Palo Alto vorbei und besuche Dich.
Ich bin sicher, daß Du mit deinem Studium gut vorankommst und freue mich jetzt schon sehr auf unser Wiedersehen. Dann kannst du mir alles über Geologie, die Wissenschaft der Erde, erzählen.

Deine treue Freundin, Fremont.

So! Ich las den Brief noch einmal durch, unterschrieb ihn und verspürte eine große Erleichterung. Es war schon erstaunlich, daß man sich gleich so viel besser fühlte, wenn man endlich eine Entscheidung gefällt hatte, die einem sehr schwergefallen war.
Als ich die Briefumschläge mit den Adressen versah und sie frankierte, überlegte ich, daß es besser sei, Michael so lange wie möglich nichts davon zu erzählen. Man konnte sich meine Überraschung vorstellen, als ebendieser meine Bürotür öffnete und seinen Kopf hineinsteckte.
»Wenn man vom Teufel spricht!« sagte ich. »Oder besser gesagt, wenn man an ihn denkt.«
»Wie bitte? Darf ich hereinkommen?«
»Natürlich darfst du. Ich habe gerade einen Brief an Meiling geschrieben, da ist es wohl wenig überraschend, daß ich an dich denken mußte. Weiß Meiling übrigens, daß du dich in Misha verwandelt hast?«
Michael schaute mich ärgerlich an, drehte mir dann den Rücken zu und gab vor, sich die wirklich scheußlichen Bilder von Tom, Dick und Harry genauestens anzuschauen. Artemisia hatte sie zusammengestellt und an die Wand gehängt.
»Und, weiß sie es nun?« stichelte ich weiter.
»Nein!« Er drehte sich wieder zu mir um und warf mir jetzt einen richtig finsteren Blick zu. »Die Mitglieder ihrer Fami-

lie, mit denen ich befreundet war, sind alle tot, und Meiling wollte ich während ihres Studiums nicht mit solchen nichtigen und für sie uninteressanten Dingen belästigen. Ist deine Frage damit beantwortet?«

Ich deckte die Schreibmaschine zu und steckte die Briefe in meine Ledertasche. »Deine Antwort ist vielleicht etwas heftiger ausgefallen, als ich es für nötig befunden hätte, aber dennoch: vielen Dank. Kommst du zu Besuch, oder möchtest du, daß ich etwas für dich tippe?«

»Nun, sagen wir mal, die Absicht meines Kommens ist schon persönlich, wenn es nicht ein Besuch sein soll. Da wir endlich wieder schönes Wetter haben, hatte ich gehofft, du würdest dein Büro eine Stunde früher schließen können, um mit mir in die Bucht zu kommen. Ich bin länger schon mit der *Katya* nicht hinausgefahren, und soweit ich mich erinnern kann, segelst du gern.«

Die Versuchung war groß, aber bei dem Gedanken, wie angenehm es wäre, jetzt über das Wasser zu gleiten, den Wind in den Haaren zu spüren und die feine Gischt im Gesicht, überfiel mich plötzlich wieder die böse Erinnerung daran, wie es war, allein auf dem Meer zu sein. In meinem Nacken verspürte ich ein Prickeln.

Vorsichtig sagte ich: »Du wirst es vermutlich komisch finden, daß ich mich frage, warum du plötzlich mit mir segeln willst, nachdem Tage vergangen sind und du es nicht einmal für nötig befunden hast, dich zu erkundigen, ob ich mich von dem Schlag auf den Kopf erholt habe. Außerdem ist da noch die Angelegenheit mit Phoebe Broom. Ich habe dir eine Nachricht geschickt, weil mir ihre plötzliche Abreise verdächtig vorkam. Aber ich bekam von dir nicht einmal eine Antwort. So etwas tut weh, Michael.«

»Du bist einfach überempfindlich. Zunächst zur Sache mit Phoebe: Ich finde es nicht verdächtig, wenn Phoebe beschließt, für eine Weile fortzugehen. Sie ist eine erwachsene Frau und kann tun und lassen, was sie will. Sie muß ihre Pläne nicht erst mit einem von uns besprechen. Und was das andere angeht: Ich wußte, daß deine Genesung gut vorangeht, denn ich habe deinem Quincy Geld gegeben, damit er mir Bescheid gibt, wenn es dir schlechter gehen sollte. Da ich nichts von ihm hörte, nahm ich an, daß es dir wieder besser geht. Und es freut mich zu sehen, daß es auch wirklich so ist.«

Er schenkte mir ein äußerst charmantes Lächeln. »Der Bluterguß auf deiner Wange ist fast verschwunden, so, wie ich es angenommen hatte. Du bist jung und gesund, Fremont. Es gibt keinen Grund, warum du nicht schnell hättest gesunden sollen.«

»Ach, wie nett!« Ich verschränkte die Arme vor dem Körper und warf den Kopf zurück. »Es reicht dir also nicht, daß du ein Spion bist und dein eigenes Leben durcheinanderbringst. Du mußt auch noch Quincy dafür bezahlen, daß er mich ausspioniert! Außerdem habe ich dir schon einmal gesagt, daß er nicht mein Quincy ist! Quincy ist sein eigener Herr, so wie wir alle. Also laß ihn einfach in Ruhe. Vielen Dank.« Ich kramte auf meinem Schreibtisch herum. »Und nein danke, ich möchte nicht mit dir segeln. Ich habe kein Interesse daran, jetzt mit dir allein da draußen in der Bucht zu sein.«

»Fremont, bitte ...«

»Nein. Du hast dich in der letzten Zeit einfach zu seltsam aufgeführt. Ich versuche gerade mein Leben wieder in den Griff zu bekommen. Und ich habe das sichere Gefühl, daß alles nur dann wieder in Unordnung gerät, wenn ich erneut zulasse, daß du mich beeinflußt.«

Manche Leute, zu denen ich auch gehörte, wurden ganz rot im Gesicht, wenn sie so einen Gefühlsausbruch erlebten. Manche hingegen wurden weiß wie die Wand. Aus Michaels Gesicht wich sämtliche Farbe, wodurch seine ebenmäßige Nase noch stärker betont wurde.

»Fremont, so vertraue mir doch!« flehte er mich an. »Ich muß dir etwas sagen. Aber das kann ich nur an einem Ort wagen, an dem ich sicher bin, daß uns niemand belauscht.«
Ich blickte ihn schnell von oben bis unten an. Er trug von Kopf bis Fuß schwarze Kleidung, die größtenteils aus Leder war. »Erwartest du wirklich von mir, daß ich einem Mann traue, der so gekleidet ist? Und der noch dazu eine verletzte Frau in ihrer eigenen Küche gewissermaßen überfällt? Ich soll einem Mann vertrauen, dessen ganze Persönlichkeit sich einschließlich seines Namens so stark gewandelt hat, daß man es kaum fassen kann?«
»Ich habe dich schon verstanden«, sagte er grimmig und ging hinaus.

***

Nach der Wache um Mitternacht konnte ich nicht einschlafen. Ich warf mich eine Weile hin und her, dann stand ich auf, machte eine Lampe an und suchte vergeblich nach etwas zum Lesen. Immer wieder vergaß ich, einen Ausweis für die Stadtbibliothek zu besorgen. Das war wirklich lächerlich, denn es hätte mich nichts gekostet, die Bücher auszuleihen.
Ich konnte nicht schlafen, weil mir eine Menge Dinge durch den Kopf gingen. Am meisten beschäftigte mich dabei der Gedanke an Michael Misha Archer Kossoff. Ich fürchtete, daß ich mir sozusagen ins eigene Fleisch geschnitten hatte. Wahrscheinlich hätte ich ihn doch auf sein Boot begleiten sollen. Andererseits hätte er doch in der Lage sein können, mich zu verstehen. Schließlich war es nicht leicht, irgend jemandem noch zu vertrauen, wenn man so mir nichts, dir nichts und aus heiterem Himmel niedergeschlagen worden war. Außerdem hatte er sich nun wirklich äußerst merkwür-

dig verhalten. Warum wurde ich dann aber das Gefühl nicht los, daß Michael meine Hilfe benötigte?
»Das ist wahrscheinlich nur reines Wunschdenken«, sagte ich verärgert, ging wieder ins Bett und schüttelte mein Kissen auf. Dann blies ich die Lampe aus ...
Fünfzehn Minuten später stand ich wieder auf und zündete sie an. Ich zog meinen Morgenmantel über, ein billiges Ding aus Tartan, das aussah wie ein schottischer Überwurf, und zog den Gürtel meines weißen Nachthemds fest an. Dann schlüpfte ich in meine schwarzen Filzpantoffeln. Es versetzte mir einen Stich, als ich voller Sehnsucht an meinen alten, verblichenen und unansehnlich gewordenen Morgenmantel denken mußte und merkte, wie sehr ich ihn vermißte. Meine gesamte Garderobe hatte ich neu und billig erstanden. Sie umfaßte allerdings weniger Kleidungsstücke, als ich bis jetzt gewohnt gewesen war. Wie fast alles andere auch, was ich besessen hatte, war mir auch meine Kleidung durch ein unerfreuliches Ereignis einige Monate nach dem Erdbeben verlorengegangen. Nur mein Lederbeutel, von dem ich langsam glaubte, daß er wie eine Katze neun Leben besaß, und drei Paar Schuhe überlebten. Dieser Verlust beschert mir nachts im übrigen immer noch Alpträume.
Ich ging die Treppe zum Wachraum hinauf, blieb einen Moment dort stehen und schaute in die schwarze Nacht hinaus. Im Sekundenabstand flog der helle Lichtstrahl der Scheinwerferlinse vorbei. Ich lauschte angestrengt und konnte nur das sanfte Rauschen der friedlichen See hören. Dann schloß ich die Fensterläden, damit mich die ständige Bewegung des Leuchtfeuers nicht von der Arbeit ablenken konnte.
Auch wenn ich vorhatte, mein Büro zu schließen, mußte ich Arthurs und Artemisias Manuskripte zu Ende tippen. Ich hatte die Schreibmaschine in den Wachraum des Leuchtturms gebracht, denn das war ein angenehmer, wenn auch

etwas kleiner Raum, um zu tippen. Da ich nicht schlafen konnte und kein Buch gefunden hatte, konnte ich genausogut etwas Nützliches tun. Das war immerhin besser, als wach im Bett zu liegen und mich durch meine ständig kreisenden Gedanken weiter zu beunruhigen.

Da ich bis jetzt mehr Zeit mit Arthurs Geistergeschichten verbracht hatte, war es Artemisia gegenüber nur gerecht, wenn ich nun eine Weile an ihrer Novelle weitertippen würde. Um ehrlich zu sein, war es ziemlich schwierig für mich, ihr gegenüber gerecht zu sein.

Ich begann mit dem zweiten Kapitel ihrer Novelle »Der Kaufmann der Träume«:

Schon in der allerersten Nacht, nachdem ich mich auf den Vertrag eingelassen hatte, stand ich unter dem Bann des Jonah Morpheus. Das ist mir jetzt klar, aber damals wachte ich nur ganz aufgeregt und ein wenig beschämt auf, weil ich so lebhaft und bilderreich geträumt hatte.

Ich hätte zwar, wie vereinbart, in die Morpheus Stiftung umziehen können, aber ich blieb lieber in meinem Apartment, auch wenn dieses nicht viel größer als ein Loch war. Ich zog mich also nach dem Aufstehen an, schlang mein Frühstück hinunter und fuhr mit der Straßenbahn zur Stiftung. Auf dem Weg achtete ich darauf, daß ich mit niemandem sprach. Vereinbart war, daß ich die ersten Worte nach dem Aufstehen nur mit Jonah Morpheus wechseln würde. Ich sollte ihm über die Träume der letzten Nacht einen Bericht erstatten.

Morpheus kam selbst an die Tür. Er sah aus, als sei er noch nicht lange wach, denn sein schwarzes Haar war noch etwas wirr, und sein weißes Seidenhemd mit den komischen Rüschen stand am Kragen noch offen. Er hatte graue, ziemlich enge Hosen an und sah aus, als lebte er in einem anderen Zeitalter.

»Treten Sie ein«, sagte er. »Ich habe auf Sie gewartet.«

Ich versuchte zu lächeln, aber meine Lippen zitterten, und ich erwiderte seine Begrüßung nicht, denn sie hätte nichts mit meinen Träumen zu tun gehabt.
Morpheus stieg vor mir die Treppen hinauf in die oberen Etagen, in denen ich noch nicht gewesen war. Die Gaslampen an der Wand gaben nur wenig Licht, aber dafür waren unsere Schatten, die sich vor uns bewegten, riesig. Wir stiegen immer weiter hinauf, und mit jeder Stufe schien ich mich von der Wirklichkeit weiter zu entfernen. Allmählich fragte ich mich, ob dies nicht auch ein Traum sei. Ich zählte weder die Treppenabsätze noch die Etagen, aber schließlich verließ Morpheus das Treppenhaus wieder. Shadow, die Katze, saß in meiner Augenhöhe zwischen den Geländersäulen. Als ich an ihr vorüberging, blinzelte sie mich mit ihren großen, schwarzumrandeten Augen an, dann hob sie ihren schönen Schwanz und begrüßte ihren Herrn mit einem leisen Miauen. Ich verließ ebenfalls das Treppenhaus, und dann gingen wir drei hintereinander einen dunklen Flur mit hohen Wänden entlang.
Jonah Morpheus öffnete eine Tür und trat zurück, um mich eintreten zu lassen. Ich ging hinter der Katze in das Zimmer hinein. »Sein Schatten geht voraus«, dachte ich, aber ich war nicht ganz so amüsiert, wie ich es gern gewesen wäre. Um die Wahrheit zu sagen, war ich etwas ängstlich. Die Tür, durch die ich gekommen war, führte in ein Zimmer, dem mehrere folgten, die kostspielig, aber seltsam eingerichtet waren. »Wie außergewöhnlich!« platzte ich, ohne nachzudenken, heraus.
»Pst!« sagte Morpheus leise und legte warnend den Finger auf den Mund.
Dann betätigte er einen Schalter, der nirgends zu sehen war. Vielleicht war er auch ein Zauberer, der einfach nur mit dem Finger zu schnippen brauchte. Wie auch immer er es gemacht hatte, der Kronleuchter an der Decke ging jedenfalls an und

funkelte wie Diamanten im Regen. Und so wie diese brach auch der Leuchter das Licht, und die ganze Palette der Regenbogenfarben fiel schimmernd auf die schlichten Vorhänge, die nicht nur die Fenster, sondern auch Wände und Türen bedeckten. Das Zimmer war gewissermaßen völlig verschleiert.

»Setzen Sie sich, Heloise«, sagte Dr. Morpheus und wies mit der Hand auf eine Chaiselongue im Empire-Stil hin. »Legen Sie die Füße hoch, lehnen Sie sich zurück, und schließen Sie die Augen. Das wird Ihnen helfen, sich zu erinnern.«

Da das regenbogenfarbene Licht auch über die Chaiselongue strich, konnte ich nicht mit Bestimmtheit feststellen, welche Farbe der Bezugsstoff eigentlich hatte.

Ich kam seiner Bitte nach, denn ich wollte den Traum, der mir bereits zur Last wurde, so schnell wie möglich loswerden. Allerdings konnte ich mir noch nicht recht vorstellen, ob ich es aushalten würde, einem Fremden diesen intimen Traum zu erzählen.

Ich legte meine Röcke zurecht, drehte den Kopf zur Seite und schaute erst Morpheus und dann seine Katze an, die neben ihm auf dem Boden saß. Sie hatten die gleichen Augen . . .

»Heloise, erzählen Sie mir Ihren Traum!« befahl er. Und ich gehorchte.

Ich ging den Strand entlang. Es war wohl am Kap. Es herrschte Ebbe, das Meer war ruhig, die Wellen kräuselten sich nur leicht auf dem Sand. Der seidig glänzende Strand war meilenweit unberührt von Mensch und Tier. Es war kühl und ganz still. Ich sah die Szenerie in den verschiedensten Silbertönen.

Aber dann ging die Sonne auf, und alles veränderte sich. Sie schien golden und schickte ihre heißen Strahlen zur Erde. Der Himmel war strahlend blau. Es war so heiß! Ich legte Schuhe und Strümpfe ab und ließ sie am Strand stehen. Dann raffte ich Rock und Petticoat zusammen und watete ins

Meer. Das Salzwasser war warm und wirkte wie ein beruhigendes Bad. Es umspülte meine Knöchel, und der Meeressand sickerte sanft durch meine Zehen. Ich bewegte mich im Rhythmus der Wellen, und ich wollte immer tiefer hinein in die Brandung, tiefer und tiefer ...«

Als mir bewußt wurde, was folgte, bekam ich einen trockenen Hals, und meine Kehle war wie zugeschnürt. Ich blickte hinüber zu Morpheus und seiner Katze, die so aussahen, als hätten sie nicht einen Muskel bewegt. Aber der Arzt hatte einen Notizblock auf seinen Knien und einen Stift in der rechten Hand. »Erzählen Sie weiter, Heloise«, sagte er, als wüßte er, daß dieser Traum noch längst nicht zu Ende war.

Ich räusperte mich, schloß die Augen und legte meine Hand auf die Stirn, so daß mein gebeugter Arm das Gesicht teilweise verdeckte. »Dann ...«, ich hielt inne, um mich erneut zu räuspern, »dann änderte sich die Szenerie erneut, wie so oft in Träumen. Ich befand mich immer noch am Strand, aber inzwischen war es Nacht geworden. Die Sonne war untergegangen, der Mond schien jedoch nicht. Nur die Sterne funkelten am tiefschwarzen Himmel. Ich hatte mich offensichtlich vollständig entkleidet, denn ich kam nackt aus dem Meer. Ich hatte zuvor geschwitzt, und nun war mir angenehm kühl. Ein leichter Wind kam auf und berührte meine nasse Haut an Stellen, die, äh, die ...«

»Sie dürfen nichts für sich behalten«, sagte Morpheus ganz leise und so dicht an meinem Ohr, daß ich die Augen öffnete und herumfuhr. Ich dachte, ich müßte jetzt feststellen, daß er mit seinem Sessel ganz nah an die Chaiselongue gerutscht war, so nah, daß er mich jeden Moment berühren konnte. Ich hätte wissen müssen, daß er eben doch nur einer dieser reichen Widerlinge mit gefälschten wissenschaftlichen Zeugnissen war, die sich Frauen unsittlich nähern wollten. Aber mein Gehör hatte mich getäuscht. Morpheus und Shadow saßen noch immer am selben Platz.

»Bitte, Heloise«, sagte er nüchtern. »Sie sind nicht die einzige Person, die an dieser Untersuchung teilnimmt. Unsere Zeit ist kostbar.«

Ich sagte, daß es mir leid täte, und versuchte mich zusammenzureißen. »Die kühle Brise berührte mich an Stellen, die, äh, nur ein Ehemann berühren darf. Es war tatsächlich sehr erregend. Ich wurde ganz schwach und kraftlos vor lauter Verlangen. Ich taumelte zum Strand und ließ mich auf den feuchten Sand nieder.

Dort lag ich auf dem Rücken, und der Wind wehte über meinen Körper, blies immer stärker und berührte mich an den Brustwarzen und fuhr durch mein Haar... hier unten. Es war eine sehr intime Berührung, und ich benahm mich ziemlich schamlos. Ich öffnete die Beine und ließ zu, daß der Wind mein Liebhaber wurde. Er blies immer stärker und stärker, und er wirbelte mit heftigen Stößen über mich hinweg und in mich hinein. Er ließ mich die Höhen und Tiefen eines Vergnügens erleben, das mich kein Mann je hatte erleben lassen...«

Ich öffnete die Augen und nahm die Hand von der Stirn. Mein Gesicht war glühend heiß, so wie es auch nach dem Erwachen aus diesem Traum gewesen war. Und ich war an meiner intimsten Stelle so feucht, wie ich es heute morgen gewesen war. Die unzähligen bunten Lichter tanzten und wirbelten an der Decke herum. Aber das lag wohl eher an meiner fiebrigen Phantasie, denn als ich die Augen zusammenkniff, wurden die Bewegungen langsamer, und das Licht schimmerte wieder wie zuvor. »Und das ist alles«, sagte ich und schaute weiter an die Decke.

Ich fühlte mich gedemütigt.

»War das der einzige Traum, den Sie letzte Nacht hatten?« fragte Morpheus mit nüchterner, klinisch klingender Stimme.

»Es ist der einzige, an den ich mich erinnern kann.«

»Sehr schön. Sie können gehen.«

Ich richtete mich auf und fragte mit zittriger Stimme nach meiner Bezahlung. Dr. Morpheus sagte, daß ich einmal die Woche, immer am Freitag, bezahlt würde, und dann verließ er das Zimmer. Ich fand das sehr taktvoll von ihm. Er mußte gemerkt haben, daß ich Zeit brauchte, um mich wieder zu fangen. Aber die Katze blieb und starrte mich an. Als ich mich von der Chaiselongue erhob, saß die Katze unter meinem Rock und wand sich schnurrend um meine Beine.

Ich konnte mich des Eindrucks nicht erwehren, daß die verdammte Katze mein beschämendes Geheimnis kannte, und mehr noch, daß sie ihm ganz nahe sein wollte. An meinen Oberschenkeln rann langsam die klebrige Feuchtigkeit meiner Erregung hinunter.

LOGBUCHEINTRAGUNGEN
1. Februar 1907
Wind: schwacher bis mäßiger Wind aus W
Wetter: neblig und kalt, ruhige See
Bemerkungen:

Als ich mich von der Schreibmaschine erhob, war mir ebenfalls heiß, meine intimste Stelle war auch schon feucht geworden. Ich öffnete die Fensterläden des Wachraumes und ging die Wendeltreppe hoch, um hinaus auf die Plattform des Leuchtturms zu treten. Ich wußte nicht, ob es mich mehr ärgerte, daß Artemisia mit ihrer Heloise die Macht hatte, mich so zu erregen, oder daß diese Artemisia, die so überzeugend – und noch dazu erotisch – schrieb, in meinen Michael verliebt war.
»Schäme dich, Fremont!« sagte ich, erstaunt über solche Gedanken.
Der Wind trug meine Worte mit sich fort und kühlte mein Gesicht, das feucht vom Nebel war. Der Wind . . .
Die Geschichte von Heloises Traum ging mir nicht aus dem Sinn, und irgendwie erinnerte mich der Windliebhaber lebhaft und intensiv an den Kuß von Michael unten in der

Küche. Um mich gegen diese sinnlose Leidenschaft zu wehren, sagte ich im Brustton der Überzeugung: »Das ist nicht mein Michael, und so wird er es auch nie werden! Auch dann nicht, wenn er mich, was undenkbar wäre, bitten würde, ihn zu heiraten!«

Das half. Ich war sofort wieder bei Vernunft, denn ich hatte so meine festen Ansichten, was das Heiraten anging. Meiner Meinung nach trug die Ehe dazu bei, daß Männer und Frauen in höchst ungesunder Weise miteinander umgingen. Es wurden Besitzansprüche, besonders beim Mann, geltend gemacht, der dann dazu neigte, »seine« Frau nur als ein weiteres seiner Besitztümer zu betrachten. Aber Frauen machten es ebenso. »Mein« Mann, sagten sie und betonten dabei das Wort »mein«.

Ich war entsetzt, daß auch ich soeben an »meinen« Michael gedacht hatte. Dabei war ich diejenige, die immer sehr stark für das Recht auf Unabhängigkeit jedes einzelnen Menschen eintrat.

»Aber du liebst ihn doch«, sagte meine innere Stimme.

»Was hat das damit zu tun?« fragte ich ärgerlich zurück. Shakespeares Worte aus längst vergangenen Schulmädchentagen kamen mir wieder in den Sinn: »Sprecht nicht, wo treue Geister eng verschlungen, von Hindernissen, denn das ist nicht Lieb', die sich verändert durch Veränderungen und die getrieben wird durch äuß'ren Trieb«, und so weiter. Ich konnte mich nicht mehr erinnern, wie es weiterging.

»Hm«, sagte ich. So beschränkt war ich nun auch wieder nicht, daß ich nicht gewußt hätte, worauf ein Teil von mir hinauswollte. Aber sollte ich wirklich darauf eingehen?

Ich griff nach dem Geländer und schaute aufs Meer. Durch den dichten weißen Nebel konnte ich nur schwach die zerklüfteten Umrisse der Felsen von Point Pinos erkennen. Eine Schar Kormorane flog lautlos vorbei. Sie sahen aus wie Geistervögel, die in ihre eigenen Ausdünstungen gehüllt waren.

Ein paar Tropfen fielen auf meine Haut. Sie kamen vom Nebel. Ich atmete mehrmals tief ein. Die Luft schmeckte wie klares Quellwasser und gleichzeitig salzig wie das Meer. Über meinem Kopf warf der Leuchtturm von Point Pinos sein Leuchtfeuer gegen eine undurchdringliche Wand, und das Nebelhorn ließ regelmäßig seinen tiefen, warnenden Ton hören. Alles schien in Ordnung.

Nur für die unbekannte Tote, die vielleicht Sabrina Howard hieß, war die Welt nicht in Ordnung. Für Phoebe möglicherweise ebensowenig. Sollte ihr etwas zugestoßen sein, dann trug ganz gewiß ich die Verantwortung dafür. Ich hatte sie in die Sache verwickelt. Schließlich war die Zeichnung meine Idee gewesen. Ich hatte dafür einen Schlag auf den Kopf bekommen, und Phoebe war, was ich inzwischen wirklich befürchtete, entführt worden. Wenn ihr nicht Schlimmeres zugestoßen war! Jetzt konnte ich mich nicht mehr durch meinen Stolz oder den Wunsch, mich zu schützen, abhalten lassen. Ich mußte etwas unternehmen, und ich würde in Carmel damit beginnen.

Ich ging wieder hinein, um meine Eintragungen in das Logbuch vorzunehmen, und stellte fest, daß ein neuer Monat begonnen hatte. Jeder neue Monat bot auch die Chance für einen Neubeginn. Unglücklicherweise war Februar der Monat im Jahr, den ich am wenigsten mochte. Die Aussicht auf einen glücklichen Neuanfang war also nicht besonders günstig. Doch hatte ich die eine Frage schon mit »ja« beantwortet: Ja, ich würde dem Teil in mir, der sich an Shakespeares Rat erinnerte, Beachtung schenken. »Denn das ist nicht Lieb' die sich verändert ...«

***

Am Vormittag war es immer noch neblig. Der Wind hatte sich etwas gedreht und kam nun aus Nordwest statt aus Westen.

Dadurch wurde es auch winterlich kühl. Ich trug diese Beobachtung ins Logbuch ein, und unter der Rubrik »Bemerkungen«, die ich morgens offengelassen hatte, schrieb ich: »Holzschoner und Frachtdampfer von Süden her eingelaufen«. Dann legte ich das Logbuch beiseite und schaute nach Quincy.

Er war nirgends zu sehen. Ich schrieb ihm eine Nachricht und verwendete einfache Wörter in der Hoffnung, daß er sie lesen könnte: *Nach Carmel gefahren. Bitte Wache halten. Danke, Fremont.*

Dann kämpfte ich mit Geschirr und Zugriemen, bis ich die Kutsche angespannt hatte, redete Bessie gut zu und machte mich auf nach Xanadu. So hieß das Cottage von Michael.

Es war gut, daß ich gelernt hatte, Hetties kleiner Stute zu vertrauen, denn als wir über den Hügel vor Carmel kamen, war der Nebel so dicht geworden, wie ich es tagsüber noch nie erlebt hatte. Zeitweise konnte ich nicht weiter als bis zu den Ohren des Pferdes schauen. Als wir uns auf der Hügelkuppe befanden, fiel mir Arthur Heyers Geistergeschichte von dem dämonischen Kind ein, und ich war sicher, daß ich jemanden weinen hörte. Aber ich begegnete keinem Dämonenkind, sondern traf auf einen Idioten in seinem Auto. Er fuhr uns fast um, als er bei der viel zu geringen Sichtweite mit viel zu hoher Geschwindigkeit an uns vorbeischoß. Bessie reagierte wunderbar. Sie drückte ihr Mißfallen dadurch aus, daß sie ihre Ohren zurücklegte, stocksteif stehenblieb und wartete, bis der Idiot vorbeigesaust war.

»Es geschähe ihm ganz recht, wenn er jetzt den Abhang unterschätzen würde«, bemerkte ich, und die Stute stimmte wiehernd zu.

Schließlich fand ich auch noch die Waldlichtung, hinter der man auf den Ocean Drive einbiegen konnte. Im kleinen Dorf Carmel war es nicht so neblig, doch war der Tag auch grau und naß. Das Auto, das uns beinahe umgefahren hatte, stand triefnaß vor dem Pine Inn. Dieser Übeltäter war wohl ein Tourist, dem nichts Besseres eingefallen war, als ein Wilder durch die Gegend zu rasen. Ich fuhr an ihm vorbei, wollte gerade die Zügel auf Bessies Hals legen, um in die Casanova einzubiegen, da überlegte ich es mir noch einmal anders. Ich zog die Zügel an und machte einen großen Bogen, um die Lincoln wieder zurückzufahren. Ich wollte zu Phoebes Cottage.

Dort angekommen, mußte ich nicht einmal aussteigen, denn ihr Cottage sah schon von weitem verlassen aus. Sie war offensichtlich immer noch nicht zurück. Durch das Fenster drang kein Licht nach draußen, und aus dem Schornstein kam kein Rauch. Eine abgemagerte schwarzgrau gestreifte Katze lag teilnahmslos ausgestreckt auf der Eingangstreppe. Sie hob einen Moment lang ihren Kopf und blickte mich mit ihren trüben Augen an. Wahrscheinlich war es ein streunendes Tier. Vielleicht aber auch nicht. Eigentlich wollte ich weiterfahren, aber jetzt sprang ich doch von der Kutsche.

»Komm her Kätzchen, komm«, rief ich sie mit sanfter Stimme und kam mir dabei etwas albern vor. Meine Eltern hatten es abgelehnt, Tiere als Haustiere zu halten, also hatte ich als Kind auch keins besessen. Besonders mein Vater war der Meinung, daß es schlecht sei, Lebewesen in der Natur seinen Willen aufzuzwingen. Ich hatte ihn bei Gelegenheit einmal erläutern hören, daß der Sündenfall nicht geschehen war, als Eva in den Apfel biß, sondern als Adam den Tieren einen Namen gab. Das war wahrscheinlich der erste Schritt zur Haustierhaltung gewesen. Jedenfalls kannte ich mich aus diesem Grund nicht mit Hunden und Katzen aus, ganz zu schweigen von Pferden, Kühen, Kanarienvögeln ...

Da wir den Schaden aber nun schon angerichtet und die Tiere ins Haus geholt hatten, war ich der Meinung, daß wir uns auch um sie zu kümmern hatten.

»Armes kleines Ding! Armes Kätzchen!« sagte ich und hoff-

te, daß meine Stimme wohlwollend genug für die Katze klang. Sie – oder er – lief nicht davon noch zuckte sie zusammen, als ich sie berührte. Ich hob sie hoch, sie war kraftlos und wog wenig. In der Kutsche grub sie ihre Krallen in meinen Schoß und unternahm den schwachen und mitleiderregenden Versuch zu schnurren.
Ich nahm die Katze mit zum Cottage Xanadu. Es sah aus, als hätte ich einen schwarzgrau gestreiften Muff in meinen Armen, als ich an die Tür klopfte. Kurz darauf hörte ich ein Brummen von drinnen, das ich als Aufforderung verstand einzutreten.
Da der Tag heute so grau war, war es auch im Innern des Cottage ziemlich düster. Es brannte nur eine Lampe, auf dem Eßzimmertisch. Unwillkürlich drückte ich die Katze stärker an meinen Körper, und sie fing an, sich nervös zu bewegen. Michael saß zusammengesunken, auf die Ellbogen gestützt, am Tisch und sah aus wie ein dunkler Schatten. Er war nicht allein. Ich wurde wohl von beiden begrüßt, doch konnte ich schlecht hören, weil es in meinen Ohren dröhnte. Trotzdem trat ich näher. Für nichts in der Welt hätte ich jetzt meine wahren Gefühle gezeigt. »Guten Morgen«, sagte ich. Meine Stimme war klar und deutlich. »Hätte vielleicht einer von euch etwas zu fressen für die Katze? Sie gehört, glaube ich, Phoebe und ist schon halb verhungert.«
»Ach je«, rief Artemisia. Wenn ich behauptet hätte, sie sei nachlässig gekleidet, dann wäre das noch ein Kompliment gewesen. Ihr Haar sah aus, als hätte es sich in einem Windsturm gelöst und wäre dann eingefroren. Die schwarze Tusche, die sie verwendet hatte, um ihre Wimpern dunkler erscheinen zu lassen, war fürchterlich verschmiert. Sie war mehr oder weniger bekleidet mit diesen bewußt zerlumpt aussehenden Dingern, die sie in mehreren Schichten übereinander trug. Aber sie hatte kein Unterkleid an. Mit anderen Worten, wenn sie sich bewegte und sich alles etwas verschob,

konnte ich ihr bis auf die Haut sehen. Das war wie ein unanständiger Blick durch ein Stereoskop. Einmal sah man etwas, einmal nicht.
Ich setzte die Katze auf den Tisch. Kitty blinzelte, schaute erst mich an und dann neugierig um sich. Dann begab sie sich zögernd auf Entdeckungsreise. Artemisia sprang auf, wobei ihre Brustwarzen und ein schwarzes Dreieck kurz zu sehen waren. Da ich ihr nicht nachschaute, konnte ich nur aus den Geräuschen schließen, daß sie der Katze etwas zu fressen holte. Ich schaute Michael an.
Es gab einen Russen namens Rasputin, der den imperialistischen Zarenhof in den letzten zwei Jahren im Sturm erobert hatte. Ich hatte in verschiedenen Zeitschriften Bilder von diesem Rasputin gesehen, auf denen er so aussah wie Michael in diesem Augenblick. Michaels Augen funkelten mich an. Er hatte die dunklen Augenbrauen zusammengezogen, und sein Blick war finster. Er trug ein Nachthemd, das am Hals geöffnet war. Überall hatte er lockiges Haar, das mit silbergrauen Strähnen durchzogen war, auf seiner Brust, auf seinen Armen; es fiel ihm über die Stirn bis auf den Kragen, und auch auf den bloßen Beinen, die unter dem Nachthemd hervorschauten, kringelten sich Haare. Rasputin sollte ein Wunderheiler mit hypnotischen Fähigkeiten sein. Aber genauso war er für seine schrecklichen Verführungskünste bekannt. Ich konnte mir im Moment gut vorstellen, daß Michael ebensolche Fähigkeiten besaß.
»Denn das ist nicht Lieb', die sich verändert durch Veränderungen ...«
Die Katze ging auf ihn zu, schnupperte an ihm und schlängelte ihren Schwanz unter seinem Kinn entlang. Als er sie zu streicheln begann, schaute er mich weiterhin mit funkelndem Blick an. Seltsamerweise machte mir das Hoffnung.
Er hatte mich nicht aufgefordert, am Tisch Platz zu nehmen, aber ich setzte mich trotzdem ihm gegenüber hin.

»Läßt du dir jetzt wieder einen Bart wachsen, oder hast du einfach nur vergessen, dich in den letzten Tagen zu rasieren?« fragte ich.
Seine Mundwinkel zuckten – er hatte so sinnliche Lippen –, aber er gab mir keine Antwort. Ich konnte Artemisia hören, die etwas zerhackte, und im Gegensatz dazu das leise, aber ununterbrochene Magenknurren der Katze. Von Michael ging ein intensiver, herber Geruch aus, eine Mischung aus Alkoholausdünstung und womöglich Sex. Aber das vermochte ich nicht näher zu bestimmen, denn ich hatte auf diesem Gebiet noch nicht genügend Erfahrungen sammeln können.
»Fremont...« Er verstummte. Einen Moment lang konnte ich seine rosafarbene Zungenspitze sehen, als er sich die Lippen befeuchtete. »Der Augenblick ist nicht gerade günstig.«
»Entschuldige bitte vielmals. Hättest du ein Telephon gehabt, hätte ich vorher angerufen.«
Artemisia kehrte mit einer vollen Schüssel zurück, die sie auf den Tisch stellte. Die Katze kam angelaufen, und Artemisia sagte: »Hühnerfleisch.«
Michael nahm Katze und Schüssel, setzte beide auf den Boden und sagte: »Die Katze sollte auch Wasser haben. Ich habe gar nicht gewußt, daß Phoebe eine Katze hat. Wußtest du das, Art?«
»Nein, das habe ich nicht gewußt. Allerdings achte ich auf diese Dinge auch nicht so sehr. Ach, zum Kuckuck! Es ist kein Wasser mehr im Krug. Ich werde zur Pumpe hinausgehen müssen, Misha.«
Eine Antwort blieb jedoch aus, denn er war gerade mit der Katze beschäftigt. Er hatte sich zu ihr hinuntergebeugt und sah ihr beim Fressen zu. Immer wieder murmelte er. »Nicht so schnell, Kätzchen!«
»Art« war barfuß und kaum ausreichend bekleidet, so daß

ich mich wohl hätte anbieten sollen, aber ich tat es nicht. Statt dessen bot ich ihr mein Tuch an, das sie auch annahm. Das Tuch war schwarz und nicht gehäkelt, sondern gestrickt. Ich wußte nicht, wer es gefertigt hatte, denn auch das hatte ich aus der Kleiderspende nach dem Erbeben, als wir obdachlos im Golden Gate Park untergekommen waren. Das Tuch war nicht besonders elegant. Aber bei Artemisia wirkte es so bezaubernd, wie es bei mir nie aussehen würde. Sie hüllte sich darin ein und warf einen Zipfel über die Schulter.

»Ich hätte es ihr nicht geben sollen. Jetzt werde ich es nie wieder tragen können«, sagte ich mürrisch, als sie hinausging.

»Deine großzügige und hilfsbereite Art bringt dich doch jedes Mal wieder in Schwierigkeiten«, sagte Michael in leicht sarkastischem Ton und richtete sich wieder auf. »Was wolltest du nun eigentlich, außer etwas zu fressen für die Katze?«

»Zunächst einmal möchte ich, daß du deine Freundin fortschickst. Oder sollte ich Geliebte sagen? Auf alle Fälle muß ich dich allein sprechen, *Watson*.«

Er schüttelte den Kopf. Dabei fiel ihm eine Haarsträhne ins Gesicht, aber er strich sie nicht fort. »Nein, das kann ich nicht machen, selbst für Sherlock Holmes nicht.«

Ich setzte mich so aufrecht und gerade wie möglich hin. »Du meinst doch sicher, daß du es nicht machen *willst*. Du könntest schon, wenn du wolltest.«

Wieder funkelte er mich an. »Du hättest auch mit mir an Bord der *Katya* gehen können, aber das wolltest du nicht. Ich mußte unbedingt mit dir sprechen. Allein. Und du wolltest nicht mit mir allein sein.«

»Allein an Land ist etwas anderes als allein auf dem Meer in einem Boot, und das weißt du auch!«

»Weiß ich das?«

Wir schwiegen uns an. Das Schweigen wurde schließlich von

Artemisia gebrochen, die durch die Hoftür kam. Sie hatte einen Krug in der Hand, der so voll war, daß sie ununterbrochen Wasser verschüttete und vor sich hin schimpfte: »Verdammt! Verdammt!«

»Ich werde Art nicht bitten zu gehen«, sagte Michael ziemlich laut und deutlich, so daß sie es verstehen konnte. »Wenn du etwas sagen möchtest, Fremont, dann kannst du es auch in ihrer Gegenwart tun.«

»Ich habe Schlangen bei mir. Ich kann nicht nach Hause gehen«, sagte sie und stellte klirrend eine kleine Schüssel mit Wasser neben die größere mit dem Hühnerfleisch, das in kürzester Zeit fast aufgefressen war. Kitty war begeistert.

»Ich hatte mir schon gedacht, daß Sie die Nacht hier verbracht haben«, sagte ich ruhig. »Aber das ist jetzt unerheblich«, fuhr ich tapfer fort. »Ich bin nur gekommen, weil ich mir Sorgen um Phoebe mache. Da geht irgend etwas Unheilvolles vor sich.«

»Etwas Unheilvolles? Wie herrlich! Erzählen Sie!«

Michael zog nur die Augenbrauen hoch und erwiderte nichts.

»Ich weiß etwas, von dem ihr nichts wißt«, sagte ich, und dann erzählte ich ihnen von den Zeichnungen, der Leiche, von allem. Ich erzählte ihnen auch von Braxton Furnivals vergeblichem Versuch, die Frau persönlich zu identifizieren.

»Michael«, sagte ich, weil ich beschlossen hatte, ihn verdammt noch mal nicht Misha zu nennen, und beugte mich vor. »Du erinnerst dich doch an Wish Stephenson.«

»Der junge Polizist aus San Francisco, dessen Aufrichtigkeit ihm Probleme mit einem korrupten Vorgesetzten bereitete? Ja, ich erinnere mich an ihn.«

»Wish?« sagte Artemisia fragend. Sie hatte einen lebhaften Gesichtsausdruck bekommen, und ihre dunklen Augen sprühten vor Interesse. Sie war äußerst lebendig und dabei wirklich schön, auf eine reife, erwachsene Art. Ich hatte kaum

die Hoffnung, daß meine Schönheit je so erblühen würde. Bei diesem Gedanken wurde mir das Herz schwer. Aber darüber durfte ich mir jetzt keine weiteren Gedanken machen. Daher sagte ich: »Sein richtiger Name ist Aloysius«, sagte ich. »Er ist der einzige Polizist, dem ich momentan Vertrauen schenken würde. Ich habe Wish geschrieben und ihn gebeten, etwas über Sabrina Howard herauszufinden. Ich habe bis jetzt noch keine Antwort erhalten, und das ist leider sehr entmutigend. Wenn jemand sie als vermißt gemeldet hätte, dann hätte er sicher postwendend geschrieben.«
»Ich habe dir schon einmal gesagt, daß du dich da heraushalten und das Ganze der Polizei von Pacific Grove überlassen sollst. Aber nein! Du mußtest deine neugierige Nase da hineinstecken! Verdammt noch mal, Fremont...«
»Pst! Sei nicht so ein Spielverderber«, sagte Artemisia. Dann wandte sie sich an mich und sagte begeistert: »Natürlich müssen wir ihr helfen! Aber wie? Was können wir tun?«
Eine Unterstützung von dieser Seite hatte ich nicht erwartet: »Ich möchte Sie in diese Sache nicht so gern verwickeln, Artemisia. Sie sehen ja, was mit Phoebe geschehen ist. Ich wollte, daß er mir hilft. Er hat schließlich die meiste Erfahrung in diesen Dingen.«
»Misha?« Sie stieß ihn mit ihrem Ellbogen in die Seite. »Also, was ist jetzt?«
»Ich habe mich zur Ruhe gesetzt«, sagte er und schaute uns abwechselnd an. »Und ich möchte jetzt meine freie Zeit genießen. Ich kümmere mich um Phoebes Katze, bis sie wiederkommt. Das ist aber auch das Äußerte, was ich bereit bin zu tun. Und hört auf mich zu quälen, alle beide!«
Ich verdrehte die Augen, Artemisia streckte ihm die Zunge heraus und sagte dann: »Manchmal bist du ein richtig alter Nörgler!« Dann beugte sie sich über den Tisch und sagte eifrig: »Ihn können Sie vergessen, erzählen Sie mir lieber, was ich machen soll, Fremont.«

Ich bemühte mich, nicht auf ihre Brüste zu schauen und ihr vorurteilsfrei zu begegnen. Einerseits hätte ich ihr zwar gern die Haare ausgerissen, andererseits erkannte ich, daß Artemisia eine Frau mit außerordentlichen Begabungen war und Mut besaß. Außerdem bot sie mir die Hilfe an, die ich so dringend brauchte. Also sagte ich: »Sie könnten mit mir zu Phoebes Cottage kommen, damit wir zusammen nach Hinweisen über ihren Verbleib schauen können. Vielleicht finden wir ein Adreßbuch, in dem die Namen ihrer Familienangehörigen oder engsten Freunde verzeichnet sind. Oder wir finden Briefe mit Absendern oder so etwas in der Art. Daraufhin müßten wir dann Telegramme verschicken und einen Tag lang auf die Antworten warten. Wenn es dann immer noch keine Hinweise gibt, wo sie abgeblieben sein könnte, und davon gehe ich inzwischen schon fast aus, dann könnten Sie doch zur Polizeistation gehen, die für Carmel zuständig ist ...«

»Das ist der Sheriff von Monterey«, sagte Michael barsch.

»Danke«, sagte ich, um dann fortzufahren: » ... und dann Phoebe als vermißt melden. Und bitte kein Wort über die Leiche, die Zeichnungen oder sonst irgend etwas. Melden Sie Phoebe einfach nur als vermißt. Das sollte von ihren Nachbarn aus Carmel gemacht werden, wie Sie sicher verstehen werden. Würden Sie das machen, Artemisia?«

»Natürlich mache ich das!« Sie strahlte mich an. »Für die gute alte Phoebe tue ich alles. Und für dich, Fremont!«

***

Artemisia hatte wirklich Schlangen im Haus, und diese hinauszujagen wurde regelrecht zu einer sehr eigenwilligen und improvisierten Inszenierung, die ganz im Stil der Carmeliter vonstatten ging. Khalid, der Junge mit dem arabischen Mantel, trommelte, Artemisia schüttelte dazu den Tamburin, die

»warmen Brüder« standen unschlüssig herum und sagten dann gemeinsam wie ein griechischer Chor: »Ooh!« Arthur Heyer machte lauter Vorschläge, die die beiden anführenden Schlangenjäger größtenteils ignorierten. Michael war frisch rasiert und brachte Phoebes Katze mit.
Andere Leute, beipielsweise Irma und der Mann, den ich beim Picknick Diogenes getauft hatte, und Menschen, die ich gar nicht kannte, standen auf der Straße herum und schauten nur zu. So wie ich auch.
Die allgemeine Idee war wohl, daß man die Schlangen, vermutlich zwei an der Zahl, mit der richtigen Lautstärke aus dem Haus treiben könnte. Dort würde Oscar schon auf sie lauern, um sie zu Mimi zu jagen, die mit einem langen forkenähnlichen Stock und einem Netz wartete. Das Netz sah aus wie ein Schmetterlingsfangnetz; von Schlangenfangnetzen hatte ich allerdings auch noch nie gehört. Aber was wußte ich denn schon darüber!
Leider stellte sich heraus, daß der Lärm die Schlangen überhaupt nicht beeindrucken konnte. Verschiedene Leute überlegten noch, was als nächstes zu tun wäre, da ging Michael seelenruhig zur Haustür, öffnete sie und ließ die Katze hinein. Ich hörte ihn sagen: »Los, hol sie dir, Kätzchen!« Außer mir hatte jedoch niemand mitbekommen, was er gemacht hatte. Ich aber kannte seine Stimme nur zu gut.
Einige Minuten später wanden sich die zwei Schlangen aus dem Cottage, und die Katze hüpfte hinterher. So erhielt sie auch ihren Namen: Patrick. Michael verlieh ihr diesen Namen mit der Erklärung, daß der heilige Patrick alle Schlangen aus Irland verjagt habe.
Ich hielt diese Geschichte über St. Patrick und die Schlangen aber für eine Metapher, denn was Patrick wirklich aus Irland verjagt hatte, das war die alte druidische Religion. Aber ich behielt meine Gedanken für mich. Wie alle anderen lächelte auch ich und gratulierte der Katze. Am meisten freute ich

mich jedoch darüber, daß Artemisia nun wieder in ihr eigenes Cottage zurückkehren konnte. Das schloß natürlich nicht unbedingt aus, daß sie noch weitere Nächte in Michaels Bett verbringen würde, aber ich zog es vor, nicht mehr weiter darüber nachzudenken. Ich verabschiedete mich von der illustren Gruppe und fuhr nach Hause zu meinem Leuchtturm.

Als Artemisia die Dinge in die Hand nahm, ging sie los wie eine der Naturgewalten. Sie war diejenige, die Phoebes Adreßbuch gefunden hatte, sie setzte die Telegramme an die Leute auf, deren Namen ich dem Buch entnommen hatte. Sie war es auch, die bezahlte, als wir die Telegramme beim Telegraphenamt aufgaben, das sich neben der Post in Carmel befand. »Sei nicht albern!« hatte sie gesagt, als ich den Einwand erhob, daß es meine Idee gewesen sei, die Telegramme aufzugeben, ich sie nun also auch bezahlen müsse. »Ich weiß, daß du kein Geld hast. Misha hat mir das erzählt.« Eigentlich hätte ich mich nun völlig gedemütigt fühlen müssen, aber aus einem mir unerfindlichen Grund war das nicht der Fall. Wenn wir nicht Rivalinnen im Kampf um Michaels Zuneigung gewesen wären, dann hätten Artemisia und ich uns bei unserer gemeinsamen Suche nach Phoebe auch anfreunden können. Sie war lebhaft, witzig und tüchtig. Als wir uns verabschiedeten, machte sie den Vorschlag, morgen, also Freitagmittag, um zwei Uhr in mein Büro zu kommen, um mir zu berichten, ob es Antworten auf die Telegramme gegeben hatte. Außerdem wollte sie mit mir noch einmal durchgehen, was sie dem Sheriff erzählen solle. Ich war einverstanden und hielt es nicht für unbedingt nötig, ihr zu sagen, daß das Büro jetzt geschlossen war. Immerhin hatte ich die Miete bis zum Monatsende bezahlt und besaß immer noch die Schlüssel. Ich mußte es ihnen allen sowieso bald mitteilen, besonders Arthur, denn ich war immer noch mit seinem Manuskript beschäftigt. Aber jetzt wollte ich es nicht tun, denn es kam mir vor, als müsse ich eine Niederlage eingestehen.

Als ich Bessie auf unserer letzten Wegstrecke heimwärts vorwärtsschnalzte und sie antrieb, schneller zu laufen, dachte ich: »Nun, ab morgen mittag werden es alle wissen, denn ich werde es Artemisia erzählen, und sie wird es sicher den anderen sagen.« Ich lächelte, weil das eine gute Lösung für eine Angelegenheit war, die ich sehr gefürchtet hatte. Außerdem hatte Artemisia ein Auto und konnte die Bilder von Tom, Dick und Harry wieder mit nach Carmel nehmen.

Ehrlich gesagt, hatte ich begonnen, Artemisia richtig gern zu haben, trotz ihrer entblößten Brüste und allem. Das Leben war schon verrückt!

Quincy wartete schon in der Auffahrt, als Bessie und ich den Weg zum Leuchtturm hinaufeilten. Er sah ziemlich bekümmert aus, also zog ich die Zügel an, bis die Kutsche zum Stehen kam, und fragte ihn, was los sei.

»Es geht um die Kühe«, sagte er und bewegte den Kopf langsam vor und zurück.

»Unsere Kühe? Ich meine, Hetties Kühe? Die Holsteiner?«

»Ja.« Er nahm Bessie am Halfter und führte sie in den Stall. Ich folgte ihnen.

Da er nicht weitersprach, fragte ich: »Was ist mit den Kühen?«

»Wir haben eine verloren.«

»Aber um Himmels willen, Quincy, es sollte doch nicht so schwer sein, sie hier draußen wiederzufinden. Sie könnte allerdings überall sein. Eigentlich müßten wir sie von der Plattform aus sehen können.«

»Nein, so nicht. Wir haben sie nicht auf diese Weise verloren. Sie ist tot.« Quincy schaute mich traurig an. »Und eine andere Kuh ist krank. Ich nehm' an, daß da was im Wasser war. Ich glaub', Sie und ich sollten das Wasser nicht mehr trinken, bis ich herausgefunden habe, was da drin ist.«

LOGBUCHEINTRAGUNGEN
5. Februar 1907
Wind: mäßig aus NW, am Nachmittag zunehmender Wind
Wetter: Morgennebel, aufgeklärt am Mittag, kühl, zunehmende Brandung
Bemerkungen: Holzschoner aus Vancouver berichtet von einem Sturm in Alaska, der weiter nach Süden zieht. Das ist auch der Grund für den aufkommenden Wind und die hohen Wellen

Unser Wasser ist vergiftet worden, aber glücklicherweise war davon nicht die Quelle betroffen, die auch noch die Molkerei von Point Pinos versorgte. Nur das Wasser, das durch ein Rohr von der Quelle hügelabwärts floß und dann in einem großen Tank gesammelt wurde, war vergiftet. Der Leuchtturm mußte diesen Wassertank aus Sicherheitsgründen haben, falls es brennen sollte.
Natürlich mußte ich die Wasservergiftung der Leuchtturmbehörde melden, denn sie verursachte uns eine Menge Kosten. Das Wasser mußte untersucht werden, und der Tank entweder gründlich gereinigt oder direkt ersetzt werden. Ich war dafür, ihn durch einen neuen ersetzen zu lassen, aber die Entscheidung lag natürlich nicht bei mir. Diese Aufgabe oblag irgendeinem Beamten, der der Behörde vorstand.

Am Montagmorgen erhielt ich über einen Boten den toxikologischen Bericht: Man hatte Kerosin in den Tank gekippt und dadurch das Wasser vergiftet. Die Menge hätte eigentlich nicht ausreichen dürfen, um die Kuh zu töten. Sie war wohl vorher schwach oder krank gewesen. Wahrscheinlich hatte sie mit ihrem umfangreichen Verdauungssystem Probleme bekommen, denn dort wurde das Gift absorbiert. Die Kühe hatten genau die Vergiftungserscheinungen gehabt, die im Bericht aufgeführt wurden: Sie taumelten, verhielten sich wie betäubt, hatten keinen Hunger mehr, und ihre Milchproduktion war schlecht. Den Tieren war es aber am Wochenende, während wir noch auf den Bericht warteten, bereits wieder besser gegangen. Dennoch hatte ich so ein schlechtes Gewissen, daß ich den Tierarzt noch einmal hier haben wollte, obwohl wir die Ursache für ihre Erkrankung kannten.
Da Quincy sich sonst um die Tiere kümmerte, war es für ihn noch schlimmer als für mich. Er fragte sich immer wieder, wie so etwas hatte passieren können. Ich hielt es nicht für besonders hilfreich, ihm die verschiedenen Möglichkeiten aufzuzählen, die mir einfielen. Quincy würde nie auf die Idee kommen, daß jemand böswillig gehandelt und das Wasser absichtlich vergiftet haben könnte. Ihm ist Bosheit völlig fremd, während mir diese Idee natürlich sofort kam. Das war auch der Grund, warum ich mich sogleich auf den Weg in die Stadt machte, nachdem Quincy den Tierarzt geholt hatte. Ich erklärte, ich hätte noch in der Stadt zu tun und ging zu Fuß los.
In Pacific Grove angekommen, sprang ich auf eine pferdegezogene Straßenbahn, um nach Monterey zu kommen. Ich hatte den toxikologischen Bericht in meinem Lederbeutel und war auf dem Weg zum Krankenhaus, um Dr. Frederick Bright aufzusuchen.
Ich mußte zugeben, daß ich Krankenhäuser nicht besonders leiden konnte, weil man sich dort anscheinend mehr um

Krankheiten und Schmerzen kümmerte als darum, daß es den Patienten wieder besser ging. Ich war froh, daß ich mich hier inzwischen auskannte. Also ging ich munter voran, ohne nach links und rechts schauen zu müssen. Krankheit war so deprimierend, und der Geruch danach kaum zu ertragen. Die Heilmittel, die sie zur Verfügung hatten, schienen auch nicht besser zu riechen. Aber der Leichengeruch war am schlimmsten. Auch wenn ich so etwas noch nicht miterlebt hatte, so war es unschwer festzustellen, daß im Seziersaal eine Autopsie vorgenommen wurde. Ich mußte nur dem Geruch folgen. Dann spähte ich durch die Flügeltür. Dr. Bright war leicht an seinem ungewöhnlich vollen weißen Haar zu erkennen. Er war über eine Leiche gebeugt, doch weitere Einzelheiten der Prozedur konnte ich nicht erkennen, da sein Assistent mir die Sicht versperrte. Nachdem ich mich erst einmal an den Geruch gewöhnt hatte, war er eigentlich auch erträglich. Meine unersättliche Neugier trieb mich Schritt für Schritt durch die Tür. Weder der Arzt noch der Assistent bemerkten das. Sie waren vollkommen versunken in ihre greuliche Arbeit. Ich machte einige Schritte seitwärts, und nun konnte ich erkennen, was sie machten. Sie nahmen den Leichnam auseinander und steckten bis zu den Handgelenken im Blut.

Ohne hochzuschauen, brüllte Dr. Bright los: »Wer immer Sie auch sind, Sie werden warten müssen. Draußen, bitte!«

Ich entgegnete nichts darauf, denn ich hatte genug gesehen. Meine Mutter, Gott habe sie selig, sagte schon immer zu mir: »Sei nicht so neugierig, du wirst es noch bereuen.« Solange ich denken konnte, hatte ich ihr nicht geglaubt. Als ich zehn Jahre alt war, freute ich mich, daß ich ihr fröhlich antworten konnte: »Aber wenigstens bin ich dann zufrieden.« Geduldig hatte sie mich angesehen und gesagt: »Eines Tages wirst du es von selbst einsehen, Caroline.«

Ich ging den Flur entlang zu Dr. Brights Büro und dachte:

»Wenn Mutter noch lebte, dann würde ich ihr heute abend einen Brief schicken. Sie wäre sicherlich froh zu erfahren, daß meine Neugier schließlich doch noch ihre Grenzen gefunden hat.«

Ich würde mich in Zukunft damit zufriedengeben, die Leute nach ihren äußeren Vorzügen zu beurteilen, und die Tatsache akzeptieren, daß ihr Inneres besser in Ruhe gelassen werden sollte. Jedenfalls von mir!

Dr. Brights Büro war nicht verschlossen, also trat ich ein und ließ die Tür offen. Dann schaute ich mich eine Weile danach um, ob ich etwas zu lesen finden könnte. Ich wußte nicht, wie lange ich zu warten hatte, und im Moment ginge es mir besser, wenn ich mich ablenken könnte. Schließlich fand ich eine Abhandlung über ein Thema, das ich möglicherweise verstehen würde. Es ging um Hypnose bei chirurgischen Eingriffen. Ich suchte mir den Stuhl aus, auf dem am wenigsten Papiere gestapelt waren, legte sie auf den Boden und setzte mich hin. Dann fing ich an zu lesen. Der Artikel war interessant, mir fiel jedoch auf, daß die Patienten, mit denen diese Hypnoseversuche unternommen wurden, ausschließlich weiblich waren. Der Chirurg und der Hypnotiseur waren Männer. Mir kam das verdächtig vor, aber ich war nicht willens, diesem Verdacht weiter nachzugehen.

Der Geruch der Autopsie haftete noch etwas an Dr. Bright, als er in das Büro kam, aber wenigstens waren seine Hände sauber. »Aha«, sagte er. »Miss Sherman, nicht wahr?«

Ich stand auf, um ihn zu begrüßen, und spürte, daß ich ihm nur ungern die Hand reichen wollte. Das lag daran, daß ich wußte, wo er sie noch vor kurzem gehabt hatte.

»Fremont Jones, Dr. Bright«, sagte ich.

»Fremont! Ja, richtig. Ich wußte doch, daß der Name etwas mit 'nem Mann von der Armee zu tun hatte. Sie sind die Leuchtturmwächterin. Jetzt erinnere ich mich auch. Sie wollten vor einer Weile etwas über eine nicht identifizierte

Frauenleiche wissen.« Er ließ sich in seinen Schreibtischsessel fallen, der mit einem quietschenden Geräusch reagierte. »Worum geht es denn dieses Mal?«

»Ich brauche einen Rat und jemanden, dem ich vertrauen kann«, sagte ich. Als ich daran dachte, welches Risiko ich da einging, wurde mir angst und bange. Inzwischen hatte ich das Gefühl, ich könne niemandem mehr vertrauen.

»Und Sie haben mich dafür ausgewählt?« Er lachte leise und rieb sich die Nasenspitze. »Um die Wahrheit zu sagen, ich fühle mich geehrt, wirklich sehr geehrt.«

»Ich hoffe, Sie werden mir auch die ganze Wahrheit sagen«, sagte ich und griff in meine Tasche, um den toxikologischen Bericht herauszuholen und ihm zu geben. Während er las, beobachtete ich gespannt sein Gesicht. Ich nahm an, daß ich mittlerweile besser beurteilen konnte als früher, wann mich jemand belog und wann nicht. Zumindestens hatten mich meine Erfahrungen gelehrt, hellwach zu sein.

»Also, was ist damit?« Er hatte den Bericht schnell überflogen und schaute mich mit seinen schwarzen Knopfaugen an.

»Ich würde gern von Ihnen wissen, ob dieses vergiftete Wasser, das zwei Kühe krank gemacht hat und zum Tod einer dritten geführt hat, auch für Menschen tödlich sein kann. Oder würde es uns nur krank machen?«

Er runzelte die Stirn und rieb sich erneut die Nase. »Wenn Sie es trinken würden, dann würden Sie sicherlich krank werden, aber ich bezweifle, daß Sie sterben müßten. Da das Wasser verdächtig riecht und auch schmeckt, würden Sie sicher nicht viel davon trinken und bald merken, daß da etwas nicht in Ordnung ist. Sie würden einige Tage krank im Bett liegen, vielleicht sogar ins Krankenhaus müssen, aber das ist alles.«

Ich verfiel ins Grübeln.

»Hat jemand versucht, Sie zu vergiften, Miss Jones?« fragte

er interessiert und beugte sich vor, um sich eine Zigarre aus einer Schachtel herauszuholen. »Rauchen Sie? Manche Ladies rauchen ja.«

»Nein, danke«, sagte ich lächelnd. »Rauchen gehört nicht zu meinen Lastern.«

»Macht es Ihnen etwas aus, wenn ich rauche?«

Ich schüttelte den Kopf.

»Welche Laster haben Sie, Miss Jones?«

Eine gute Frage, die ich nicht beantwortet hätte, wenn er ein jüngerer Mann gewesen wäre. Aber in diesem Fall überlegte ich und erwiderte dann: »Meine größte Schwäche ist wohl mein mangelndes Urteilsvermögen. Außerdem besitze ich wenig Geduld. Dann macht mich allein der Gedanke an Ungerechtigkeiten wütend. Und dabei gibt es davon so viele...« Ich brach ab und biß mir auf die Lippe, damit ich nicht in Versuchung käme, zuviel zu sagen.

Dr. Bright grinste, seine Knopfaugen bewegten sich auf und ab, und ich konnte das Innere seines Mundes sehen, als er ihn spitzte und einige Rauchringe ausstieß. »Ich habe es mir gedacht. Es geht um die unbekannte Leiche, stimmt's? Sind Sie ihretwegen immer noch so verwirrt?«

Es mußte am Rauch liegen, denn ich konnte Zigarren wirklich nicht ausstehen. Vielleicht lag es auch nur daran, daß seine Augen keine Tiefe besaßen. Was es auch sein mochte, ich beschloß jedenfalls, daß mir seine Auskünfte ausreichten. Ich wollte mich nur noch ganz schnell davonmachen. »Nein, ich bin ihretwegen nicht verwirrt. Ich bin einfach nur neugierig. Die Leiche ist vom Leichenschauhaus abgeholt worden, aber Mr. Mapson sagte mir, die Unterlagen seien verschwunden. Er habe auch die Namen der Leute nicht, die sie abgeholt haben. Ich gebe zu, daß ich ziemlich hartnäckig gewesen bin, und vielleicht war ich auch zu kritisch. Und als dann das Problem mit unserem Wasser auftauchte, da, äh...« Ich verstummte, zuckte hilflos mit den Achseln und riß die Augen ganz weit auf.

»Sie scheinen aber keinen Schaden davongetragen zu haben«, bemerkte Dr. Bright.
Quincy und ich hatten keinen Schaden erlitten, weil wir unser Trinkwasser und das Wasser zum Kochen nicht dem Tank entnahmen. Wir hatten eine Pumpe an der Spüle, die direkt mit der Wasserleitung verbunden war. Aber derjenige, der uns das Kerosin in den Tank gefüllt hatte, wußte das nicht, und ich wollte es Dr. Bright nicht erzählen. Wenn jemand mir Angst einjagen wollte, dann sollte er auch denken, daß er erfolgreich war. Ich hatte ja auch einen Schrekken bekommen, aber ich war nicht so leicht einzuschüchtern wie manche, ich behaupte mal, wie alle anderen Frauen. Also zuckte ich erneut mit den Achseln und sagte: »Es geht mir im Moment auch gut. Ich möchte allerdings sichergehen, daß es mir auch weiterhin so gut geht.« Ich stand auf und warf den Lederbeutel über die Schulter.
»Danke für Ihre Auskünfte, Dr. Bright. Sie haben mir sehr geholfen. Ich werde Sie nicht wieder belästigen.«
»Aber das tun Sie nicht!« Er ging um den Schreibtisch herum und tätschelte mir, keineswegs väterlich, die Schulter. »Sie können jederzeit wiederkommen!«
»Ich danke Ihnen vielmals.« Ich zwang mich ein letztes Mal zu einem Lächeln, wobei ich meine Gesichtsmuskeln sehr stark anspannen mußte. Dann ging ich rasch davon.
Ich war so verwirrt, daß ich mich in dem medizinischen Dschungel verlief und eine Schwester nach dem Ausgang fragen mußte. Ich hatte gehofft, daß Dr. Frederick Bright ein Verbündeter werden würde. Er hatte Verbindungen zur Polizei und hätte mir nützliche Informationen beschaffen können. Ich wollte wissen, ob die Tote Sabrina Howard war. Wenn ja, dann hatte sie etwas gewußt, das sehr wichtig gewesen sein mußte. Und sie hatte dieses Wissen mit in ihr Grab genommen. Wenn ich nicht schnell und möglichst unauffällig herausfinden würde, worum es sich dabei gehandelt hat-

te, dann war es gut möglich, daß bald noch jemand von uns unter der Erde landen würde.
Als ich mich schließlich auf die nächste Straßenbahn schwang, fragte ich mich, was wohl Phoebe widerfahren war.

***

Endlich! In der Nachmittagspost fand ich einen Brief von meinem einzigen Freund bei der Polizei, von Wish Stephenson. Ich war so gespannt auf ihn, daß ich den Umschlag schon auf dem Weg vom Briefkasten zum Leuchtturm aufriß. Ich nahm die beiden Seiten heraus, die sogleich im Wind flatterten, und fing an zu lesen.

Liebe Fremont,
wie Du dir schon denken konntest, hat meine Antwort so lange auf sich warten lassen, weil Sabrina Howard zu dem Zeitpunkt, als ich Deinen Brief erhielt, auf keiner Polizeiwache im Bezirk San Francisco als vermißt gemeldet worden war. Ich bin froh, das heißt, so froh man eben unter diesen Umständen sein kann, Dir mitteilen zu können, daß sie nun in den Akten steht. Ihr Fall wird bereits von einem Kollegen bearbeitet, mit dem ich aber vielleicht tauschen kann. Ich werde Dich darüber auf dem laufenden halten.
Sabrina Howard war, wie Du schon geschrieben hast, eine Schauspielerin, die in verschiedenen Theatern der Stadt aufgetreten ist. Vor nicht allzu langer Zeit trat sie im Theater Rialto auf. Ihr richtiger Name war Sara Mae Horvath. Sie war neunzehn Jahre alt und stammte aus der Nähe von Placerville. Ihr Vater lebt nicht mehr, und die Mutter führt eine Pension dort oben. Sara Mae, oder Sabrina, hat offensichtlich regelmäßig nach Hause geschrieben, und wann immer sie konnte, Geld geschickt. Die Mutter hat sie schließlich als

vermißt gemeldet und angegeben, daß sie von ihrer Tochter seit Weihnachten nichts mehr gehört habe. Das sei ihr seltsam vorgekommen. Die zwei Frauen, die mit Sabrina eine Wohnung teilen, sind der Polizei gegenüber nicht sehr hilfsbereit. Sie behaupten, Sabrina hätte Freunde gehabt, die außerhalb der Stadt wohnten und die Sabrina immer für längere Zeit besucht hätte. Also hätten sie sich nichts dabei gedacht, als ihre Mitbewohnerin wieder so lange fortgewesen sei. Sie wären nur gekränkt gewesen, als Sabrina ihren Mietanteil am Ersten des Monats nicht geschickt hatte. Ich wünschte, Du könntest kommen, Fremont. Eine Frau könnte bestimmt mehr von diesen Frauen erfahren. Bei der Polizei arbeiten nun einmal keine Frauen, aber das weißt Du ja, und ich weiß, daß Du nicht kommen kannst, daß das mal wieder nur Wunschdenken von Wish ist (Ha, ha!). Was soll es, vielleicht wird mir der Fall übergeben, dann könnte ich versuchen, ihnen weiteres zu entlocken.
Ich habe dem ermittelnden Polizisten in diesem Fall erzählt, daß ich einen anonymen Hinweis zu einer nicht identifizierbaren Leiche erhalten habe. Die Frau, die tot in der Bucht von Monterey gefunden wurde, würde mit der Beschreibung von Sabrina Howard übereinstimmen. Also hat er sich mit dem Büro des Leichenbeschauers in Verbindung gesetzt, und die haben ihm gesagt, sie hätten keine nicht identifizierbare Leiche. Hat Dir schon einmal jemand gesagt, daß Du Dich in verdammte Schwierigkeiten bringen wirst?
Ich werde Dir wieder schreiben, wenn ich mehr weiß.
Dein Freund, Wish Stephenson

PS: Ich habe ein Photo von Sabrina Howard beigelegt. Sie war wirklich hübsch!

Photo? Welches Photo?
Ich schaute im Briefumschlag nach, aber ich konnte kein

Photo finden. Den Brief hatte ich auf dem Weg zum Leuchtturm gelesen, und nun saß ich am Küchentisch. Schnell sah ich die restliche Post durch, aber vergebens.
Dann fiel mir ein, daß das Photo herausgefallen sein konnte, als ich den Umschlag so hastig aufgerissen hatte, um den Brief zu lesen. »Zum Teufel noch mal!« rief ich, sprang auf und lief hinaus. Der Briefkasten stand etwa hundert Meter von der Straße entfernt, jenseits der Zypressenhecke, die Hettie als eine Art Sichtschutz gepflanzt hatte. Der kalte, starke Wind schien die jungen Zypressen nicht zu stören. Ihre Gestalt hatte sich ihm schon angepaßt; sie hatten flache Wipfel, und die Äste verjüngten sich in Windrichtung. Mich störte der Wind hingegen sehr. Er riß so heftig an meinen zurückgebundenen Haaren, daß sich Strähnen lösten und das schwarze Band schließlich davonflog. Auch meine Röcke flogen hoch bis über die Knie. Der eisige Wind fuhr mir durch die Kleidung, und ich fing an zu frieren. Hatte der Wind auch das Photo fortgeweht, oder hatte Wish vergessen, es in den Briefumschlag zu stecken?
Ich lief den Weg hinunter zum Briefkasten, schaute mich überall um und kämpfte dabei mit meinen Haaren, die mir immer wieder ins Gesicht flogen. Aber der Verlust des Haarbandes stellte sich als hilfreich heraus: Bei einer kurzen Windstille sah ich, wie es langsam zu Boden trudelte und im hohen Dünengras hängenblieb. Dort hatte sich auch ein viereckiges, weißes Ding verfangen. Ich machte einen Satz in die Richtung, nahm es in die Hand und jauchzte vor Freude. Ja!

***

»Du bist wahnsinnig«, sagte ich eine halbe Stunde später zu Artemisia. »Aber das weißt du vermutlich selbst.«
»Ich habe nicht die geringste Ahnung wovon du sprichst,

Fremont Jones«, sagte sie und zwinkerte unschuldig mit den Wimpern, während sie ihren orangefarbenen Schal abnahm. Der Schal war um die Krempe eines riesigen Strohhutes gebunden, der so gar nicht zur Jahreszeit paßte. Aber das konnte Artemisia natürlich nicht davon abhalten, ihn trotzdem zu tragen. Ansonsten hatte sie sich für dieses Wetter angemessen mit einem langen braunen Wollmantel bekleidet, der elegant zweireihig mit Messingknöpfen versehen war. Da es ziemlich kalt im Leuchtturm war, machte sie keine Anstalten, den Mantel auszuziehen.

»Du bist trotz des Sturmes gekommen! Ich wundere mich, daß der Wind dich nicht von der Straße geweht hat.«

Sie tat meine Bemerkung mit einem Achselzucken ab und sagte: »Autos sind schwer genug. Ich habe mir darüber keine weiteren Gedanken gemacht.«

So blieb mir also nichts weiter übrig, als sie durch den Leuchtturm zu führen und ihr alles zu zeigen, denn sie war noch nicht hier gewesen. Ich bemühte mich auch, ihre erstaunten Ausrufe geduldig zu ertragen, da ich wußte, daß Hettie den Leuchtturm ziemlich ungewöhnlich eingerichtet hatte. Außerdem hatte ihre Art zu leben, es durchaus verdient, mit »oh« und »ah« kommentiert zu werden. Schließlich gelang es mir, Artemisia davon zu überzeugen, uns in die Küche an den Tisch zu setzen. Hier konnte ich uns ein wärmendes Feuer im Ofen machen und zur selben Zeit das Wasser für den Tee aufsetzen.

»Ich hätte eigentlich viel lieber etwas Vernünftiges zu trinken«, sagte sie und ließ sich mit einer kunstvollen Bewegung auf einem der Küchenstühle nieder. »Ich meine damit einen *Drink*, Fremont. Es ist immerhin schon die richtige Tageszeit dafür.«

»Welche Tageszeit?« fragte ich und schaute hoch. Ich war gerade dabei, das Holz in den Ofen zu werfen. Natürlich wußte ich genau, was sie meinte, daher war meine Rückfrage nicht sehr höflich. Aber manchmal gelang es mir einfach nicht, mich zusammenzunehmen, wenn ich mit Artemisia sprach.

»Manche Leute trinken eben lieber Sherry, während andere Tee trinken. Allerdings meinte ich auch nicht Sherry.«

»Nun, das tut mir sehr leid.« Ich ließ die Ofentür zuschnappen, wobei ein metallisches Geräusch entstand. »Hettie trinkt offensichtlich keinen Alkohol, denn sie hatte nicht einmal Sherry im Haus, als ich hier einzog. Ich habe nie daran gedacht, welchen zu besorgen. Ich kann nur Tee anbieten.«

»Dann kann Misha nicht viel Zeit hier verbracht haben«, sagte sie hämisch.

Wie du mir, so ich dir. Ich durfte mich nicht beschweren. Da es außer Tee nichts gab, füllte ich den Kessel mit Wasser und setzte ihn auf. Ich wollte mich nicht auf das Thema »Michael« einlassen, also wich ich aus: »Pacific Grove ist eigentlich auch eine ›trockene‹ Stadt. Ich habe gehört, daß es den Leuten hier vor nicht allzu langer Zeit nicht einmal gestattet war, sich zu Hause etwas zu gönnen. Es gab ein Gesetz, das anordnete, die Vorhänge nicht vor einer bestimmten Zeit am Abend vorzuziehen. So sollte unmoralisches Benehmen vereitelt werden.«

»Wie langweilig«, sagte Artemisia. »Ich kann mir nicht erklären, warum du in so einem Ort wohnen wolltest. Was ich über Misha gesagt habe, war ernst gemeint. Er trinkt zuviel, Fremont. Irgend etwas quält ihn, aber er will mir nicht sagen, was es ist.«

»Das tut mir leid«, sagte ich. Ehrlich gesagt, war ich nicht überrascht nach dem, was ich gesehen hatte. Und dabei war sie eine mehr als willige Komplizin gewesen. Ich setzte mich zu ihr an den Tisch. »War es das, was dich heute hierhergebracht hat?«

»Aber nein.« Sie knöpfte ihren Mantel auf, da der Raum

angenehm warm wurde. »Er ist doch schon ein großer Junge. Wenn er so übellaunig und überempfindlich sein will, dann ist das seine Angelegenheit und nicht meine.«
»Wenn dir aber doch etwas an ihm liegt ...«
»Süße, weißt du was dein Problem ist?« Artemisia schob ihren Mantel von sich und beugte sich zu mir hinüber.
»Du wirst es mir sicherlich gleich sagen.«
»Du bist einfach zu jung und viel zu idealistisch. Wie alt bist du überhaupt?«
»An meinem nächsten Geburtstag werde ich vierundzwanzig.«
Sie verdrehte die Augen. Sie trug einen gelben, sehr langen, und wie es aussah, gestrickten Pullover, der ihr immer wieder von den Schultern rutschte. Das Kleidungsstück war eigentlich recht formlos, aber wenn sie sich bewegte, zeichneten sich ihre Brustwarzen ab. Irgendwie begriff ich langsam, warum ein Korsett auch sinnvoll sein konnte. Gott steh mir bei!
Da Artemisia nichts erwiderte, sondern nur die Augen verdrehte, fragte ich sie: »Und wie alt bist du?«
»Fünfunddreißig«, gab sie bereitwillig zu. Dann lachte sie und zwinkerte mir zu. »Ich bin ein richtig altes Weib!«
Dann wurde sie wieder ernst. »Er ist zu alt für dich, weißt du? Er ist fünfundvierzig.«
»Das weiß ich.« Ich stand auf und bereitete den Tee. Es war vielleicht auch der bevorstehende Sturm, der diese Spannung zwischen uns erzeugte. Vielleicht lag es auch allein an der Richtung, die unser Gespräch genommen hatte. Jedenfalls zitterten meine Hände, und ich verschüttete mehr Teeblätter, als ich in das Teesieb bekam. »Ich glaube allerdings nicht, daß das Alter so entscheidend ist. Ob es nun mein Alter ist oder deins oder seins. Wenn Michael so viel trinkt, daß es seiner Gesundheit schadet, könntest du dann nicht wenigstens versuchen, ihn ...«

»Ihn was? Was glaubst du, kann ein Mensch tun, um den anderen davon abzuhalten, sich selbst zu zerstören?«
Ich trug den Tee, Zucker, die Milch und die Zitrone zum Tisch hinüber. Meine Stirn war sicher ganz zerfurcht vor Sorge. Ich hatte das Gefühl, als würde ich den Boden unter den Füßen verlieren. »So schlimm ist es doch nicht, oder? Ich muß zugeben, ich habe noch niemanden gekannt, der so offenkundig selbstzerstörerisch handelt.«
»Du Glückliche.« Sie seufzte und rührte Milch und eine große Menge Zucker in ihren Tee.
Ich nahm einen Schluck und dachte nach. Nach einer Weile sagte ich: »Bei Michael weiß man nie. Er könnte auch nur so tun als ob. Vielleicht geht es ihm gar nicht so schlecht, wie du denkst.«
»O doch, ihm geht es schlecht, glaube es mir. Selbst ich kann nicht mehr mit ihm Schritt halten.«
Ich zuckte unwillkürlich zusammen. »Dann könntest du vielleicht versuchen, ihn auf andere Gedanken zu bringen, ihn von dem abzulenken, was ihn bekümmert ...«
»Was ihn quält«, korrigierte mich Artemisia. »Spiel es nicht so herunter.«
»Also gut, von dem, was ihn quält. Ich verstehe einfach nicht, warum er sich nicht an der Suche nach Phoebe beteiligt! Das macht mich so wütend! Wirklich, Artemisia, er denkt nur an sich. Ich möchte ihn am liebsten schütteln, damit er zur Vernunft kommt!«
Sie lächelte und hob ihre Tasse hoch. »Jawohl, Schwester! So ist es recht! Und das erinnert mich daran, daß ich Neuigkeiten von Phoebe habe. Deshalb bin ich doch überhaupt gekommen.«

Mit angehaltenem Atem wartete ich darauf, daß Artemisia mir endlich erzählte, was es Neues von Phoebe gab.

»Du weißt ja, daß ich zum Sheriff gegangen bin«, sagte sie und zerrte an ihrem widerspenstigen Pullover. »Ich habe sie als vermißt gemeldet, nachdem ich auf keins der Telegramme eine Antwort bekommen hatte. Deshalb dachte ich mir, daß du vielleicht auf den neuesten Stand der Dinge gebracht werden wolltest.«

»Das ist sehr aufmerksam von dir. Ich weiß das sehr zu schätzen.« Ich biß die Zähne aufeinander und hätte am liebsten geschrien: »Erzähl doch endlich weiter!«

»Am Samstag waren zwei Hilfssheriffs in Carmel, die den ganzen Tag damit verbrachten, die Leute nach Phoebe und ihren Gewohnheiten auszufragen. Damit fragten sie folglich auch nach den unseren. Es war ziemlich ärgerlich, und ich mußte später zu allen Bewohnern Carmels hingehen und erzählen, daß das aus gutem Grund geschehen war. Die Petersons haben sich besonders aufgeregt. Oscar ist aber auch wirklich zu sensibel.«

»Mimi kommt mir nicht so sensibel vor.«

»Nein, das ist sie auch nicht. Aber wenn Oscar sich aufregt, dann regt sich Mimi darüber auf, daß er sich aufregt. Wenn du verstehst, was ich meine ...«

»Natürlich. Es tut mir sehr leid, daß es Unannehmlichkeiten

gegeben hat. Ich weiß, wie lästig es ist, wenn die Polizei ihre Nase überall hineinsteckt. Aber Phoebe wird nun einmal vermißt.«

»Ja, das stimmt. Aber da ist noch etwas.«

Sie wartete darauf, darum gebeten zu werden, weiterzusprechen. Artemisia verlangte, daß ich sie für das, was sie getan hatte, lobte und schätzte. Und sie wollte diese Anerkennung von mir erzwingen. Was sie nicht zu bemerken schien, war, daß ich eher dazu neigte, mein Lob freiwillig zu äußern und nicht gezwungenermaßen. Also zog ich nur fragend die Augenbrauen hoch.

Während wir also versuchten, uns gegenseitig den Willen aufzuzwingen, fing es draußen an zu regnen. Der Wind peitschte den Regen gegen die Leuchtturmwände, was einen solchen Lärm verursachte, daß Artemisia erschreckt aufsprang und sich aufgeregt umblickte.

»Der Sturm hat uns erreicht«, bemerkte ich.

»Ich sollte mich besser auf den Heimweg machen. Das hört sich jetzt doch schlimmer an, als ich angenommen hatte.« Sie griff nach ihrem Mantel und steckte die Arme noch im Sitzen in die Ärmel.

Meine Neugier besiegte den eigenwilligen Stolz, und ich fragte: »Erzählst du mir noch den Rest, bevor du gehst?«

»Oh, sehr viel mehr gibt es nicht zu berichten. Nur, daß einer der Hilfssheriffs heute morgen wiederkam und mir erzählte, daß sie die Küste hoch bis nach Halfmoon Bay und runter bis nach Point Sur abgesucht haben, ohne eine Spur von Phoebe zu finden. Ich sagte ihm, daß sie nicht gern gezeltet hat, sie also nicht in der Wildnis zu suchen brauchten. Sie haben sich der Sache ernsthaft angenommen, und das ist sicherlich mehr, als du von ihnen erwartet hattest.« Jetzt stand sie auf und knöpfte ihren Mantel zu.

Nachgiebig sagte ich: »Ich danke dir. Ich weiß es wirklich sehr zu schätzen, daß du bei diesem schlechten Wetter gekommen bist, um mir das zu erzählen. Auch ich habe heute etwas Neues erfahren.« Ich griff in meine Rocktasche und holte das Photo hervor. »Das ist Sabrina Howard, die in San Francisco gelebt hat und auf einmal verschwunden ist. Es ist die Tote, die Phoebe gezeichnet hat. Aber da die Leiche und die Zeichnungen verschwunden sind, kann nur noch ich es bezeugen.«

Artemisia setzte ihren Hut auf und band ihn mit dem Schal fest. »Ich denke, das solltest du dem Sheriff mitteilen, Fremont.«

»Nein, danke sehr, aber die Polizei hat mir vor einiger Zeit schon einmal nicht geglaubt, und ich habe keine Lust, mir diese Behandlung noch einmal gefallen lassen zu müssen. Außerdem kümmert sich schon ein befreundeter Polizist in San Francisco um Sabrinas Fall. Glaub mir, er wird mehr erreichen können, als ich es je könnte.«

»Du hast wahrscheinlich recht.«

Ich brachte Artemisia zur Tür und öffnete sie. Das war keine leichte Aufgabe, denn der stürmische Wind drückte dagegen. Ich mußte laut sprechen, um gegen das Heulen des Windes anzukommen. »Vielleicht solltest du besser hierbleiben. Das sieht böse aus da draußen!«

»Sei nicht albern!« Zu meiner Überraschung streckte sie sich (ich war einen halben Kopf größer als Artemisia) und gab mir einen Kuß auf die Wange. Dann fuhr sie fort: »Ich werde natürlich naß, aber mit dem Auto bin ich schnell zu Hause. Es regnet noch nicht so lange, daß die Straßen schlammig sein müßten.«

Sie ging den Weg hinunter, aber dann drehte sie sich noch einmal um. Der Regen strömte an beiden Seiten ihres Hutes auf die Schultern hinunter. »Ich habe das ernst gemeint, was ich über Misha gesagt habe, Fremont. Ich mache mir Sorgen um ihn. Besuche ihn doch bitte, und zwar bald.«

LOGBUCHEINTRAGUNGEN
9. Februar 1907
Wind: leichter Wind aus S
Wetter: sonnig und warm
Bemerkungen: immer noch wird durch den Sturm entstandenes Treibgut in der Bucht angeschwemmt; ein Schiffswrack vor Aptos geborgen

Der Sturm hielt drei Tage und vier Nächte an. Quincy schüttelte immer wieder den Kopf und bemerkte, wie ungewöhnlich es doch sei, daß ein Sturm so heftig war und so lange anhielt. Mit schicksalsschwerer Stimme beklagte er sich, wie schlimm dieser Winter bis jetzt schon gewesen sei und daß er sich nicht erinnern könne, wann es je so einen Winter gegeben hätte. Ich stellte mir vor, daß Quincy es in Neuengland während des Winter sicherlich sehr schwer hätte, aber das sagte ich ihm natürlich nicht. Das war jetzt der dritte Winter, den ich in Kalifornien erlebte, und ich fand ihn nicht besonders schlimm. Wie würde hier wohl erst mit einem Schneesturm umgegangen? Wahrscheinlich hätte ich an allem, was nicht gerade so arg wie ein Blizzard war, meinen Spaß.

Die jungen Zypressen hielten Wind und Regen stand, aber viele Bäume im Wald von Point Pinos und auf der ganzen Halbinsel von Monterey waren umgefallen. Es war ziemlich furchterregend und erschreckend, wenn man in der Nacht aufwachte und hörte, wie einer dieser Giganten der Natur brach und dann mit lautem Stöhnen zu Boden ging.

Mehr als einmal dachte ich, daß die Erde wieder bebte, und mein Herz drohte vor Angst zu zerspringen.

Deshalb freute ich mich um so mehr, als ich frühmorgens die Augen aufschlug und von der Sonne begrüßt wurde. In kürzester Zeit hatte ich Kleid und Pantoffeln angezogen und lief die Wendeltreppe hoch, um hinaus auf die Plattform zu gehen. Der Himmel hatte ein zartes Blau angenommen und war wolkenlos wie so oft nach einem Sturm. Die vertraute Gestalt der »Drei Schwestern«, die tagelang von stürmischen Wellen und brausender Gischt und Brandung verdeckt gewesen waren, erschien immer noch unverändert am selben Ort.

Das Wild suchte sich seinen Weg durch die Dünen und zupfte genußvoll an den zarten Wurzeln, die durch die Sandverwehungen freigelegt worden waren. Pelikane, Kormorane und Möwen, in allen Farben und mit unterschiedlichstem Gefieder, drehten sich in der Luft, tauchten hinab und suchten nun wieder gefahrlos ihr Futter.

In der Ferne, weit über die Bucht hinaus, hoben sich die dunkelblauen Silhouetten der Berge gegen den hellblauen Himmel ab. Ich drehte mich nach Osten, streckte der blaßgoldenen Sonne die Arme entgegen und wünschte ihr still einen guten Morgen. Diese stillen Augenblicke, diese Nähe zur Natur, würde ich sicherlich vermissen, wenn ich wieder nach Hause zurückkehrte.

Nach Hause, das bedeutete für mich San Francisco. Noch vier Monate und neunzehn Tage, bis Hettie wiederkam. Ob ich es wohl so lange hier aushalten würde? Aber sicher konnte ich das! Am Morgen nach so einem Sturm ließ es sich leicht optimistisch sein.

Nach dem Frühstück machte Quincy sich auf, den Schaden im Wald zu begutachten. Er sagte, er sorge sich am meisten um die Schmetterlinge. In diesem Winter befanden sich wohl Tausende von Königsschmetterlingen in den Wäldern von Pacific Grove, und die umgestürzten Bäume und abgebrochenen Äste könnten die Kokons beschädigt haben. Wir hatten uns bereits versichert, daß es den Kühen gutging, und ich sagte ihm, daß ich hoffte, er würde die schlafenden Schmetterlinge ebenso unversehrt vorfinden.

Während ich das Frühstücksgeschirr spülte, überfiel mich

plötzlich und unerwartet eine Angst, wie ich sie seit Tagen nicht mehr gespürt hatte. Ich war zwar sehr glücklich über den Sonnenschein, aber zugegebenermaßen hatte ich mich während des Sturmes sicherer gefühlt. Da hatte sich kein Mensch hinaus in die wütende Natur gewagt, um Böses zu tun. Ich hatte sogar Arthur Heyers Geistergeschichten bei Lampenlicht und in Gesellschaft des unheimlichen Windes zu Ende getippt. Und währenddessen hatte ich mich nicht eine Minute lang geängstigt. Jedenfalls nicht richtig. Aber jetzt...

Ich blickte schnell über meine Schulter zurück zur Küchentür. Aber natürlich war dort niemand zu sehen. Was hieß hier »natürlich«? Ich wischte mir die seifigen Hände an meiner Schürze ab und ging eilig durch die unteren Räume. Es könnte doch jemand hier sein. Normalerweise schloß ich die Haustür tagsüber nicht ab. Hettie hatte das auch nie getan. Sie hatte mir gesagt, daß in Pacific Grove praktisch keine Verbrechen geschahen.

»Nun, das hat sich geändert«, murmelte ich leise. Das Gift im Wassertank hatte die Situation für uns hier im Leuchtturm verändert, auch wenn Quincy immer noch dachte, es sei ein Unfall gewesen. Er sei eben einfach noch nicht dahintergekommen, wie das passieren konnte, sagte er immer wieder.

Ich ging zur Tür, um sie abzuschließen, und blieb dann mit dem Schlüssel in der Hand stehen. Wenn ich sie abschloß, dann würde Quincy eine Erklärung dafür verlangen. »Miss Hettie schließt sie niemals ab«, würde er sagen.

Aber wie oft und wie viele Tage und Wochen lang würde ich dann ängstlich über die Schulter schauen müssen, wenn ich sie nicht abschließen würde. Mir lief ein Schauer über den Rücken. Als ich die Tür abschloß, überlegte ich mir, daß ich Quincy sagen würde, der Überfall des Räubers hätte mir Angst gemacht und er solle in Zukunft einfach seinen Schlüssel immer mitnehmen.

Ich ging meinen täglichen Pflichten ziemlich zerstreut nach. Der Sturm hatte zwar die Bösewichte vom Leuchtturm ferngehalten, aber auch ich war gezwungen gewesen, die Tage drinnen zu verbringen. Nun konnte ich aber nicht ewig im Leuchtturm bleiben. Ich hätte es auch gar nicht gewollt.

Und doch fühlte ich mich ein wenig wie die Prinzessin, die im Turm eingesperrt war, als ich meinen Pflichten oben im Scheinwerferraum nachging. Es gab jedoch einen Unterschied. Diese Prinzessinnen wollten immer hinaus, und ich wollte jetzt lieber im Turm bleiben. Wenn ein Prinz käme und mir zuriefe, ich solle mein Haar herunterlassen, damit er hinaufklettern konnte, dann würde ich ihm einfach sagen, ich hätte es abgeschnitten!

Ich stand auf dem höchsten Punkt des Leuchtturms und schaute durch das Fernglas. »Der Spiegel brach entzwei«, murmelte ich und beendete dann das Zitat mit »›Der Fluch ist über mich gekommen!‹ schrie die Lady of Shalott.«

Der Fluch kam über sie, als sie, statt ihr Spiegelbild zu betrachten, in die wirkliche Welt hinausschaute. Durch diesen Fluch war sie gezwungen, in die Welt hinauszugehen und in ihr zu sterben. Da das Gedicht von Alfred Lord Tennyson geschrieben worden war, starb sie natürlich auf recht schöne Weise.

Ich bezweifelte, daß mein Tod ebenso schön werden würde, wenn meine Zeit denn gekommen war. Aber im Moment war ich ganz gewiß noch nicht bereit zu sterben. Und ich war ebensowenig bereit, nach draußen zu gehen, wo die Gefahr überall lauerte, und mich auf den Weg durch den Wald und dann über den steilen, beschwerlichen Anstieg nach Carmel zu begeben. Aber genau das mußte ich jetzt tun. Wenn meine Zeit gekommen war, dann würde ich mich auf alle Fälle nicht so ergeben und mit gefalteten Händen niederlegen wie die Lady in dem Gedicht.

»Ha!« rief ich aus, und durch meinen Atem beschlug das

Glas. Ich wischte die Feuchtigkeit mit einem Zipfel der Schürze, die ich immer noch trug, ab und ging dann hinunter in den Wachraum, um Vorbereitungen zu treffen, die mit dem Leuchtturm nichts zu tun hatten. Es sei denn, daß die Gesundheit und die Sicherheit der Leuchtturmwächterin dazugehörten.

***

Vor dem Mittag brauchte man in Carmel gar nicht erst zu erscheinen, wenn man die Mehrheit der Bewohner wach und munter erleben wollte. Ich ging zuerst bei Arthur Heyer vorbei, um ihm sein Manuskript zu überreichen. In seinem Haus war ich zuvor noch nicht gewesen. Es hieß »Heyer und Heyer«, was wohl eine Anspielung auf den Ausspruch »höher und höher« sein sollte. Für mich klang es zwar eher nach einer Rechtsanwaltskanzlei, aber ich fand es immer noch besser als Xanadu. »Lustdom«, murmelte ich und dachte an Artemisias Brüste. Ich fragte mich, ob Michael dieser Vergleich wohl auch eingefallen war.
»Heyer und Heyer« war ein prächtiges Haus, gemessen am Standard der anderen Behausungen in Carmel. Es sah aus, als wäre es vorher genau geplant gewesen und als hätte man es unter professioneller Anleitung errichten lassen. Der Garten war ebenfalls architektonisch geplant worden. Die Büsche, Blumen und Bäume wuchsen zwar üppig, aber eine gewisse Anordnung der Pflanzen war klar zu erkennen. Das Haus hatte graue Schindeln und einen überdachten Vorbau, der von einem Geländer umgeben war, große Fenster mit rautenförmigen Scheiben und eine blau angestrichene Haustür. Ich band Bessie an einem Baum fest, ging zum Haus und klingelte. Die Türklingel war noch eine richtige Glocke, die an einem schmalen Lederriemen befestigt war, und nicht so ein Klingelzug, wie er mittlerweile üblich war.

Arthur kam nicht zur Haustür, sondern von der Rückseite des Hauses her. So wie seine Hände und Knie aussahen, hatte er wohl im Garten gearbeitet.

»Hallo, Arthur«, sagte ich und ging die Treppe hinunter. »Sind Sie der Gärtner hier? Ich habe gerade gedacht, daß Ihr Haus sich ziemlich von den anderen Cottages hier in der Gegend abhebt, vor allem, was die Gartenanlage betrifft. Haben Sie das alles selbst gemacht?«

»O nein. Jedenfalls nicht ganz. Willkommen, Fremont. Entschuldigen Sie bitte, wenn ich Ihnen nicht die Hand reiche, aber Sie sehen ja...« Er streckte bedauernd seine Hände aus.

»Für mich sieht das aus wie gute alte Erde.« Ich lächelte. Hier, auf seinem eigenen Grund und Boden, sah Arthur nicht mehr so aus wie ein Durchschnittsmann. Er sah aus wie ein glücklicher Farmer. Ich hielt ein rechteckiges Paket hoch, das in braunes Papier gewickelt und mit einer Schnur zugebunden war. Ich hatte keine Schachtel gehabt. »Ihr Manuskript. Ich habe es letzte Nacht fertiggetippt.«

»Meine Güte, ja!« Seine Wangen röteten sich leicht, dann schaute er auf seine Hände und sagte: »Ach je!« Nein, er erinnerte mich jetzt nicht an einen Farmer, sondern an den weißen Hasen in »Alice im Wunderland«. Er fuhr fort: »Bleiben Sie hier auf den Steinfliesen. Der Boden ist ganz schmutzig. Sie würden nur Ihre Schuhe ruinieren. Oder gehen Sie auf die Treppe. Ja, gehen Sie hinauf! Ich laufe nach hinten und gehe dort ins Haus. Ich mache mich schnell sauber, und dann lasse ich Sie herein, und wir schauen es uns gemeinsam an, ja?«

»Natürlich«, sagte ich und bemühte mich, nicht allzu amüsiert zu klingen.

Die Eingangstreppe war blitzblank, nur eine kleine Piniennadel lag herum. Arthur hatte heute morgen wohl schwer gearbeitet, um die Verwüstungen des Sturms fortzuräumen.

Auch dem Vorgarten hatte er sich schon gewidmet. Die Margeritenbüsche sahen ein wenig mitgenommen aus, und die wilden Fuchsien hatten viele ihrer roten und violettfarbenen Knospen verloren, aber sämtliches Laub, abgebrochene Äste und anderer Unrat waren entfernt worden. Ich war wirklich beeindruckt. Meine eigenen gärtnerischen Fähigkeiten, die meine Mutter mich gelehrt hatte, beschränkten sich nur auf die einfachsten Grundbegriffe. Ich eignete mich noch ganz gut für die Planung, aber für die Umsetzung, also wenn es darum ging, den Garten zu bearbeiten, war ich nicht mehr zu gebrauchen.

»Sie wollten mir gerade erzählen, wieviel Sie hier selbst gemacht haben«, sagte ich, sobald er die Tür öffnete, obwohl er so etwas nicht direkt geäußert hatte.

»Oh«, sagte er und zuckte mit den Achseln. Dann gab er mir zu verstehen, daß ich eintreten solle. »Das hat jemand für mich gemacht. Eigentlich waren es mehrere Leute, um genau zu sein. Auch ein Architekt war dabei. Ich bin ein armer, kleiner reicher Junge«, er zog eine Grimasse. »Ja, das bin ich. Nachdem ich eingezogen war, stellte ich fest, daß ich ganz gern im Schmutz und Dreck herumwühlte. So pflanze ich also die Blumen und die anderen Pflanzen selbst ein, bewässere sie und helfe ihnen, zu wachsen. Manchmal ...«, er wurde wieder rot, »manchmal spreche ich mit ihnen. Ich denke, daß die Pflanzen es mögen und dadurch besser gedeihen. Sie mögen auch die Musik ... Oh! Verzeihung. Ich habe mich hinreißen lassen.«

Ich mußte lachen. »Das ist schon gut so. Ich sollte mal versuchen, mit Hetties Aspidistras zu reden oder ihnen Musik vorzuspielen. Sie sehen alle ziemlich kümmerlich aus. Aber sollen wir uns nicht irgendwo hinsetzen und uns Ihr Manuskript anschauen?«

»Oh, ja, sicher. Was bin ich für ein schlechter Gastgeber, daß ich Sie hier im Flur stehenlasse.«

Ich hatte mich so sehr an die kleinen Häuser gewöhnt, daß ich ganz erstaunt war, einen richtigen Flur entlangzugehen, von dem zu beiden Seiten Zimmer abzweigten. Arthurs Haus hatte schätzungsweise zehn Zimmer, die alle auf einer Etage lagen. Der Raum, in den wir gingen, lag direkt gegenüber der Küche im hinteren Teil des Hauses. »Eine Bibliothek!« rief ich aus, als ich in der Tür stand. »Sie haben eine richtige Bibliothek.«
»Die mußte ich einfach haben«, sagte Arthur strahlend. Er wippte auf den Absätzen und steckte die Hände in die Hosentaschen. Er sah jetzt aus wie ein wohlhabender Bankier, nur war seine Hose aus Baumwolldrillich bis zu den Knien voller Dreck, und sein kariertes Flanellhemd hatte ein Loch im Ellbogen.
»Ich kann ohne meine Bücher nicht leben«, fügte Arthur noch hinzu.
Plötzlich mußte ich an Michaels Bücher denken, die eine ganze Regalwand in Mrs. O'Learys Haus gefüllt hatten. Wie oft mußten wir hin- und herfahren, um sie nach dem Erdbeben vor dem anschließenden Feuer, das sich bis zur Vallejostreet ausgebreitet hatte, in Sicherheit zu bringen. Ich fragte mich, was wohl mit diesen Büchern geschehen war. In seinem Cottage waren sie jedenfalls nicht, das hatte ich schon gemerkt. Aber richtig aufgefallen war es mir erst jetzt. »Michael, ich meine, Misha würde dieses Zimmer lieben«, sagte ich. »Hat er es jemals gesehen?«
»Nein. Jedenfalls kann ich mich nicht mehr daran erinnern. Wissen Sie, ich bin nicht so, äh, nicht so gesellig wie die anderen hier. Professor Storch kommt ab und an zu Besuch, Phoebe kam auch einmal vorbei, aber die anderen sind mir zu, äh, zu ungestüm. Könnten wir das Manuskript vielleicht jetzt auspacken? Ich kann es kaum erwarten.«
»Ja, natürlich.« Ich reichte Arthur das Päckchen und sah ihm lächelnd zu, wie er es auspackte. Ein Kind hätte kaum

gespannter beim Auspacken seines Geburtstagsgeschenkes sein können. Bei sich zu Hause blühte Arthur richtig auf. Verständlich, daß er sich nur in der Gesellschaft der ruhigeren Carmeliter wohl fühlte.

»Ach, sieht das schön aus!« sagte er und legte den Stapel mit den Manuskriptseiten vorsichtig auf einem schönen, übermäßig großen Schreibtisch ab.

Ich ging zu ihm hin und stellte mich neben ihn, um ihn auf die Titelseite aufmerksam zu machen: »Ich habe zwei Titelseiten vorbereitet, so daß Sie zwischen zwei Titeln wählen können. Ich bin nur für die Schreibarbeit zuständig und keine Redakteurin. Aber es ist mir aufgefallen, daß es vielleicht vorteilhaft wäre, wenn Sie das Wort ›Kalifornien‹ noch hinzufügen würden. So werden sich die Leute, die nicht in dieser Gegend leben, nicht fragen müssen, welche Zentralküste Sie meinen.«

»Das ist sehr aufmerksam von Ihnen.« Arthur schenkte mir ein warmes, rührendes Lächeln. »Es wird jedoch kaum eine Chance bestehen, daß dieses kleine Buch, wenn es denn einmal veröffentlicht worden ist, irgendwo anders erscheint als hier in der Gegend. Ich mache alles selbst, wissen Sie?«

»Sie bringen Ihre Bücher selbst heraus?«

»Ja und nein.« Er zog die Schultern hoch und den Kopf ein, so, als wolle er vorübergehend untertauchen. Dann hob er den Kopf wieder an, und auf seinem Gesicht erschien ein glückliches Lächeln. »Es ist so wie mit dem Haus. Die Fachleute erledigen alles das, was ich nicht machen kann, weil ich mich damit nicht auskenne. Ich mache dann den Rest. Die anderen übernehmen den Schriftsatz, den Druck, das Binden, aber ich kümmere mich um den Vertrieb. Ich fahre dann mit meinen Büchern in die verschiedenen kleinen Ortschaften, die einen Buchladen haben. Manchmal lasse ich auch einige Ausgaben in den Geschäften oder Kaufhäusern, eben überall dort, wo sie verkauft werden können. Ich mache das

gern. Manchmal bekomme ich genügend Geld durch eins der Bücher, und dann kann ich damit die Druckkosten für das nächste decken. Ich empfinde es dann als großen Erfolg.«
»Ja, das ist es auch! Aber vielleicht sind Sie auch zu bescheiden? Im Moment herrscht soviel Interesse an Spiritismus und Okkultismus; Medien, die mit den Toten sprechen, sind groß in Mode. Also sind Geistergeschichten doch bestimmt genauso beliebt. Haben Sie schon einmal versucht, einen Herausgeber in New York zu finden, der sich für Ihre Geschichten interessieren könnte? Oder in San Francisco, wenn Sie lieber in der Nähe von Carmel bleiben wollen.«
Jetzt lief Arthur dunkelrot an. »O nein, das könnte ich nicht. Ich würde das nicht . . ., ich würde bloß . . .«
»Sie sind schüchtern«, sagte ich sanft, legte meine Hand auf seinen Arm und hoffte, daß er es als tröstende und freundliche Geste verstehen würde. »Ich kann Sie gut verstehen. Und ganz sicher wollte ich Sie nicht in Verlegenheit bringen. Ich habe Ihre Geistergeschichten wirklich gern abgetippt, und das kann ich von vielen anderen Dingen nicht behaupten, die ich in den letzten zwei Jahren auf der Schreibmaschine geschrieben habe.«
»Ich, äh, möchte Ihnen jetzt das Geld geben«, sagte er, schlüpfte unter meiner Hand weg und ging um den Tisch herum, um sich zu setzen. »Zehn Cents die Seite? Wie viele Seiten sind es denn geworden?« Er drehte den Stapel um und fing an zu zählen. Ich unterbrach ihn nicht, obwohl ich wußte, wie viele Seiten es waren. Ich hätte ihm sagen können, wieviel er zu zahlen hatte. Aber durch das Zählen gewann er seine Fassung wieder.
Ich hätte wirklich niemals gedacht, daß sich ein so freundlicher und liebenswürdiger Mensch hinter dem Durchschnittsmann Arthur Heyer verbarg. Aber nicht nur das, er war auch so vielseitig begabt und zudem so bescheiden. Nur sehr selten war mir eine vermögende Person begegnet, die nicht daran

interessiert war, ihren Reichtum noch zu vergrößern oder ihn zumindestens zur Schau zu stellen. Die Begegnung mit Arthur hatte sich als äußerst wohltuend erwiesen.
Schwungvoll überreichte er mir den Scheck und lud mich zum Essen ein. Ich lehnte zwar ab, aber ein Glas Eistee trank ich gern mit ihm. Wir setzten uns an ein schönes Flügelfenster und schauten nach hinten hinaus auf den Garten, in dem er vor meiner Ankunft gearbeitet hatte. Ich sagte: »Ich werde Sie darum bitten müssen, mir die Namen dieser Pflanzen zu verraten. Da ich von der Ostküste komme, kenne ich mich mit der Flora hier nicht aus. Wie heißen beispielsweise diese Bäume, deren Blüten aussehen wie rote Flaschenbürsten?«
»Flaschenbürstenbäume«, sagte Arthur, und wir mußten beide lachen.
Ich hielt den Zeitpunkt für gekommen, um in meinen Lederbeutel zu greifen und Sabrina Howards Photo aus dem Umschlag zu ziehen. »Sie erwähnten zuvor, daß Sie sich gut mit Phoebe Broom verstehen«, sagte ich, um das Thema einzuleiten, von dem ich hoffte, daß es nicht zu unangenehm für ihn wäre.
»Ja, das ist richtig«, sagte Arthur nickend. »Die Hilfssheriffs waren hier. Sie glauben, daß Phoebe etwas passiert sein könnte.«
»Ich weiß, und ich bin derselben Meinung.« Ich legte das Photo mit dem Bild nach oben auf den Tisch und schob es zu ihm hinüber. »Diese Frau könnte indirekt etwas mit Phoebes Verschwinden zu tun haben. Haben Sie die Frau auf dem Photo schon einmal irgendwo gesehen, Arthur? Wissen Sie, wer Sie ist?«
»Ach, du meine Güte!« Er nahm es in die Hand und hielt es sich ganz nah an die Augen. Offensichtlich war er etwas kurzsichtig. »Reizendes Mädchen, einfach reizend. Nein, leider kenne ich keine, die so aussieht, obwohl ich es mir wünschte.«

»Lassen Sie sich Zeit. Sie ist hier in der Gegend gesehen worden. Wenn Sie sie nicht persönlich kennen, dann haben Sie sie vielleicht mal bei einem Treffen mit Freunden oder auf einer Party gesehen.«

Seine glatte Stirn zog sich in Falten, weil er so angestrengt nachdachte. Ich nahm an, daß Arthur ein gutes Gedächtnis besaß, bestens geeignet für das Sammeln und genaue Aufzeichnen seiner Geschichten. Durch die ständige Übung hatte er es sicher noch weiter verbessern können. Schließlich hellte sich sein Gesicht auf, und er sagte triumphierend: »Ja! Ich kann mich daran erinnern, sie in einem weißen Kleid gesehen zu haben. Ihr Haar trug sie anders als auf dem Bild. Entschuldigen Sie, Fremont, aber ich kenne mich mit den Frisuren der Frauen nicht so gut aus, aber sie hatte ein oder zwei lange Locken am Rücken herunterhängen, und eine Locke hing ihr hier so über die Schulter.« Er fuhr mit der Hand über die Seite seines Halses und verzog dann das Gesicht. »Aber ich weiß nicht mehr, wo ich sie gesehen habe. Da waren viele Leute um sie herum. Also war sie Gast auf einer unserer Partys, oder ... Jetzt weiß ich es! Ich könnte sie gesehen haben, als meine Eltern im Herbst zu Besuch kamen. Sie wohnten im Hotel Del Monte, und dort sind immer sehr viele Leute.«

»Das klingt ziemlich wahrscheinlich. Erinnern Sie sich an noch etwas, vielleicht an einen Namen?«

Stirnrunzelnd überlegte er nochmals einige Minuten und schüttelte dann den Kopf. »Nein, tut mir leid.«

»Das muß Ihnen überhaupt nicht leid tun. Sie haben mir sehr geholfen.« Ich steckte das Photo wieder in den schützenden Umschlag und packte meine Sachen zusammen. »Außerdem war es mir ein Vergnügen, mit Ihnen zu reden.«

»Wirklich?« Er klang überrascht.

»Ja, wirklich«, sagte ich lächelnd.

Arthur brachte mich zur Haustür, und als wir davorstanden, sagte er zögernd: »Ich glaube, daß ich die Lady auf dem Photo auch schon einmal woanders gesehen habe. Aber mir fällt es einfach nicht ein. Es ist so, als ob ich sie an einem anderen Ort sehe, aber das Bild verschwindet immer wieder.«
»Denken Sie nicht zu sehr darüber nach«, riet ich ihm. »Es wird Ihnen schon wieder einfallen. Ich hoffe, daß Sie es mich dann wissen lassen.«

***

Oscar und Mimi Peterson arbeiteten gerade im Garten, als ich kam. Sie wirkten ziemlich planlos dabei. Zwischen ihnen herrschte eine solche eisige und angespannte Stimmung, daß ich den Eindruck hatte, sie hätten sich vor nicht allzu langer Zeit noch gestritten. Das war natürlich kein guter Zeitpunkt, ihnen einen Besuch abzustatten, aber da sie mich schon entdeckt hatten, konnte ich wohl kaum wieder gehen.
Es hatte einmal einen König gegeben, in England glaubte ich, der trug den Beinamen Longshanks, der Langbeinige. König Longshanks war jedoch gewiß nichts gegen Oscar mit seinen Beinen. Er war vor einigen Monaten, seitdem ich ihn kennengelernt hatte, hager geworden, wodurch er noch größer wirkte. Seine gewohnt blasse Haut hatte einen ungesunden gräulichen Farbton bekommen. Heute war selbst aus Mimis Gesicht die Röte gewichen.
»Hallo!« rief ich, als ich auf sie zuging. »Ist es nicht wunderbar, daß der Sturm endlich vorüber ist?«
Oscar grinste und sagte spöttisch: »Hallo, Fremont! Es wäre noch wunderbarer, wenn der Sturm erst gar nicht so gewütet hätte. Mein Gott, was für ein Durcheinander! Wir werden lange brauchen, um diesen verdammten Mist hier wegzuräumen.«
»Entschuldigen Sie seine ungehobelte Ausdrucksweise«,

sagte Mimi und lächelte angespannt. »Es ist schön, daß Sie vorbeischauen. Sie geben uns Gelegenheit, die Arbeit für eine Weile niederzulegen. Lassen Sie uns hineingehen. Kommst du mit, Oscar?«

»Nein!« sagte er grimmig. »Es ist noch zuviel zu tun.«

»Ich kann ein andermal wiederkommen«, sagte ich leise zu Mimi. »Aber bevor ich gehe...«

»Seien Sie nicht albern!« Mimi wischte sich die Hand an ihrem Rock ab und hielt meinen Arm fest. »Ich hoffe, Sie werden bleiben. Ich kann andere Gesellschaft gut gebrauchen.«

Eigentlich hatte ich nicht bleiben wollen, aber jetzt konnte ich ihr Angebot wohl kaum noch ablehnen.

Im Innern ihres Cottages war ich bisher noch nicht gewesen, denn Mimi und Oscar, wie auch die meisten anderen Leute aus Carmel, schienen sich die meiste Zeit auf der Waldlichtung zu versammeln, die für sie wohl so etwas wie ein Garten war. Der Wohnraum war im großen und ganzen so aufgeteilt wie in Michaels Cottage, auch hier befanden sich im größten Zimmer Küche und Eßecke. Allerdings gab es auch Unterschiede, denn dieses Cottage war geräumiger, und Oscar hatte in einer Ecke des Raumes einen wunderbaren Kamin aus Stein gebaut.

»Der Kamin ist großartig«, sagte ich.

»Das ist Oscars Meisterwerk. Aber leider können wir keine Steine essen, und jeder Stein des Kamins steht für ein Gedicht, das er nicht geschrieben hat, das nicht veröffentlicht werden kann und wofür er also kein Geld bekommt.« Sie seufzte. »Wenn wir mein Treuhandvermögen nicht hätten... Aber das wollen Sie doch gar nicht hören. Kaffee oder Tee, Fremont? Ich habe heute noch keine Limonade gemacht.«

»Kaffee, bitte. Mimi, ich weiß, daß es mich nichts angeht, aber ich dachte, Oscar würde über das Geld seiner Familie verfügen.«

Sie lachte, und es klang bitter. »Seine Familie kennt ihn zu gut. Oscars Geld wird treuhänderisch verwaltet. Wir bekommen immer mal wieder etwas davon, aber es ist nur sehr wenig. Und Oscar hat einen anspruchsvollen, außergewöhnlichen Geschmack.«

»Einen außergewöhnlichen Geschmack?« fragte ich nach, aber sie ging nicht weiter darauf ein. Sie machte sich daran, den Kaffee vom Frühstück aufzuwärmen, und sagte kein Wort mehr.

Ich griff in meinen Lederbeutel, holte eine kleine runde Zinndose heraus, die mit einem buntkarierten Muster bedruckt war, und ging damit zu Mimi.

»Die ist für Sie. Ich möchte mich bei Ihnen dafür bedanken, daß Sie die Nacht an meinem Bett verbracht haben, als ich verletzt war.«

Ihr Gesicht hellte etwas auf. »Butterkuchen! Wie aufmerksam von Ihnen, Fremont. Aber Sie müssen mir wirklich nichts schenken. Ich habe gern bei Ihnen gesessen. Dafür sind wir doch Nachbarn!«

»Ich bin Ihnen trotzdem dankbar. Nehmen Sie es bitte an.«

»Wir öffnen die Dose und trinken dazu den Kaffee, einverstanden?«

Mimi und ich plauderten, erzählten uns den neuesten Klatsch, und dabei aßen wir den Butterkuchen, der sehr lekker war. Sie erzählte mir, sie hätte nicht das Gefühl, daß man sich um Michael Sorgen machen müßte. Das hieß, daß Mimi entweder keinen Scharfblick besaß oder daß sie eine verstärkte Einnahme von Alkohol nicht besonders besorgniserregend fand. Wahrscheinlich traf letzteres zu.

Dann hielt ich den richtigen Zeitpunkt für gekommen, um die Photographie hervorzuholen. Ich hielt sie Mimi hin, ließ aber das Photo nicht los, weil ich befürchtete, sie würde es mir vielleicht nicht wiedergeben. Schon bei Arthur hatte ich diese Befürchtung gehabt und wollte von nun an das Bild

nicht mehr aus der Hand geben. »Mimi, kennen Sie diese Frau?« fragte ich direkt.
Sie wich zurück, statt sich das Bild näher anzuschauen. Sie wurde blaß im Gesicht, obwohl sie während unseres Gespräches ganz munter geworden war und rote Wangen bekommen hatte. Langsam schüttelte sie den Kopf. »Nein.«
»Lassen Sie sich Zeit.« Ich beugte mich vor und hielt ihr das Bild näher hin. »Wenn Sie sie nicht kennen, dann haben Sie sie vielleicht schon einmal irgendwo gesehen?«
»Nein. Ich habe sie noch nie im Leben gesehen.« Mimi hatte ihre Fassung wiedergewonnen. Ihre Augen funkelten angriffslustig, und ihre Gesichtsmuskeln verkrampften sich.
»Was ist los mit Ihnen? Warum tragen Sie ein Bild von jemandem herum, den Sie gar nicht kennen? Wofür halten Sie sich, Fremont Jones?«

Die Wut eines anderen Menschen läßt sich leichter ertragen, wenn man weiß, daß mit ihr möglicherweise etwas geäußert wird, das man sonst vielleicht nicht erfahren hätte.
Da ich annahm, daß Mimi nicht wirklich wissen wollte, wofür ich mich hielt, sagte ich leise: »Es tut mir furchtbar leid . . .«
Sie unterbrach mich jedoch sogleich: »Wir brauchen in Carmel keine Wichtigtuer, die ihre neugierige Nase in unsere Privatangelegenheiten stecken. So etwas ist verachtungswürdig!«
»Ich wollte Sie nicht aufregen.«
Oscar kam zur Tür herein und erkundigte sich, was denn los sei. Ich sagte laut und deutlich: »Mimi ist wohl der Ansicht, daß ich mich in etwas einmische, von dem ich allerdings nicht weiß, was es ist. Ich habe nur versucht etwas herauszufinden, das möglicherweise auf den Verbleib von Phoebe hindeuten könnte.«
»Phoebe!« stieß Mimi hervor.
Oscar schüttelte den Kopf und schleppte sich mühsam zur Spüle. »Ich weiß gar nicht, was diese ganze Aufregung eigentlich soll. Die Leute in diesem Land haben das Recht zu gehen, wohin sie wollen. Diese bescheuerten, schießwütigen Hilfssheriffs . . .« Er verstummte.
»Was hat die Frau auf dem Photo mit Phoebe zu tun?« fragte Mimi. Sie sah ängstlich aus, und ihre Wut war verflogen.

»Vielleicht haben die beiden nichts miteinander zu tun, und es ist nur ein Zufall. Aber Phoebe hat versucht, mir zu helfen, diese Frau zu identifizieren. Auf einmal war sie, ich meine Phoebe, verschwunden.«

»Wird noch jemand außer Phoebe vermißt?« Oscar, der neben seiner Frau saß, nahm die Brille ab und rieb sie an seinem Hemd sauber. Ohne seine Brille wirkte sein Gesicht müde und schutzlos.

»Diese Frau.«

»Tot und begraben«, dachte ich. Ich hielt Oscar das Photo hin. »Kennen Sie sie?«

Er reckte den Hals und schaute mit zusammengekniffenen Augen das Bild an, während er die Brille weiterputzte. »Ich habe sie noch nie gesehen. Aber ich kümmere mich auch nicht besonders um andere Leute.«

»Das stimmt«, sagte Mimi und lehnte sich liebevoll an ihren Mann. »Er kümmert sich um niemanden. Oscar hat mit der wirklichen Welt wenig zu tun. Ich muß mich um alles kümmern. Und ich kann Ihnen versichern, daß die Frau auf diesem Bild nicht zu unserem Bekanntenkreis gehört. Es tut mir leid, Fremont, daß ich so auf Sie losgegangen bin. Aber Oscar und ich sind wie besessen, wenn es darum geht, unseren Privatbereich zu schützen.«

Ich schob das Photo wieder in die Tasche und sagte ganz beiläufig: »Wirklich? Sie haben doch immer so viele Leute hier. Ich hätte nie gedacht, daß Sie so viel Wert auf Ihr Privatleben legen.«

Sie sahen sich an. »Ich meine damit nicht uns beide persönlich, sondern die Gemeinschaft der Leute von Carmel. Es war sehr schwierig für uns, die Polizei ...«, sagte Mimi.

»Sheriffs«, verbesserte Oscar.

»...hier zu haben. Wir möchten einfach in Ruhe gelassen werden.«

»Amen!« sagte Oscar nachdrücklich. Dann setzte er die Brille wieder auf, wobei er die Bügel sorgfältig den Ohren anpaßte. Ich stand auf und hing den Beutel wieder über meine Schulter. »Ich habe verstanden. Wenn Sie mich jetzt bitte entschuldigen würden. Ich mache mich wieder auf den Weg.«

Die Petersons murmelten unterschiedliche Worte des Dankes für meinen Besuch, und ich ging zur Tür, wo ich mich noch einmal umdrehte. »Ach, da ist noch eine Sache, die ich vergessen habe zu fragen. Ist Phoebe öfter so plötzlich verschwunden, ohne jemandem Bescheid zu sagen? Hat es niemanden gegeben, dem sie sich vielleicht anvertraut hätte?«

»Das sind schon zwei Fragen«, bemerkte Oscar freundlich, ohne dabei auch nur auf eine der beiden Fragen einzugehen.

»Wir haben sie nicht gut genug gekannt, um das beantworten zu können.« Mimi sprang natürlich wieder ein. Sie war eine Ehefrau, die ihrem Mann immer sofort zur Hilfe kam. »Phoebe blieb die meiste Zeit für sich. Sie ging sehr in ihrer Arbeit auf.«

»Ich verstehe. Vielen Dank und auf Wiedersehen.«

Ich verließ die Petersons, und mir brummte der Kopf angesichts der merkwürdigen Dynamik, die zwischen den beiden herrschte. Als ich hinausging, bemerkte ich, wie wunderbar frisch die Natur nach dem Regen duftete. Ich hatte das Gefühl, ich könnte sehen, wie die Bäume, Sträucher und Blumen auf das erfrischende Naß reagierten und zu wachsen anfingen.

Bessie hob den Kopf und schnaubte, als ich auf sie zuging.

»Einmal halten wir noch an, altes Mädchen, und dann fahren wir zurück nach Hause«, sagte ich zu ihr und klopfte ihren Hals. Dann zog ich an den Zügeln, und wir machten uns auf in Richtung Casanova Street, mit dem Ziel Xanadu. Dabei fühlte ich einerseits Widerwillen, andererseits war ich aber voller Hoffnung.

Michael hatte sich offensichtlich um die Sturmschäden noch überhaupt nicht gekümmert. Sein Garten sah noch schlimmer aus als der von den Petersons. Als ich auf das Haus zuging, hob ich meinen Rock an, um den Saum nicht durch den Schutt und Dreck zu schleifen.

Die Haustür stand bereits offen, und als ich näher kam, sah ich die wohlgeformte Gestalt Artemisias auf der Türschwelle stehen.

»Oh, Fremont!« jammerte sie. »Er ist fort!«

»Fort? Was meinst du damit?«

Sie schniefte. Da ihre Augen geschwollen waren, nahm ich an, daß sie geweint hatte. »Ich meine damit, daß er heute morgen zu einer unchristlichen Zeit gegangen ist. Ich habe versucht ihn aufzuhalten, aber es ist mir nicht gelungen. Er wollte mich auch nicht mitnehmen. Er sagte, er müsse allein sein. Er verließ das Haus, sobald der Sturm sich gelegt hatte. Er ist zu seiner elenden Yacht gefahren!«

»Du meinst die *Katya*?«

Sie nickte und sah so jämmerlich aus, daß ich spontan meinen Arm um sie legte. Ich ging mit ihr zu einer Gruppe von Stühlen, die vor dem kalten Kamin standen. Dort setzten wir uns hin. »Die *Katya* ist eine Schaluppe«, sagte ich.

»Schaluppe, Yacht, wen kümmert das schon. Ich hasse Boote, weil ich immer seekrank werde!«

»Dann ist es aber gut, daß er dich nicht mitgenommen hat.«

»Jetzt sei doch nicht so vernünftig.«

»Warum denn nicht? Wenn er fort ist, dann ist er eben fort. Er ist gern mal von Zeit zu Zeit allein unterwegs.«

»Und was macht er dann?« Artemisia wischte sich die Augen mit dem Ende eines roten Schales ab, der ihr wildes Haar umschlang. Sie hatte zum ersten Mal ein Kleid an, das aus ganz normalem blauem Baumwollflanell war und von oben bis unten durchgeknöpft war.

»Er ist eben irgendwo unterwegs«, sagte ich. »Hast du ihn noch gesehen, bevor er ging?«
Sie nickte niedergeschlagen.
»War er betrunken?«
»Vielleicht hatte er einen Kater, aber er trank Unmassen von Kaffee, und ich habe ihn noch nie soviel zum Frühstück essen sehen. Es war bestimmt doppelt soviel wie sonst. Ich kann es dir auch gleich sagen. Wir haben uns furchtbar gestritten.«
»Wirklich?« Ich bemühte mich, nicht allzu glücklich zu klingen.
Artemisia biß sich auf die Lippen, und eine einzelne Träne kullerte die rechte Wange hinunter.
»Ich verstehe ihn einfach nicht, Fremont. Erst dachte ich, daß er in eine Frau in San Francisco verliebt sei. Dann stellte sich heraus, daß du es warst. Aber er kam nicht mit ihr, also mit dir, zurück. Als du schließlich allein kamst, wolltest du nicht in das Cottage ziehen, das er für dich ausgesucht hatte. Also dachte ich, daß du ihn gar nicht wolltest. Das wiederum bedeutete für mich, daß ich eine Chance hätte. Zuletzt glaubte ich wirklich, daß ich mir seine Zuneigung endlich erschlichen hatte, aber …« Sie schluckte den letzten Teil des Satzes herunter.
»Ich will ihn aber«, sagte ich ruhig. Es war das erste Mal, daß ich es irgend jemandem gestanden hatte. Nicht einmal meiner lieben Freundin Meiling hatte ich es gesagt. Mir wurde ganz schwindelig, als mir das Risiko bewußt wurde, das ich eingegangen war.
Artemisia riß ihre braunen Augen auf. »Du willst ihn? Aber du weist ihn doch immer ab.«
»Ich weiß. Und er tut dasselbe immer mit mir.« Ich betrachtete meine Schuhspitzen, die unter meinem Rock hervorschauten. »Das scheint wohl Teil unserer Beziehung zu sein. Aber was soll es. Ich bin mir in letzter Zeit über gar nichts mehr im klaren.«

Langsam wurde mir angst und bange bei diesem Gespräch.
»Ich weiß jetzt, was du meinst! Mein Gott!« Sie riß ihre Hand hoch und legte sie mit einer theatralischen Geste an ihre Stirn, rutschte auf ihrem Sessel herunter und streckte die Beine aus. Schon ein vierjähriges Kind wäre für eine solche Körperhaltung getadelt worden. Sie schaute zur Decke und sprach, als sei ich nicht anwesend: »Ich wollte den Mann doch um Himmels willen nicht heiraten. Ich wollte doch nur, daß wir uns ein wenig miteinander vergnügen, unser Beisammensein genießen, vielleicht sogar zusammenleben. Aber doch nicht für immer und ewig. Ich brauche doch selbst ausreichenden Freiraum, um meiner Kunst nachzugehen. Dabei fällt mir ein ...«
Sie nahm ihre Hand vom Gesicht und schaute mich regungslos an: »Du schreibst doch meine Geschichte ab, oder?«
»Ja, aber es gab einige unerwartete Unterbrechungen. Die Geschichte ist jedoch faszinierend. Ich bin wirklich beeindruckt von deinem Talent, Artemisia.«
»Danke.« Sie seufzte tief und schaute wieder zur Decke. »Mein Verleger wird die Geschichte hassen. Er wird sagen, daß sie zu aufsehenerregend ist. Dann werde ich mit ihm streiten, und dann wird er nachgeben und sagen, daß es für eine Frau skandalös ist, so eine Geschichte zu verfassen. Er wird mich ermutigen, einen Männernamen als Pseudonym zu wählen, so wie die arme Charlotte Brontë es bei ihrem Roman *Jane Eyre* getan hat. Ach, übrigens, da fällt mir noch etwas ein.«
Plötzlich und mit einer schnellen Bewegung hatte sich Artemisia wieder aufgerichtet. »Phoebe ist auch so ein Typ wie Jane Eyre, nicht wahr? Ich vermisse sie ziemlich. Sie wird doch sicherlich bald von selbst zurückkommen, oder? So jemand wie Phoebe hat doch sicherlich mit so einer wie dieser Sabrina nichts zu tun.« Sie machte eine ziemlich herablassende Handbewegung, als sie Sabrina erwähnte.

Während sie mich mit Fragen überhäufte, überlegte ich, daß es immer und überall Vorurteile geben würde. »Du überraschst mich«, sagte ich. »Ich dachte, du hättest das gleiche Mitgefühl für Sabrina wie für Phoebe. Meiner Meinung nach ist beiden übel mitgespielt worden, wahrscheinlich von ein und derselben Person. Weiterhin denke ich, daß diese Person genügend Macht und Einfluß besitzt, um etwas geheimzuhalten, was ihr zum Verhängnis werden könnte. Diese einflußreiche Person will wohl auch, daß ich meine Nachforschungen einstelle. Daher hat sie mir verschiedentlich gedroht, damit ich das auch verstehe.« Ich stand auf und hob meinen Lederbeutel auf. »Ich wollte das alles eigentlich Michael erzählen, aber da er nicht da ist, werde ich es einfach dir sagen. Ich habe verstanden. Ich bin, wenn du so willst, eingeschüchtert und hinreichend gewarnt worden. Aber ich möchte es gern anders ausdrücken: Ich wasche mir die Hände wie die Frau des Pilatus!«

»Du verwechselst das mit Cäsars Frau. Pilatus war derjenige, der sich die Hände wusch. Seine Frau hatte, glaube ich, Träume. Und Cäsars Frau auch.«

»Ich sehe ein, daß ich unrecht hatte. Da wir gerade von Frauen und Träumen sprechen. Ich werde dein Manuskript in einer Woche fertiggetippt haben. Vorausgesetzt, es kommt jetzt nichts mehr dazwischen. Ich hoffe, das ist zu deiner Zufriedenheit.« Ich ging zur Tür.

»O ja. Das ist schon in Ordnung. Fremont, was genau hast du damit gemeint, als du sagtest, daß Misha gern mal von Zeit zu Zeit allein unterwegs ist?«

»Ich meinte damit nur, daß er es schon immer so gemacht hat. Seit ich ihn kenne. Und das sind jetzt schon etwas über zwei Jahre. Mach dir keine Sorgen um ihn. Er wird schon wieder zurückkommen. Dann wird er dir allerdings nicht sagen, wo er gewesen ist. Du wirst ihn dann am liebsten würgen wollen, aber das wird nicht im geringsten etwas bewirken.«

Sie legte den Kopf schief und lächelte mich an. Ihr Lächeln kam mir etwas berechnend vor. »Du kennst ihn sehr gut«, sagte sie.
Ich lächelte zurück und sagte: »Ich habe einmal gedacht, daß ich ihn gut kennen würde, aber ich bin mir dessen nicht mehr so sicher. Er scheint sich verändert zu haben, Artemisia. Es wird dich freuen zu hören, daß du einen größeren Eindruck bei ihm hinterlassen hast, als du denkst. Ach, und was ich vorhin gesagt habe, daß ich ihn haben wolle und so weiter, vergiß es bitte wieder. Sobald Hettie Houck wieder da ist, werde ich nach San Francisco zurückkehren. Sie hat versprochen, daß sie am ersten Juli wieder im Leuchtturm sein wird. Ich gehöre nach San Francisco und nicht hierher. Mein einziger Wunsch ist es, wieder nach Hause zurückzukehren!«
Das war ein ziemlich großartiger Abgang. Jedenfalls sollte er es sein, aber leider wurde er mir durch Artemisia verdorben, die hinter mir hergelaufen kam.
»Warte, Fremont!« rief sie. »Ich habe vergessen, dir etwas zu sagen.«
Ich hatte schon die eine Hand an Bessies Zaum und drehte mich widerwillig um. »Ja?«
»Misha, oder Michael, wie du ihn nennst, möchte, daß du dich in seiner Abwesenheit um den Maxwell kümmerst. Er sagte mir, ich solle dir ausrichten, daß der Wagen in Monterey im Hafen steht. Wo auch das Boot liegt. Die Schlüssel hat dieser Mann hier.« Der Zettel, den sie mir reichte, war noch warm. Sie hatte ihn in ihrem Dekolleté aufbewahrt.
Ich steckte ihn schnell in meine Tasche und stieg in die Kutsche. »Danke.«
Sie zuckte mit den Achseln und lächelte. Dieses Mal war es wohl ein ehrlich gemeintes Lächeln. »Wahrscheinlich sollte mir das zeigen, woran ich bin. Er überläßt dir seinen Wagen, und ich kann mich mit dieser verdammten Katze begnügen.«

»Aber du hast doch selbst ein Auto«, sagte ich in ganz vernünftigem Ton und winkte ihr zum Abschied, als ich losfuhr.

LOGBUCHEINTRAGUNGEN
11. Februar 1907
Wind: mäßiger Wind aus SW
Wetter: nach leichtem Morgennebel wieder sonnig
Bemerkungen: kein Handelsverkehr in der Bucht, da heute Sonntag ist

Ich wartete ungeduldig darauf, daß Quincy aus der Kirche zurückkehrte. Gestern hatte ich den Maxwell abgeholt, den Michael in der Nähe vom Fisherman's Wharf im Hafen abgestellt hatte. Jetzt wollte ich unbedingt eine kleine Spazierfahrt unternehmen. Arme Bessie. Kaum war Max wieder in meinem Besitz, da hatte meine Aufmerksamkeit für das Pferd völlig nachgelassen. Dabei mußte man sich einmal überlegen, daß ich noch vor zehn Monaten zu Michael gesagt hatte, daß Automobile sich nie durchsetzen würden, weil sie nicht die Persönlichkeit eines Pferdes besaßen! Also war ich in meiner Annahme fehlgegangen. Nun, so wie es in der letzten Zeit lief, waren Fehlannahmen bei mir ja nicht weiter verwunderlich.
Ich lächelte und mußte daran denken, wie glücklich Quincy gewesen war, als ich ihm vorschlug, er könne doch mit der Kutsche zur Kirche fahren. Ich hätte schließlich jetzt den Maxwell. Er hatte ziemlich gut in seinem besten Anzug ausgesehen, als er sich auf den Weg machte. Sein Grinsen ging von einem Ohr zum anderen, und er war nicht so wortkarg wie sonst. »Die Leute werden Sie nicht wiedererkennen«, neckte ich ihn. »Sie werden denken, daß statt Ihnen ein fremder, gutaussehender Mann gekommen ist.«

Als Quincy um ein Uhr noch immer nicht zurückgekehrt war, machte ich mir ein wenig Sorgen. Wahrscheinlich tat er das, was ich gern machen wollte. Er fuhr bei dem schönen Wetter spazieren. Vielleicht kannte er eine Dame, die er verehrte und die er beeindrucken wollte. Wenn das so war, dann würde er heute bestimmt die Gelegenheit nutzen. Heute sah er so umwerfend aus, daß er sie sicherlich für sich gewinnen konnte. Ich mißgönnte ihm die wenige freie Zeit, die er hatte, ganz gewiß nicht. Er hatte meine Wache nun wirklich oft genug übernommen.
Heute war während der Wache im übrigen wenig zu beobachten, einmal abgesehen von der wunderbaren Aussicht. Die Leute schienen nicht so gern in der Bucht von Monterey zu segeln. Da die Fischerboote sonntags nicht hinausfuhren, gehörte die Bucht den Seehunden und Fischen. Ich verließ den Wachraum und ging die Wendeltreppe hinunter, als mir einfiel, daß ich schon seit vielen Tagen keinen Wal mehr gesehen hatte. Offensichtlich hatten sie ihre Wanderung beendet. Wenn die Walfänger nicht bald aufhörten, die Wale zu jagen, dann würden deren Wanderungen in Kürze für immer beendet sein. An der Ostküste kamen einige Walsorten schon gar nicht mehr vor.
Ich band mir einen schwarzen Schal um den Hals und faßte ihn mit einer Brosche zusammen, damit er nicht davonfliegen könnte. Dann klebte ich einen Zettel an die Tür des Leuchtturmes, auf dem stand: BIN BALD ZURÜCK, F. J. Die Nachricht war in erster Linie für Quincy gedacht, deshalb hatte ich sie auch kurz und knapp gehalten. Ich schaute in meinen Taschen nach, ob ich noch genug Geld bei mir hatte, falls etwas passierte. Ein wenig hatte ich noch dabei, und auch ein Taschentuch war darin.
»Also, Max, es geht wieder los«, sagte ich, als ich mich hinter das Steuer setzte. Und dann waren wir auch schon unterwegs. Ach, wie schön es doch war, mal wieder fahren zu kön-

nen. Ich hatte keine Schwierigkeiten, das Auto zu bedienen. Es kam mir vor, als sei es erst gestern gewesen und nicht schon Monate her, daß ich nach dem Erdbeben im zerstörten San Francisco mit Max als meinem Freund und Helfer unterwegs war.
Manche Autos schafften den Hügel vor Carmel nicht, aber das traf auf Max nicht zu. Michael war diese Strecke schon oft mit ihm gefahren. Einige Male hatte ich ihn begleitet. Heute wollte ich dem Auto die steile Herausforderung nicht abverlangen und wählte statt dessen die gerade, wenn auch unebene Strecke von Pacific Grove über den Seventeen Mile Drive. Ich fuhr nur so zum Vergnügen durch den Del-Monte-Wald bis nach Carmel, drehte dort und fuhr wieder zurück. Auf dem Rückweg fuhr ich den Umweg, der nötig war, um zu Braxton Furnivals Haus zu gelangen, denn das war von vornherein mein Ziel gewesen.
Ich fuhr durch das Tor mit dem erfundenen Familienwappen. Als ich mich dem Jagdschloß näherte, war ich froh, daß kaum ein Auto zu sehen war. Ich wußte wohl nicht recht, was ich machen sollte, hätte Braxton seine Gäste empfangen. Ob ich wohl den Mut besessen hätte, die Party trotzdem einfach zu stören? Wahrscheinlich nicht. Mir gefielen größere gesellschaftliche Ereignisse nicht besonders, obwohl ich nach dem Tod meiner Mutter oft ihre Rolle übernommen und meinem Vater zur Seite gestanden hatte. Ich bezweifelte, daß jemand gemerkt hatte, wie ungeduldig mich diese Empfänge und Besuche gemacht hatten. Ganz sicher hatte jedenfalls mein Vater davon nichts mitbekommen.
Bei diesen Gelegenheiten hatte ich zum ersten Mal geübt, mich zu verstellen. Dieser Gedanke ging mir durch den Kopf, als ich den Maxwell auf der einen Seite der Auffahrt parkte. Dann öffnete ich die Brosche und ließ den abgetragenen, häßlichen Schal im Auto. Auf dem Trittbrett des Wagens schüttelte ich noch einmal meine Röcke aus. Ich machte mir

nicht besonders viel aus Kleidung, daher hatte es mich bis jetzt auch nicht großartig gestört, daß ich nur wenig Sachen mit nicht so guter Qualität besaß. In diesem Augenblick mußte ich jedoch ein wenig neidisch an Irma Fox und das modische Reisekostüm denken, das sie getragen hatte, als wir uns das erste Mal trafen. Ich würde gern eines Tages einen sportlichen Automantel besitzen. Allerdings könnte ich dann auf den Hut mit Schleier verzichten, denn ich verabscheute Hüte fast ebensosehr wie Korsetts.
Ich hatte mein zweitbestes Kleid angezogen. Da es aus zweiter Hand stammte war es besser geschnitten und aus feinerem Stoff, als ich es mir sonst hätte leisten können. Das Kleid war hellblau und hatte eine Spitzenkrause am Halsausschnitt. Auch an den Ärmelbünden befand sich Spitze. Der bauschige Rock hätte mehrere Petticoats mit Volant verdient gehabt, aber ich trug nur einen darunter. Sabrina hätte sicher ein aufregenderes Kleid getragen. Dennoch würde Braxton meines zumindestens interessanter finden als die Rock-Blusen-Kombinationen, in denen er mich bis jetzt immer gesehen hatte.
Die Rolle einer Verführerin war noch ungewohnt und neu für mich, daher war ich nervös, als ich den schweren Türklopfer betätigte. Ich klopfte noch einmal und bemühte mich, nicht zu zappeln. Obwohl ich angestrengt an der massiven Tür lauschte, konnte ich weder Schritte noch irgendein anderes Geräusch hören.
Schließlich wurde sie geöffnet, und ich schaute in das Gesicht eines Mannes, den ich noch nie zuvor gesehen hatte. Er sah so gut aus, daß ich mich fragte, ob die spanischen Eroberer über Nacht wiedergekommen waren, um ihr Land zurückzufordern.
Er war jung, schätzungsweise in meinem Alter, hatte tiefschwarze Augen und wunderbar viele schwarze, glänzende Locken. Seine hellbraune Haut und die lange schmale Nase

eines *hidalgos*, eines Edelmannes, zeugten von seiner spanischen Herkunft. Er schaute mich an, ohne etwas zu sagen.

»Guten Tag«, sagte ich und lächelte freundlich. »Ist Mr. Furnival zu Hause?«

Er blinzelte kurz mit seinen schwarzen Augen und sagte dann: »Yeah.«

»Mein Name ist Fremont Jones. Ich habe gerade eine kleine Spazierfahrt mit dem Auto unternommen, und als ich hier vorbeigekommen bin, da ist mir spontan eingefallen, daß ich Braxton doch einen Besuch abstatten könnte. Darf ich eintreten?«

»Yeah.« Er trat zurück, drehte sich um und rief in die Dunkelheit hinein: »Brax!« Dann drehte er sich wieder zu mir um, schaute mich prüfend von oben bis unten an und sagte: »Ich denke, er ist draußen auf der Terrasse. Wissen Sie, wo das ist?«

»Ja«, sagte ich und spekulierte darauf, daß ich die Terrasse schon finden würde, wenn ich durch das Haus ging. Aber ich mußte mich erst gar nicht auf die Suche machen, denn Braxton hatte den Mann brüllen hören. Er kam angelaufen und sagte: »Ramon, was ...? Oh, Fremont. Ja, so etwas. Ich freue mich sehr, Sie zu sehen!«

»Ich weiß, daß es sehr unhöflich von mir ist, Braxton, aber ich habe den Wagen eines Freundes für einige Wochen zur Verfügung gestellt bekommen. Da wollte ich natürlich als erstes gleich eine Spazierfahrt über den Seventeen Mile Drive machen. Und dann konnte ich einfach nicht widerstehen und bin zu Ihnen gefahren. Ich freue mich sehr, daß Sie zu Hause sind.«

»Das ist ja nett, wirklich nett.« Er nahm meine Hand, sah mich freundlich an, und kleine Lachfältchen spielten um seine Augen. Wenn er einen so ansah, dann konnte er einem das Gefühl vermitteln, als wäre man für ihn das Wichtigste auf der Welt.

»Ach du meine Güte«, dachte ich. »Ich bin hergekommen, um ihn zu verführen, und nun bin ich diejenige, die verführt wird.«

Nun, zumindestens dürfte das interessant werden.

Während Braxton mich weiterhin unverwandt anblickte, streckte er den anderen Arm aus und gab dem gutaussehenden jungen Edelmann zu verstehen, daß er zu ihm kommen solle. »Erlauben Sie mir, Ihnen Ramon Reyes vorzustellen, Fremont. Ramon arbeitet ab und an mit mir zusammen.«

»Freut mich.« Ich nickte Ramon zu, denn ich konnte ihm nicht die Hand geben. Braxton hielt sie immer noch ziemlich fest.

»Fremont«, erwiderte Ramon und schaute so weit zur Seite, daß er mich nur noch aus den Augenwinkeln sehen konnte. Er zog die Oberlippe leicht nach oben, so daß es aussah, als würde er spöttisch lächeln.

»Für dich Miss Jones, Ramon«, sagte Braxton und knuffte ihm grob, aber dennoch nicht unfreundlich, gegen die Schulter. Warum sich Männer immer schlagen mußten, wenn sie miteinander kommunizierten, würde ich wohl nie verstehen. Wenigstens ließ er mich jetzt los, und ich bekam meine Hand wieder.

»Ich lege nicht so viel Wert auf Förmlichkeiten«, sagte ich rasch. »Ich ziehe es vor, Fremont genannt zu werden. Wirklich.«

»Miss Jones«, sagte Braxton, der meinen Worten keine Beachtung schenkte, »ist eine Frau mit vielen Talenten und dazu noch ausgesprochen schön.«

»Oh, gewiß!« sagte ich und bemühte mich, ein klein wenig kokett zu lachen.

»Yeah. Und vermutlich möchtest du mit all ihren Talenten und ihrer ausgesprochenen Schönheit ganz allein sein. Stimmt's, Brax?« Ramon mochte aussehen, als wäre er gerade von Kastilien hierhergesegelt, aber wenn er sprach, dann

hörte sich das nach einem Cowboy aus dem Westen Amerikas an.
Braxton gab ihm keine Antwort, aber er zwinkerte Ramon übertrieben zu und sagte mit einem leisen Unterton in der Stimme: »Ist er nicht ein schlauer Kerl?«
Mir rutschte der Magen in die Kniekehlen, und ich fragte mich, in welche Lage ich mich da gebracht hatte. Aber es ging nicht anders. Ich lächelte also und sagte: »Sie haben auf der Terrasse gesessen? Könnte ich die Aussicht von dort genießen?«
Braxton hielt meinen Vorschlag für eine gute Idee und reichte mir seinen Arm. Wir gingen durch den prunkvollen Empfangssaal, dessen hohe Decke von Querbalken getragen wurde. Die Treppe hatte Pfeiler, die aussahen wie ungeschälte Baumstämme. Sie führte in mehreren Windungen hoch in die obere Galerie, die viereckig angelegt war.
Ich blieb in der Mitte des Saales stehen und schaute hinauf zur Decke. »Was für ein interessantes Haus Sie haben«, sagte ich. »Für eine Person allein ist es doch sicher ziemlich groß.«
»Ich gebe oft Gesellschaften«, sagte er und zog mich weiter. »Natürlich nur aus geschäftlichen Gründen.«
»Ach ja, Sie versuchen Kunden dafür zu gewinnen, große Flächen des Del-Monte-Waldes zu erwerben, wenn ich mich recht an den Inhalt Ihres Briefes erinnere, den ich für Sie getippt habe.«
»Wir wollen hier große Grundstücke erschließen.«
»Wie auf Long Island oder in Newport?« fragte ich.
»Ja, um diese Art von Klientel handelt es sich.«
»Das werden wahrscheinlich ausschließlich reiche Leute sein«, sagte ich, während Braxton mir mit einer Handbewegung zu verstehen gab, daß ich vorgehen solle. Ich schritt durch eine Tür, die zu einem Korridor führte, von dem viele Zimmer abzweigten. Während er mir erklärte, wie er das

Land an die Reichen verkaufen wollte, versuchte ich, einen verstohlenen Blick in die Räume zu werfen, deren Türen offenstanden. Aber leider waren meine Augen nicht so gut wie mein Gehör. Ich konnte Geräusche vernehmen, die andere Leute gar nicht hörten. Meine Augen waren jedoch nur normal. Im Dunkeln konnte ich nicht besser als andere sehen, und in diesem Haus war es wirklich ausgesprochen dunkel. Meine Ohren waren mir bei dieser Gelegenheit nicht von Nutzen, dafür aber meine Nase. Ich nahm den Geruch von Zwiebeln wahr. Als ich in die Richtung schaute, woher dieser Geruch kam, sah ich eine geschlossene Tür, hinter der ich die Küche vermutete.

Kurze Zeit später stand ich vor einer Tür, die blau und grün angestrichen war. Sie mußte wohl nach draußen führen. Schnell drehte ich mich mit schwingenden Röcken um und stellte mich Braxton in den Weg. Spontan faßte ich ihn am Arm. »Ich habe eine wunderbare Idee. Warum zeigen Sie mir nicht erst einmal Ihr Haus, bevor wir hinausgehen? Es ist bestimmt sehr faszinierend, und ich möchte so gern alle Räume sehen. Sie haben sie gewiß nach dem Vorbild dieser Jagdschlösser in Europa gestaltet, oder? Diese Häuser, die die Mitglieder der Königshäuser bewohnen, wenn sie in den Wäldern auf die Jagd gehen.«

Ich hatte damit gerechnet, daß es Braxton gefallen würde, wenn ich die Königshäuser erwähnte, und ich hatte damit auch recht. Er strahlte und war einverstanden mit dem, was ich gesagt hatte. Aber dann meinte er: »Ich fürchte, im Moment kann ich Sie leider nicht durch das Haus führen, Fremont. Die Haushälterin ist seit drei Wochen nicht mehr hier gewesen. Ihre Mutter ist erkrankt, und sie muß sich um die arme Frau kümmern. Ich hatte also niemanden, um das Haus nach der letzten großen Feier in Ordnung bringen zu lassen. Überall herrscht noch ein schlimmes Durcheinander!«

»Als ob mir das etwas ausmachen würde!« Ich beugte mich vor und ließ zu, daß meine Brust seinen Arm leicht berührte. »Bitte.«

Ich merkte, daß er auf meine Nähe reagierte. Er glühte wie ein Stück glimmende Kohle. Trotzdem sagte er: »Ein anderes Mal, Fremont.«

Ich machte mich von ihm los und schimpfte zum Spaß mit ihm: »Gütiger Himmel! Sie stellen sich ja als kleinliche, alte Hausfrau heraus, Braxton Furnival. Wer hätte das gedacht?«

Dann stürzte ich auf die Terrassentür zu und schaute vergnügt über die Schulter, als wollte ich sagen: »Du kannst mich nicht fangen!«

Er war jedoch größer, stärker und schwerer als ich. Und er hatte längere Arme und Beine. Er konnte mich sehr wohl fangen, und das tat er auch.

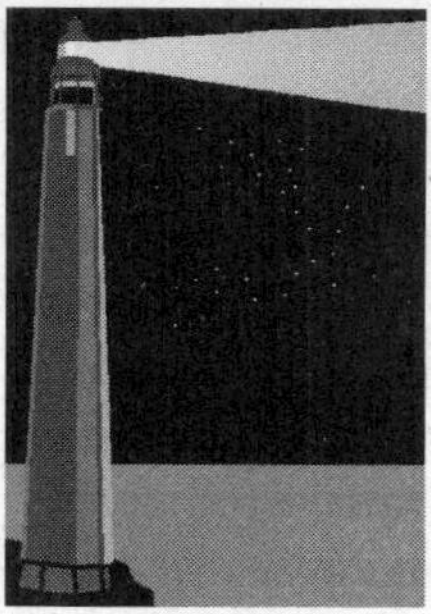

LOGBUCHEINTRAGUNGEN
14. Februar 1907
Wind: leichter bis mäßiger Wind aus Nordwest, zeitweise böig
Wetter: trocken und kalt
Bemerkungen: hohe Wellen , aber keine schwere See
Übungsboot der US-Küstenwache in die Bucht ein- und wieder ausgelaufen. Tank mit Walöl für Leuchtturm von Tender entladen

Ich trug das Datum, den 14. Februar,ins Logbuch ein, da fiel mir auf, daß Valentinstag war.
»Ha!« sagte ich spöttisch. Aber dann schaute ich aus dem Fenster und versank in Träumereien. Ich versuchte mich zu erinnern, wann ich das erste Mal festgestellt hatte, daß diese entzückenden herzförmigen Karten nichts für mich waren. Valentinsgrüße paßten einfach nicht zu meinem Lebensstil. Fremont Jones verschickte keine Valentinsgrüße und erhielt auch keine. Das hatte ich schon gewußt, als ich noch nicht Fremont Jones war, sondern mit meinem Vornamen Caroline angeredet wurde. »Wie schade!« beklagte ich mich und bemitleidete mich eine Weile.
Aber bevor ich mich zu lange dem Selbstmitleid hingab, fiel mir ein, daß mir mein falsches Spiel in diesem Jahr sehr wohl

eine dieser Karten in Herzform bescheren könnte. Ironie des Schicksals wäre es schon, wenn es geschähe. Braxton Furnival nämlich könnte mir sehr wohl einen Valentinsgruß schikken. Er schien verliebt genug zu sein.
Vor drei Tagen, am Sonntag, hatte ich ihm gestattet, mich auf seiner Terrasse zu küssen. Ich hätte diesen Kuß durchaus von Herzen genießen können, wenn ich Braxton nicht in Verdacht gehabt hätte, Sabrina Howard und Phoebe ermordet und mit ihren Leichen wer weiß was gemacht zu haben. Ein wenig hatte ich mich seinem Kuß auch hingegeben, damit er mir nicht mißtraute. Dann hatte ich mich losgerissen und ausgerufen: »Ach, du meine Güte!« Ich hatte die Hände auf die Wangen gelegt, um mädchenhaft und schockiert auszusehen. »Ich fürchte, Sie haben mich falsch verstanden, Mr. Furnival.« Dann hatte ich darum gebeten, die »Örtlichkeiten« aufsuchen zu dürfen. Normalerweise sagte ich einfach »Toilette«, aber ich wollte etwas vornehmer klingen. Ich versicherte ihm, daß ich sie schon selbst finden würde, wenn er mir nur den Weg dorthin beschrieb. Angesichts dieser verwirrten Frau blieb ihm nichts anderes übrig, und ich war damit der Terrasse entflohen. Wie erhofft, hatte er mich nach oben geschickt. Es gab wahrscheinlich auch unten eine Toilette, in der Nähe der Küche, aber die war wohl nur für die Hausangestellten. Als ich die Treppe hinauflief, strengte ich mein gutes Gehör an, um herauszufinden, ob Ramon hier irgendwo war. Aber ich konnte nichts weiter hören als meine eigenen Schritte, das Rascheln der Röcke und mein klopfendes Herz.
Die Treppe führte zu einer Galerie, die ringsum über dem prunkvollen Saal verlief. Alle Räume schienen von dieser Galerie erreichbar. Ich zählte die Türen und fand schließlich die Toilette. Ich machte die Tür auf und wieder zu, aber ich ging nicht hinein, sondern schlich verstohlen weiter auf der Galerie entlang. Ich fühlte mich furchtbar ungeschützt und

hielt mich in der Nähe der Wand, so daß ich weit genug entfernt vom Geländer war.
Es roch verfault und feucht. Vielleicht hatte Braxton doch die Wahrheit gesagt, und die Zimmer mußten wirklich gereinigt werden. Wenn doch nur eine der Türen offenstünde ...
Da – Schritte! Den hochgehobenen Rock und Petticoat an meinen Körper gedrückt, lief ich zurück zur Toilette. Ich schlüpfte hinein und zog an der Kette, um die Spülung zu betätigen. Einen kurzen, wirren Augenblick verfiel ich in ein Staunen darüber, daß jemand es fertiggebracht hatte, ein richtiges Badezimmer im Wald von Carmel einzurichten. Üblicherweise befanden sich die Toiletten hier nämlich außerhalb der Häuser. Ich schaute in den Spiegel und beschloß, mir etwas kaltes Wasser in mein gerötetes Gesicht zu spritzen. Ich gab es ungern zu, aber diese Abenteuer schienen mir zu liegen. Ich hatte eine gesunde Gesichtsfarbe, meine Augen strahlten, und einige dünne Haarsträhnen, die sich gelöst hatten, sahen aus, als wollten sie zu Locken werden. Ich hatte selten besser ausgesehen.
Während ich das Wasser über mein Gesicht laufen ließ, hörte ich, wie die Schritte vor dem Bad haltmachten. Mein Herz klopfte wie wild. Ich konnte die Nähe desjenigen spüren, der auf der anderen Seite der Tür stand. Wenn ich doch nur hellsehen könnte, um sicher zu sein, ob mir Gefahr drohte oder nicht. Ich hatte keine Waffe und sah auch keine Möglichkeit, mir eine zu beschaffen. Es sei denn, ich würde den Spiegel zerschlagen und zu einer Scherbe greifen, um mich zu verteidigen. Mir war allerdings im selben Moment schon klar, daß ich damit überreagieren würde.
Um meine Angst unter Kontrolle zu bekommen, sagte ich mir, daß Braxton im Moment nur eins von mir wollen könnte, egal was er sonst im Schilde führte, und das war Sex. Solange er den nicht bekommen hatte, war ich nicht in Gefahr. Ich holte tief Luft und öffnete die Tür.

Nicht Braxton hatte dort gestanden, sondern Ramon. Mit glasigen Augen murrte er: »Das hat ja lange genug gedauert.« Dann schubste er mich zur Seite und ging ins Bad. Braxton stand unten an der Treppe, schaute mit verliebten Blikken zu mir hoch und sagte: »Sag mir, daß du wiederkommst!« Ich kam die Treppe herunter und sagte ihm, daß ich es mir überlegen würde.
Am Montag bekam ich eine Nachricht von Braxton, in der er sich mit blumigen Ausdrücken für seinen Übereifer entschuldigte. Am Dienstag schickte er tatsächlich Blumen, die er von dem mürrischen Ramon überbringen ließ. Er hatte einen Brief beigelegt, in dem er schrieb, daß er gern zu Besuch käme, wenn ich es ihm gestattete. Ich möge ihm doch bitte eine Nachricht zurückschicken.
Ich schickte ihm statt dessen eine seiner Blumen, ein gelbe Nelke, zurück. Als Ramon grinste, sagte ich ihm, er solle sie unterwegs weder essen noch verlieren, sonst würde ich es Braxton erzählen. Und dann saß ich da und dachte darüber nach, was der Tag wohl noch so bringen würde.
Der Tender mit dem Walöl für das Leuchtfeuer sollte lieber planmäßig eintreffen. Ich hatte von Hettie gelernt, daß ein Tender ein Begleitschiff war, das andere Schiffe versorgte, indem es Vorräte und Nachrichten hin- und herbeförderte. Da die Leuchttürme (oder Leuchtfeuerstationen) unter der Aufsicht der Marine standen, belieferten die Tender auch uns.
Ich stand auf und ging nach unten, um auf die Wohnzimmeruhr zu schauen. Leider funktionierte meine eigene Uhr nicht mehr, die ich während der Arbeit beim Roten Kreuz erhalten hatte, da die Hauptfeder gesprungen war. Und zur Zeit konnte ich mir keine kaufen, da sie für meinen Geldbeutel unerschwinglich waren. Es war acht Uhr dreißig. Der Tender sollte bis mittag hier eintreffen, und ich hatte noch gewisse Dinge zu erledigen. Dazu gehörte beispielsweise, daß ich

mich um Quincy kümmern mußte, obwohl er sich heftigst dagegen wehrte. Quincy hatte sich nämlich das Schlüsselbein gebrochen, und zudem hatte er ein furchtbar schlechtes Gewissen, das ihn zusätzlich lähmte. Ganz gleich, wie sehr ich mich auch bemühte, ich konnte ihn nicht davon überzeugen, kein schlechtes Gewissen zu haben. Natürlich konnte ich ihm auch nicht sagen, daß ich seinen Unfall für beabsichtigt hielt. Wenn sich irgend jemand schuldig fühlen müßte, dann ich. Und ehrlich gesagt, fühlte ich mich auch so. Aber es ginge mir noch schlechter, wenn ich zuließe, daß die Schuld mich lähmte und davon abhielte zu handeln.
Quincy war mit Hetties Kutsche zur Kirche gefahren und hatte, wie vermutet, nicht widerstehen können, eine junge Dame einzuladen, ihn hinterher auf einer Spazierfahrt zu begleiten. Sie waren von Monterey nach Moss Landing gefahren. Um es kurz zu machen (das waren Quincys Worte), es löste sich ein Rad, und Quincy fiel vom Kutschbock herunter auf die Schulter. Seine Freundin blieb unversehrt.
Sie hatten ihn über Nacht zur Beobachtung im Krankenhaus behalten, und es war schon Abend geworden, als er jemanden überreden konnte, mir Bescheid zu geben. Ich war bis dahin schon mehr als besorgt, wie man sich wohl denken konnte. Der arme Quincy gab natürlich nur sich selbst die Schuld. Die Instandhaltung der Kutsche obliege schließlich ihm. Er hätte doch sehen müssen, daß das Rad nicht mehr stabil war. Er hätte niemals ohne Erlaubnis so weit fahren dürfen. Wenn er sich nicht, wie er sagte, so aufgeblasen und geprahlt hätte, um seiner Freundin zu imponieren, dann hätte er auch sicher den Fels gesehen, über den die Kutsche gerollt war. Und auf diese Weise lamentierte er immer weiter. Obendrein konnte er seiner Arbeit nicht einmal richtig nachgehen, weil seine Schulter bandagiert war und er nur eine Hand gebrauchen konnte.
Ich grinste mitleidig. Hätten wir uns nicht in einer so unge-

wissen und gefahrvollen Lage befunden, dann hätte ich es sicherlich genossen, Quincy zu pflegen. Ich ging hinaus und fand ihn bei Hetties weißen Leghornhühnern. Er streute ihnen mit seiner unverletzten Hand das Futter hin.

»Guten Morgen«, sagte ich, als ich näher kam. »Heute ist es wieder so schön.«

Die Hühner gackerten und schlugen mit den Flügeln, aber sie hätten sich nicht sorgen brauchen. Ich hatte nicht vor, mich ihnen zu nähern, geschweige denn, sie ihres Futters zu berauben. Es gibt kaum ein Lebewesen, das mich weniger interessiert als ein Huhn. Es sei denn, ein Opossum.

»Morgen«, sagte Quincy und bewegte kurz seinen Kopf unter dem alten Hut auf und ab. Seit Montag hatte er mir nicht mehr in die Augen schauen können, und jetzt erwiderte er meinen Blick immer noch nicht.

»Der Tender soll heute Öl abladen. Das stand auf Hetties Terminkalender«, sagte ich.

Quincy schaute überrascht auf, weil er es wohl vergessen hatte, und dann blickte er wieder fort. Er stellte den Eimer mit Hühnerfutter ab und faßte sich dann mit der gesunden Hand an die verletzte Schulter. Das machte er sicherlich unbewußt.

Ich fuhr fort: »Ich möchte, daß Sie das Abladen überwachen. Sie werden einen Helfer haben. Ich habe einen Mann eingestellt, der Sie bei der Arbeit unterstützen wird, bis Ihre Schulter wieder geheilt ist. Sie wissen, daß es mindestens sechs Wochen dauern wird, und selbst dann werden Sie noch nicht in der Lage sein, schwere Dinge zu heben.«

»Aber, Miss Fremont ...«

Ich ging auf seinen Einwand nicht ein, ich hatte mit solchen Protesten schon gerechnet. »Er heißt Pete Carlson. Er ist im Ort wohl der Mann für alles. Ich habe ihm gesagt, daß er sich an sie wenden und alles tun soll, was Sie ihm sagen. Ich möchte, daß Sie ihn wirklich einsetzen. Er soll arbeiten, und Sie sollen sich schonen. Ist das klar, Quincy?«

Er schaute mich so betrübt an, daß ich ihn am liebsten gekitzelt oder eine Grimasse gezogen hätte. Aber natürlich wartete ich nur auf seine Zustimmung. Er begann, den Kopf von einer Seite zur anderen zu bewegen, ganz langsam und gleichmäßig. Es erinnerte mich an Beerdigungsglocken, die traurig hin- und herschwingen.

»Quincy, was ist los?«

»Hätten Sie vorher mal besser mit mir gesprochen, Miss, ich meine, Fremont.«

»Wenn ich das getan hätte, dann hätten Sie nur darauf bestanden, daß Sie keine Hilfe bräuchten. Oder Sie hätten mir gesagt, wie schrecklich Sie es fänden, wenn wir Geld dafür ausgeben würden. Dabei hätten Sie doch Schuld an dem Unfall. Irgend so einen Unsinn hätten Sie mir dann erzählt. Sie wissen genau, daß Sie so reagiert hätten. Daher wäre es reine Zeitverschwendung gewesen, es Ihnen vorher zu sagen.«

»Aber Pete Carlson ...« Wieder schüttelte er traurig den Kopf.

Normalerweise konnten mich solche Dinge durchaus amüsieren, aber im Moment war ich so wenig belastbar, daß ich an die Grenzen meiner Geduld geriet. Ich sagte schroff: »Ich habe seinen Namen von einer Liste, die Hettie mir gegeben hat. Wenn er nicht zuverlässig wäre, dann hätte sie ihn bestimmt nicht mit auf die Liste gesetzt. Es ist jedoch Ihre Aufgabe, den Mann zu beaufsichtigen. Wenn Pete Carlson nicht zufriedenstellend arbeitet, dann brauchen Sie es mir nur zu sagen. Dann entlasse ich ihn und stelle einen anderen ein. Ist das in Ordnung?«

Schließlich nickte Quincy, obwohl er nichts dazu sagte. Er sah unschlüssig aus, aber sein Nicken genügte mir.

»Gut«, sagte ich. »Pete kommt um neun. Ihr zwei könnt dann die Öllieferung abwickeln. Ich bin im Wachraum an der Schreibmaschine, wenn Sie mich brauchen.«

***

Ich hatte etwa die Hälfte von Artemisias Geschichte »Der Kaufmann der Träume« getippt und wollte sie nun endlich fertigstellen. Ich hatte handfeste Gründe, das Manuskript endlich zu Ende tippen zu wollen. Natürlich gehörte dazu auch, daß ich unbedingt wissen wollte, wie es mit der naiven, wenn auch intelligenten Heloise weiterging.

Ich fuhr auf Seite 75 fort:

Ich lebte bald nur noch für die Nacht. Mit mir war nichts anzufangen, bis die Sonne untergegangen war. Den ganzen Tag über wartete ich darauf, daß ich mich endlich hinlegen konnte. Dann atmete ich seufzend aus und schloß die Augen. Ich verglich meine Träume mit der Liebe – je mehr ich davon verschenkte, desto mehr wollte ich davon geben. Ich hatte tatsächlich das Gefühl, als verschenkte ich meine Träume, obwohl ich für sie bezahlt wurde. Jonah Morpheus nahm sie dabei mit großer Sorgfalt und Dankbarkeit entgegen. Einen aufmerksameren Zuhörer hätte ich nicht haben können. Er nahm jedes Wort zur Kenntnis.

Es gab nur eine Sache, die mich störte. Auch wenn sie sicherlich nichts zu bedeuten hatte. Ich wurde ein wenig krank, bekam eine kleine Erkältung, die aber nicht weichen wollte. Ich hatte auch immer wieder das Gefühl, daß ich Fieber hatte. Mein Appetit ging zurück, und ich fühlte mich etwas matt. Ich sagte mir, daß ich schnell wieder gesund werden würde. Aber eine Woche ging vorüber, und dann noch eine, und an meinem Zustand änderte sich nichts. Es ging mir immer schlechter.

Aber meine Träume blieben davon gänzlich unberührt. Ich träumte weiter, und von Nacht zu Nacht wurden die Träume lebendiger und aufregender. Es gab Nächte, viele Nächte, in denen ich mir wünschte, der Traum würde nie enden, denn mit dem Erwachen kamen die Probleme.

Meine Glieder schmerzten. Mein Kopf fühlte sich an, als würde er über meinem Hals schweben. Wenn ich mich zu schnell in eine Richtung drehte, dann wurde mir furchtbar schwindelig. Morgens aufzustehen geriet schon zu einer mühevollen Aufgabe. Wenn ich mich anzog, dann mußte ich mich so anstrengen, daß mein Puls raste und Schweißperlen auf meine Stirn traten. Der Gang zur Straßenbahn wurde zur äußerst wackligen Angelegenheit, die mir die größte Aufmerksamkeit und Konzentration abverlangte. Ich mußte jeden Schritt ausbalancieren und aufpassen, daß ich wirklich einen Fuß vor den anderen setzte. Außerdem hatte ich stets die Träume der letzten Nacht mit mir herumzuschleppen. Ich kam mir vor wie eine Frau, die ihr Kind nun schon über neuneinhalb Monate mit sich trägt. Verzweifelt sehnte ich mich jeden Morgen danach, von der Last meiner Träume befreit zu werden, indem ich sie Dr. Morpheus erzählte.

Das engelsgleiche Wesen Thad hatte gelernt, mich bei meiner Ankunft nicht mehr anzusprechen, sondern mir nur noch besorgt die Treppe hinaufzuhelfen. Die Katze Shadow begrüßte mich schon am Türeingang, schlüpfte unter meine Röcke und strich mir um die Knöchel. Im verschleierten Zimmer wartete Jonah Morpheus bereits auf mich. Er nahm meine Hand, entließ Thad mit einem Blick, führte mich dann zur Chaiselongue und war mir ganz sanft dabei behilflich, mich hinzulegen. Mein Herz schlug nicht mehr, mein Atem stand still, bis ich endlich von ihm hörte: »Fangen Sie an.«

So vergingen die Tage und Nächte, Wochen und Monate. Ich wurde immer bezahlt, aber das Geld spielte keine Rolle mehr. Wie sollte es auch. Ich wachte doch jeden Morgen mit dem Gefühl auf, zerspringen zu müssen, wenn ich Jonah nicht meine Träume übermitteln konnte. Aber es kam der Morgen, an dem sich alles änderte.

An diesem Morgen fiel es mir besonders schwer, aufzustehen und mich anzuziehen. Ich war nicht mehr in der Lage, mein

Haar richtig hochzustecken, und immer wieder lösten sich Strähnen und fielen herunter. Ich hatte nicht einmal mehr die Kraft, eine Haarnadel richtig zu führen. Ich kann nicht mehr sagen, wie ich Morpheus Stiftung erreicht habe. Wahrscheinlich wie immer mit der Straßenbahn. Bei meiner Ankunft, als ich die samtweiche Shadow an meinen Beinen spürte, hatte ich schon keine Erinnerung mehr an die Fahrt. Thad half mir wieder die Treppe hoch, aber diesmal brach ich die vereinbarte Regel und sagte zu ihm: »Ich glaube, ich bin zu krank, um weiterzumachen.«

»Pst!« sagte er, legte warnend den Finger auf den Mund und runzelte die Stirn. Oh, dieses Stirnrunzeln versetzte mir einen Stich. Haben Sie je geahnt, was es heißt, einen Engel zum Weinen zu bringen? Nun, das fühlte ich jetzt jedenfalls. Wir kamen in den Raum der Schleier, Thad übergab mich Jonah Morpheus, und wieder brach ich die Vereinbarung. Ich sagte zu ihm: »Verzeihen Sie, ich …«, und er befahl mir sofort, still zu sein. Seine Stimme hallte wider wie ein großer Gong, und alle Schleier bewegten sich. Der Kronleuchter flackerte noch einmal auf, sein Licht war hell und weiß, dann wurde es dunkel. Ich war in Ohnmacht gefallen.

»Verflixt und zugenäht!« Ich fuhr hoch, als es auf einmal an der Haustür schellte. Der Klingelzug an der Tür war mit einem dieser Apparate verbunden, die man in großen Häusern für die Dienstboten benutzte. Daher klingelte es im Wachraum direkt über meinem Kopf. Im Moment wollte ich die arme Heloise ganz bestimmt nicht verlassen, aber die Pflicht rief.

»Komme!« rief ich, als ich die Treppen hinunterlief. Ich blieb mit einem Zeh im Rocksaum hängen, rutschte aus und wäre wohl auch gefallen, wenn ich mich nicht am Geländer festgehalten hätte. Ich verspürte einen stechenden Schmerz an meinem Knöchel, der schon einmal verletzt gewesen war,

und schalt mich meiner Unachtsamkeit. Noch eine verletzte Person konnten wir ganz bestimmt nicht gebrauchen. Es reichte, daß Quincy ausfallen mußte.
Es klingelte erneut, aber als ich die Haustür aufriß, war niemand mehr zu sehen. »Wenn du so in Eile bist, daß du nicht einmal warten kannst, bis jemand die Tür öffnet...«, schimpfte ich leise. Aber als ich die Tür wieder schließen wollte, sah ich, daß der Postbote ein langes, schmales Paket auf die Treppe gelegt hatte. Ich beugte mich vor, schaute nach links und rechts, überprüfte Briefmarken, Entwertung und den Absender, bevor ich das Paket in die Hand nahm. Es kam von Gump's, einem vornehmen Geschäft in San Francisco, das sich auf Importware spezialisiert hatte. Gump's war ein Geschäft, das Vater, und vermutlich auch Augusta, aufgesucht hätten, wenn sie statt in Boston in San Francisco gewohnt hätten. Aber von meinen Bekannten würde sicher keiner dort einkaufen. Es sei denn...
»Michael!« Ich stürzte mich auf das Paket, aber es ließ sich nicht so einfach öffnen. Ich mußte es erst mit in die Küche nehmen und mit dem Messer auftrennen.
»Meine Güte!« sagte ich und zog einen Gegenstand heraus, der so glatt wie Seide, hart und robust wie ein Stein war, einen Knauf und eine Spitze hatte wie ein... »Oh, du meine Güte!« sagte ich erneut. Michael hatte mir einen Spazierstock aus dunklem Walnußholz geschickt, der nicht mit Messing, sondern mit Gold beschlagen war. Der Knauf hatte die Form eines Drachenkopfes, und in den Schuppen des Drachens war ein kleiner Druckknopf verborgen. Ich drückte ihn und spürte, wie sich die Klinge löste. Mit einer schwungvollen Armbewegung holte ich den Degen hervor. Die Waffe war gut ausbalanciert, und sie war insgesamt viel besser als die Geheimwaffe, die ich vor vielen Monaten einmal besessen und verloren hatte. Als ich in der Küche Angriff und Verteidigung übte, fiel mir plötzlich ein kleiner Briefumschlag ins Auge. Er

mußte zu Boden gefallen sein, als ich das Geschenk so ungeduldig aufgerissen hatte. Ich mußte den Brief nicht erst lesen, um zu wissen, wer mir dieses ausgezeichnete und höchst willkommene Geschenk gemacht hatte. Mein Herz frohlockte, als ich die Waffe wieder in den Schaft steckte, um sie in einen harmlosen Spazierstock zu verwandeln. Er war in San Francisco, er dachte an mich und machte sich Sorgen!
Der Brief war natürlich von Michael. Während ich ihn las, sah ich sein liebes Gesicht vor mir:

Meine liebe Fremont, da ich vermute, daß Du Valentinsgeschenke verachtest, könntest Du dieses hier als vorzeitiges Geburtstagsgeschenk ansehen. Ich habe das Gefühl, daß Du es im Moment besser brauchen kannst als im April. Bitte sei versichert, daß mir Dein Wohlergehen sehr am Herzen liegt, auch wenn es Dir nicht so vorkommen mag.
Dein treuer Freund, Michael Kossoff

Ich las Michaels Zeilen dreimal durch und machte dann etwas ganz Dummes. Ich hielt das Blatt Papier mit den Worten, die seine Hand geschrieben hatten, an meine Wange und schloß die Augen ... So stand ich noch, als Quincy hereinkam, um mir zu sagen, daß der Tender, aus Richtung Süden kommend, gesichtet worden sei.

***

Am späten Nachmittag nahm ich den Spazierstock, um einen kleinen Spaziergang über die gestrüppreichen Dünen zu machen. Das Wild, das hier äste, hatte keine Angst vor mir. Die Tiere bewegten sich erst, als ich ganz nahe herankam. Sie kamen am frühen Morgen, gern aber auch zu dieser Tageszeit, um zu äsen. Als ich die felsigen Klippen erreicht hatte, ging ich nach rechts und folgte dem Bogen, den die Bucht in Richtung Lovers Point machte. Der Luftweg, also der der Krähen oder Möwen, betrug etwa eine Meile. Dort gab es eine Felsgruppe, von der ich annahm, daß es sich auf ihr gut sitzen und eine andere Aussicht genießen ließ als vom Wachraum aus.

Ich machte diesen Spaziergang zum Vergnügen, aber auch, um mich einmal wieder körperlich zu betätigen. Das Tippen war nun einmal eine sitzende Tätigkeit, und da ich in der letzten Zeit den Wald fürchtete, war ich immer gefahren, wenn ich irgendwohin wollte. Wenn die Treppen im Leuchtturm nicht wären, dann hätte ich bald Muskeln wie Brei. Aber das konnte ich mir nicht erlauben, denn eines Tages müßte ich vielleicht wirklich um mein Leben laufen.

In der Felsgruppe ließ sich tatsächlich ein hoher, flacher Felsen finden, auf den ich mich gut setzen konnte. Der Kampf gegen den Wind hatte sich doch wirklich gelohnt. Ich beobachtete einige Fischerboote, die nach Monterey zurückfuhren. Die meisten Boote waren schon vor Sonnenaufgang hinausgefahren und waren am frühen Nachmittag schon wieder zu Hause. Ich fragte mich, ob die Fischer in diesen Booten ebensowenig in der Lage waren wie ich, vor dem späten Vormittag etwas zustande zu bringen. Wenn es darauf ankäme, meinen Unterhalt vor dieser Zeit zu verdienen, dann würde ich wohl verhungern.

Viele solcher dummen Gedanken schwirrten mir durch den Kopf, dabei suchte ich doch nur Ruhe, Frieden und Erholung. Aber selbst die gleichmäßigen Bewegungen der Wellen, die sonst eher beruhigend auf mich wirkten, verfehlten heute ihre Wirkung. Die Brandung kam mir unruhig und laut vor. Ich blickte auf und schaute zur unregelmäßig gezackten Silhouette der Hügel, die in weiter Ferne, auf der anderen Seite der Bucht, lagen. Dann blickte ich zu den Wolken, die wie weiße Karawanen am Horizont entlangzogen.

Die Wolken lagen so hoch am Himmel, daß sie von den aufkommenden Winden gänzlich unberührt schienen. Ich strich über den Spazierstock und gestattete mir, den Michael zu vermissen, den ich einst gekannt hatte. Aber auch die Hoffnung keimte noch ...

Dann geriet ich richtig außer mir, und die Tränen liefen mir die Wangen herunter. Der Wind wehte mir um die Ohren, und die Brandung war geräuschvoll. So kam es, daß ich nicht merkte, wie sich jemand mir näherte. Plötzlich und unerwartet spürte ich die Anwesenheit eines anderen Menschen hinter mir. Mein Daumen fuhr über die Schuppen des Drachens und fand schließlich den verborgenen Druckknopf. Dann merkte ich, daß ich gar nicht genügend Raum hatte, um den Degen hervorzuziehen oder mich überhaupt umzudrehen. Ein falscher Schritt, eine falsche Bewegung, und mich würde dasselbe Schicksal ereilen wie Sabrina Howard. »Ich habe mir doch gedacht, daß du es bist, die hier ganz für sich allein sitzt, Fremont«, ertönte Braxton Furnivals rauher Bariton hinter mir.

An diesem Abend gegen neun Uhr gewann ich den Eindruck, daß ich mich in meiner Meinung über Braxton Furnival getäuscht hatte. Er war mit mir zum Leuchtturm zurückgegangen, dann hatte er mir eine hübsche, kleine, herzförmige Schachtel mit Schokolade geschenkt, die mit roten Schleifen versehen war. Dann hatte er mich zum Abendessen ins Hotel Del Monte eingeladen und sich dafür entschuldigt, daß er mich nicht schon eher gefragt hatte. Er hatte unten gewartet, als ich mein gutes Kostüm aus grüner Gabardine anzog, und hatte währenddessen, ohne zu klagen, den eher mittelmäßigen Sherry getrunken. Beim Essen war er ein gewandter Gesprächspartner, und seine manchmal etwas rauhe Art machte ihn dabei um so charmanter.
Ich blickte über den Tisch direkt in seine silbergrauen Augen, die von attraktiven Lachfältchen umgeben waren, und konnte beim besten Willen keine böswilligen Absichten in ihnen erkennen, vor denen ich mich hätte schützen müssen.
Mich zu schützen, das durfte ich tatsächlich nicht vergessen, denn ich könnte mich jederzeit in einer Situation wiederfinden, in der dies nötig sein würde.
»Sie sehen also«, führte er gerade überschwenglich aus, und ich war mir sicher, daß seine Worte auch noch in der hintersten Ecke des eleganten Restaurants zu verstehen waren,

»daß wir im Wald genügend Platz haben, um einen Golfplatz anzulegen, der dem in Old Del Monte Konkurrenz machen könnte. Ach, was heißt schon Konkurrenz. Wenn die Leute erst sehen, was die Cypress Coast Development Gesellschaft am Pebble Beach bauen läßt, dann werden sie zuerst auf unserem Golfplatz spielen wollen. Achte auf meine Worte, Fremont. Natürlich wird es dem Platz in Old Del Monte nicht schaden. Je mehr Golfplätze es gibt, desto lustiger wird es doch. Die Leute mögen es, wenn es mehrere gibt. Sie bleiben länger, spielen mehr, geben mehr Geld aus ...« Als er verstummte, leuchteten seine Augen wie Silber vor lauter Vorfreude.
»Du bist ja ein richtiger Unternehmer«, sagte ich lächelnd. Das Filet Mignon und die Sauce Bearnaise hatten mich in eine angenehme Stimmung versetzt. Seit langer Zeit hatte ich nicht mehr so gut gegessen und bemerkte, daß ich mich ziemlich schnell wieder daran gewöhnen konnte.
Braxton beugte sich zu mir hinüber und sagte mit leiser Stimme. »Und ob! Ich verkaufe schon Mitgliedschaften im voraus. Ist der Platz dann erst gebaut, bekommen diejenigen, die vorher bezahlt haben, im ersten Jahr freien Eintritt. Hast du Interesse, Fremont?«
»Nein, danke. Ich bin nicht so sehr vom Golfspiel begeistert. Ich gehe lieber spazieren, ohne zur Rechtfertigung einen kleinen weißen Ball vor mir herschleudern zu müssen.«
Er sah mich ernst an, bis er merkte, daß ich nur Spaß machte. »Zu schade. Trink einen Schluck Champagner. Ich werde es dir auch nicht übelnehmen.«
Zum Nachtisch gab es einen roten Kuchen mit Zuckerguß, der so süß aussah, daß ich mir noch einen Kaffee bestellte. So würde ich zwar noch lange wach liegen, aber diesen süßen Geschmack irgendwie neutralisieren. Dann aß ich langsam und sammelte dabei Mut, um endlich anzusprechen, was mir auf dem Herzen lag.

»Braxton, erinnerst du dich noch an die Frauenleiche, die wir versucht haben zu identifizieren?«
»Die Frau, die ertrunken ist? Natürlich. Ich dachte, jemand hätte sie abgeholt, um sie zu beerdigen.« Er schaute bei dieser Bemerkung auf den Kuchen, als bedürfe es der größten Aufmerksamkeit, ihn auf die Gabel zu bekommen.
»Laut Aussage des Leichenbeschauers ist sie nicht ertrunken. Jedenfalls hattest du recht mit deiner Vermutung, daß es sich um Sabrina Howard, die Schauspielerin aus San Francisco, handeln könnte.«
»Oh. Das tut mir wirklich leid.« Er sah aus, als stimmte das. »Kein Wunder, daß ich sie schon so lange nicht mehr habe erreichen können. Das ist schlimm. Sabrina war wirklich dekorativ und auch nützlich.
»Dekorativ und nützlich?«
Er verstand meinen sarkastischen Unterton jedoch nicht. »Du weißt schon, eben hübsch. Zum Teufel, Sabrina war ausgesprochen schön. Sie hat mir viele Male geholfen. Sie hat die Männer glücklich gemacht und sie in Kauflaune versetzt. Aber Sabrina war nicht gerade schlau.« Er schüttelte den Kopf und sah mich an. »Sie war nicht so klug wie du. Du besitzt Verstand und Schönheit, wirklich. Du bist klug und schön. Mit ein wenig Glück, Fremont Jones, wird noch einmal richtig was aus dir.«
»Danke, Braxton. Ich weiß deine Meinung zu schätzen. Vielen Dank auch für das gute Essen. Es ist schon eine Weile her, daß ich so gut gegessen habe.«
»Das ist doch nicht der Rede wert«, wehrte er ab. Dann hob er die Hand, um sich die Rechnung geben zu lassen. »Da ist jedoch etwas, das ich gern wissen möchte. Wie hast du herausgefunden, daß es Sabrina Howard war? Habe ich etwas verpaßt?«
Ich steckte die Serviette ordentlich, aber ohne sie zu falten unter den Tellerrand und sagte: »Ich habe neulich Nachricht

von einem guten Freund erhalten, der zufällig bei der Polizei in San Francisco arbeitet. Er stand mit Sabrinas Mutter in Kontakt, weil sie ihre Tochter als vermißt gemeldet hatte. Das war ungefähr zur selben Zeit, als wir in das Leichenschauhaus gegangen sind. Die Mutter hat die Leiche ihrer Tochter also nicht abgeholt. Mein Freund konnte Sabrinas Spuren bis zur Halbinsel von Monterey zurückverfolgen. Ich vermute, daß sie die Leiche inzwischen gefunden haben. Aber ich habe keine Ahnung wie und wo. Das hat er mir nicht gesagt.«
Ich hatte absichtlich falsche Angaben gemacht, um zu sehen, wie er reagieren würde.
Braxton lächelte nur. Er blinzelte nicht, zuckte nicht zusammen, keine Reaktion. Lächelnd sagte er: »Nun, dann ist es ja gut. Ihre Mama wird sie beerdigen lassen können, und daran war dir doch gelegen. Aber wenden wir uns doch einem angenehmeren Gesprächsthema zu. Möchtest du eine Runde mit mir im Park spazierengehen, bevor ich dich nach Hause bringe?«
Ich willigte gerne ein, denn die Gartenanlagen des Hotels Del Monte waren großartig, und es bestand keine Gefahr, seinen guten Ruf zu verlieren oder angegriffen zu werden. Außer einem verstohlenen Kuß im Schatten der Bäume würde mir nichts geschehen. Ich küßte wirklich gern, und Braxton tat es ausgesprochen gut.

LOGBUCHEINTRAGUNGEN
17. Februar 1907
Wind: mäßiger, aber steter Westwind
Wetter: klar und kühl, kein Morgennebel
Bemerkungen: heute morgen wurde südlich von Point Sur eine Leiche gefunden, die zur Identifizierung und Untersuchung durch den Leichenbeschauer nach Monterey gebracht worden ist

Ich war die ganze Nacht aufgeblieben, um das Manuskript »Der Kaufmann der Träume« abzutippen. Ich wollte es nun endlich fertigstellen, damit ich einen Grund hatte, nach Carmel zu fahren. Außerdem wollte ich natürlich wissen, wie es mit der etwas einfältigen Heloise weiterging. Sie hätte doch wirklich genug Verstand besitzen müssen, um erst gar nicht in eine solche Situation zu geraten. Allerdings bedeutete das Geld für jemanden in ihrer Lage sicherlich eine große Versuchung.
Auf alle Fälle nahm ich manche Unglaubwürdigkeit in Kauf, wenn es um Geschichten ging. Und Artemisias Geschichte gefiel mir außerordentlich gut.
Bei Sonnenaufgang ging ich in die Küche herunter und setzte den Kaffee auf. Während er durchlief, ging ich wieder die Treppe hoch, um meine morgendlichen Beobachtungen vorzunehmen und mit den Eintragungen ins Logbuch zu beginnen. Als ich wieder in der Küche war und mir gerade einen Toast bereitete, kam der Bote der Küstenwache mit der Nachricht, es sei ein Ertrunkener geborgen worden. Auch das trug ich später in das Logbuch ein. Diese Nachricht überraschte mich nicht sehr. Ich war auch nicht sonderlich erschüttert, denn ich hatte in Hetties Eintragungen der letzten zwei Jahre festgestellt, daß jährlich zwischen drei und fünf Leute im Meer ertranken. In diesem Jahr hatten wir allerdings schon zwei Tote, und es war erst Februar. Wenn das so weiterging, dann würden wir im Jahre 1907 eine Art Rekord aufstellen.
Es war halb acht, als ich wieder an der Schreibmaschine saß, entschlossen, das Manuskript zu Ende zu tippen. Es war nicht mehr viel, also zog ich munter ein neues Blatt Papier ein und legte die Finger auf die Tasten. In der Zwischenzeit suchte und fand ich die Stelle wieder, wo ich aufgehört hatte. Heloise lebte jetzt in der Morpheus-Stiftung. Sie hatte ihr Schlafzimmer neben dem verschleierten Raum (eigentlich

hätte er Suite genannt werden müssen, aber das war Artemisia wohl nicht aufgefallen). Heloise schlief die meiste Zeit und hatte heiße erotische Träume. Mich wunderte nur, daß die Worte, mit denen diese Träume beschrieben wurden, nicht das Papier ansengten. Ich konnte mir gut vorstellen, daß die meisten Leute die Novelle wegen der Träume lesen wollten, ich aber konnte es kaum erwarten, daß Heloise endlich aufwachte und zur Vernunft kam! Artemisia wollte sie doch sicherlich nicht in den Fängen des bösen Morpheus lassen. Was wollte er denn überhaupt mit all den Träumen, die er kaufte?
Die Stelle, von der aus ich weitertippte, war auf Seite hundertzehn. Ich schwor, bis zum Ende zu tippen. Noch einmal vertiefte ich mich in Heloises Geschichte:

Morgen und Abend wurden eins. Mein Verstand nahm alles nur noch verschwommen wahr. Das ganze Leben schien mir unwirklich und verhüllt, wie dieses verschleierte Zimmer. Mein Atem ging nur noch flach, und ich hatte kaum Appetit. Mir kam es vor, als würden sie mir immer weniger zu essen geben. Aber mich störte das nicht. Mich störte gar nichts mehr, bis zu dem Tag, als ich jenen Traum hatte. Er war so ungeheuerlich, daß ich von selbst und ganz plötzlich aufwachte. Zum ersten Mal saß Morpheus nicht neben mir.
In meinem Traum wohnte ich in einer blaugrünen Höhle, einem kalten, aber magischen Ort. Ab und zu regnete es, und wenn die Regentropfen fielen, dann klang es wie Musik. Mein Körper war mit blauen und grünen Pailletten bedeckt, die aussahen wie Fischschuppen. Sie waren meine Kleidung, denn ich hatte sonst nichts weiter an. In dieser Höhle lebte ich ein träges Leben, denn ich hatte keinerlei Verpflichtungen. Allerdings durfte ich diesen Ort auch nicht verlassen. Selbst den Eingang der Höhle durfte ich nicht aufsuchen, um hinauszuschauen. Aber ich war nicht allein, denn ich hatte

einen Liebhaber, der mich nachts besuchte. Er hieß Oberon.

Eines Nachts, als Oberon zu mir kam und mich wie immer weckte, wagte ich zu fragen: »Mein Liebster, warum kommst du nur bei Nacht und in der Dunkelheit? Die Höhle ist wunderschön am Tag. Ich wünschte mir, du könntest sie einmal sehen und ich könnte dein liebes Gesicht erblicken.«

»Sei ruhig!« flüsterte er, und ich spürte seinen Atem, so sanft wie eine Feder, an meinem Hals.

Die Pailletten, die meine Haut tagsüber schützten, lösten sich funkelnd auf, wo er mich berührte. An diesen Stellen war ich nackt, aber nur für ihn. Ich war verletzlich, aber nur für ihn. Denn sobald er wieder ging, kamen die schimmernden Schuppen wieder zurück, um mich tagsüber zu bedecken. Es war wie ein Zauber. Unsere gesamte Liebe war wie ein Zauber, so daß ich bis dahin nie daran gedacht hatte, Fragen zu stellen. Aber in dieser Nacht tat ich es.

Als Oberon erschöpft von mir ließ und sich umdrehte, um zu schlafen, konnte ich mich nicht mehr zurückhalten. Ich hatte so viele Fragen, die mich bedrängten und schließlich aus mir herausströmten:

»Woher kommst du, Liebster? Wohin gehst du, wenn du mich verläßt? Warum kann ich nicht mit dir gehen? Warum kann ich die Welt vor der Höhle nicht schauen? Was wird geschehen, wenn ich zum Höhleneingang gehe, hinausschaue und in die Sonne blicke?«

Er antwortete mit leiser und drohender Stimme: »Ich komme aus dem Dunkel, das mich auch speist. Du bist die Kreatur, die ich geschaffen habe. Du bist aus dem Fleisch meiner Rippe gemacht, zu meinem Vergnügen. Sei froh, du törichtes Wesen, daß du in dieser Höhle bleiben kannst und nicht hinaus in die Welt gehen mußt, um dich im Schweiße deines Angesichts abzumühen. Du kannst außerhalb dieser Höhle nicht leben, also wage nicht, die Grenzen zu überschreiten.

Das Licht der hellen Sonne wird dich blenden, und dann wird sie dich verbrennen.«
Gewiß wollte ich weder erblinden noch verbrennen, aber diese Fragen hatten etwas in meinem Innern geweckt, das mir keine Ruhe mehr ließ. Während Oberon schlief, erhob ich mich und ging langsam, ganz langsam zum Höhleneingang. Ich würde doch sicherlich nicht in der Nacht geblendet oder verbrannt werden?
Ich wagte kaum zu atmen, als ich an den Eingang kam. Ganz vorsichtig warf ich einen kurzen Blick hinaus, dann schaute ich etwas länger und genoß den Anblick, der sich mir bot: Die Welt war riesig, weit und wunderschön. Vor mir lagen Hügel, die aussahen wie schwarze Samtfalten, und die hellen Sterne funkelten kristallklar am unendlichen mitternachtsblauen Himmel. Der Mond schien nicht. Aber ich konnte mich an ihn, den weißen Himmelskörper, der in der Nacht aufging, gut erinnern. Der Mond, der sich immer wieder veränderte, der zu- und abnahm, der einfach verschwand, um dann wieder zuzunehmen und voll zu werden. Das war meine Welt und nicht die Höhle!
Ich ging hinaus und stand unentschlossen am Rand der Welt. Das Licht der Sterne traf mich, und alle meine Schuppen fielen zu meinen Füßen. »Oberon hat mich angelogen«, sagte ich. »Ich bin nicht von ihm geschaffen worden. Ich bin nicht aus seiner Rippe entstanden.«
Hinter mir, in der Höhle, wurde es unruhig. Ich spürte es, wie man einen Sturm fühlt, der heraufzieht. Die feinen Härchen auf meinem nunmehr nackten Körper standen alle ab. Mein Kopfhaar flog hoch und knisterte. Funken tanzten in der Luft wie kleine Leuchtkäfer. In ihrer Mitte ballte sich das Dunkel zusammen, nahm Gestalt an und breitete schwerfällig seine großen schwarzen Flügel aus …
In diesem Moment wachte ich aus meinem Traum auf und streckte unwillkürlich meine Hand nach Jonah Morpheus

aus, der jetzt immer angezogen neben mir auf der Bettdecke lag. Er begründete es damit, daß er da sein wollte, wenn ich in der Nacht aufwachte und einen Traum erzählen wollte. Außerdem könnte er so besser über meine zarte Gesundheit wachen. Als ich nun feststellte, daß das Bett neben mir leer war, fühlte ich leichte Panik. Aber dann wurde mir die Bedeutung des Traumes bewußt. Ich, Heloise, erkannte mich selbst in der namenlosen Frau wieder. Morpheus war Oberon. Der Traum war eine Warnung.

Gerade als ich mir dessen bewußt wurde, kam die Katze Shadow unter den Schleiern hervorgeschlichen und sprang geschmeidig auf das Bett. Ich wußte, daß Morpheus nicht weit sein konnte. Die Katze schaute mich an, und ich schaute zurück.

»Sprich zu mir«, flüsterte ich. »Ich weiß, daß du es kannst. Sag mir, was du zu sagen hast!« Aber sie blinzelte mich mit ihren unheimlichen Augen nur an, dann drehte sie sich fort, als wäre ich es nicht wert, beachtet zu werden. Vielleicht war ich es ja auch nicht ...

Bei diesem entsetzlichen Gedanken fing ich endlich an, die ganze schreckliche Wahrheit zu erkennen.

Morpheus trat durch die Schleier. Ich lächelte und streckte ihm meine dürren Arme entgegen. »Ich bin aufgewacht, aber du warst nicht da. Ich hatte solche Angst!«

Er schlüpfte neben mich unter die Bettdecke, streichelte mich tröstend und verführerisch. »Erzähle mir von deinem Traum«, sagte er.

Ich erzählte ihm einen Traum, aber er war erlogen. Und diese Lüge war der Anfang meiner Befreiung.

»Fremont. Sind Sie hier oben?« Es war Quincy, der mich vom Treppenhaus her rief. Ich erwiderte, daß es so sei, und er gab zurück: »In Ordnung. Ich reite mit Bessie in die Stadt. Sie hab'n gesagt, daß sie heute ein neues Rad an die Kutsche bauen.«

Verflixt! Ich war hin- und hergerissen, aber die Sorge um Quincy siegte, und ich verließ die Schreibmaschine.
»Warten Sie, Quincy!« Ich rannte die Treppe so schnell hinunter, daß mir ein wenig schwindelig war, als ich unten ankam. Er stand schon an der Tür, die Hand am Knauf. Der andere Arm lag in einer Schlinge, um das Schlüsselbein zu schonen. »Sie sollten weder einhändig reiten noch mit der Kutsche fahren. Die Gefahr ist zu groß, daß Sie sich wieder verletzen. Können Sie nicht Pete schicken?«
Quincy schaute fort und sagte: »Nein. Er ist heute nicht gekommen.«
»Ich kann mir nicht vorstellen, daß er krank ist. Gestern sah er noch ganz gesund aus.« Pete Carlson war wirklich ein kräftiger und muskulöser Mann, auch wenn er nicht der größte war. Das war wohl auch sein wunder Punkt. Pete war kaum größer als fünfeinhalb Fuß, also kleiner als die meisten Männer und immerhin auch noch kleiner als ich.
Quincy faßte sich unter den Hut und kratzte sich das Ohr. »Nun, ich habe ihm gesagt, er soll heute nicht kommen. Hab' gedacht, daß wir auch ohne ihn auskommen.«
»Also ehrlich, Quincy!« Ich stemmte die Fäuste in die Hüften. »Ich weiß nicht, was Sie gegen diesen Mann haben. Er macht seine Arbeit doch gut, wenn Sie ihn nur lassen.«
Er murmelte etwas, was ich nicht verstand, doch ich bat ihn nicht darum, seine Worte zu wiederholen. Quincy gehörte sicherlich zu den Menschen, die nie mit der Arbeit anderer zufrieden waren, wenn sie sie gerne selbst gemacht hätten.
Ich mochte Quincy wirklich sehr, aber im Moment ärgerte ich mich sehr über ihn. Deshalb sagte ich schroff: »Das kommt jetzt aber wirklich ungelegen. Ich möchte nicht, daß Sie sich erneut verletzen. Aber ich habe auch keine Zeit, das Pferd in die Stadt zu reiten, um die Kutsche zu holen.«
»Aber, Fremont...«
»Ich habe auch keine Zeit hier herumzustehen, um mit Ihnen

darüber zu diskutieren, Quincy. Sie werden nicht in die Stadt reiten, und damit basta. In Kürze fahre ich mit dem Maxwell nach Carmel. Dann werde ich am Stall vorbeifahren und dort jemanden bitten, die Kutsche mit einem der Pferde zu bringen. Meinen Sie, daß Sie sich mit jemand anderem besser verstehen könnten? Ich würde mir dann für Pete etwas einfallen lassen, um ihn zu entlassen.«

»Nein, Madam, bitte nicht! Entlassen Sie ihn nicht. Denken Sie lieber erst gar nicht an so was! Das bringt nichts, wenn wir Pete verärgern! Wir haben ihn nun mal, dann werden wir ihn wohl auch noch eine Weile behalten müssen. Ich verspreche Ihnen, daß ich mich zusammenreißen werde. Es tut mir leid, daß ich Ihnen solche Unannehmlichkeiten bereite.«

Damit ging Quincy schwerfällig und kopfschüttelnd hinaus.

Ich lief schnell die Treppe wieder hinauf und setzte mich sofort daran, den Teil der Geschichte abzutippen, in dem Heloise endlich zum Zuge kam.

Ich blieb nun tagsüber immer wach, gab aber vor zu schlafen. Es war allerdings in diesem abgeschiedenen Raum ziemlich schwierig zu beurteilen, welche Tageszeit es war. Man ließ mich über einen langen Zeitraum allein, und nur Shadow blieb bei mir. Ich sagte mir, daß ich mir nichts einbilden sollte, diese Katze war doch nur eine Katze. Aber manchmal war ich sicher, daß sie kein gewöhnliches Tier war, so wie Jonah und Thad auch keine normalen Menschen wie ich waren. Welche Art von Wesen sie wirklich waren, das wußte ich jedoch nicht. Jonah Morpheus besaß Fähigkeiten, die sich nicht nur auf die Hypnose beschränkten, sondern weit darüber hinausgingen. Diese Überlegungen zeigten mir, daß ich wieder in der Lage war, meinen Verstand zu gebrauchen und zu verstehen, was wirklich mit mir geschah.

Morpheus war mit Hilfe der Träume in mein Leben einge-

drungen. Was in meinen Träumen geschah, schien ihm irgendwie Kraft zu verleihen. Er lebte wohl von dem, was ich ihm erzählte. Er eignete sich immer ein Stück meiner Lebenskraft an, wenn ich ihm einen Traum schenkte. Wenn ich schlief, dann war er sanft und erfüllte meinen Körper vorübergehend mit Lust. Aber das änderte nichts an der Tatsache, daß Morpheus meine Seele fraß.

Da ich aber von nun an immer Teile meiner Träume zurückhielt, wurde ich täglich wieder etwas kräftiger. Ich aß das Essen auf, das sie mir gaben, und fragte Thad und nicht Jonah, wenn ich noch mehr haben wollte. Zwischen den beiden bestand eine gewissen Rivalität. Ich glaube, Thad amüsierte es, wenn ich etwas ohne Jonahs Zustimmung tat. Ich schaute mich in den zwei Räumen um und stellte fest, daß sie ganz normale Wände hatten. Die Schleier waren auch nur einfache Vorhänge. Den Kronleuchter sah ich mir jedoch nicht genauer an, denn er war mir nicht geheuer.

Schließlich kam der Tag, an dem ich gehen wollte. Ich war zwar noch längst nicht wieder so kräftig wie zuvor, aber ich war sicher, daß ich die Treppe hinuntergehen könnte. Und das allein zählte. Ich hatte einen Plan gefaßt.

Nachdem Thad das Frühstücksgeschirr fortgeräumt hatte, ging ich ins Schlafzimmer und stieg auf mein Bett. Tag für Tag hatte ich am oberen Rand eines der dünnen Vorhänge gezupft, so daß er nur noch an ein paar Fäden an der Stange hing. Ich riß die letzten Fäden durch und nahm den Stoff in meine Arme. Er war grau und unwirklich wie der Nebel. Aber das Material fühlte sich fest und seidig an. Ich hatte so etwas noch nie zuvor in meinen Händen gehalten. Es kam mir wie etwas aus einer anderen Welt vor. Ich faßte den Vorhang zu einem Bündel zusammen und stopfte ihn unter die Kissen.

Kurze Zeit später kam Shadow, um mir den allmorgendlichen Besuch abzustatten. Die Katze mochte mich und blieb manchmal den ganzen Tag bei mir. Ich streichelte sie, und sie schnurrte. Ich säuselte ihr sanft ins Ohr, so wie es Morpheus oft bei mir tat. »Shadow, süße Shadow. Du liebst mich. Ich weiß, daß du mich liebst. Du möchtest bei mir sein, bei mir bleiben, mit mir kommen ...« Diese und ähnliche Worte wiederholte ich immer wieder, bis Shadow eingeschlafen war. Dann stand ich auf und zog mein Kleid an, das ich seit vielen, unzähligen Wochen nicht mehr getragen hatte. Das durchsichtige Nachthemd, das ich für gewöhnlich trug, ein Geschenk von Morpheus, legte ich über den Fuß des Bettes. Mein Kleid hing an mir herunter, denn ich war furchtbar dürr geworden.

Ich wußte, daß ich jetzt schnell handeln mußte. Flink wickelte ich die Katze in den Vorhang, den ich zuvor abgenommen hatte. Sie war nun so dick eingewickelt, daß sie mich nicht mehr kratzen konnte. Dann nahm ich sie in den Arm und lief los. Ich rannte durch eine Tür und zur nächsten und hatte plötzlich panische Angst, daß sie verschlossen sein könnten. Aber keine war es. Eigentlich hatte ich auch nicht erwartet, daß sie sie abschlossen. Ich hatte doch immer viel zu schwach ausgesehen, um wirklich fliehen zu können.

Ich öffnete eine Tür und lauschte. Die Katze hatte aufgehört, sich zu wehren, und das erschreckte mich noch mehr, als wenn sie sich weiterhin wie ein gefangenes Tier in der Falle gewehrt hätte.

Shadow und Morpheus standen in einer gewissen Verbindung zueinander. Das hatte ich die ganze Zeit beobachtet, und damit rechnete ich jetzt auch, um meine Freiheit wiedergewinnen zu können. Aber zuerst mußte ich diesem Ort hier entfliehen. Es war Zeit, und ich wollte fliehen! Ich flog die Treppen hinunter, an dunklen und stillen Korridoren vorbei. Nur fort von hier! Hinter mir wurde eine Tür geöffnet, aber ich drehte mich nicht um. Ich war zwar schwach, aber ich war schnell, und da ich so leicht war, konnte ich mich bewegen wie der Wind.

Zufrieden seufzend, tippte ich die Geschichte bis zum Ende. Schließlich war Heloise doch noch meinen Erwartungen und Hoffnungen gerecht geworden. Ich legte die Blätter sorgfältig aufeinander. Es waren hundertachtundvierzig Seiten geworden. Dann dachte ich einige Minuten über diese erstaunliche Geschichte Artemisias nach. »Der Kaufmann der Träume« ging wie ein Märchen aus. Wahrscheinlich war es auch eins, aber eigentlich eine sehr erotische Variante und ganz gewiß nicht für Kinder gedacht! Heloise kehrte in ihr enges Apartment zurück und setzte Shadow in einen goldenen Vogelkäfig, den sie von ihrer Großmutter geerbt hatte. Als Jonah Morpheus kam, um seine Katze wiederzuholen, zeigte er endlich sein wahres Gesicht. Er war ein Dämon der Nacht und konnte jede Gestalt annehmen, die er haben wollte. Shadow war auch ein Dämon, aber er war so etwas wie ein Lehrling. Thad war ein gefallener Engel. Heloise hatte Shadow als Geisel mitgenommen, um Morpheus zu zwingen, sie aus dem Vertrag zu entlassen. Er ließ sich darauf ein, und dann lösten sich die Dämonen in Luft auf. Ende gut, alles gut! Jedenfalls sollte man das meinen, denn sonst hätte man nachts wohl Probleme einzuschlafen.
Ich legte das Manuskript in einen Karton, in dem zuvor eine große Menge an Schreibmaschinenpapier gewesen war, und Artemisias handgeschriebenes Original darauf. Was mich jetzt noch beschäftigte, war das Geld. Hatte Heloise das Geld, das sie für ihre Träume bekommen hatte, behalten können? Hätte ich es behalten, wenn ich sie gewesen wäre? Würde ich sagen, ich hätte es mir schließlich verdient? Oder hätte ich wohl eher Angst, daß mir das Geld, das ich auf diese Weise verdient hatte, vielleicht Pech bringen würde?

***

»Ich hoffe, du hast keine Probleme mehr mit Schlangen«, sagte ich zu Artemisia, als ich ihr Cottage zum ersten Mal betrat. Sie hatte es »Moonbow« genannt, und das war bei ihrer Vorliebe für die Wesen der Nacht sicherlich ganz gut gewählt.
»Wie? Ach so, die Schlangen. Nein, ich habe keine mehr gesehen. Aber ich denke, das könnte etwas mit Patricks Anwesenheit zu tun haben, obwohl er die meiste Zeit gar nicht im Haus ist. Komm herein, Fremont. Bitte verzeih mir, aber ich bin heute morgen etwas durcheinander. Was kann ich für dich tun?«
»Ich bringe dir das schreibmaschinengefertigte Exemplar deiner Novelle.« Ich reichte ihr den Karton, und sie schaute ihn einen Moment lang an, als hätte sie nicht die geringste Ahnung, wovon ich sprach. Dann faßte sie sich wieder und nahm mir den Karton ab.
»Danke! Laß mich doch mal sehen.« Artemisia ging schnell durch das Zimmer zu einem Arbeitstisch, der sehr unordentlich war. Sie stellte den Karton darauf und machte sich daran, ihn zu öffnen.
In der Zwischenzeit schaute ich mich in ihrem Cottage um. Hier sah es wirklich wie in einem kleinen anthropologischen Museum aus. Überall waren Masken, Tonwaren, Körbe und merkwürdig aussehende kleine Figuren. Die Möbel waren mit indianischen Teppichen statt mit üblichem Stoff bezogen.
Auch wenn die Dinge so unterschiedlich waren, daß sie eigentlich nicht zusammenpaßten, bildeten sie doch alle miteinander eine Harmonie, die so außergewöhnlich war wie Artemisia selbst.
»Es sieht ziemlich professionell aus, wenn es mit der Schreibmaschine geschrieben ist«, sagte sie. »Das muß ich dir aber lassen! Es sieht aus wie gedruckt. Wie hat dir die Geschichte gefallen, Fremont?«

»Ich fand sie wirklich faszinierend. Deine reiche Phantasie flößt mir Respekt ein, Artemisia. Aber wie du schon sagtest, die Verleger könnten zögern, wenn sie den einen oder anderen sinnlichen Traum lesen. Königin Victoria ist zwar schon gestorben, und man sagt, ihr Sohn sei ein Wüstling, aber ...«

»Sprich nicht weiter!« Artemisia hielt ihre Hand in die Höhe, als sie mich unterbrach. »Ich kann es mir nicht länger anhören. Wenn ich daran denke, daß diese scheinheiligen Männer tagsüber wichtigtuerisch und aufgeblasen in ihren Büros sitzen und in der Nacht ihren düsteren und verdorbenen Vergnügungen nachgehen, dann möchte ich am liebsten ausspucken! Ich habe beschlossen, daß ich verdammt sein soll, wenn ich den Namen eines Mannes auf die Titelseite setze, nur um ihnen zu gefallen. Wahrscheinlich werden Heloise und Morpheus nie das Innere eines Buchladens sehen, doch wer weiß? Jetzt aber möchte ich dir das Geld geben. Ich habe hier irgendwo noch etwas herumliegen ...«

Während sie das Geld suchte, fragte ich sie: »Wo malst du eigentlich?«

»Hinter dem Cottage ist noch ein Atelier. Eine Wand besteht nur aus Fensterscheiben. Du wirst es wahrscheinlich komisch finden, daß eine Frau, die nur Nachtstücke malt, so viel Licht im Atelier braucht. Ich würde es dir gern einmal zeigen. Im Moment bin ich allerdings wirklich zu durcheinander. Es ist etwas Schreckliches passiert.«

Sie hatte einige Scheine in einem alten Topf gefunden, kam zu mir und drückte sie mir in die Hand. Ich sah, daß es zwanzig Dollar waren, und wühlte in meinem Lederbeutel nach Wechselgeld. Dabei fragte ich sie: »Was ist denn geschehen? Kannst du es mir erzählen?«

»Behalte den Rest, Fremont. Betrachte es als Prämie oder so etwas.« Sie ließ sich in einen Sessel fallen, und erst jetzt fiel mir auf, daß ihre Kleidung so zerknittert und schmutzig war, als hätte sie sie seit Tagen nicht gewechselt. »Es geht um Arthur. Oder vielleicht ist es auch Oscar. Vielleicht sind sie es auch beide. Wir wissen nicht, ob Oscar verrückt geworden ist oder ob er die Wahrheit sagt.«

Ich setzte mich neben sie, nachdem ich die fünf Dollar und zwanzig Cents so auf den Tisch gelegt hatte, daß sie sie auch finden würde. Ich hatte das Manuskript lange genug bei mir gehabt und verdiente meiner Meinung nach die Prämie nicht. »Ich verstehe nicht, was du meinst.«

Sie seufzte tief und anhaltend und fuhr sich dann über die Stirn. »Ich bin auch nicht so sicher, ob ich es verstehe. Mimi ist dabei keine Hilfe. Sie ist so verdammt fürsorglich!«

»Ich weiß, was du meinst. Warum erzählst du mir die ganze Sache nicht von Anfang an?«

Artemisia blickte mich mit ihren dunklen Augen tragisch an. »Sie sind nach Big Sur gefahren, um dort an einem bestimmten Strand nach Jade zu suchen. Arthur und Oscar fuhren zusammen, aber Oscar kam letzte Nacht allein zurück . . .«

Ich ließ den tieferen Sinn ihrer Worte kurz auf mich wirken, und dann sagte ich zu Artemisia: »Mit anderen Worten, Arthur ist etwas zugestoßen.«
»Ja, und irgend etwas hat Oscar vollkommen aus der Fassung gebracht. Er ist schon immer sehr sensibel gewesen, wie so viele andere Dichter auch. Das scheint ihre Kunst so mit sich zu bringen. Aber er war noch nie so aufgelöst wie jetzt. Er steht wirklich kurz vor einem Zusammenbruch. Ich habe ihn noch nie so erlebt, und ich kenne Oscar Peterson schon seit unserer gemeinsamen Schulzeit.«
Ich bekam einen trockenen Hals und spürte ein komisches Kribbeln in den Fingerspitzen und den Zehen. Ich sammelte ausreichend Speichelflüssigkeit, um schlucken zu können und wagte dann zu sagen: »Möchtest du damit andeuten, daß ein Verbrechen geschehen ist, das Oscar vielleicht gesehen hat? Sollten wir dann nicht lieber zum Sheriff gehen?«
Sie schaute mich verärgert aus den Augenwinkeln an. »Ich bin überrascht, daß ausgerechnet du diesen Vorschlag machst. Du hast ein bemerkenswertes Talent, Leute dazu zu bringen, die Schmutzarbeit für dich oder mit dir zu machen, Fremont Jones. Ich für meinen Teil werde daran nicht mehr teilhaben.«
Mich verließ etwas der Mut, aber andererseits wußte ich auch nicht genau, warum es mich kümmern sollte, was Arte-

misia Vaughn von mir dachte. Ich sagte: »Es tut mir leid, daß du so denkst. Aber um ehrlich zu sein, ich kann dich verstehen. Wäre es denn ein voreiliger Schluß zu sagen, daß es eine Verbindung zwischen dem gibt, was Arthur passiert ist, Sabrina Howards Tod und Phoebes Verschwinden?«

»Phoebe ist höchstwahrscheinlich auch tot, und ich wage zu behaupten, daß Arthur es auch ist.« Sie blickte mich funkelnd an. »Da frage ich mich doch langsam, ob das alles auch passiert wäre, wenn du dich nicht eingemischt hättest.«

Ich ging darauf nicht ein. Wenn ich glauben würde, was sie behauptete, dann dürfte ich so nicht mehr weitermachen.

»Was sagt denn Oscar nun genau?«

»Er gibt immer nur kompletten Unsinn von sich. Mal behauptet er, Arthur sei von den Klippen gestürzt, und das klingt nach einem Unfall. Aber sie sind mit einem Boot die Küste entlanggefahren. Was haben sie dann oben auf den Felsen gemacht? Bist du schon mal bis Big Sur gekommen, Fremont?«

Ich schüttelte verneinend den Kopf.

»Es ist absolut atemberaubend dort. Ganz besonders schön ist es zu dieser Jahreszeit, wenn die Berge in einem Smaragdgrün leuchten. Überhaupt ist die Landschaft dort beeindruckend und gewaltig. Die Berge erheben sich direkt aus dem Meer und sind sehr steil. Nur an einer Stelle ist eine Art Gesims, das einst ein Unterwasserplateau war. Natürlich gibt es auch überall kleine Buchten mit Sandstränden. Man müßte schon einen triftigen Grund haben, um den Strand zu verlassen und die Klippen hinaufzuklettern. Es würde nämlich ein sehr gefahrvoller Aufstieg werden. Offen gestanden kann ich mir nicht vorstellen, daß Arthur oder Oscar so etwas tun würden.«

»Es sei denn, sie sind dazu gezwungen worden«, sagte ich düster.

Artemisia bewegte sich unbehaglich hin und her. Das lag

aber sicher nicht an ihrem Sessel, und auch eine andere Sitzhaltung hätte ihre innere Unruhe nicht lindern können.
Sie fuhr fort: »Oscar behauptet weiter, und das ist besonders seltsam, daß niemand bei ihnen war. Er fing dann immer wieder an zu weinen und jammerte, daß Arthur tot sei und alles nur seine Schuld sei.«
Auf einmal verstand ich es. Für einen Augenblick ließ ich das anschließende Schweigen im Raum stehen, dann sagte ich: »Da ist etwas, das ihr wissen solltet. Heute morgen wurde mir im Leuchtturm die Nachricht überbracht, daß südlich von Point Sur eine Leiche aus dem Meer geborgen und dem Leichenbeschauer übergeben wurde.«
Artemisia schlug die Hand vor den Mund. »Oh, nein! Mimi wird ... Sie wird ...! Ich darf gar nicht daran denken!«
Ich erhob mich und sagte nüchtern: »Deine Reaktion soll wohl besagen, daß, wie schuldig Oscar auch immer war, er es nicht geschafft hat, Arthurs Leiche im Boot zurückzubringen.«
»Du kannst von einem Mann wie Oscar nicht erwarten, daß er sich mit so etwas Schrecklichem wie einem toten Menschen auseinandersetzen kann. Er ist viel zu sensibel ...«
Sie verstummte, als ihr bewußt wurde, was sie da sagte.
»Und reizbar ist er auch. Ja, und solange so ein Mann eine Frau wie Mimi hat, die alles für ihn macht, ist wohl von ihm nicht viel zu erwarten. Er wird sich kaum um die schmutzigen kleinen Dinge des täglichen Lebens kümmern wollen. Andererseits muß man in der Tat ein besonderer Mensch sein, wenn man einfach verschwindet und seinen Freund dem Meer überläßt, ohne auch nur den Versuch zu unternehmen, Hilfe zu holen. Denkst du das nicht auch?« Mit diesen Worten ging ich zur Tür, gab Artemisia keine Möglichkeit, mir zu antworten, und fuhr fort: »Ich fahre jetzt zu den Petersons. Wenn du mitkommen möchtest, dann würde ich mich über deine Gesellschaft freuen. Wenn nicht, dann wün-

sche ich dir noch einen schönen Tag. So schön, wie er unter diesen Umständen noch sein kann.«
Artemisia gab mir weder eine Anwort, noch stand sie aus dem Sessel auf. Ich wertete ihr Verhalten gleichwohl als Antwort. In der Tür drehte ich mich noch einmal um, denn mir war etwas klargeworden. »Du solltest noch etwas von mir wissen«, sagte ich. »Ich bin überhaupt nicht daran interessiert, Unruhe zu stiften. Aber wenn mich jemand ärgert, dann drehe ich mich nicht einfach um und gehe weg. Ganz besonders dann nicht, wenn irgend etwas Unrechtes geschehen ist. Dann bin ich nämlich grundsätzlich nicht in der Lage fortzuschauen.«

***

Meine kleine Ansprache, die natürlich auch der Selbstrechtfertigung diente, hinterließ nur mäßigen Eindruck bei Artemisia. Aber ich fühlte mich besser. Ich fuhr allein zu den Petersons und war froh, daß ich meinen neuen Spazierstock dabeihatte. Wenn Artemisia sich mir gegenüber schon so feindselig verhielt, dann konnte ich davon ausgehen, daß es bei Mimi noch schlimmer sein würde. Sie war eine starke, kräftige Frau. Ich ging zwar nicht davon aus, daß sie mich tatsächlich angreifen würde, aber es war doch besser, gewappnet zu sein.
Nachdem ich Max geparkt hatte, nahm ich den Spazierstock in die Hand und prüfte, ob noch alles in Ordnung war. Dann strich ich meinen Rock glatt, holte tief Luft und begab mich auf den Weg durch das Wäldchen bis zu Petersons Haus. Ich ging langsam und versuchte meine Gedanken zu ordnen. Mimi hatte heftig reagiert, als ich ihr das Photo von Sabrina Howard gezeigt hatte, Oscar jedoch nicht. Arthur hatte gesagt, er hätte Sabrina gesehen. Ich hatte darauf gehofft, daß er seinem Gedächtnis schließlich doch noch würde

abringen können, wo das gewesen war. Ich würde darum wetten, daß Braxton Furnival ebenfalls dabeigewesen war. Welche Verbindung könnte es nur zwischen Braxton Furnival, Sabrina Howard, Mimi und Oscar Peterson und Arthur geben? Mir war klar, daß Phoebe mit im Spiel war. Sie war es schließlich gewesen, die Sabrina Howards Identifikation ermöglicht hatte. Deshalb mußte sie auch zum Schweigen gebracht werden (Da blieb nur zu hoffen, daß dies nicht endgültig geschehen war!). Wenn ich eins mit dem anderen verknüpfen wollte, dann konnte ich nicht umhin, die unbestrittene Tatsache zu berücksichtigen, daß die Carmeliter untereinander ganz besonders loyal waren. Keiner von ihnen würde dem anderen ein Leid zufügen, dessen war ich mir ganz sicher. Aber wie und wo paßte Braxton dort hinein?
Vielleicht gehörte er ja gar nicht dazu? Doch warum war er mir anfangs bloß so verdächtig vorgekommen? Ich konnte mich beim besten Willen nicht mehr daran erinnern. Langsam brachte ich mich schon selbst ganz durcheinander.
Am Rande des Wäldchens hielt ich an. Das Haus lag hinter den immergrünen Eichen. Ich konnte die Dachschindeln und den Schornstein, den Oscar selbst gebaut hatte, schon sehen. Neben mir flatterten in einer Pflanze, die Busch wie Baum sein konnte, lauter kleine gelbe Finken. An einem anderen Tag hätte ich über diese winzig kleinen Vögel mit ihrem kräftigen und schönen Gesang gelächelt, aber heute ging ich mit grimmiger Miene vorbei. Trotz des Vogelgesangs hörte ich durch das geöffnete Fenster ein schwaches Jammern, das sich nicht nach einer menschlichen Stimme anhörte. Aber es war herzerweichend.
Ich klopfte mit meinem Stockknauf an die Tür. Sie wurde fast unmittelbar von einem der drei Brüder geöffnet.
»Dick?« Ich mußte raten. »Darf ich eintreten?«
Entweder hatte ich den richtigen Namen genannt, oder er

war es gewohnt, für einen seiner Freunde gehalten zu werden. Er nickte nur, trat zurück und ließ mich eintreten.

Das Jammern wurde lauter. Ich senkte den Kopf und flüsterte: »Ist das Oscar?«

Er nickte wieder. Der Ausdruck in seinem jungen Gesicht war ernst und zugleich ängstlich. »Sie sind in der Küche. Haben Sie gehört, was geschehen ist?«

Jetzt nickte ich.

Dick sagte: »Gehen Sie hinein, Fremont, aber erwarten Sie nicht zuviel, denn Oscar kann nicht sprechen, und Mimi wird wohl auch nichts sagen. Ich weiß nicht, was wir machen sollen. Das ist einfach zu schrecklich!«

»Ich habe Neuigkeiten, die die Dinge vielleicht etwas vorantreiben könnten«, sagte ich. »Sie sollten Sie auch hören. Kommen Sie also mit mir.«

Tom und Harry saßen nebeneinander auf der Fensterbank und hielten sich an den Händen. Sie schauten ebenso ernst und ängstlich wie Dick, der sich sofort zu ihnen gesellte. Irma Fox hatte ein strenges graues Kleid an und saß in einem Sessel in der Ecke, als wollte sie anwesend und abwesend zugleich sein. Khalid war nicht zu sehen. Mimi und Oscar saßen am Küchentisch. Er war auf dem Tisch zusammengesunken und weinte. Es sah aus, als wolle er sich samt seines Schmerzes auflösen und im Holz verschwinden. Sie strich ihm immer wieder über die langen glatten Haare und blickte dabei wie Medusa, die einen mit ihrem Blick in Stein verwandeln konnte.

»Ich habe Neuigkeiten«, sagte ich. Dabei sprach ich viel zu laut und wohl auch zu sachlich für diese Gruppe, in der jeder sich in einem Schockzustand befand.

Mimi bewegte ihren Kopf leicht und starrte mich an: »Wir brauchen keine Neuigkeiten mehr. Wir haben bereits genug davon, vielen Dank.«

Oscar fing wieder an zu jammern. Sein Gesicht hatte er auf

die knochigen Arme gelegt. Sein Haar, das Mimi so gleichmäßig streichelte, war schmutzig und sah feucht aus.
Ich ging hinüber zum Tisch, setzte mich ihnen gegenüber und sagte mit leiser Stimme: »Ich fürchte, diese Neuigkeit werden Sie erfahren wollen. Mir wurde heute morgen mitgeteilt, daß die Küstenwache einen Ertrunkenen nach Monterey bringt, um ihn zu identifizieren und vom Leichenbeschauer untersuchen zu lassen. Sie haben die Leiche am frühen Morgen südlich von Point Sur geborgen. Ich denke, daß sie jetzt schon, oder in Kürze, in Monterey sein werden.«
Oscar hob den Kopf. Sein Gesicht bestand nur noch aus Haut und Knochen. Fett und Muskeln waren gewichen. Nur in den Augen zeigte sich noch Leben. Sie waren gerötet, und die Tränen strömten aus ihnen heraus, als würden sie von einer nie versiegenden Quelle gespeist. »Arthur!« sagte er. »Arthu-u-u-r!« Er zog diesen Namen gequält in die Länge und fuhr mit den Händen auf der Tischplatte entlang.
»Pscht!« beruhigte ihn Mimi. Dann faßte sie nacheinander seine Hände und legte sie sich an die Brust. Oscar rutschte von seinem Stuhl auf den Boden. Schluchzend versuchte er wie ein großer Hund auf Mimis Schoß zu kommen. Sie schaute mich indes unentwegt an.
»Er hat recht, es könnte durchaus Arthur sein«, sagte ich freundlich.
Die Atmosphäre in der Küche war so angespannt, daß sich jedes Wort, auch wenn es noch so leise gesprochen wurde, wie ein Schrei anhörte. Ich hatte das Gefühl, daß meine Haut gleich aufplatzen würde wie eine überreife Pflaume.
Mimi kniff die Augen zusammen und sagte entschlossen: »Ich werde fahren.« Dann stand sie auf.
»Sie sollten beide fahren«, sagte ich. Irma Fox gab aus ihrer Ecke ein zischendes Geräusch von sich.
Mimi sprach mit leiser und drohender Stimme: »Schauen Sie ihn doch an!« Oscar war auf den Boden neben dem Stuhl

gesunken, als sie sich erhoben hatte. Er sah aus wie ein Haufen Lumpen und Knochen. »Glauben Sie wirklich, daß er in der Lage ist, mit irgend jemandem zu reden oder gar die Verantwortung für sein Handeln zu übernehmen?«
»Ich glaube schon, wenn Sie ihn lassen würden. Er würde sich auch hinterher besser fühlen, weil er es wenigstens versucht hat.« Diese Bemerkung gefiel Mimi überhaupt nicht, also ignorierte sie sie einfach. Plötzlich ließ das Bündel auf dem Boden mit lauter Stimme verlauten: »Ich habe es getan. Ich hab's euch doch schon gesagt. Ich habe es getan. Ich habe Arthur ermordet!«
»Er weiß nicht, was er sagt«, bemerkte Mimi.
»Meinen Sie nicht, daß Sie ein Urteil darüber besser der Polizei und dem Leichenbeschauer überlassen sollten?«
Von der Fensterbank kam Gemurmel und ein Keuchen.
Mimi fuhr unbeirrt fort: »Fremont, wenn Michael Ihr Mann wäre und er vielleicht jemanden ermordet hätte, würden Sie ihn dann anzeigen?«
Ich dachte darüber nach und sagte dann: »Ja, das würde ich machen.« Es war die Wahrheit, aber ich hatte das Gefühl, als hätte ich mir selbst einen Dolch ins Herz gestoßen.
Mimi lehnte mein Angebot ab, mit mir nach Monterey zu fahren, und machte sich statt dessen allein auf den Weg. Ich protestierte nicht, folgte ihr aber auch nicht.

LOGBUCHEINTRAGUNGEN
18. Februar 1907
Wind: mäßiger Wind aus West bis Nordwest
Wetter: trocken, klar und kühl, ruhige See
Bemerkungen: Passagierdampfer aus dem Norden ein- und wieder ausgelaufen; US-Marine-Segelschiff Celestine in der Bucht am China Point vor Anker. Gestern wurde die geborgene Leiche als Arthur Heyer identifiziert, Einwohner aus Carmel; Todesursache vermutlich Unfall durch Ertrinken; Klärung durch den Leichenbeschauer steht noch aus

Ich wußte nicht, ob es richtig war, so viel über Arthurs Tod in das Logbuch von Hettie einzutragen. Da sie aber selbst auch immer viel aufschrieb, wenn ein Toter an der Küste gefunden wurde, und ich das große Bedürfnis hatte, meine Gedanken festzuhalten, schrieb ich alles auf, was ich wußte.
Was immer Mimi der Polizei auch gesagt haben mochte, Oscar stand nicht unter Verdacht, etwas mit Arthurs Tod zu tun zu haben. Auch wenn Oscar etwas anderes behauptete, so neigte ich dazu, der Polizei zu glauben. Ich war allerdings auch nicht der Meinung, daß Oscar verrückt war. Er wußte bestimmt, was er tat und sagte, obwohl er ganz sicher äußerst unglücklich war. Die Morgenzeitung berichtete, daß Arthurs Leiche nach Sonoma geschickt würde. Er sollte dort begraben werden. Wenn der Leichenbeschauer nicht eingriff und von nirgendwoher anderslautende Informationen auftauchten, dann würde man sagen, er sei ertrunken und es sei ein Unfall gewesen. Die heimtückische Küste von Big Sur hatte erneut ein Opfer gefordert. Armer Arthur.
Ich saß im Wachraum und zwang mich dazu, die Abrechnung für diesen Monat zu machen. Als ich Pete Carlsons Arbeitsstunden zusammenzählte, spürte ich wieder dieses vertraute Gefühl von Zuneigung und Zorn. Quincy hatte Pete nicht annähernd so viel arbeiten lassen, wie ich es ihm gesagt hatte. Wenn ich jetzt sofort hinausging, dann würde ich Quincy wahrscheinlich dabei erwischen, wie er Futtersäcke schleppte oder Piniennadeln mit einer Hand zusammenrechte. Ich machte in Gedanken eine Notiz, daß ich mich vergewissern wollte, ob auch keine der täglichen Arbeiten um den Leuchtturm vernachlässigt worden war. Jetzt, da ich meinen Schreibdienst aufgeben wollte, konnte ich mich mehr um diese Arbeiten kümmern.
Nachdem ich mich davon überzeugt hatte, daß rund um den Leuchtturm alles in Ordnung war, öffnete ich am frühen Nachmittag meinen Schrank im Schlafzimmer und begut-

achtete die beschränkte Anzahl meiner Kleider. Ich wußte nicht, was ich erwartet hatte. Vielleicht hatte ich gedacht, daß plötzlich aus dem Nichts etwas auftauchen würde, das für mein Vorhaben passend wäre. Aber ich wußte genau, daß ich nichts finden würde.

»Aha!« sagte ich im nächsten Moment, als mir doch noch etwas einfiel. Hetties Kleider, die sie nicht mit auf ihre Reise genommen hatte, hingen alle auf der anderen Seite des Schrankes. Sie waren in einem Kleiderschoner vor Staub geschützt; meine, auf der anderen Seite, hatten diesen Schutz nicht. Hettie und ich hatten fast dieselbe Größe. Ich war nur etwas größer und schlanker als sie. Sie hätte doch gewiß nichts dagegen, und ich ginge auch ganz sorgfältig damit um...

Ich suchte mir das langweiligste und unmodernste Kleid aus, das im Schrank hing. Es war aus graublauem Satin und vorn mit kleinen Knöpfen versehen, die bis nach unten gingen. Der untere Rock war nach hinten in tiefe Falten gerafft, die herunterhingen wie die Kehllappen eines Truthahnes.

Für mich war es etwas kurz, aber wenn ich meine schwarzen, hohen Schuhe anziehen würde, dann wären meine Knöchel trotzdem bedeckt. Da Hettie wohl ein Korsett darunter zu tragen pflegte und ich aber nicht, paßte mir das Kleid ganz gut. Wenn ich mich nicht zu schnell bewegte, dann fiele es vielleicht gar nicht auf, daß ich diese quälende Erfindung des Teufels nicht trug. Vielleicht war das Korsett ja auch von einem Mann erfunden worden, der dem Teufel ebenbürtig war. Von einer Frau konnte es jedenfalls nicht erdacht worden sein!

Da ich mich nun schon so weit in Hetties Schrank vorgewagt hatte, konnte ich genausogut auch noch in die Schachteln auf der Ablage schauen. Seit ich in Kalifornien lebte und keinen dieser feinen Leute aus Boston mehr ertragen mußte, hatte ich kaum noch freiwillig einen Hut getragen. Meiner

Meinung nach war es albern, Hüte zu tragen, zudem sie auch noch unbequem waren. Heutzutage gab es Frauen, die tote Vögel und Körbe mit Obst und Gott weiß was noch auf dem Kopf trugen. Das ganze wäre schon fast wieder amüsant, wenn die Frauen es nicht so ernst nehmen würden.
Wenn Hettie solche schockierenden Hüte besaß, dann hatte sie sie wohl mitgenommen. Aber sie hatte einen dagelassen, der so aussah, als wäre er für das Kleid gemacht. Er war auch aus dunkelgrauem Satin und ziemlich aus der Mode. Es war ein Chapeau, der die Form eines kleinen, flachen Kuchens hatte, mit einer dünnen schwarzen Feder, die in Richtung Himmel zeigte. Der Hut sollte weit vorn auf dem Kopf getragen werden. Er wurde von dünnen Satinbändern gehalten, die man unter dem Kinn zusammenband und die für alle Welt wohl wie graue Spaghettys wirken mußten. Ich steckte das Haar hoch, setzte den Hut auf und war verblüfft, als ich mich im Spiegel betrachtete. Ich sah ziemlich respektabel aus und gar nicht so wie ich selbst. So verwandelt, machte ich mich auf, die Matriarchin des Ortes Pacific Grove, Euphemia Wells, um eine Unterredung zu bitten.

***

»Ich hoffe, Sie vergeben mir mein anmaßendes Verhalten, bei Ihnen aufzutauchen, ohne daß wir angemessen vorgestellt wurden«, sagte ich in bester Beacon-Hill-Manier. »Aber da heute Sonntag ist und ein freier Tag, dachte ich mir, daß Sie vielleicht zu Hause sein würden, um Gäste zu empfangen.«
Sie schaute mißbilligend auf meine Visitenkarte, die ich ihr in die Hand gedrückt hatte, als sie persönlich die Tür öffnete.
»Auf der Karte steht noch meine ehemalige Adresse in San Francisco«, beeilte ich mich zu erklären. »Es ist seit dem

Erdbeben so viel passiert, daß ich wirklich nicht mehr daran gedacht habe, mir neue Karten drucken zu lassen.«

»Das kann ich verstehen. Fremont Jones? Haben Sie keinen Taufnamen?«

»Mein Vorname ist Caroline, aber so nenne ich mich jetzt nicht mehr.«

Rebellisch, wie ich war, hätte ich ihr gern gesagt, daß mich als Nichtgläubige mein Taufname wenig kümmerte, aber was für ein Wunder, die Heidin schwieg.

Unser Gespräch fand in Euphemias Vorgarten statt. Hinter mir, auf der Forest Avenue, war ziemlich viel Verkehr für einen Sonntagnachmittag. Ich konnte das Klappern der Hufe, das Rattern der Kutschenräder und das Knattern und Keuchen der Automotoren hören. Der Himmel war blau, die Luft war angenehm frisch, und ich war so nervös wie ein Schulmädchen, das zur Direktorin mußte.

»Er war ein Emporkömmling, wissen Sie. War er ein Verwandter von Ihnen?« Euphemia brachte es doch wahrhaftig fertig, auf mich herabzuschauen, obwohl ich größer war als sie.

»Meinen Sie John Charles Fremont?« fragte ich.

Sie nickte, und dabei hüpften ihre grauen Locken, die aussahen wie Würstchen, gegen ihre vollen Wangen.

»Er war ein Cousin mütterlicherseits. Daher habe ich auch den Namen.«

Sie kniff die Augen zusammen, wodurch ihr Gesicht wie das einer Bulldogge aussah. »Warum nennen Sie sich nicht Caroline?«

»Ich bin Geschäftsfrau. Und mir kam der Gedanke, daß es nicht vorteilhaft sei, mich gleich als Frau erkennen zu geben.«

Euphemia Wells schnaubte. Aber ich konnte nicht sagen, ob ihr Schnauben mißbilligend oder zustimmend gemeint war. Jedenfalls trat sie zurück und winkte mich in ihr geheiligtes Zuhause.

Ich rauschte in meinem Satinkleid über die Schwelle, und sie in ihrem schwarzen Kleid aus Bombasin hinter mir her.
Dann schaute ich mich rasch um und sah, daß sie nur einen Salon hatte, also ging ich dort hinein. Einen Augenblick später lehnte ich höflich ihr Angebot, einen Kaffee oder Tee zu trinken, ab, und wir setzten uns beide hin.
»Ich weiß natürlich, wer Sie sind«, sagte Euphemia. Sie saß aufrecht, so daß ihre Brüste, die straff nach oben gebunden waren, wie ein Brett nach vorne ragten. »Sie sind die Leuchtturmwächterin, die vorübergehend bei uns ist. Kein Wunder, daß Hettie Houck Sie ausgewählt hat, nach allem, was ich von Ihnen so höre. Sie sind genauso wie Hettie. Allerdings habe ich Sie noch nicht in der Kirche gesehen.«
»Ich besuche eine andere Kirche«, log ich lächelnd. »Hettie ist auch der Anlaß, warum ich heute nachmittag zu Ihnen gekommen bin. Bevor sie fuhr, sagte sie mir, daß ich mich an Sie wenden solle, wenn ich einen Rat bräuchte. Sie sagte zu mir. ›Euphemia weiß über alles Bescheid, was in Monterey und Pacific Grove geschieht.‹ Ich hoffe, sie hat recht gehabt. Erstreckt sich Ihr Wissen auch einige Meilen weiter bis in den Del-Monte-Wald?«
Wenn Euphemia lächelte, dann hatte man Angst, daß ihr Gesicht rissig werden könnte. Aber das geschah glücklicherweise nicht, sie wirkte sogar etwas weniger furchterregend. »Brauchen Sie etwa einen Rat, Miss Jones?«
Jeder anderen Person hätte ich angeboten, mich doch Fremont zu nennen, aber aus ihrem Mund klang Miss Jones irgendwie richtig. »Ja. Aber es handelt sich dabei um eine äußerst vertrauliche Angelegenheit.« Ich beugte mich vor und sprach so leise, daß es nur noch ein Flüstern war: »Es geht um ... Geld!«
Jetzt beugte sie sich auch mit ihrem Oberkörper nach vorn, wobei ihr Kleid ächzte und krachte wie ein Mast im Sturm. »Ja?«

»Ich würde gern mein Geld in Grundstücken anlegen. Ich bin die einzige Erbin meines Vaters, verstehen Sie?«
»Ich verstehe.« Sie nickte ernst, und ihre Augen leuchteten. Es war mir schon häufig aufgefallen, daß die Leute so reagieren, wenn man vom Familienvermögen sprach.
»Deshalb habe ich mich gefragt, ob Sie vielleicht etwas über Braxton Furnival wissen, Mrs. Wells. Ist er eine vertrauenswürdige Person?«
Das Leuchten in ihren Augen verschwand. Euphemia glühte jetzt förmlich. »Nein, das würde ich nicht sagen! Nein, das könnte ich ganz und gar nicht von ihm behaupten!«

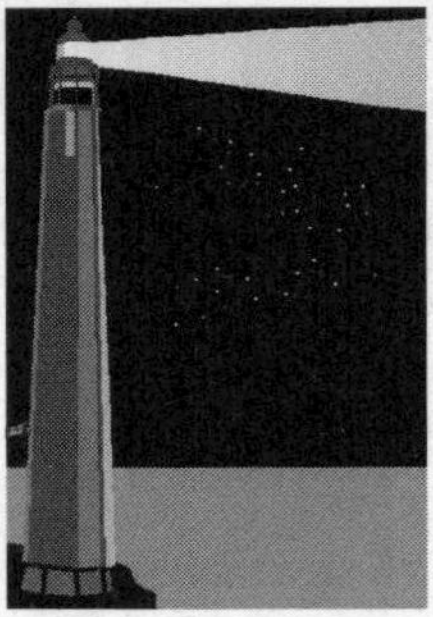

»Ach, du liebe Güte, das klingt aber gar nicht gut«, sagte ich.
Euphemia lehnte sich noch weiter vor und sagte mit übertrieben vertraulicher Stimme und Miene: »Wie ich aus glaubwürdiger Quelle weiß, hat diese Baufirma beschlossen, ihn gegen einen neuen Mann einzutauschen. Sie warten nur noch darauf, daß er in nächster Zeit hier erscheint.«
Ich gab vor, ein wenig zu schmollen, aber eigentlich wurden mir jetzt einige Dinge klar, die sparsame Einrichtung des Haushalts beispielsweise. Ich sagte: »Ich bin so enttäuscht. Dabei hatte ich daran gedacht, mir Anteile seines Golfclubs zu kaufen. Aber nun muß ich mich doch wirklich fragen, ob das Geld dort auch gut angelegt wäre.«
»*Seines* Golfclubs? Es stimmt zwar, daß es Pläne für einen Golfclub im Wald gegeben hat. So wird jedenfalls gemunkelt. Aber Braxton Furnival hat damit nichts zu tun. Er ist mehr oder weniger nur so eine Art Verwalter. Deshalb ist es vielleicht auch nicht so schlimm, daß er so ein, wie soll ich sagen, unkultivierter Mensch ist. Er ist ein Wichtigtuer«, sagte sie naserümpfend. »Lassen Sie sich von dem nicht hinters Licht führen, Miss Jones.«
»Ach, du meine Güte.« Wieder verzog ich den Mund. »Was für ein Glück, daß ich zu Ihnen gekommen bin. Ich hatte Braxton wirklich gern. Ich habe gedacht, er sei so etwas wie

ein ungeschliffener Diamant. Bedeutet das denn, daß er auch gar nicht der Besitzer dieses riesigen Hauses ist, in dem er wohnt?«

»Ich habe nicht die geringste Ahnung, wo er wohnt!«

Sie hob das Kinn in einer Art und Weise hoch, die deutlich machte, daß mich das ebenfalls nichts anzugehen hatte. Das war ja auch durchaus zutreffend, wenn man von den Wertvorstellungen ausging, mit denen man aufgewachsen war. Aber dann wäre das Leben doch so langweilig!

Ich sagte: »Sein Haus ist riesengroß und sieht aus, als stamme es aus dem Schwarzwald. Es ist sehr rustikal, aber auch sehr beeindruckend.«

»Ich wage mich nicht so oft in den Wald, weder in den Schwarzen noch in den von Del Monte. Ich bleibe lieber hier in Pacific Grove, wo anständige, gottesfürchtige Menschen leben.«

Ich hatte mich oft gefragt, wie es kam, daß anständige Menschen ihren Gott fürchten mußten, und ob Jesus Gott auch gefürchtet hatte, obwohl dieser doch sein Vater gewesen war. Wenn Jesus Gott nicht gefürchtet hätte, dann wäre er folglich auch nicht anständig. Diese Fragen hätte ich Euphemia gern gestellt, aber statt dessen stand ich auf und streckte meine rechte Hand aus. Die linke lag auf meinem Spazierstock.

»Ich habe Sie verstanden. Danke, daß Sie mir Ihre Zeit geschenkt haben, Mrs. Wells. Ich werde Ihren Rat befolgen und mein Geld zurückhalten, bis die Cypress Coast Company ihren neuen Mann hat. Sie wissen wohl nicht zufällig, wann er kommen soll?«

»Ich habe nicht die geringste Ahnung.« Sie schüttelte den Kopf und stand mühsam auf.

Ich ging zur Tür. »Sie können versichert sein, daß Hettie bei ihrer Rückkehr von mir erfahren wird, wie sehr Sie mir geholfen haben. Aber bis dahin ist es noch eine Weile. Sie kommt nicht vor dem ersten Juli wieder.«

»Hoffentlich hat sie eine angenehme Zeit. Wohin, sagten Sie, ist Hettie gefahren?«

»Ich weiß es nicht«, erwiderte ich höchst zufrieden. Wie schön war es doch, jemanden enttäuschen zu müssen, der einem vorkam wie eine boshafte alte Klatschbase. »Sie hat nichts gesagt. Jedenfalls mir nicht.«

Euphemia gab jedoch nicht so schnell auf. »Aber Sie müssen ihr doch eine Nachricht zukommen lassen können. Wenn nun ein Notfall passiert, was dann?«

»Dann würde ich mich an die Leuchtturmbehörde wenden. Das mache ich auch, wenn ich Vorräte brauche. Einen schönen Tag noch, Mrs. Wells. Vielen Dank für Ihren Rat und die Informationen, die Sie mir gegeben haben.«

»Guten Tag, Miss Jones. Besuchen Sie mich bald mal wieder.«

Ich hatte schon einen Fuß auf die erste Stufe der Eingangstreppe gesetzt, da drehte ich mich noch einmal um.

»Ach übrigens, kennen Sie vielleicht Braxton Furnivals Freund, Ramon Ramirez?«

»Ich denke nicht, nein. Ist er Mexikaner?«

»Oder Spanier.« Ich ging die noch verbleibenden Stufen hinunter und drehte mich dann erneut um. »Mr. Ramirez scheint mir aus gutem Hause zu sein.«

»Miss Jones, Sie sollten Ihre Aktivitäten besser für eine Weile auf den Leuchtturm beschränken. Sie sind ganz offensichtlich in Gefahr, in die falsche Gesellschaft zu geraten. Ob er nun Spanier oder Mexikaner ist, das spielt doch keine Rolle. Man sollte diesen Ausländern aus dem Weg gehen.«

Da ich etwas weiter von ihr entfernt stand, konnte ich mir eine Bemerkung zum Abschied nicht verkneifen: »Jemanden, der Spanisch spricht, als Ausländer zu bezeichnen, finde ich äußerst komisch. Schließlich waren die Spanier zuerst in Kalifornien, ihnen hat das Land gehört. Aber ich werde mir merken, was Sie gesagt haben.«

***

Mein nächster Besuch galt dem Hotel Del Monte. Ich genoß das Autofahren, aber die Strecke bei China Point war weniger erfreulich. Ich mußte an den traurigen Ruinen des früheren chinesischen Viertels vorbei. Die ausgebrannten Häuser waren eingezäunt worden, und man hatte Wachposten aufgestellt. Ich hatte Quincy einmal gefragt, warum sie etwas bewachen wollten, was eigentlich gar nicht mehr existierte. Er hatte geantwortet, daß der Besitzer der Grundstücke sie aufgestellt hatte, um zu verhindern, daß die Chinesen zurückkamen und ihre Häuser wieder aufbauten.

Es gab doch überall Vorurteile und Ungerechtigkeiten, selbst an einem so schönen Ort wie diesem hier. Heute war die See in der Bucht von Monterey azurblau und spiegelglatt. Die Sonne schien mir auf die in Satin gekleideten Arme, und ich brauchte nicht einmal einen Umhang. Dennoch war ich nicht besonders gut gelaunt. Ich hatte das Gefühl, daß mir die Zeit davonlief. So wie die Dinge sich entwickelten, könnte es möglicherweise bald damit enden, daß ich selbst ermordet wurde.

Ich war zu dem Schluß gekommen, daß Arthur Heyer sich daran erinnert haben mußte, wo er Sabrina Howard gesehen hatte. Dann hatte er es jemandem aus Carmel oder aus der Umgebung erzählt, bevor er es mir sagen konnte. Derjenige war dann wohl Braxton oder sein Freund Ramon gewesen. Einer von beiden war Oscar und Arthur bis nach Big Sur gefolgt, hatte Arthur erschlagen und Oscar zu Tode erschreckt.

Aber meine Theorie ließ zu viele Fragen offen. Warum war Arthur erschlagen worden, Oscar jedoch nicht? Welches Motiv steckte dahinter? Sabrina mußte etwas gewußt haben, das sie nicht hätte wissen dürfen. Sie hatte gedroht, es zu erzählen. Vielleicht hatte sie auch Geld dafür verlangt, daß

sie schwieg. Das würde zu dem Bild der ehrgeizigen Schauspielerin passen, die eine Vorliebe für elegante und teure Kleider hegte.
Und noch etwas störte mich: Wenn Ramon gewissermaßen Braxtons Spießgeselle war, dann war es sicherlich auch Ramon gewesen, der mir den Schlag auf den Kopf versetzt hatte. Aber eigentlich sahen seine Augen nicht so wie die hinter der Maske aus. Außerdem konnte ich mir Braxton zwar wunderbar bei einem dubiosen Geschäft vorstellen, aber er wirkte auf mich nicht wie ein Mann, der eine Frau vorsätzlich verletzen würde. Manche Männer schienen Frauen wirklich aufrichtig zu mögen. Sie betrachten sie gern, berührten ihr Haar, bewunderten ihre Kleider und behandelten sie wie exotische, kostspielige Haustierchen. Braxton schien mir so ein Mann zu sein.
»Aber wie oft habe ich mich schon geirrt!« sagte ich bitter. Der Maxwell gab knatternd seine Zustimmung, und das Lenkrad vibrierte in meinen Händen. Dabei wurde ich an die letzte Sache, nun, sagen wir, Person, erinnert, die mich verärgerte: Michael! Hatte er womöglich auch etwas zu verbergen? »Natürlich nicht!« sagte ich entschieden. Aber ich mußte eingestehen, daß ich ihn durchaus als Verdächtigen in Betracht ziehen müßte, wenn ich ihn nicht so gut kennen würde. Schon allein die Tatsache, daß er (mal wieder) in einer so kritischen und schwierigen Zeit einfach verschwand. Hinzu kam, daß er sich mir gegenüber in der letzten Zeit so ungewöhnlich verhalten hatte. Warum hatte er es abgelehnt, mir bei den Nachforschungen behilflich zu sein?
Ich hatte das langgezogene Gebäude und die herrlichen Anlagen des Hotel Del Monte erreicht. Nachdem ich das vorgeschriebene Handsignal gegeben hatte, bog ich in die Auffahrt ein und fuhr bis zum Parkplatz, der seitlich des viktorianischen Gebäudes lag. Ich hätte das Auto dem Hoteldiener geben können, damit er es parkte. Aber dann hätte er

Trinkgeld verlangt, und das wäre dumme Geldverschwendung gewesen. Ich konnte wunderbar selbst einparken, und die wenige Schritte zu Fuß taten mir auch ganz gut.
Der Weg zu Fuß stellte sich dann als etwas länger heraus als gedacht. Ich mußte einen überdachten Gehweg entlanggehen, der mit eleganten Rundbögen und dem verschiedensten architektonischen Schnickschnack geschmückt war. Auf dem Weg zum Hotel schwang ich meinen Spazierstock und preßte meine Kiefer entschlossen aufeinander. Mit hocherhobenem Kinn stieß ich die Tür mit meinem Spazierstock auf – eine ziemlich herrische Geste, die ich sehr genoß – und ging hinein.
Die Hotelhalle hatte etwa die Größe eines Fußballfeldes und überall standen Palmen, Farne, Aspidistras und verschiedene Möbelstücke herum. Die Wände waren holzvertäfelt und schimmerten golden, das Holz kunstvoll geschnitzt und auf Hochglanz poliert. Der Tresen in der Rezeption war aus demselben Holz und so lang und blankpoliert wie so manche Yacht im Hafen. Ich ging über den Teppich in der Halle und nahm auf einem dieser absurden runden Sofas Platz, die man nur in den Eingangshallen der Hotels fand. Sie sahen aus wie ein gigantischer Turban mit aufgerolltem Rand. Ich tat so, als wartete ich auf einen Hotelgast, und schaute häufig in Richtung der Treppe und der Aufzüge.
Wenn ich eine Modenschau hätte sehen wollen, dann wäre ich hier richtig gewesen, aber das interessierte mich nicht. Ich war nervös. Meine Hand, die auf dem Drachenkopf des Spazierstockes lag, fühlte sich feucht und kalt an. Ich schloß kurz die Augen und wiederholte immer wieder: »Phoebe, Phoebe. Ich mache das nur für Phoebe«. Meine Absicht war es, Phoebe zu finden. Lebendig oder tot. Wenn ich sie gefunden hätte, dann wollte ich zum Sheriff gehen. Der Eifer, mit dem die Hilfssheriffs die Leute aus Carmel befragt hatten, war mir angenehm aufgefallen. Wenn ich genügend Beweise

hätte, dann würden sie mir bestimmt zuhören. Vielleicht würden die Schuldigen dann gefaßt werden, und Quincy und ich hätten endlich wieder unsere Ruhe.
Ruhe in Frieden, *requiescat in pace*, kein schöner Gedanke. RIP stand auf Grabsteinen. Gott behüte! Für Sabrina Howard kam jede Hilfe zu spät, aber hoffentlich war Phoebe noch am Leben. Ich hoffte auch, daß ich Sabrinas Schicksal nicht teilen müßte. Mir lief plötzlich ein Schauer über den Rücken, und ich konnte kaum mehr atmen.
Ich hatte festgestellt, daß ich diese erstickende Panik am besten überwinden konnte, indem ich etwas tat. Also wurde es Zeit, sich in Bewegung zu setzen! Ich warf einen letzten Blick in Richtung Aufzug, hängte mir die schwarze Handtasche, die ich statt meines geliebten Lederbeutels mitgenommen hatte, über die Schulter und schritt dann entschlossen zur Rezeption. Kurz vor meinem Ziel blieb ich stehen und schaute mir die Hotelangestellten hinter dem Pult an. Dann suchte ich mir einen älteren Mann mit einem schmalen Gesicht und seriösem Auftreten aus. An ihm wirkte die auffällige Uniform, die alle Hotelbediensteten tragen mußten weniger albern als bei den zwei anderen, jüngeren Angestellten. Ich blickte diesen Mann fest an und ging auf ihn zu.
»Guten Tag«, sagte ich und legte meine Handtasche auf das hohe Pult. »Könnten Sie mir vielleicht helfen?«
Der Mann nickte ernst und trat näher. »Ich werde es auf alle Fälle versuchen, Miss.«
»Da wäre ich Ihnen sehr dankbar.« Ich griff in meine Handtasche und holte einen Umschlag mit Sabrina Howards Photo heraus. Ich legte den Umschlag auf den Pult, zog das Photo hervor und hielt es mit einer Hand am Rand fest. Dann beugte ich mich vor und sagte leise: »Ich glaube, diese Frau hat hier oft gewohnt. Erkennen Sie sie wieder?«
»Das müßte Miss Howard sein, eine berühmte Schauspielerin aus San Francisco. Sie kommt oft zu uns«, sagte er, immer

noch ernst nickend. »Sie ist allerdings in den letzten Wochen nicht mehr hier gewesen. Ich denke, da werden Sie wohl in die Stadt fahren müssen.«

Er mußte lächeln, als er »die Stadt« sagte. Sein Lächeln war kurz und strahlend, wie die Sonne, die kurz hinter einer grauen Wolke erscheint.

»Sie kommen auch aus San Francisco!« sagte ich mit aufrichtiger Freude. »Ich auch!«

Wir erzählten uns einige Minuten lang die neuesten Berichte aus San Francisco und tauschten gegenseitig Beileidsbekundungen für die Verluste aus, die wir während des Erdbebens hatten hinnehmen müssen. Inzwischen waren mir solche Gespräche leider nur allzu vertraut. Dann kam ich wieder auf Sabrina Howard zurück. »Sabrina, Miss Howard, ist schon seit längerer Zeit nicht mehr dort gesehen worden, wo sie sich üblicherweise aufgehalten hat. Ich versuche, ihrer Mutter und einem Polizisten aus San Francisco behilflich zu sein und so viele Informationen und Hinweise zu sammeln wie möglich, damit wir Sabrina wiederfinden.« Wish Stephenson wußte natürlich nicht, daß ich ihm half. Aber in dieser Angelegenheit konnte man einfach nicht immer offen und ehrlich sein.

Der Hotelangestellte schaute mich prüfend an. Ich nickte bedeutungsvoll und hoffte, daß er mich nicht nach einem Ausweis fragen würde. Ich beugte mich noch weiter vor. »Ich wäre Ihnen dankbar, wenn Sie in Ihrem Hotelregister nachschauen würden, wann sie das letzte Mal hier war.«

Er grinste. Das war jetzt zwar nicht wie die helle Sonne, aber doch wie ein kleiner Sonnenstrahl. »Ich denke, daß könnte ich machen.«

Wie in den meisten Hotels bestand das Register nicht aus einem einzelnen Buch, sondern aus mehreren gebundenen Büchern. So wie Hauptbücher. Für jeden Monat gab es eins. Auf dem Pult lag nur das Buch für diesen Monat, die anderen standen ordentlich aufgereiht in einem Regal dahinter. Während der Angestellte heraussuchte, was er brauchte, steckte ich das Photo wieder in die Tasche. Es hatte seinen Zweck erfüllt.

Er kam mit einem Stück Papier wieder, das er mir jedoch nicht gab, und sagte: »Der Gast, an dem Sie interessiert sind, war Anfang des letzten Monats zweimal hier. Das erste Mal kam sie am einunddreißigsten Dezember, also Sylvester. Dann war sie eine Woche lang nicht bei uns und kam erst am siebten Januar wieder.«

Ich nickte. Am achten Januar hatte ich Sabrina Howards Leiche entdeckt. »Wann hat sie das Hotel wieder verlassen?«

Der Mann schaute wieder prüfend auf das Papier, das er nicht aus der Hand gab. »Am zehnten.«

»Das ist unmöglich!« Beinahe rutschte mir dieser Gedanke heraus. »Hat vielleicht Mr. Furnival die Rechnung für sie beglichen? Ich denke, daß er auch das Zimmer für sie gebucht hat.«

Wieder schaute er mich kritisch an. »Einen Moment, bitte.«

Er ging wieder an die Wand, wo die Schlüssel in kleinen Fächern aufbewahrt wurden, und zog eine Schublade auf. Einen Augenblick später kam er stillvergnügt zurück und schaute über meine linke Schulter. »Wenn man vom Teufel spricht! Ich schätze, Sie würden nicht so gern ›Guten Tag‹ sagen, oder?«

»Wie bitte?« Als ich mich vorsichtig umschaute, wußte ich jedoch, was er meinte. Die vertraute Gestalt Braxton Furnivals ging durch die Halle zu den Aufzügen. »Gütiger Himmel!« stieß ich hervor, aber es war so leise, daß es sich mehr wie ein Zischen anhörte. Ich schaute schnell wieder fort und hoffte, daß der graue Satin und die unförmigen Falten an meinem Rücken mir ausreichend Schutz bieten würden.

Dem amüsierten Hotelangestellten flüsterte ich zu: »Ich wäre Ihnen natürlich dankbar, wenn Sie meine Ermittlungen für sich behalten könnten.«
Ein wohlhabend aussehendes Paar mit zwei schreienden Kindern stellte sich neben mich, und sofort stürzte sich einer der jungen Angestellten auf sie. Der andere Bedienstete kümmerte sich um einen Mann am anderen Ende des Pultes. Mein Gesprächspartner und ich rückten in diese Richtung, um von dem Paar fortzukommen, das sich wirklich einmal um diese schreienden Kindern kümmern sollte.
»Jedenfalls war *er* es nicht«, sagte der Angestellte, der sich wirklich ausgesprochen korrekt ausdrückte.
»Furnival war es nicht? Sind Sie sicher?« Aus den Augenwinkeln konnte ich Braxton erkennen, der auf den Aufzug wartete und mit zurückgelegtem Kopf auf die Aufzugsanzeige schaute.
»Wir vermerken nicht, wann der Gast tatsächlich geht. Aber ein Mr. Peterson bezahlte an jenem Tag, am zehnten Januar, die Rechnung.«
»Oscar Peterson?« Mir fiel Oscars Gesichtsausdruck ein, als er das Photo angesehen hatte. Er schien sich überhaupt nicht an sie zu erinnern. Sein hageres, geradezu ausgemergeltes Gesicht hatte keinerlei Reaktion gezeigt. »Das ist aber seltsam!«
»Wenn Sie sich überlegen, daß Mr. Peterson und nicht Mr. Furnival ungefähr die Hälfte ihrer Aufenthalte im letzten halben Jahr bezahlt hat, dann ist das nicht mehr so seltsam. Aber denken Sie bitte daran, daß dies eine vertrauliche Auskunft ist. Ich hätte Ihnen das nie erzählt, wenn Sie nicht mit der Polizei zusammenarbeiten würden.«
»Aber natürlich!« pflichtete ich ihm bei und hatte nur wenig Gewissensbisse. Ich hörte wie der Aufzug kam und die Türen aufgingen. Ich hatte das Gefühl, aber das war sicherlich nur Einbildung, als würden sich zwei Augen in meinen Rücken bohren.

Mit leiser Stimme sagte der Hotelangestellte: »Und ich glaube auch nicht, daß die beiden sich gern abgewechselt haben, wenn Sie wissen, was ich meine ...«
»Ich denke, ich weiß, was Sie meinen«, sagte ich und nahm hastig meine Handtasche. »Ich bin Ihnen sehr dankbar für Ihre Auskünfte. Und Sabrina Howards Mutter wird es ebenso sein.«

***

Als ich wieder im Maxwell saß, schwirrten mir die Gedanken nur so im Kopf herum. Mir wurde ganz schwindelig, was sollte ich jetzt tun?
Ich schaute zum Himmel und sah, wie tief die Sonne schon über dem Eukalyptuswäldchen stand. Es würde bald Abend werden, und ich sollte besser zum Leuchtturm zurückkehren. Ich hatte nicht einmal eine Nachricht für Quincy hinterlassen und war den ganzen Nachmittag fortgewesen.
Ich kaute auf meiner Lippe, bewegte ungeduldig die Beine und schlug einige Male auf das Lenkrad. Verflixt! Ich wollte noch nicht fahren. Ich wollte wissen, was Braxton in diesem Hotel zu suchen hatte, wen er traf und wohin er fahren würde. Oscar Peterson und Sabrina Howard, das war doch eine ganz unmögliche Verbindung, oder?
»Eifersucht?« dachte ich laut nach. Hatte einer der beiden Männer herausgefunden, daß es noch einen Rivalen gab, sich dann mit Sabrina gestritten und sie in der Hitze des Streites umgebracht? Wenn das so gewesen war, welcher von ihnen war es gewesen?
»Aber was hat dann Arthur Heyer damit zu tun gehabt?« sagte ich nachdenklich.
Langsam konnte ich mir vorstellen, wie es ausgesehen haben könnte. So als würde sich der Nebel verziehen und alles erkennbar werden. Oscar Peterson war ein brillanter Mann,

ein sensibler Poet und hatte die gefühlsmäßige Reife eines Zweijährigen. Mir war erzählt worden, daß seine Familie stadtbekannt war. Sein Vater (und Oscar womöglich auch) war Mitglied im Bohemian Club. Ein richtiger Bohemien würde für eine schöne Schauspielerin aus San Francisco wie Sabrina Howard unwiderstehlich sein. Sie hatten sich bestimmt auf einer von Braxton Furnivals Partys kennengelernt. Oscar, der sich von Mimi bemuttert und gleichzeitig unterdrückt fühlte, war sofort von Sabrina hingerissen.

»Ach je!« sagte ich, als mir der nächste Gedanke kam. »Mimi!«

In diesem Moment sprang der Hoteldiener in einen Wagen, der einige Reihen entfernt von mir stand. Er ließ den Motor an, der mit lauten Umdrehungen reagierte, und fuhr ihn rückwärts aus der Parklücke. Sofort erkannte ich das auffällige sportliche Auto. Ich war darin schon gefahren. Es gehörte Braxton Furnival. Nun hoffte ich, daß auch Max gleich beim ersten Motoranlassen anspringen würde und ich ihn nicht ankurbeln müßte. Ich hatte großes Glück, er tat es.

Der Hoteldiener fuhr zum Eingang des Hotels. Ich blieb in Sichtweite stehen, so daß ich beobachten konnte, wie Braxton die Treppen herunterkam. Er hatte es eilig und fuhr sofort los. Da er allein war, blieb mir verborgen, wen er getroffen hatte. Neugierig wie ich war und um nicht aus der detektivischen Übung zu kommen, beschloß ich, ihm zu folgen. Ich wollte wissen, wohin er fuhr.

Ich hatte allerdings noch nicht sehr viel Übung darin, andere Leute zu verfolgen. Mein Wissen über richtige Detektivarbeit stammte vorwiegend aus meiner Lektüre der Abenteuer von Sherlock Holmes. Den Rest hatte ich mir selbst erarbeitet. Seit Braxton mir erzählt hatte, daß es bei Pinkerton's auch weibliche Detektive gab, hatte ich mir oft Gedanken darüber gemacht, daß ich meiner Ignoranz in Zukunft Abhilfe schaffen könnte. Aber momentan schien ich alles richtig zu machen, und es lief ganz gut. Braxtons Auto war auffällig und der Verkehr nicht zu stark, da es schon spät war an diesem Sonntagnachmittag. Ich konnte etwas zurückbleiben, ohne ihn aus den Augen zu verlieren. Allerdings glaubte ich kaum, daß er mich in Hetties grauem Satinkleid erkennen würde. Auch der Maxwell würde ihm kaum auffallen, denn er war schwarz und kastenförmig wie die meisten anderen Wagen auf der Straße auch.

Braxton fuhr nicht den Seventeen Mile Drive entlang, dessen siebzehn Meilen direkt am Hotel Del Monte begannen. Das überraschte mich, denn eigentlich wäre dies sein Nachhauseweg gewesen. Meine Neugier wuchs. Er fuhr statt dessen direkt nach Pacific Grove.

Gerade kam mir der Gedanke, daß er mich vielleicht im Leuchtturm besuchen wollte, da bog er plötzlich von der Lighthouse Avenue in die Ash Street ab. Diese Straße führte ziemlich steil hoch und war sehr schmal. Ich hätte wohl kaum gewagt, ihm zu folgen, wenn die Bäume hier nicht so dicht an der Straße gestanden hätten. Hinter ihren wuchtigen Stämmen und den tiefhängenden Ästen konnte ich mich verbergen. Also lenkte ich den Max geschickt hinter eine mächtige Zypresse, schaute mich vorsichtig um und behielt den Fuß auf der Bremse.

Die Häuser hier waren klein, kaum größer als Hütten. Ich wußte, daß sie errichtet worden waren, als Pacific Grove noch ein Sommerlager für Gläubige war. Sie sollten also nicht das ganze Jahr über bewohnt werden. Mittlerweile hatten sich hier aber Arbeiterfamilien dauerhaft niedergelassen, denn es waren billige Unterkünfte. Braxton hatte vor einem der Häuser angehalten und betätigte die Hupe. Es ertönte ein dunkler, langgezogener Ton, der sich deutlich von den üblichen hohen und kurzen Huptönen abhob.

Aus einem der kleinen Häuser kam die kleine und gedrungene, wenn auch kräftige Gestalt Pete Carlsons. Der Mann für

alles, von Quincy verachtet, der auf Hetties Liste für Gelegenheitsarbeiter ganz oben stand. Aber warum sollte Pete nicht auch auf Braxtons Liste stehen? Mir fiel kein einziger Grund ein.
Ich war enttäuscht, welchen Verlauf meine Verfolgung genommen hatte, und beschloß, mich lieber wieder auf den Weg zu machen, bevor ich noch entdeckt würde. Ich betätigte den Leerlauf und ließ den Maxwell leise den Hügel hinunterrollen. Kurze Zeit später war ich schon wieder auf der Lighthouse Avenue. Von dort aus fuhr ich durch den Wald von Point Pinos und dann in Richtung Leuchtturm.

***

Es sah aus, als würde die Sonne gleich im Meer versinken. Am Horizont zogen lange, dünne Wolken dahin, die wie Schleier wirkten, und der Himmel trug alle Farbnuancen von Orange bis Dunkelrot. Ich stand auf der Plattform des Turmes und hielt das Fernglas an die Augen. Um mich abzulenken, hatte ich die braunen Pelikane gezählt, die in einer großen Schar an mir vorbeiflogen. Immer wieder hatte ich das Für und Wider erwogen, nach Carmel zu fahren, um Oscar Peterson zu sprechen. Eigentlich war es weder nötig noch klug, ihn mit den Tatsachen zu konfrontieren, die ich herausgefunden hatte. Außerdem müßte ich in der Dämmerung nach Carmel fahren und mich in der Dunkelheit wieder auf den Rückweg machen. Schon der Gedanke daran, im Dunkeln über den Hügel von Carmel zu fahren, nur mit dem Scheinwerferlicht des Autos, jagte mir Angst ein. Aber ich war so unruhig, daß ich am liebsten in den Maxwell gestiegen und losgefahren wäre.
Im Moment überwog jedoch das Gefühl, auf der Hut sein zu müssen. Da ich eigentlich nicht zu den vorsichtigen Menschen gehörte, ließ ich das Zählen der Vögel sein und dachte

lieber darüber nach, woher meine plötzliche Besonnenheit kam. Aber war es nicht eigentlich sowieso besser, mit Oscar allein zu sprechen? In dem Zustand, in dem er sich allerdings momentan befand, war es wohl so gut wie ausgeschlossen, ihn ohne Mimi antreffen zu können. Trotzdem hätte ich eher tagsüber eine Chance, ihn allein zu sprechen.
Je mehr ich darüber nachdachte, desto verdächtigter wurde mir Mimi. Wie weit würde sie gehen, um ihren Ehemann zu schützen? Wahrscheinlich so weit, wie sie meinte, gehen zu müssen. Also mußte ich schnell handeln, bevor sie Verdacht schöpfte. Ich widmete mich wieder den Pelikanen. Immer weitere Vögel flogen an mir vorbei. Oder waren es dieselben, die eine Schleife in der Bucht geflogen waren und nun noch einmal an mir vorbeizogen? Ich hatte tatsächlich schon beobachtet, daß die Pelikane sich so verhielten, wenn sie auf Futtersuche waren. Ich beobachtete sie, wie sie über der Wasseroberfläche flogen, und dachte nun darüber nach, daß ich immer ins Grübeln kam und nicht mehr aufhören konnte, wenn ich eine Entscheidung zu fällen hatte. Plötzlich erblickte ich einen Menschen. Als ich das Fernglas scharf stellte, erkannte ich Joe Junior. Ich vermeinte den beißenden Geruch, der von ihm ausging, durch das Glas wahrnehmen zu können. Und wie immer interessierte mich auch jetzt, was er wohl in seinem Leinensack herumtrug. Junior war so etwas wie ein Lumpensammler der Küste. Er lief die Strände auf und ab und sammelte ein, was er vielleicht noch verkaufen könnte. Ich hatte plötzlich eine Idee. Warum war mir das nicht schon eher eingefallen? Wahrscheinlich war es jetzt schon zu spät. Ich hatte keine Ahnung, wie oft er seine Funde so verkaufte. Auf alle Fälle lief ich los; die Treppen hinunter, zur Tür hinaus und über die Dünen. Ich war schon ganz außer Atem, da hatte ich ihn noch nicht erreicht.
»Guten Abend, Junior!« rief ich ihm noch aus der Entfernung zu. Er hob den Kopf, und ich winkte ihm zu, während

ich weiter auf ihn zulief. Meine Schuhe waren voller Sand, meine Wadenmuskeln schmerzten bei jedem Schritt, und meine langen Haare schlugen mir ins Gesicht. Ich hatte Hetties Kleid ausgezogen und trug jetzt wieder meine übliche Blusen-Rock-Kombination. An dem Rock hafteten Kletten des Seegrases, das auf den Dünen wuchs.
»Miss Hettie, sind Sie es?« Junior schloß ein Auge und blinzelte mich mit dem anderen, wahrscheinlich etwas besseren Auge an.
»Nein, Hettie ist noch nicht zurück. Ich bin Fremont, Hetties Stellvertreterin. Wir haben uns schon einmal miteinander unterhalten.«
Junior nickte. »Ja, ich erinnere mich. Ist 'ne Schande, was da mit dem guten alten Quincy passiert is'!«
Ich stimmte ihm zu, es sei wirklich eine Schande, daß Quincy sein Schlüsselbein gebrochen hatte, und hörte ihm höflich, wenn auch etwas ungeduldig zu, als er davon erzählte, wie er einst bei Cypress Point gestolpert sei und sich dabei den Fuß gebrochen hätte. Er hatte nicht mehr aufstehen können, als die Flut kam, die aggressiven Seelöwen hatten ihn angebellt, und es hatte eine ganze Weile gedauert, bis Hilfe gekommen wäre. Schließlich durfte ich reden.
»Sie finden bestimmt immer ganz interessante Dinge, wenn Sie hier am Strand entlanggehen.«
»Ja. Man weiß nie, was aus dem Meer ans Land getrieben wird oder von den Dünen herübergeweht kommt. Aber interessant heißt leider nicht immer wertvoll. Aber das ist eine andere Sache. Vor kurzem habe ich nämlich ...«
Jetzt mußte ich ihn unterbrechen. »Entschuldigen Sie, daß ich Sie unterbreche, aber es wird bald dunkel, und ich würde gern mal sehen, was Sie so alles in Ihrem Leinensack haben. Wenn ich gefunden habe, was ich suche, dann bekommen Sie natürlich Geld dafür.«
»Na ja ...« Er kratzte sich die Bartstoppeln an der Wange,

und es klang wie Sandpapier. »Warum eigentlich nicht. Ich schütt' ihn einfach mal hier aus«, sagte er und tat es sogleich.
Meine Nase war im Nu den verschiedensten Gerüchen ausgesetzt: Es roch nach dem muffigen Leinensack, nach einer Seemuschel, deren Inneres langsam verendete, und dann gab es verschiedene Gerüche, die ich nicht zuordnen konnte. Dazu kam noch der des Mannes. Glücklicherweise wehte der Wind in der Bucht von Point Pinos ununterbrochen und konnte die Gerüche mit sich nehmen. Junior nutzte die Gelegenheit, eine Zuhörerin zu haben, um mir zu erzählen, wo er seine letzten wertvollen Funde gemacht hatte. Ich durchsuchte währenddessen den Inhalt des Sackes.
»Aha!« rief ich aus, und Junior unterbrach seinen Monolog. Ich hielt meinen Fund wie einen Gewinn in die Höhe. Wenn ich mich nicht irrte, dann paßte dieser Schuh genau zu dem, den ich an Sabrina Howards Fuß gesehen hatte, als die Leiche geborgen wurde. »Junior, wissen Sie noch, wo und wann Sie diesen Schuh gefunden haben?«
Er nahm den Schuh in seine schmutzigen, knotigen Hände und hielt ihn sich dicht vor die kranken Augen. Er schüttelte den Kopf und sagte: »Ist nichts wert, der Schuh. Mit einem allein kann man nichts anfangen. Dachte, daß ich noch den anderen finde, deshalb habe ich ihn behalten. Ein Paar davon bringt schon 'ne Menge mehr. Das is' gutes Leder.« Er gab ihn mir wieder.
»Wieviel wollen Sie für den Schuh haben? Ich möchte ihn kaufen.«
Junior nannte eine Summe, die für einen einzelnen Schuh viel zu hoch war, aber ich feilschte nicht mit ihm. Ich wollte, daß er sein Gedächtnis für mich anstrengte. »Wo haben Sie ihn gefunden?« fragte ich noch einmal, da er meine Frage wohl schon wieder vergessen hatte.
Er kratzte sich wieder an der Wange und erzeugte das Sand-

papiergeräusch. »Nicht weit von dort, wo ich wohne. Steckte in einer Felsspalte, aber da, wo die Flut nicht mehr hinkommt. Konnte mir nicht denken, wie der dahin gekommen ist. Das Meer konnte ihn jedenfalls nicht angeschwemmt haben, dafür lag er zu weit oben. Er steckte so fest, daß ich ihn zuerst gar nicht herausbekommen konnte.«
»Sie haben den Schuh also am Point Joe gefunden«, sagte ich enttäuscht. Ich konnte mir zwar gut vorstellen, wie es geschehen sein mochte: ein verzweifelter Kampf, der Fuß blieb in der Felsspalte hängen, der verstauchte Knöchel, der Schuh blieb im Felsen zurück und Sabrina war ihrem unheilvollen Schicksal ausgeliefert. Aber der Schuh befand sich an der falschen Stelle. Hier hätte er eigentlich nicht sein dürfen.
Junior streckte sich, so gut er konnte, drehte sich um und zeigte mit dem Finger die Küste hinunter, wo Point Joe ins Meer hineinragte. Das war in weiter Ferne, noch hinter der Spanish Bay.
»Point Joe ist nach meinem Pa benannt worden.«
Die untergehende Sonne sah aus wie ein riesiger roter Ball am Horizont. Einen Moment lang leuchtete sie flammend auf, und Junior und ich waren gleichermaßen hingerissen von diesem Schauspiel.
»Ich schätze, ich kann wohl froh sein, daß ich hier lebe und so etwas jeden Abend sehen kann. Auch wenn das alte Haus, das Pa gebaut hat, bald auseinanderfällt«, sagte Junior, als die Sonne ein letztes Mal rot aufblitzte und dann verschwand.
»Ich schätze auch«, stimmte ich zu und mußte, ohne es zu wollen, seufzen. Ich steckte den Schuh in meine Tasche und schob den Rest wieder in den Leinensack. »Aber um noch einmal auf den Schuh zurückzukommen. Wann haben Sie ihn gefunden? Wie lange ist das her?« fragte ich.
»Oh, das ist schon eine Weile her. Mehr als ein Monat.«

Der Zeitpunkt stimmte, und auch das Aussehen des Schuhes.

Ich bat Junior, mit mir zum Leuchtturm zu gehen, um ihm sein Geld geben zu können. Wir gingen nebeneinander her, und ich erinnerte ich mich an Juniors ausgezeichneten Orientierungssinn; daran, wie er mir den Weg zu Braxton Furnivals Haus beschrieben hatte. Er war sein ganzes Leben lang an dieser Küste entlanggelaufen und konnte mir sicher auch bei meinem nächsten Problem helfen. Schaden konnte es jedenfalls nicht, wenn ich ihn einmal fragte. »Junior, sagen Sie mir bitte noch eins. Die Strömung fließt doch in Richtung Süden, oder?«

»Ja. Meistens jedenfalls. Aber es kommt darauf an, woher der Wind weht. Die Wellen stehen in Verbindung mit der Windrichtung, und die Strömung ist auch noch von den Gezeiten abhängig.«

Er war ganz vertieft in seine Ausführungen und ich unterbrach ihn nicht.

»Dann gibt es manchmal diese anderen starken Strömungen, wie wir sie diesen Winter haben.« Junior bewegte den Kopf so gleichmäßig vor und zurück, wie ein Metronom schlug. »Habe so einen Winter seit der Jahrhundertwende nicht mehr erlebt. Es hat zu viele Stürme gegeben, und das Wetter war immer so schlecht.«

»Was ist mit der Strömung in diesem Winter?«

»Komisch ist sie eben. Ganz seltsam. Letzten Monat hatten wir eine warme Strömung, die sich von Süden nach Norden bewegte. Sie kam mit den Stürmen, die südlich von Sur losgingen. Sie erinnern sich doch bestimmt.«

»Wenn also im letzten Monat etwas in den Ozean gefallen wäre und in die Strömung geriet, die sich in Richtung Norden bewegte, dann wäre es auch die Küste hochgetrieben, oder? Dann wäre es also nach Norden gelangt?«

»Richtig«, sagte Junior. »So ist es. Wenn man lange genug am

Meer lebt, dann kennt man sich mit diesen Dingen irgendwann auch aus.«
»Sie haben mir sehr geholfen, ich danke Ihnen.«
Ich gab ihm das Geld, verabschiedete mich von ihm und nahm den Schuh mit in den Wachraum. Der Schuh war noch neu. Die Sohle war kaum abgelaufen, aber an der Seite war er schon sehr zerkratzt. Ich hielt ihn eindeutig für Sabrinas Schuh. Sie war bestimmt niedergeschlagen und bei Point Joe ins Meer geworfen worden. Von dort aus war ihre Leiche nicht nach Carmel getrieben, sondern aufgrund der ungewöhnlichen warmen Strömung in Richtung Norden, nach Point Pinos. Womöglich war der Schuh nicht das beste Beweismittel, aber er eignete sich bestimmt dafür, den Mörder ordentlich zu erschrecken. Vielleicht reichte das schon, um ihn zu einem Geständnis zu bewegen. Morgen würde ich als erstes ein Telegramm an Wish Stephenson schicken.
Ich dankte Gott, oder wem auch immer, der mich auf die Plattform geführt hatte, um Joe Junior durch das Fernglas zu entdecken. Dann bedankte ich mich noch einmal still bei Junior, weil er all das Strandgut aufsammelte. Ich hatte beinahe die falsche Person verdächtigt, Sabrina Howard ermordet zu haben.

***

Ich warf mich im Bett hin und her und kämpfte mit der Bettdecke. Es gelang mir einfach nicht, aus diesem Alptraum aufzuwachen. Solche Träume kannte ich, denn ich hatte noch lange nach dem Erdbeben unter ihnen zu leiden gehabt.
Ich träumte von einem Feuer in San Francisco. Meine gesamte Umgebung brannte. Überall war Feuer!
»Wach auf!« befahl ich mir. »Wach auf!«
Schließlich fuhr ich hoch. Überall war Rauch, und es war kein Traum mehr, sondern Wirklichkeit.

Ich mußte husten. Dann befreite ich mich von meinen Dekken und sprang aus dem Bett. Automatisch griff ich nach meinem Morgenmantel am Fußende und zog ihn mit zitternden Händen über. Bemüht, meine rasende Angst, die ich in jeder Faser meines Körpers spürte, unter Kontrolle zu bekommen, riß ich die Fensterläden auf, die man im Leuchtturm brauchte, um überhaupt schlafen zu können. Der Lichtstrahl der Laterne kam herum und fiel auf den dichten grauen Rauch vor dem Fenster, das ich in der Nacht einen Spalt offengelassen hatte, um ein wenig Luft zu bekommen. Da ich noch nicht völlig gelähmt vor Angst war, konnte ich mir noch mit dem Rest meines Verstandes sagen, daß ich noch nicht unmittelbar in Gefahr war. Es brannte nur draußen.

»Quincy!« Der Spazierstock hatte neben mir gestanden, als ich geschlafen hatte. Ich nahm ihn in die Hand, riß den Degen heraus und ließ den Rest des Stockes liegen. Nun besaß ich nicht die Geduld, um noch einmal zu warten, bis der Scheinwerferstrahl wieder herumgekommen war. Der Boden war zu dunkel, als daß ich meine Hausschuhe hätte finden können. Also rannte ich mit bloßen Füßen und ohne etwas sehen zu können, aus dem Schlafzimmer, das unter dem Dach lag. Hoch oder runter? Es blieb keine Zeit zu überlegen. Ich lief hinunter, da ich annahm, daß der Stall und

Quincys Quartier brannten, nicht aber der Leuchtturm. Der Rauch zog schon die Treppe hoch und weiter hoch zur Laterne. Er kam durch die offene Haustür ...

»Hey-a-ah!« schrie ich aus vollem Hals. Dann schrie ich noch einmal, denn vor etwa einem Jahr hatte ich verstehen gelernt, warum Schlachtrufe so wichtig sein konnten. Mit voller Wucht ging ich auf die massige Gestalt los, deren Umrisse an der Tür zu sehen waren, als der Scheinwerfer erneut sein Licht warf. Ich stürmte so schnell los, daß mein Morgenrock mitsamt dem Nachthemd und meinen Haaren hochflog. Ich mußte ausgesehen haben wie eine Todesfee. Aber ich war kein Geist, und ich war bewaffnet. Und ich wußte, wie ich mit dem Degen umzugehen hatte.

Der Eindringling war mir nicht gewachsen, zumal es auch wieder dunkel geworden war. Ich spürte, wie ich mit der Degenspitze auf einen Körper traf, dann hörte ich ein Stöhnen, und dann fiel etwas Schweres aus Metall auf den Boden.

»Zurück!« befahl ich. »Gehen Sie zurück! Wie Sie schon mitbekommen haben, weiß ich genau, was ich tue. Ich würde nicht zögern, Ihnen die Kehle durchzuschneiden.«

Er wich zurück, und als der Scheinwerfer wieder Licht warf, erkannte ich Pete Carlson. Einen kurzen Augenblick lang war ich irritiert, aber als das Licht auf seine Augen fiel, wußte ich, daß es die Augen meines Angreifers waren. Er war der Räuber im Wald gewesen.

»Du Bastard!« schimpfte ich und drückte ihm die Degenspitze an den Hals.

»He!« Er hörte sich verängstigt an. Als er sprach, klang seine Stimme wie ein Winseln. »Lassen sie mich in Ruhe, Lady. Das war alles nicht meine Idee. Man hat mich dafür angeheuert!«

»Sie können mir das später erzählen. Und glauben Sie mir, Sie werden mir alles erzählen!« Ich wischte mir die Haare aus

dem Gesicht. »Aber jetzt werden Sie mir erst einmal helfen, den Schaden, den Sie angerichtet haben, zu beheben.«
»He, ich habe den Leuchtturm nicht angerührt. Er ist Eigentum des Staates. So dumm bin ich auch wieder nicht.«
Ich zog den Degen etwas von seiner Kehle zurück. »Gut gemacht. Drehen Sie sich um. So ist es gut.« Ich drückte ihm den Degen zwischen die Schulterblätter und sagte: »Vorwärts!«
Als ich aus dem Haus trat, sah ich sofort die Feuerglut auf Hetties sorgfältig angelegter Rasenfläche. Ich hörte das Knistern und Prasseln des Feuers und spürte den bitteren Geschmack der Asche auf der Zunge. Ich schaute über meine Schulter zurück und sah, daß die Scheune brannte. Die Feuersbrunst, die nach dem Erdbeben in San Francisco wütete, hatte bei mir eine grauenvolle Angst vor Feuer hinterlassen. Noch Monate später kostete es mich Überwindung, allein schon das Feuer im Ofen zu schüren. Ich bekam jedesmal beim Anblick der Flammen einen Schreck und zitternde Hände. Aber jetzt war es anders. Ich war wütend und wußte, daß ich diesem Feuer ohne Furcht und ohne zu zögern begegnen konnte. Gnadenlos trieb ich den Mann vor mir weiter. Er hatte mich und meine Freunde verletzt und war in mein allerheiligstes Zuhause eingedrungen.
»Ich geh' da nicht rein!« jammerte Pete. »Sie können mich nicht dazu zwingen!«
»Tatsächlich?« sagte ich und stieß ihn vorwärts. Im Schein des Feuers konnte ich sehen, daß ich ihn an seiner linken Schulter verletzt hatte, denn das Blut sickerte dort durch sein Hemd. »Ich bin bewaffnet und Sie nicht. Sie haben Ihre Waffe fallen gelassen, stimmt's? Was war es denn? Eine Pistole vielleicht?«
»Ja.« Seine Stimme klang höhnisch. Plötzlich duckte er sich, drehte sich auf dem Absatz um, so daß er mir gegenüberstand, und versuchte dann, mit seiner rechten Hand nach

mir zu greifen. Aber ich war wachsam. Ohne einmal nachdenken zu müssen, tat ich einen Schritt zurück, und mit einer kleinen Bewegung aus dem Handgelenk schlug ich nach seiner Hand. Er sah fürchterlich erschrocken aus.

»Eine falsche Bewegung noch, und ich schwöre Ihnen, ich bringe Sie um! Sie gehen jetzt zum Stall. Sie holen Quincy aus dem Feuer und lassen die Tiere frei. Wenn Sie selber im Feuer umkommen, dann haben Sie sich das auch redlich verdient!«

Die verängstigten Kühe muhten, nein, sie brüllten sich schon die Lunge aus dem Hals, und das Pferd hämmerte mit den Hufen gegen die Wand. Immer wieder rief ich Quincys Namen. Gerade waren mein Gefangener und ich nahe genug herangekommen, daß ich ihn ins Feuer schicken konnte, da brach die Tür von Quincys Hütte krachend nach außen auf.

Quincy hatte sie eingetreten. Seine magere Gestalt sprang hinaus, er überschlug sich und landete hustend, keuchend und spuckend im Gras. Als erstes sagte er mit heiserer Stimme: »Bessie! Die Kühe!« Aber ich war ihm schon zuvorgekommen. Gnadenlos zwang ich Pete Carlson dazu, die Stalltür zu öffnen, um das Pferd und die Kühe hinauszulassen. In seinem Haar sprühten die Funken, und in seiner Kleidung waren Brandlöcher, deshalb jammerte er immer lauter, doch schwer verletzt war er nicht. Ich hatte feststellen müssen, daß es immer die kräftigen Kerle waren, die am meisten Angst hatten.

Quincy kam schnell wieder auf die Beine. Er ließ es sich nicht nehmen, Pete Carlson an einen Zaunpfahl zu binden, obwohl das wahrscheinlich auf Kosten seines heilenden Schlüsselbeines ging, und murmelte dabei die ganze Zeit: »Ich habe Ihnen gesagt, daß der nichts taugt, Fremont. Ich habe es Ihnen ja gesagt.« Dann löschten Quincy und ich gemeinsam mit dem Wasser aus dem Tank das Feuer.

Der Brand war nicht so heftig gewesen, wie es in der dunklen Nacht erst ausgesehen hatte. Ich glaubte auch nicht, daß die Feuerwache in Pacific Grove etwas davon mitbekommen hatte, weil der Leuchtturm relativ abgeschieden lag. Das war mir auch ganz recht.
Quincy wollte zur Polizei gehen, aber ich hielt ihn davon ab und sagte: »Nein, Quincy, vertrauen Sie mir. Ich habe etwas anderes vor.«
»Fremont, ich vertraue Ihnen fast so sehr wie Miss Hettie, und das ist wahr!« Er sah ernst und komisch zugleich aus. Sein Gesicht war verschmiert, und sein schütteres graues Haar stand in alle Richtungen ab.
Ich lächelte und tätschelte freundschaftlich seinen Arm. »Danke. Pete muß mir jetzt einige wichtige Fragen beantworten. Ich werde Ihnen später davon erzählen, aber im Moment wäre es mir lieb, wenn Sie ihn bewachen würden, während ich mich umziehe.«

Es war fünf Uhr morgens, und die Sonne würde noch lange nicht aufgehen. Während Quincy und ich das Feuer löschten, war aus dem Santa-Lucia-Gebirge im Süden der Nebel langsam aufgestiegen und zu uns gekommen. Mittlerweile hatte er sich nun überall verteilt, aber da ich von San Francisco einen noch dichteren gewohnt war, war ich nicht sonderlich besorgt. Ich hatte noch etwa fünf Fuß Sichtweite, als ich im Maxwell saß, und das reichte mir.
Ich wendete den Wagen und sagte zu Pete Carlson, den Quincy und ich mit dicken Seilen am Beifahrersitz festgebunden hatten: »Sie werden mir jetzt ein paar Dinge erzählen, und dann werde ich mich auch darum kümmern, daß man das bei der Polizei berücksichtigt, wenn ich Sie dort abliefere. Wenn Sie das nicht tun, dann weiß ich allerdings noch nicht, was ich mit Ihnen machen werde.« Ich schwieg, um ihm Gelegenheit zu geben, darüber nachzudenken. Dann fuhr ich

fort: »Meine erste Frage ist: Wissen Sie, wo Phoebe Broom ist?« Mein Herz klopfte heftig, als ich seine Antwort abwartete. Je länger er zögerte, desto mehr Angst bekam ich, daß Phoebe möglicherweise schon längst tot wäre.

Schließlich sagte Pete mürrisch: »Ja, weiß ich.«

Jetzt klopfte mir das Herz bis zum Hals, als ich fragte: »Lebt sie, oder ist sie etwa tot?«

Pete lachte, aber sein Lachen war häßlich und freudlos. »Sie lebt. Dieser hochtrabende Mr. Braxton Furnival hat nicht den Mut zu töten. Er wollte mich ja schon fast anzeigen, nur weil ich Sie geschlagen hatte. Er sagte, ich hätte Sie töten können. Als ob mich das was gekümmert hätte.«

Ich zuckte zusammen, aber es war dennoch interessant, das zu hören. »So, dann weiß ich auch, was wir zuerst machen werden: Sie werden mir jetzt den Weg zu Phoebes Versteck zeigen.« Ich ließ den Motor an, den Quincy zuvor angekurbelt hatte.

»Nun«, sagte Pete langsam und mit wiedergewonnenem Selbstvertrauen. »Ich weiß nicht, ob ich das so einfach machen kann. Auch wenn Brax so ein verweichlichter Frauenheld ist, er hat mich immerhin gut bezahlt.«

Petes Pistole, die ich beim Umziehen auf dem Boden gefunden hatte, lag auf meinem Schoß. Ich nahm sie hoch und zielte auf ihn. Sie war groß und schwer; ich hatte einen richtigen Revolver in der Hand. Schießen konnte ich längst nicht so gut, wie mit dem Degen umgehen, aber Pete wußte das nicht. Das war auch gut so, denn ich hätte sowieso nicht gewußt, wie ich das Auto lenken und gleichzeitig die Waffe handhaben sollte. »Ich bin ganz und gar nicht Ihrer Meinung«, sagte ich. »Sie werden mir jetzt genau sagen, wo sie ist. Sie werden mich auch nicht in die Irre leiten, weil ich Ihnen sonst in den Fuß schießen werde.«

»Du Schlampe!«

»Ich meine es ernst. Darf ich Sie darauf aufmerksam

machen, daß ich durchaus auch in den anderen Fuß schießen werde, wenn der eine nicht ausreicht. Und dann in die Knie und so weiter.«

Pete zuckte mit der Schulter, die ich verwundet hatte, und schrie im nächsten Moment auf, weil diese Bewegung an dem Stoff zerrte, das an der Wunde klebte. Der Schmerz kam wohl zur rechten Zeit, denn er gab sein herausforderndes Benehmen auf. »Ich schätze, Sie meinen es ernst. Verflucht. Sie ist in dem mittelalterlichen Turm am Ende von Braxtons Grundstück. Irgend so'n alter Typ hat das Ding aus Felssteinen, wie man sie am Strand findet, gebaut. Das war vor langer Zeit, als das Land noch Rancho Pescadero hieß. Ich habe Brax geholfen, es zu vollenden und daraus ein Versteck zu machen. Er ist der Meinung, daß die Ladies Türme mögen, weil sie so romantisch sind. Ha, ha! Ich wette, Ihre Freundin Phoebe findet ihn gar nicht so romantisch.«

Die Scheinwerfer des Maxwell warfen geisterhaftes Licht im Nebel. Ich hatte keine Schwierigkeiten, auf der Straße zu bleiben, aber mir lief doch ein Schauer über den Rücken, als ich Petes Worte vernahm und wir an der Stelle vorbeikamen, wo er mich niedergeschlagen hatte. Obwohl ich diese Frage eigentlich erst viel später stellen wollte, konnte ich mich nicht mehr zurückhalten: »Warum haben Sie mich niedergeschlagen?«

»Weil ich die Zeichnungen für Brax holen sollte.«

»Sie hatten Maske und Tuch über Ihrem Gesicht, ich hätte Sie gar nicht wiedererkennen können. Warum haben Sie mir nicht einfach gesagt, ich solle Ihnen die Zeichnungen geben? Ich hätte das schon freiwillig getan, und Sie hätten mich nicht so heftig zu schlagen brauchen!«

»Ach ja?« Er schaute weg, hinaus in den Nebel. »Ich mag es, Leute zu schlagen. Ich bin kein Weichling. Ich hätte Sie auch einsperren sollen, zusammen mit der Broom-Schlampe, aber Brax wollte mich ja nicht lassen. Er meinte, wenn Sie als

Leuchtturmwächterin verschwinden würden, dann würde das zu sehr auffallen. Ich sollte nur die Zeichnungen besorgen.«

Ich überging diese Bemerkung und fragte: »Braxton hat Sie bezahlt, damit Sie Phoebe entführen?«

»Er hat mich dafür bezahlt, daß ich ihm dabei half. Ich habe ihm gesagt, daß Sie Schwierigkeiten machen würden und daß Sie keine Ruhe geben würden. Von dem Tag an, als Tom Brax anrief und ihm sagte, daß da diese Frauen herumgeschnüffelt hätten und wir besser die Leiche beiseite schaffen sollten ...«

»Tom von Mapsons Leichenschauhaus hat Braxton erzählt, daß Phoebe und ich da waren?«

»Ja, klar! Haben Sie das noch nicht herausgefunden? Ich dachte, Sie sind so schlau! Brax ist schwer beeindruckt von Ihnen, wissen Sie, deshalb sollten Sie auch nicht verletzt werden. Er wollte, daß ich Sie einschüchtere, aber nicht verletze. Ich habe ihm gesagt, daß das nichts nützen würde.«

»Also haben Sie das Wasser vergiftet und das Kutschenrad gelöst. Und heute nacht haben Sie den Stall in Brand gesetzt.«

»Ja. Aber das Feuer heute nacht war meine Idee. Dieser scheinheilige Hurensohn Quincy! Wie ich ihn verabscheue! Es war irgendwie ganz amüsant, hier zu arbeiten und zu wissen, was ich angerichtet hatte, um dann den nächsten Plan auszuhecken. Aber nach einer Weile konnte ich Quincy einfach nicht mehr ertragen. Deshalb habe ich gedacht, ich könnte ihm eins auswischen und den Stall in Brand setzen. Vielleicht würde er ja entkommen, vielleicht auch nicht. Wenn Sie nicht so schnell aufgewacht wären, dann hätte ich auch Sie erwischt!«

Ich fuhr durch das Pacific-Grove-Tor in den Del-Monte-Wald. Geisterhafte, nebelverhüllte Bäume umgaben uns von allen Seiten. Ich sagte: »Ich würde gern genauer wissen, was

Sie damit meinen. Aber vorher möchte ich noch auf eine andere Sache zu sprechen kommen. Die Frau, deren Leiche bei Mapson's war, war Sabrina Howard. Ich vermute, daß entweder Braxton selbst sie umgebracht hat oder Sie dafür bezahlt hat, es zu tun.«

»He, he, he!« Er kicherte leise, amüsiert und boshaft zugleich. »Dann vermuten Sie das falsche.«

Ich mußte langsamer fahren. Der Nebel war hier im Wald so dicht, daß ich kaum den Straßenrand erkennen konnte. »Aber ihr Schuh wurde in der Nähe von Braxtons Grundstück gefunden. Wenn er sie nicht umgebracht hat, dann paßt das nicht zusammen. Sie können nicht erwarten, daß ich Ihnen das abnehme.«

»Brax hatte so seine Gründe.«

Einen Moment lang schaute ich nicht mehr auf die neblige Straße vor mir. Ich hatte die ganze Zeit in der einen Hand die Waffe, in der anderen das Lenkrad. Jetzt hob ich den Revolver und zielte auf Petes Fuß. »Welches waren seine Gründe?«

»Hey, das hat er mir nicht gesagt. Okay? Alles, was ich weiß, ist, daß wir sie von Mapson's abholen sollten. Er sagte, es sei nicht gut fürs Geschäft, wenn jemand herausfinden würde, wer sie war und daß sie für ihn gearbeitet hatte.«

Ich dachte darüber nach, was er gesagt hatte. Irgendwie hatte das durchaus Sinn. Wenn Braxton irgendwelchen unlauteren oder kriminellen Geschäften nachging, dann wollte er nicht, daß die Polizei zu ihm käme und Fragen stellte. Aber trotzdem konnte ich noch nicht glauben, daß das alles so stimmte. Also beschloß ich, ihn weiter zu befragen. »Was habt ihr mit Sabrinas Leiche gemacht, nachdem ihr sie aus dem Leichenschauhaus geholt hattet?«

Petes Blick ging von meinem Gesicht zu der Pistole in meiner Hand und wieder zurück, bevor er antwortete: »Ich habe sie hier draußen im Wald vergraben. Niemand wird je ihre Leiche finden. Brax wollte nicht wissen, wo ich sie vergrabe, und ich glaube kaum, daß ich die Stelle noch wiederfinden würde.«

Verdammt! Aber er war zumindestens bereit, halbwegs mitzuarbeiten, das mußte ich zugeben. Ich ließ die Waffe sinken und fragte kurze Zeit später ganz beiläufig: »Ach, übrigens, wenn Sie mich heute ›erwischt‹ hätten, was hätten Sie denn dann mit mir gemacht?«

Pete Carlson antwortete lange nicht. Ich beobachtete ihn aus den Augenwinkeln heraus und sah, daß er mich, ohne zu lächeln, anblickte. Er strahlte etwas ganz Übles aus. Ich hielt es für Haß, aber ich konnte mir einfach nicht vorstellen, daß ich etwas getan haben sollte, wofür Pete Carlson mich hassen konnte. Er kannte mich doch nicht einmal! Schließlich brach er sein Schweigen, indem er höhnisch schnaubte und dann sagte: »Ihr Freund, der Lady-Held Mr. Braxton Furnival, ist abgehauen. Er ist letzte Nacht gefahren. Er sagte, ich könnte mit der Schlampe im Turm machen, was ich wollte. So ganz allein ist sie allerdings nicht gerade ein Vergnügen. Ich weiß das, weil ich sie mir schon vorgenommen habe. Aber sie liegt bloß da, bewegt sich nicht, schreit nicht. Außerdem ist sie häßlich wie die Nacht. Also habe ich beschlossen, Sie mit in den Turm zu nehmen ...«

Er drehte sich halb zu mir um. Seine Augen funkelten haßerfüllt. Ich hielt mit der rechten Hand die Pistole fest umklammert, und mit der linken steuerte ich den Wagen durch den Nebel in dem trüben Zwielicht der aufkommenden Dämmerung. Ich nahm den Fuß vom Gas und ließ das Auto noch langsamer fahren.

Pete sagte spöttisch: »Ich wollte Sie mit in den Turm nehmen, und dann hätte ich euch beide durchgefickt.«

Ich hatte dieses Wort noch nie zuvor gehört und hatte keine Ahnung, was es bedeutete. Aber ich konnte mir zusammenreimen, was er damit meinte. Ich ließ mir keinerlei Reaktion

anmerken und schon gar nicht die, die Pete sich erhofft hatte.
Als ich nicht reagierte, sagte er: »Ich hätte euch ein bißchen am Leben gelassen, um mit euch zu spielen. Vielleicht wärt ihr ja noch entkommen, so schlau wie Sie sind. Is' natürlich ziemlich schwer, einem Ort mit hohen, blanken Steinwänden zu entkommen . . .«
Plötzlich warf er sich seitlich, mitsamt seinen Fesseln, auf mich. Ich konnte nur noch reagieren. Die Hand am Revolver, spürte ich weder sein Gewicht, noch nahm ich den Rückstoß wahr, als ich schoß.
In meinen Ohren rauschte es. Das Auto kam von der Straße ab. Petes schwerer Körper war auf mich gefallen, und ich konnte weder die Kupplung noch das Lenkrad erreichen. Also nahm ich meine Füße zu Hilfe und trat mit beiden zugleich auf die Bremse. Ich hoffte, daß ich so den Wagen zum Halten brächte, bevor ich gegen einen Baum krachte.
Schlingernd und keuchend rollte der Maxwell vor eine dicke Zypresse und kam dort zum Stehen. Noch bevor das Auto hielt, riß ich die Tür auf und kämpfte mich nach draußen. Ich wollte nur fort von hier! Auf meiner Bluse und meinem Rock war ein breiter Blutstreifen, den Pete, als er auf mich fiel, verursacht hatte. Keuchend und wütend zielte ich mit dem Revolver auf ihn. Fanatisch umklammerte meine Hand die Waffe. Ich kniff die Augen zusammen, schüttelte den Kopf und atmete tief durch.
Er bewegte sich nicht mehr. Sein Kopf hing in der offenen Autotür vom Sitz herunter. Ich hielt die Waffe immer noch auf ihn gerichtet, aber jetzt in beiden Händen. Dann machte ich einen Schritt auf ihn zu. Und dann noch einen. Petes leblose Augen standen offen und sein Mund ebenso. Er sah ein wenig überrascht aus.

***

»Phoebe! Phoebe, ich bin es, Fremont Jones!« rief ich laut, als ich einen Schlüssel nach dem anderen ausprobierte, von denen, die ich aus Pete Carlsons blutiger Hosentasche gezogen hatte. Ich war mir nicht sicher, wie lange ich gebraucht hatte, um diesen pittoresken Turm zu finden, in dem Phoebe gefangengehalten wurde. Aber da der Nebel nachließ und immer wieder ein heller Sonnenstrahl durchkam, vermutete ich, daß es wohl später als neun Uhr sein mußte.

»Phoebe? Hörst du mich?« Meinerseits konnte ich gar kein Geräusch durch die dicke Eichentür hören, die mit einem rostigen Türband aus Eisen versehen und mit einem ebenso rostigem Schloß gesichert war.

Schließlich paßte ein Schlüssel ins Schloß und ließ sich leicht drehen. Erst vor kurzem war es geölt worden, auch wenn es nicht so aussah. Ich drückte die schwere Tür nach innen auf und rief, als ich eintrat: »Phoebe, ich bin es, Fremont. Ich bin gekommen, um dich nach Hause zu bringen.«

Phoebe stand an einer Feuerstelle, die sich in der Mitte des kreisförmigen Raumes befand. Sie hatte viel an Gewicht verloren. Ihre trüben Augen wirkten riesig in dem kleinen, knochigen Gesicht. Tiefe Ringe hatten sich gebildet. Ihr Haar und ihre Kleidung waren unsagbar verdreckt, und sie sah mich ausdruckslos und unverständlich an. Dann schaute sie über meinen Kopf hinweg und wieder in meine Augen. Ich fragte mich langsam, ob die lange Gefangenschaft sich vielleicht auf Phoebes Verstand ausgewirkt haben könnte.

Ich blickte ebenfalls hoch, um zu sehen, was ihre Aufmerksamkeit erregt hatte. Die runden Turmwände waren leicht nach innen geneigt, wie ein Trichter, und da nach oben hin alles offen war, konnte ich den Himmel sehen. Über uns, in einer Höhe von etwa dreißig Fuß, saß ein Vogel mit rötlichgoldenen Flügeln.

»Ein Hühnerhabicht«, sagte Phoebe. Ihre Stimme zitterte leicht. »Er ist davongeflogen, als du die Tür geöffnet hast. Ich habe ihn gezähmt. Er ist mein einziger Freund.«
Ich schaute zu dem Vogel hoch und sagte: »Er ist wunderschön.« Dann schaute ich sie wieder an. Sie hielt den Kopf schief und blickte mich prüfend an. »Du erinnerst dich doch noch an mich?« fragte ich sie.
Sie nickte und kam um die Feuerstelle herum auf mich zu. Sie sah aus wie ein vernachlässigtes Kind mit einem alten Gesicht. »Fremont, du bist nicht mit ihnen gekommen, oder? Du gehörst doch nicht auch zu ihnen?«
»Nein, natürlich nicht!« Ich wäre am liebsten auf sie zugelaufen und hätte sie in meine Arme genommen, aber ich traute mich nicht. Phoebe wirkte etwas verwildert, aber das war schließlich nicht ihre Schuld.
Plötzlich wußte ich, wie ich ihr Vertrauen wiedergewinnen und ihren Schmerz lindern konnte. Ich mußte ihr erzählen, was ich selbst noch gar nicht richtig begriffen hatte. »Phoebe, ich habe ihn umgebracht. Ich habe Pete Carlson erschossen. Ich habe noch das Blut an meinen Sachen, siehst du das hier? Er kann dich nicht mehr verletzen oder einschüchtern.«
Sie stand stocksteif und ruhig da. »Pete. Der kleine, häßliche und gemeine Typ. Was ist mit dem anderen? Er sagte, er würde mich hier herausholen. Hat der andere dich geschickt, mich zu holen?«
»Braxton Furnival ist fort von hier, jedenfalls hat man es mir so erzählt. Niemand hat mich geschickt. Ich bin von allein gekommen. Ich habe die Schlüssel zu diesem Turm aus Petes Hosentaschen genommen, nachdem ich ihn erschossen hatte. Ich suche dich schon sehr lange und nicht erst seit heute morgen. Seitdem du weg bist, suche ich dich. Ich bin so froh, daß du wohlauf bist!« Zaghaft ging ich einige Schritte auf sie zu.

»Nein, nicht Braxton«, sagte sie kopfschüttelnd. »Ich meine ihn nicht. Nachdem sie mich hier eingesperrt hatten, kam Braxton nur einmal. Der andere ist jung, dunkelhaarig und gutaussehend. Er hat mir seinen Namen nicht genannt, aber er hat gesagt, daß er mich von hier fortbringen, mich retten würde. Er hat es mir versprochen!« Sie schrie mit hysterischer Stimme, und ihre Augen glühten dabei wie Feuer. Dann sackte sie plötzlich in sich zusammen, und das Feuer in ihrem Blick erlosch. »Aber das ist schon Tage her. Ich weiß nicht einmal, wie viele Tage es waren. Ich versuche, für jeden Tag ein Zeichen in die Wand zu ritzen, aber manchmal vergesse ich einfach, wann ich das letzte Zeichen gemacht habe ...«

»Du meinst sicher Ramon«, sagte ich eilig. »Ich habe ihn auch schon länger nicht mehr gesehen.« Ich hielt ihr meine Hände hin. »Bitte, Phoebe, komm jetzt mit mir. Ich habe das Auto draußen stehen. Ich fahre dich nach Hause.«

Langsam und vorsichtig kehrte Phoebes Würde zurück, und sie kam mit erhobenem Kinn auf mich zu. »Nach Hause? Nach Carmel?« Ich nickte, und sie sagte nüchtern: »Ja. Das wäre schön. Ich glaube, ich könnte dringend ein Bad vertragen.«

***

Phoebe ging durch ihr Haus und ihren Garten und berührte hier und da etwas, und mit jedem Ding, das sie berührte, kehrte sie ein Stück weiter in die Realität zurück. Ich hatte die alte Sitzwanne aufgestellt, die sie zum Baden benutzte, und während ich das Wasser auf dem Herd erhitzte, beschäftigte ich mich mit den Dingen, die passiert waren.

Ich hatte einen Mann umgebracht. Ich hatte ihn nicht töten wollen, aber ich konnte auch nicht behaupten, daß es reine Notwehr gewesen war. Nachdem ich festgestellt hatte, daß er nicht mehr lebte, hatte ich ihn aus dem Maxwell gezogen und dort untersucht. Er hatte eine Hand aus den Fesseln befreien können, was mir gar nicht bewußt gewesen war, als ich ihn erschoß. Die Kugel hatte seine linke Körperhälfte durchdrungen und war hinten wieder herausgekommen. Sie steckte tief im Ledersitz des Autos. Ich hatte Pete Carlson wohl durch das Herz geschossen. Schließlich hatte ich seine Taschen durchsucht wie eine Diebin, um die Schlüssel für den Turm zu finden.

Ich hatte den Schlüssel gefunden, aber das war noch nicht alles. Ich hatte, ohne weiter darüber nachzudenken, noch etwas getan. Vielleicht war es reiner Instinkt, Selbsterhaltungstrieb oder so etwas. Was ich dann tat, das könnte ich wohl wieder rückgängig machen, aber es würde nicht so einfach werden. Außerdem war ich mir nicht sicher, ob ich es überhaupt wollte.

Ich beschloß, es mit Phoebe zu besprechen, die gerade aus ihrem Bildhaueratelier im Garten zurückkam, als das Wasser auf dem Herd zu dampfen begann. Ein Lächeln breitete sich auf ihrem rußverschmierten Gesicht aus.

»Es ist wirklich wahr«, sagte sie. »Ich bin wirklich zu Hause. Dies ist mein Cottage. Dieses sind meine Skulpturen, die ich mit meinen eigenen Händen gefertigt habe.« Sie hielt ihre Hände hoch und schaute sie an. »Gott, sind die schmutzig!«

Phoebe fing an zu kichern. Es hörte sich an wie das Plätschern eines kleinen Baches. Dann nahm es zu und wurde immer lauter und lauter, bis es mich schließlich ansteckte und wir gemeinsam lachten. Wir mußten so heftig lachen, daß wir fast schon schrien, wir lachten immer weiter, bis wir schließlich ganz erschöpft waren. Irgendwie schaffte es Phoebe mittendrin auch noch zu baden, und es war wirklich das verrückteste Badevergnügen, das ich je erlebt hatte. Aber es tat uns beiden gut, auch wenn wir uns dabei etwas hysterisch verhielten.

Erst als Phoebe sich angezogen hatte und ihr Haar trockenbürstete, erzählte ich ihr, wie ich Pete Carlson erschossen hatte. »Ich fürchte, das war noch nicht alles«, sagte ich.
Sie hielt die Bürste hoch und schaute mich unter ihrem Wust an glänzendem Haar verständnisvoll an. Sie hatte sich ziemlich schnell erholt und war wieder die alte Phoebe. »Na und? Du hast ihn getötet. Er war Abschaum. Was sollte da noch kommen?«
»Ich habe meine Spuren verwischt. Ich weiß selbst nicht, warum ich das tat, vielleicht war das nur so ein Instinkt. Ich habe das Seil aufgewickelt, mit dem Quincy und ich ihn festgebunden hatten, und habe es im Maxwell unter der Reisedecke versteckt. Petes Leiche habe ich einfach am Straßenrand liegengelassen. Das schlimmste ist, daß ich seine Pistole, mit der ich ihn getötet habe, ins Meer geworfen habe.«
Phoebe strich sich langsam und gleichmäßig mit der Bürste durchs Haar. Gelassen fragte sie mich: »Bist du sicher, daß dich niemand dabei beobachtet hat?«
Ich dachte noch einmal über das greuliche Geschehen genau nach, das mir noch außergewöhnlich deutlich und in jeder Einzelheit im Gedächtnis geblieben war. »Ja. Ich bin mir ganz sicher.«
»Er hat mich viele Male vergewaltigt, weißt du. Er hat mich geschlagen. Der andere nach Pete war netter. Aber er hat mich auch vergewaltigt.«
»Es tut mir so leid«, sagte ich, und meine Stimme klang ganz dumpf vor lauter Entsetzen.
»Wenn du Pete nicht erschossen hättest, dann hätte er sich losgerissen und uns beide umgebracht. Vorher hätte er dann noch andere unaussprechliche Dinge mit uns gemacht. Es war Notwehr, Fremont.«
»Nein, eigentlich war es das nicht. Er war immer noch festgebunden und hatte keine Waffe. Ich hätte es sehr schwer gehabt, vor Gericht zu beweisen, daß es Notwehr war.«

»Na und?« Phoebe zuckte die Achseln, legte die Bürste fort und drehte sich zu mir um. Sie war doch nicht mehr die, die sie vorher gewesen war. Nicht nur ihr Aussehen hatte sich stark verändert. Ob sie wohl diesen leicht verwilderten Ausdruck für immer behalten würde?
»Also wirst du dich weiterhin schützen, so wie du es getan hast, als du ihn erschossen hast. Du wirst dafür sorgen, daß du dich erst gar nicht wegen Notwehr verteidigen mußt. Deshalb hast du doch auch das Seil fortgetan und die Pistole weggeworfen. Glaub mir, Fremont, wenn ich irgendeine Waffe in die Finger bekommen hätte, dann hätte ich den Bastard tausendmal erschossen!«
Ich nickte langsam und versuchte die Tatsache zu akzeptieren, daß ich diese Last ein Leben lang mit mir herumtragen müßte. »Und deshalb werde ich mich jetzt auch aufmachen und den Maxwell reinigen. Dann werde ich zum Leuchtturm zurückfahren und Quincy erzählen, daß ich Pete gezwungen hätte, mir zu zeigen, wo du gefangengehalten würdest, und daß ich ihn dann hätte laufen lassen.«
»Gut!« sagte Phoebe lebhaft. Sie stand auf und kam zu mir herüber, beugte sich vor und legte ihre Wange an meine. Dann sagte sie so leise, daß ich es kaum hören konnte: »Danke, Fremont, daß du mir das Leben gerettet hast.«

***

Ich ging zum Pine Inn, das sich an der Ecke Lincoln und Ocean Avenue befand, und holte dort eine Suppe. In Phoebes Schränken herrschte gähnende Leere. Ich hatte meine blutverschmierte Kleidung mit einem spanischen Umhängetuch mit Fransen bedeckt, das aus Phoebes künstlerischer Requisitensammlung stammte. Ich hätte es in Pacific Grove niemals angezogen, aber für Carmel schien es genau richtig zu sein. Eigentlich gefielen mir die leuchtenden Farben des

Tuches ganz gut. Ich lächelte und summte vergnügt vor mich hin. Ich war erleichtert, so wie man es nach einer überstandenen Krise sein konnte.

Als ich jedoch das Pine Inn verließ, in der Hand die Suppe in einem abgedeckten Eimer, da mußte ich feststellen, daß es noch keinen Grund gab, so erleichtert zu sein. Die nächste Krise stand bevor, und zwar hier in Carmel.

Irgendwo in Carmel ertönte eine Glocke. Zuerst dachte ich an die Missionsglocke. Aber bei nochmaligem Überlegen fiel mir ein, daß die Mission fast nur noch aus Ruinen bestand. Wenn man am Meer lebte, dann gewöhnte man sich schnell daran, zuerst an den Ozean zu denken, wenn irgend etwas Ungewöhnliches geschah. Deshalb kamen die Leute, als sie die Glocken hörten, aus ihren Häusern und gingen, manche liefen sogar, die Ocean Avenue hinunter zum Strand. Ich ging weiter zu Phoebes Cottage. Natürlich war auch ich neugierig, aber Phoebes Wohlbefinden ging jetzt vor. Eine Frau, die gefangengehalten worden und dabei fast verhungert war, sollte erst einmal ihr Essen bekommen!

Phoebe hatte jedoch anderes vor. Ich war noch etwa einen halben Block entfernt, da kam sie eilig, aber noch etwas wacklig auf den Beinen, aus ihrem Cottage gelaufen. »Das ist die Alarmglocke!« sagte sie atemlos. »Wir müssen zum Meer. Jemand läuft in Gefahr zu ertrinken!«

Ich konnte sie nicht davon abbringen, aber ich überzeugte sie, daß sie in ihrem Zustand keinesfalls so weit laufen dürfte. Also fuhr ich uns beide mit dem Maxwell zum Strand.

»Stell das Auto hier hin.« Phoebe zeigte auf eine Baumgruppe, die noch ein ganzes Stück vom Strand entfernt war. »Ich kann jetzt wirklich den Rest zu Fuß gehen. Aber bevor wir die anderen treffen, möchte ich, daß du mir noch etwas versprichst, Fremont.«

»Alles, was du willst!«

»Ich will nicht, daß irgend jemand erfährt, daß ich entführt und gefangengehalten wurde und all das. Du kannst Quincy gegenüber doch anders begründen, weshalb du Pete Carlson hast gehen lassen. Sag ihm, daß sich Pete losmachen konnte, dir die Pistole abnahm und dann in den Wald flüchtete. Bitte, Fremont. Braxton und Pete hatten mich dazu gezwungen, diese Nachricht zu hinterlassen, bevor sie mich davonschleppten, und darin stand nur, daß ich für eine Weile fort wäre. Ich erinnere mich daran, daß ich ihnen sagte, ich müßte nichts weiter schreiben, weil wir hier in Carmel nicht danach fragen, wann und warum jemand fort ist.« Sie legte ihre Hand auf meinen Arm, und ihre Finger krallten sich fest.

»Ich möchte einfach nicht darüber sprechen, was geschehen ist. Es war einfach zu demütigend. Ich möchte nicht, daß sie davon erfahren!«

Ich umarmte Phoebe und strich ihr über das Haar. »Natürlich werde ich es niemandem sagen, wenn du es nicht willst. Du kannst den anderen erzählen, was du möchtest, wenn sie dich fragen, wo du gewesen bist.« Für Artemisia würde es ein Festtag werden, wenn sie mir vorhalten könnte, sie hätte das gleich gewußt. Irgendwie mußten wir auch den Sheriff beschwichtigen, aber das hatte jetzt zu warten. Ich war schon einmal beschuldigt worden, Leute völlig unbegründet als vermißt gemeldet zu haben. Und das hatte ich auch überlebt.

»Danke. Du bist wirklich ein guter Mensch, Fremont Jones«, sagte Phoebe.

Ich lächelte. »Sollen wir jetzt mal nachschauen, welchen Grund dieser Aufruhr hat?«

***

Sie waren alle am Strand: Artemisia in einem purpurroten Kleid, Irma Fox in Begleitung von Khalid, dem Knaben mit dem Burnus (allerdings hatte er den arabischen Mantel heute nicht an); Tom, Dick und Harry; Professor Storch, den ich Diogenes nannte; und die spindeldürre Señorita, die so schüchtern und zurückhaltend war, daß ich sie noch nicht einmal hatte kennenlernen können. Aber Arthur Heyer, der Durchschnittsmann, war nicht dabei. Und wenn ich mich nicht täuschte, dann schlug die Alarmglocke wegen des Menschen, der ihn am meisten vermißte.

Oscar Peterson war nackt wie am Tag seiner Geburt, hatte eine Schrotflinte in der einen Hand und eine Flasche mit Gin oder Wodka in der anderen. Seine Haut war schneeweiß und hing etwas schlaff an seinen langen Gliedern herunter. Wenn er sich bewegte, dann schwangen seine Genitalien mit. Er wirkte wie ein Fischreiher im Wasser, und gleichzeitig benahm er sich wie ein verrückter Prophet. Es hörte sich an, als würde er etwas singen, vielleicht sagte er auch eins seiner Gedichte auf. Und es sah aus, als wolle er in das eiskalte Meer der Bucht von Carmel waten.

»O nein!« rief Phoebe aus. »Was ist hier geschehen?«

»Laß es dir von Artemisia erklären, aber wenn sie mich dabei erwähnt, dann genieße alles, was sie sagt, mit Vorsicht«, sagte ich. »Ich werde mal sehen, ob Mimi mit mir sprechen will.«

Mimi Peterson stand ganz allein auf einem großen, flachen Felsen, der am Ende des Strandes lag. Ihr blondes Haar bewegte sich leicht im Wind. Sie trug es heute offen und nicht geflochten wie sonst immer.

Tränen rollten ihr die Wangen hinunter, und ihr Gesichtsausdruck wirkte steinern. Sie war schwarz gekleidet, als würde sie bereits trauern. Wahrscheinlich tat sie das auch.

Ich ging nicht mehr weiter. Mimi war nicht ansprechbar.
Eine lange Zeit ging es so weiter: Oscar brüllte aus vollem Hals irgendwelchen Unsinn, nahm einen ordentlichen Schluck aus der Flasche und wedelte mit der Schrotflinte. Langsam hatte sich eine größere Menge versammelt. Es war aber nicht nur der harte Kern der Carmeliter da, der sich hier immer zum Sonnenuntergang traf, sondern auch Leute, die ich noch nie zuvor gesehen hatte. Immer wenn sich jemand dem Wasser näherte, hob Oscar seine Waffe. Einmal schoß er sogar und traf beinahe einen der warmen Brüder. Daraufhin wurde er in Ruhe gelassen. Währenddessen kam langsam die Flut.
Ich stand immer noch in Mimis Nähe und mußte feststellen, daß alle ihre besten Freunde einen weiten Bogen um sie machten. Ich fragte mich, warum sie das taten, aber vielleicht hielten sie auch nur respektvoll Abstand. Schließlich hatte ich auch noch nicht mit ihr gesprochen.
Dann hielt ich es nicht mehr länger aus. Ich brüllte, so daß Mimi, aber auch all die anderen mich hören konnten: »Warum können nicht ein paar Männer zusammen ins Wasser gehen und Oscar herausholen? Sie müssen doch wissen, daß er nur noch einen Schuß hat. Wenn wir nichts unternehmen, dann ist ja wohl klar, daß Oscar sich ertränkt, oder?«
Mimi drehte langsam ihren Kopf zu mir um. Sie bewegte nur den Hals und den Kopf, ansonsten keinen Muskel ihres Körpers. Auch ihr Gesichtsausdruck veränderte sich nicht. Mich fröstelte regelrecht, als ich sah, wie versteinert ihr Blick war und mit welchen kalten Augen sie mich ansah. »Oscar hat uns allen gestern ein Geständnis abgelegt. Ich wußte natürlich, daß er eine Affäre mit dieser Schauspielerin, Sabrina Howard, hatte. Er hat ihre Hotelrechnungen bezahlt, war sehr großzügig zu ihr und freigebig mit unserem Geld, als wir praktisch schon am Hungertuch nagten. Am Sylvesterabend hat Oscar dann herausgefunden, daß Sabrina immer noch

Braxton Furnival und seine Freunde ›unterhielt‹. Oscar wurde eifersüchtig, und schließlich hat er Sabrina Howard umgebracht. Es war kein Unfall. Wenn er schon ihre Aufmerksamkeit nicht uneingeschränkt auf sich ziehen konnte, dann sollte überhaupt niemand in ihren Genuß kommen. So verrückt war Oscar wegen dieser Frau.«
Ich sagte kein Wort; es gab auch nichts mehr zu sagen. Oscar stand mittlerweile schon bis zur Hüfte im Wasser und lärmte weiter vor sich hin.
Mimi war jedoch noch nicht fertig. »Es wäre vielleicht ganz schnell Gras über die Sache gewachsen. Ich war die einzige in Carmel, die wußte – die es kümmerte –, daß Sabrina Oscars *Hure* war.« Sie spuckte dieses häßliche Wort aus ihrem verzerrten Mund, ohne dabei den restlichen Körper zu bewegen. Sie sah aus wie eine Statue, die langsam zum Leben erwachte. Es wirkte geradezu unheimlich. »Aber dann bist du mit diesem Photo aufgetaucht. Und Arthur, der arme, pedantische und gründliche Arthur, erinnerte sich daran, daß Oscar sich auf Braxtons Partys immer sehr viel mit Sabrina unterhielt. Also mußte Oscar Arthur umbringen, damit er nichts erzählen konnte. Oscar hat ihn ertränkt, aber es hat ihm das Herz gebrochen und das zerstört, was noch von seinem Verstand übrig war. Jetzt will sich Oscar als Wiedergutmachung ebenfalls ertränken, und wir haben alle zugestimmt, daß er das machen kann. So ist es am besten.«
Plötzlich wirbelte Mimi zu mir herum, und ihre schwarzen Röcke flatterten wie die Flügel eines Geiers. »Du wirst dich nicht einmischen! Verstehst du das, Fremont Jones? Hau ab, und laß uns in Frieden!«
Ich öffnete den Mund, um etwas zu sagen, aber kein Laut kam heraus. Ihr heftiger Zornausbruch ließ mich zurückfahren, ich geriet ins Wanken, rutschte auf dem glatten Felsen aus und wäre wohl gefallen, wenn mich nicht zwei Arme aufgefangen hätten, die ich nicht gesehen hatte, aber gut kann-

te. An meinem Nacken, unterhalb meines Ohrläppchens, spürte ich einen weichen, üppigen Bart.
»Du hast schon immer einen Sinn für den rechten Augenblick gehabt, was?« sagte ich und drehte mich in Michaels Armen um.

***

Michael küßte mich direkt hier am Strand, vor aller Welt und Artemisia, aber sie alle bemerkten es natürlich nicht. Sie schauten Oscar zu, der den letzten Akt der Tragödie allein zu Ende spielte.
»Komm hier weg, Fremont, schau dir das nicht an«, sagte Michael.
»Ich kann hier nicht weg. Ich muß Phoebe nach Hause bringen. Du weißt gar nicht...« Ich verstummte noch gerade rechtzeitig, denn ich erinnerte mich an das Versprechen, das ich ihr gegeben hatte. »Sie war krank, und ich glaube nicht, daß sie über den Hügel bis zu ihrer Straße zu Fuß gehen kann.«
»Sie werden sich schon darum kümmern, daß sie nach Hause kommt. Du kommst jetzt mit mir, Fremont. Phoebe wird das schon verstehen.«
Ich schaute über den Strand, wo Phoebe von den Carmelitern umrundet war, und sah, daß es ihr gutging. Dann schaute ich wieder Michael an und schenkte ihm meine volle Aufmerksamkeit und mein Herz.
Ich ging, natürlich, mit ihm.

EPILOG

»Ich werde dich nicht fragen, ob du mich heiraten willst«, sagte Michael.

»Ich bin erleichtert, das zu hören«, antwortete ich beherzt und konnte nur hoffen, daß sich meine eigentlich äußerst gemischten Gefühle zu diesem heiklen Thema nicht verrieten. Wenn er jedoch noch einmal wiederholen würde, was er gerade getan hatte, dann könnte ich noch in wer weiß was einwilligen. Es waren erst zehn Tage vergangen, seit Michael wieder zurückgekehrt war. Er hatte endlich (zumindestens mir gegenüber) das Rätsel um Misha gelöst, und ich konnte mich schon nicht mehr an die Zeit erinnern, als wir uns nicht so nahestanden wie jetzt.

Er fuhr fort: »Ich weiß, wie du über die Ehe denkst. Ich habe deine Gedanken zu diesem Thema oft genug gehört.«

»Hmm.« Ich fuhr mit meinen Fingern um seine völlig nutzlosen Brustwarzen, bis er erschauerte und nach meiner Hand griff. Es war schon ziemlich erstaunlich, daß die Brustwarzen der Männer diese winzigkleinen Erektionen bekamen. Ich schaute an ihm hinunter und sah, daß sein magisches Glied sich ebenso regte, und mußte lächeln.

Wir hatten uns zwei Tage freigenommen und waren die Küste nach Half Moon Bay hochgefahren, um dort in einer kleinen

Hütte zu bleiben. Quincy kümmerte sich in der Zwischenzeit um den Leuchtturm. Ich war in Half Moon Bay, einige Meilen nördlich von Santa Cruz, noch nicht gewesen. Michael hatte diesen Ort gewählt, weil er sehr abgeschieden lag. Wir waren mit der *Katya* hergesegelt und hatten niemanden wissen lassen, wo wir sein würden. Michael hatte gesagt, es gäbe Dinge, die er mir nur unter vier Augen sagen könnte.

Er hatte mir als erstes den Grund für sein merkwürdiges Verhalten erklärt. Michael Archer oder, besser gesagt, Mikhail Arkady Kossoff, war nicht nur ein einfacher Spion. Seit er erwachsen war, hatte er, wenn auch ungern, ein Doppelleben als Agent für Rußland *und* die Vereinigten Staaten führen müssen. Diese Aufgabe war ihm vererbt worden, er hatte sie nicht selbst gewählt. Wie dieses Erbe zustande kam, war schon faszinierend:

Michaels Urgroßvater Kossoff war Anfang des letzten Jahrhunderts als Pelzhändler in dieses Land gekommen und ziemlich erfolgreich gewesen. Michaels Großvater hatte daher ein blühendes Geschäft geerbt und übernommen. Er schaffte es, sein Vermögen noch zu vergrößern und auszubauen, so daß schließlich der Zar auf ihn aufmerksam wurde. Er hob den Großvater in den Adelsstand und machte ihn zum Mitglied des Zarenhofes. Aber dafür verlangte der Zar auch einen Preis. Der Großvater sollte nicht nur die Pelze von Kalifornien nach Rußland bringen. Er sollte auch Informationen über das Land mitbringen. Die Kossoffs waren damit in die Dienste des Zaren gestellt worden. Und das blieb auch so bis heute.

Michaels Vater war jedoch nicht mehr bereit, dieselben Risiken zu tragen wie sein Vater. Als Kalifornien 1850 ein Bundesstaat wurde, wollte er sich niederlassen und Amerikaner werden. Aber Michaels Mutter, eine kleine, unbedeutende Adlige am Hof des Zaren, wollte davon nichts wissen, und Michael wuchs in zwei Welten auf. Das Temperament und das

Aussehen hatte er von seinem Großvater, also übertrug ihm sein Vater, der das sehr wohl erkannte, die Rolle des Informationsübermittlers (also des Spions), als er gerade einmal neunzehn Jahre alt war.
Zunächst hatte er in seinem jugendlichen Ungestüm diese faszinierende Seite der Kossoffs genossen. Aber dann hatte er Katya kennengelernt und sich in sie verliebt. Katya wurde von den Russen umgebracht, weil sie angenommen hatten, daß sie von Michael eingeweiht worden war. Tragischerweise hatte er das nicht getan, aber ihre Mörder ließen sich nicht überzeugen. Michael hatte sich betrogen gefühlt und Rache geschworen, deshalb hatte er sich freiwillig in die Dienste der Regierung der Vereinigten Staaten von Amerika gestellt und als Doppelagent gearbeitet. Seitdem hatte er ein sehr gefährliches Leben geführt. Aber er meinte, er wäre damit sehr zufrieden gewesen, bis ich vor zwei Jahren in sein Leben getreten wäre und ihn völlig durcheinandergebracht hätte.
Jetzt wickelte er mein Haar um seine Hand und zog mein Gesicht ganz nah an seins. »Versuchst du gar nicht, meine Meinung zu ändern?«
Ich fuhr mit meiner Zunge über seine edle Nase, weil sie so unwiderstehlich nah war, und sagte: »Welche Meinung denn?«
»Na, über die Ehe.« Er fuhr mit seiner Hand zwischen meinen Brüsten entlang und dann noch tiefer. »Ich habe dich schließlich gerade deiner Unschuld beraubt.«
»Wenn du nicht bemerkt hast, daß ich keine Jungfrau mehr war und meine Unschuld schon vor einer ganzen Weile verloren habe, dann bist du aber weniger erfahren, als ich dachte.« Ich zog mich ein wenig von ihm zurück und schaute ihn prüfend an: Er hatte sinnlich geschwungene Lippen, rosige Wangen und die leuchtenden Augen eines schelmischen Kindes. »Du scheinst nicht beleidigt zu sein, daß ich keine Jungfrau mehr bin.«

»Wenn ich es wäre, dann würdest du so etwas sagen wie: ›Ein Esel schimpft das andere Langohr‹.«
»Wahrscheinlich.« Ich lachte, und er fuhr mit seiner Zunge in meinen geöffneten Mund. Wir küßten uns eine ganze Weile. Als wir wieder voneinander ließen, strich Michael das Haar aus meiner Stirn, stützte sich auf einen Arm auf und sagte ernsthaft: »Du verstehst das doch mit Artemisia, oder? Sie war einfach Teil des Plans.«
Ich runzelte etwas die Stirn und antwortete nicht gleich. Dieser schlaue Plan, auf den er sich bezog, betraf seine ganze Persönlichkeit als Doppelagent. Michael wollte so wirken, als sei er vollkommen zügellos und unzuverlässig geworden, weil er aus dem Agentendasein entlassen werden wollte, aber keine der Regierungen war bereit gewesen, ihn gehen zu lassen.
»Das Problem ist dabei, daß Artemisia es nicht weiß. Sie hat keine Ahnung davon, daß du ihr alles nur vorgespielt hast. Sie dachte, daß du wirklich der Misha bist, den sie kennengelernt hat. Sie könnte wirklich verletzt sein. Wenn man Leute so betrügt, dann ist das ...« Ich mußte an Menschen denken, die ich selber betrogen hatte, auch wenn es aus (vermutlich) guten Gründen geschehen war, und konnte den Satz nicht beenden.
»Ich habe sie nicht betrogen«, sagte Michael geduldig. »Ich habe ihr von Anfang an gesagt, daß ich eine andere Frau liebe. Ich meinte natürlich dich damit, Fremont.«
»Es wäre nett gewesen, wenn du es *mir* gesagt hättest.«
»Das hatte ich doch auch vor. Im letzten Sommer dachte ich noch, daß ich einfach nur meinen Rücktritt zu erklären bräuchte, um dann eine Art Kündigungsschreiben zu erhalten, und das wäre es dann gewesen. Aber gerade das passierte nicht. Im Herbst, als du noch wegen der Anklage gegen Mikkey Morelock in San Francisco geblieben warst, mußte ich erfahren, daß weder die Russen noch die Amerikaner bereit

waren, mich gehen zu lassen. Ihre Absagen machten mir panische Angst. Ich hatte die fürchterliche Vorstellung, daß es dir genauso wie Katya ergehen könnte, wenn wir ein Liebespaar würden.«

»Also wurde Misha aus dir.«

»Ja. Als du schließlich nach Carmel kamst, hatte ich meine Rolle perfektioniert. Glaube mir, ich habe sie nicht immer besonders genossen.«

»Aber manchmal schon, oder?« sagte ich provozierend. »Zum Beispiel, als Artemisia die Nacht bei dir verbrachte.«

»Ich habe dir schon gesagt, daß ich betrunken war. Ich bin auch nur ein Mensch. Es tut mir leid«, sagte er.

»Ich verzeihe dir«, sagte ich und zwickte ihm ins Ohr, um ihn ein wenig zu ärgern. Aber irgendwie wurde daraus ein längerer, sehr gefühlvoller und köstlicher Kuß.

Draußen war Wind aufgekommen. Er heulte wie ein Geist um die kleine Hütte herum und versuchte, durch die Fenster- und Türspalten einzudringen. Aber wir waren hier drinnen sicher, und uns war warm. Wir hatten ein Feuer in einem kleinen Ofen gemacht, und der Raum schien gülden durch den Schein der vielen Kerzen. Wir hatten es bequem, denn wir lagen Seite an Seite, Körper an Körper und Haut an Haut.

»Doch es hat sich gelohnt«, murmelte Michael.

»Was meinst du damit?«

»Du hast mir den Unterschied gezeigt.«

»Es war mir nicht bewußt, daß ich dir irgend etwas zeigen müßte.«

»Nein, du bist einfach nur du geblieben. Fremont Jones. Das habe ich jetzt verstanden: Du bist nicht Katya.«

Ich drehte mich zu ihm um und versuchte, in den Augen seine Seele zu ergründen. Mein Hals war ganz trocken. Von Katya zu sprechen bedeutete, eins seiner Heiligtümer zu berühren;

es erforderte Respekt. Ich räusperte mich und mußte zugeben: »Ich verstehe dich nicht.«
»Ich habe mich jahrelang schuldig an ihrem Tod gefühlt. Wie hätte ich noch lieben können, wenn es einst für meine Geliebte Katya bedeutet hatte, daß sie sterben mußte? Aber du bist anders, Fremont. Eigentlich bist du ganz unmöglich! Du hast ein Talent, dich in Situationen zu bringen, die noch risikoreicher sind als die, in die ich mich begeben muß. Du hörst dir gute Ratschläge an, aber dann ziehst du deine eigenen Schlüsse daraus und machst, was du willst. Du bist so eine starke Frau. Vielleicht bist du aber auch nur eigenwillig, so daß du dir deinen Weg einfach freiräumst, wenn er dir nicht offensteht. Ich habe sehr wohl gut verstanden, daß du dich weiterhin in solche Situationen begeben wirst, ganz gleich, was ich oder andere Leute tun.«
Er hatte mich ziemlich gut eingeschätzt, aber ich war mir nicht sicher, ob mir das auch so gefiel. Ich setzte mich auf, schmiß mein Haar zurück und stemmte die Fäuste in die Seite. »Und?«
Michael richtete sich grinsend auf und lehnte sich gegen das Kopfende des Bettes. Er verschränkte die Arme vor seiner behaarten Brust und sagte: »Und ich darf dich lieben und mir Sorgen um dich machen, aber ich bin nicht so blöd und meine, dich kontrollieren zu können. Das bedeutet natürlich auch, daß ich mich nicht für dich verantwortlich fühlen muß.«
»In Ordnung«, sagte ich seufzend. »Das hört sich gut an. Eigentlich bin ich richtig zufrieden damit.« Ich entspannte mich wieder und kuschelte mich in seine weiche Armbeuge.
Eine Zeitlang waren wir still, bis Michael sagte: »Ach übrigens. Du wirst sicher gern wissen wollen, daß die Cypress Coast Development Company Braxton Furnival wegen Betruges und Diebstahls angezeigt hat. Der Bezirksstaatsan-

walt hat ihn auch wegen Mordes angeklagt. Der neue Mann der Firma zog in das Haus im Del-Monte-Wald, das, nebenbei bemerkt, nicht Furnival gehörte – es ist nur ein Sommerhaus der Firma für ihre Gäste –, und er fand eine Leiche. Der tote Mann stellte sich als Ramon Ramirez heraus, ein Spekulant aus Paso Robles. Es wird vermutet, daß er mit derselben Waffe erschossen worden ist wie der Typ, den sie im Wald gefunden haben, Pete Carlson. Gegen Furnival ist ein Haftbefehl erlassen worden.«

Ich hatte mich schon gefragt, was mit Ramon geschehen war. Ich hatte noch viele Fragen, die ich gern gestellt hätte, aber ich wagte es nicht. Statt dessen sagte ich nur: »Sie müssen Braxton erst einmal finden, bevor sie ihn verhaften können.«

»Du weißt, wo er steckt?«

»Nein. Natürlich nicht!«

»Hm. Er hat jedenfalls Clubmitgliedschaften für einen Club verkauft, den es gar nicht gegeben hat«, fuhr Michael fort. »Er hat auch Geld für Grundstücke genommen, die ihm gar nicht gehörten. Etwas von dem Geld hat er natürlich dafür gebraucht, um Sabrina Howards Tod zu vertuschen. Fremont, ich habe das Gefühl, als wüßtest du viel mehr über diese Angelegenheit, als du Wish Stephenson in deinem Brief mitgeteilt hast.«

Als ich ihm nicht antwortete, sagte Michael sanft: »Sieh mich an, meine Liebe.«

Ich schaute ihn wortlos an. Vermutlich lag in meinem Blick eine stumme Bitte, aber ich äußerte sie nicht. Ich hätte ihm am liebsten alles erzählt, aber ich fühlte mich verpflichtet zu schweigen.

Er sagte: »Ich möchte dir etwas vorschlagen, auch wenn es kein Heiratsantrag ist. Ich möchte dir vorschlagen, daß wir Partner werden. Du und ich. Fremont Jones und Michael Kossoff. Partner, die zusammen leben und arbeiten, die alle

Last, alle Geheimnisse und alle Freuden miteinander teilen. Was hältst du davon, Fremont, möchtest du meine Partnerin werden?«

Langsam ging ein Lächeln über mein Gesicht, während seine Worte in meinem Kopf widerhallten und ich sie allmählich richtig begriff. Dann sagte ich: »Das kommt mir ungemein gescheit vor.«

Ich setzte mich aufrecht aufs Bett, kreuzte die Beine wie die Indianer, und Michael machte es mir nach. Ich streckte meine Hände mit den Handflächen nach vorne aus, und Michael hielt seine Hände gegen meine. Es war eine spontane, ganz ehrlich gemeinte Geste.

»Ja, Michael Kossoff, ich, Fremont Jones möchte deine Partnerin werden und all deine Last, deine Geheimnisse und Freuden mit dir teilen.«

ANMERKUNGEN

Zitat S. 181 aus:
William Shakespeare: Sonette, Epen und die kleineren Dichtungen. Vollständige zweisprachige Ausgabe, in der Übertragung von Therese Robinson, München (Winkler Verlag) 1968

Zitat S. 31 aus:
Poesie der Welt/England, Berlin (Propyläen) 1991, in der Übertragung von Walter Schmiele